अवधेश प्रीत

शिक्षा : एमए, हिन्दी (कुमायूँ विश्वविद्यालय नैनीताल)।

प्रकाशित कृतियाँ : *हस्तक्षेप, नृशंस, हमज़मीन, कोहरे में कन्दील, चाँद के पार एक चाभी, मेरी चुनी हुई कहानियाँ* (कहानियाँ)। कई कहानियाँ उर्दू और अंग्रेजी में अनूदित। कई कहानियों के नाट्य-मंचन। 'अली मंजिल' व 'अलभ्य' कहानियों पर टेली फिल्म।

सम्मान : बनारसी प्रसाद भोजपुरी सम्मान (1997), अखिल भारतीय विजय वर्मा कथा-सम्मान (2001), फणीश्वरनाथ रेणु पुरस्कार (राजभाषा विभाग, बिहार 2002-2003), डॉ. सुरेन्द्र चौधरी कथा-सम्मान (2004)।

सम्प्रति : तीस वर्षों तक सक्रिय पत्रकारिता। 'दैनिक हिन्दुस्तान' से सहायक सम्पादक पद से अवकाश प्राप्ति के बाद स्वतंत्र लेखन व पत्रकारिता।

सम्पर्क : कृष्ण निवास, सुमति पथ, रानीघाट,
महेन्द्रू, पटना-800 006 (बिहार)।

अशोक राजपथ

अवधेश प्रीत

राजकमल पेपरबैक्स

यह एक काल्पनिक उपन्यास है। इसका किसी घटना या व्यक्ति से कोई सम्बन्ध नहीं है।

राजकमल पेपरबैक्स में
पहला संस्करण : 2018

राजकमल पेपरबैक्स : उत्कृष्ट साहित्य के जनसुलभ संस्करण

राजकमल प्रकाशन प्रा. लि.
1-बी, नेताजी सुभाष मार्ग, दरियागंज
नई दिल्ली-110 002
द्वारा प्रकाशित

शाखाएँ : अशोक राजपथ, साइंस कॉलेज के सामने, पटना-800 006
पहली मंजिल, दरबारी बिल्डिंग, महात्मा गांधी मार्ग, इलाहाबाद-211 001
36 ए, शेक्सपियर सरणी, कोलकाता-700 017

वेबसाइट : www.rajkamalprakashan.com
ई-मेल : info@rajkamalprakashan.com

बी.के. ऑफसेट
नवीन शाहदरा, दिल्ली-110 032
द्वारा मुद्रित

मूल्य : ₹225

ASHOK RAJPATH
Novel by Avadhesh Preet

ISBN : 978-93-87462-16-8

उस युवा पीढ़ी को
जो 'पॉवर पॉलिटिक्स' में नहीं,
मूल्यों की पक्षधर है।

एक

जीवकान्त ने अशोक राजपथ पर मजमा जमा दिया था।

सुबह नौ बजे ही उसने अपने कुछ साथियों के साथ इंजीनियरिंग कॉलेज मोड़ के सामने अशोक राजपथ पर क़ब्ज़ा कर लिया। डेढ़-दो दर्जन की संख्या में किसी आक्रमणकारी की तरह आए छात्रों ने आस-पास की कई दुकानों से धड़ाधड़ बेंचें खींचीं और सड़क को घेरना शुरू कर दिया। सबसे पहले महेन्द्रू की ओर जाने वाली सड़क बन्द की गई। फिर इंजीनियरिंग कॉलेज वाली सड़क। और अन्त में अशोक राजपथ को घेरा गया। इस प्रकार सौ-सवा सौ गज़ की घेरेबन्दी वाली खाली जगह इन छात्रों का एक्टिविटी जोन बनी। माथे पर काले रंग की पट्टी बाँधे ये छात्र इस घेरेबन्दी के मोर्चे पर तैनात हुए और हर राहगीर को हॉकी स्टिक भाँज-भाँजकर डराने-धमकाने लगे। डर के मारे जो जहाँ था वहीं थम गया।

देखते-देखते एक बड़ा हुजूम अशोक राजपथ पर इकट्ठा हो गया। कोई भी बाहरी उस घेरेबन्दी में घुसने या लाँघने की कोशिश करता तो बड़ी तेज़ी से हल्ला उठता और एक साथ कई छात्र उसे घेर कर उसकी वह ठुँकाई करते कि देखने वालों की रूह काँप जाती। हालाँकि फुटपाथ के इर्द-गिर्द जमे लोग सहमे हुए ज़रूर थे, लेकिन 'आगे क्या होता है' की जिज्ञासा भी कम नहीं थी। लिहाजा, वे जिज्ञासु दर्शक की तरह साँसें रोके खड़े थे। इस दौरान जब कई राहगीर पिटने-ठुँकने लगे तो दर्शकों का भय धीरे-धीरे तिरोहित होता हुआ हँसी-ठहाके में तब्दील हो गया। इस हँसी-ठिठोली के बीच ही अचानक एक साईकिल वाला कन्धे पर साइकिल उठाए घेराबन्दी पार हो जाने की कोशिश करने लगा तो कुछ छात्रों ने उसे गर्दन से दबोच कर, उसे साइकिल समेत उठा-बैठक करने का हुक्म जारी कर दिया। वह निरीह कन्धे पर साइकिल टाँगे जब बैठता तो साइकिल के चक्के सड़क से टकराते और पूरी साइकिल उसकी देह से। हैंडिल सिर से तो पैडिल घुटनों से। इस प्रक्रिया में वह बेतरह दर्द से कराह उठता। छात्र उसे बिलबिलाते देख एकाध हाथ भी जड़ देते।

उसकी इस पीड़ादायी स्थिति से उपजा हास्य तमाशबीनो के लिए अच्छा खासा 'टाइम पास' हो गया था।

टाइम को पास करना इसलिए भी ज़रूरी था कि दिवाकर जी और रमेश जी अभी नहीं पहुँचे थे। माइकवाला भी पहुँचने में विलम्ब कर रहा था। वैसे भानू बता रहा था कि रमेश जी, दिवाकर जी वगैरह 'गोप आवास' से निकल चुके हैं और बस पहुँचने ही वाले हैं। हाँ, माइकवाला भी पहुँच ही रहा है। वह घर पर नहीं था इसलिए उसको खोजने में देरी हुई।

इस देरी का लाभ यह हुआ कि जीवकान्त को अपना जलवा दिखाने का पूरा मौका मिल गया। उसने एक्टिविटी जोन के बीचोबीच एक बेंच पर खड़ा होकर नेतृत्व सँभाल लिया और वहीं से मारो-पकड़ो से लेकर आक्रामक नारे लगाने शुरू कर दिए। इस क्रम में उसने कुछ मौलिक नारे भी गढ़े। जैसे, मार पटकनिया! दे चटकनिया!! लाठी-डंडा हूर दे! जो मिले थूर दे!!

जीवकान्त दुबला-पतला, बमुश्किल तेइस-चौबीस साल का छात्र है। गोरा रंग, निकलता क़द। अगर सलीके से कपड़ा पहनता तो कुल मिलाकर सुन्दर भी लगता। लेकिन वह पोशाक के प्रति निहायत लापरवाह है। मुड़ी-तुड़ी पैंट पर ढीली-ढाली पूरे बाजू की कमीज़ इस तरह पहनता मानो पहनना मजबूरी हो। कमीज़ तो हमेशा पैंट के बाहर ही रखता है। कहने वाले कहते हैं कि इससे उसे पिस्तौल छिपाने में आसानी होती है। हालाँकि किसी ने आज तक उसके हाथ में पिस्तौल देखी नहीं, लेकिन आम धारणा यही है कि वह हर वक़्त पिस्तौल से लैस रहता है।

दरअसल, जीवकान्त जितना आक्रामक और तेवर-तुर्शी से भरा रहता है, उससे लोगों की इस धारणा को बल मिलना स्वाभाविक भी है। उसके बारे में यहाँ तक कहा जाता है कि वह दिमाग बाद में चलाता है, हाथ-पैर और ज़ुबान पहले चलाता है। वह इन तीनों अवयवों का इस्तेमाल एक साथ करने में पारंगत है और लोगों ने अक़सर उसकी इस कला का सार्वजनिक प्रदर्शन देखा है।

इस वक़्त भी वह अपनी इस कला का भरपूर प्रदर्शन कर रहा था। वह कभी बेंच से उतरकर किसी राहगीर की ऐसी-तैसी करने लगता और कभी बेंच पर चढ़कर पुरजोर नारेबाजी। एक तरह से जीवकान्त ने इस पूरे मजमे पर क़ब्ज़ा कर लिया था और उसके तमाम साथी उसका साथ देते हुए न सिर्फ़ उसका हौसला बढ़ा रहे थे, बल्कि अशोक राजपथ पर चहुँदिश कायम हो चुकी अपनी दहशत का लुत्फ़ भी उठा रहे थे।

सम्राट अशोक की वैभवशाली स्मृति से जुड़ी यह सड़क अशोक राजपथ महान मगध साम्राज्य की गुमशुदा किंवदंतियों के पते-ठिकानों पर पहुँचाने का दावा करती पटना के पुराने इलाक़े पटनासिटी तक जाती है। लेकिन यह आज भी वाकई राजपथ है तो इसलिए कि जब यह पूरब से चलकर अपने पश्चिमी छोर

कारगिल गोलम्बर पर खुलती है, तो सत्ता-साम्राज्य को जानेवाली दसों दिशाओं के मार्ग प्रशस्त होने लगते हैं। सरपट भागते लोग किसी नई दुनिया की खोज पर जाते दिखते हैं। लेकिन इस अशोक राजपथ को पार करना आसान नहीं है। एक आग का दरिया है और डूब के जाना है। अशोक राजपथ पर एक छोर से दूसरे छोर तक इतना बड़ा जन-सैलाब होता है कि इसमें कब किसकी जान सांसत में पड़ जाए ख़ुदा भी नहीं जानता।

इस वक़्त भी यह जन-सैलाब बुरी तरह हलकान है। धूल-धुआँ, शोर-शराबे और पसीने की टप-टप बहती धार में ऊभचुभ हर कोई बग़लें झाँक रहा है। निजात की कोई सूरत नज़र नहीं आ रही। शॉर्टकट के सारे रास्ते ठसाठस ठप्प हो चुके हैं। बहुतों की ठसक ढीली पड़ चुकी है। बहुत सारे अपनी गाड़ियों के इंजन बन्द कर चुके हैं, जब कि बहुत सारे इस असमंजस में हैं कि इंजन बन्द करें कि न करें। जिनकी गाड़ियों के इंजन बन्द नहीं हैं, वे हॉर्न बजा-बजा कर अपनी खीझ जता रहे हैं। लेकिन दिलचस्प यह कि उनकी इस हरकत से दूसरे कहीं ज़्यादा खीझ रहे हैं।

खीझने की और भी कई वजहें हैं। मसलन, कोई इसलिए खीझ रहा है कि अभी-अभी सड़क पर जो एक फुट की जगह खाली हुई थी, बग़ल से आई एक साइकिल ने छेंक ली है, लिहाजा वह एक फुट आगे बढ़ने से रह गया। कोई इसलिए खीझ रहा है कि दाईं ओर से कोई सड़क छोड़ने को तैयार नहीं, तो बाईं ओर से भीड़ कैसे आगे खिसकेगी ? जाहिर है, आमने-सामने एक-दूसरे से नाक सटाए सवारियाँ एक-दूसरे को कोसते हुए बेबसी में बेचारी बनी हुई हैं। खीझ इस बात पर भी आ रही है कि अशोक राजपथ की बनावट इतनी पेचीदा है कि यहाँ लगे जाम से निकलना किसी चक्रव्यूह को बेधने के पराक्रम से कम नहीं। इसीलिए अशोक राजपथ से गुज़रने वालों की रूह हमेशा काँपती रहती है और वे अपने तमाम इष्ट देवों को याद करते हुए जितनी जल्दी हो, इसे पार कर जाने की हड़बड़ी में रहते हैं। यह हड़बड़ी भी अक़्सर जाम की एक बड़ी वजह है। बस, कार, स्कूटर, मोटरसाइकिल, साइकिल, रिक्शा, ठेला और पैदल सबके सब एक-दूसरे से आगे निकल जाने की ऐसी होड़ और हड़बड़ी में होते हैं कि कोई किसी को जगह देने को तैयार नहीं। ऊपर से तुर्रा यह कि इस लम्बी सड़क पर कोई डिवाइडर नहीं है। यानी खुला खेल फ़र्रुख़ाबाद। दायें, बायें, आड़े-तिरछे जैसे जो चाहे इस सड़क का इस्तेमाल करने को स्वतंत्र। फ़िलहाल, सामने से आ रही किसी सवारी को इसलिए रुकना पड़ सकता है कि इधर वाला अपनी मर्जी भर सड़क को घेरे हुए है। ये हटेगा नहीं, तो वह बढ़ेगा नहीं। वह बढ़ेगा नहीं तो उसके पीछे वाला भी रुका रहेगा। फिर तो पलक झपकते एक-दूसरे के पीछे इतने और इतने प्रकार के वाहन आ जुड़ेंगे कि बस, यही लगेगा—हम अकेले ही चले थे जानिबे मंजिल मगर, लोग आते गए और कारवाँ बनता गया।

अशोक राजपथ के इस हिस्से का भूगोल भी कम दिलचस्प नहीं। कुनकुन सिंह लेन, रमना रोड, एनीबेसेंट रोड, खजांची रोड, मखनियाकुआँ रोड, गोविन्द मित्रा रोड, सब्जीबाग़ रोड से लेकर गाँधी मैदान से पहले बाकरगंज और मुरादपुर गली तक जैसे तमाम उपमार्ग बाईं ओर हैं और इनके मुहाने अशोक राजपथ पर खुलते हैं। इसके विपरीत अशोक राजपथ के दाईं ओर इंजीनियरिंग कॉलेज मोड़ से लेकर गाँधी मैदान तक इंजीनियरिंग कॉलेज, साइंस कॉलेज, सीनेट हॉल, यूनिवर्सिटी मुख्यालय, दरभंगा हाउस, पटना कॉलेज, उर्दू अकादमी, खुदाबख़्श लाइब्रेरी, मेडिकल कॉलेज, डेंटल कॉलेज, सिविल कोर्ट, बीएन कॉलेज आदि के बड़े-बड़े भवन स्थित हैं। इस तरह अशोक राजपथ इस शहर का एक और इकलौता ऐसा मार्ग है, जिसके एक किनारे पर शिक्षा, ज्ञान, चिकित्सा और न्याय के केन्द्र स्थापित हैं, तो दूसरे किनारे पर स्टेशनरी, किताबों, कोचिंग, दवाओं और दलालों की पूरी दुनिया आबाद है। ऐसे में जाम अशोक राजपथ की नियति है।

आज भी यह जो जाम है, इसकी वजह की हर कोई अपनी-अपनी तरह से कयास लगा रहा है। इतनी लम्बी सड़क और एक छोर से दूसरे छोर तक, जहाँ तक नज़र जाती, इतना विशाल कारवाँ कि जाम की किसी एक वजह पर आम सहमति बनना सम्भव भी नहीं है। सच तो यह है, कि गाँधी मैदान के सिरे पर जो वजह सम्भव है, सब्जीबाग़ में ठीक वही वजह नहीं हो सकती और पीएमसीएच (पटना मेडिकल कॉलेज अस्पताल) के गेट के पास जो वजह मुमकिन हो सकती है, वही पटना कॉलेज के पास हो कतई ज़रूरी नहीं। ज़ाहिर है, साइंस कॉलेज और महेन्द्रू मुहल्ले तक या उससे भी और आगे तक कोई एक वजह नहीं हो सकती।

दरअसल, गाँधी मैदान के सिरे पर जो लोग फँसे पड़े हैं उनमें से कइयों का अनुमान है कि सब्जीबाग़ के पहले कॉन्वेंट की बसें फँसी होंगी, लेकिन सब्जीबाग़ के पास कई लोग यह मान रहे हैं कि पीएमसीएच के पास अशोक राजपथ थोड़ा संकरा हो जाता है, जहाँ गोविन्द मित्र रोड और मखनिया कुआँ की ओर से आते वाहनों की वजह से जाम लग गया होगा, या फिर पटना कॉलेज गेट पर छात्रों ने कोई बखेड़ा किया होगा, लिहाजा आए दिनों की तरह आज भी जाम हो गया है। लेकिन यदि इस तरह कयासों के भरोसे रहा जाए तो जाम की कोई निश्चित वजह नहीं मिल सकती। इससे बेहतर यह होगा कि इंजीनियरिंग कॉलेज मोड़ से ही वस्तुस्थिति को देखा जाए, क्योंकि इस छोर से देखने पर जाम की असली वजह नज़र आ जाती है। अक़सर यह पाया गया है कि अशोक राजपथ पर जब जबर्दस्त जाम होता है, तो उधर ही कोई न कोई नुक्स होता है। गरज यह कि आज, अभी, यह जो जाम है, इसकी वजह जानने के लिए सबसे मुफ़ीद जगह है—इंजीनियरिंग कॉलेज मोड़।

यह वह मोड़ है, जहाँ से इंजीनियरिंग कॉलेज का इलाका शुरू हो जाता है। गंगा की ओर उत्तर दिशा में देखें तो दूर से ही कॉलेज की भव्य बिल्डिंग नज़र आती है। इस मोड़ से नाक की सीध में चलें तो इंजीनियरिंग कॉलेज से सीधे टकराएँगे, लेकिन बीचोबीच मुड़ी सड़क गोलकपुर होते हुए लॉ कॉलेज और उससे आगे प्रोफेसर्स क्वार्टर तक जाती है। इस तरह यह सड़क अशोक राजपथ से मुड़ती है, इसीलिए इंजीनियरिंग कॉलेज मोड़ कहलाती है।

इस मोड़ पर तरह-तरह की हलचलें रहती हैं। देर रात तक यह नुक्कड़ गुलजार रहता है। चाय-पान की दुकानें ख़ूब चलती हैं। सुबह-शाम पुलिस की गश्ती-गाड़ी यहीं आकर रुकती है और पुलिसवाले चाय-नाश्ता, तलब-तगादे की रस्म अदा करते हैं। महेन्द्रू की संकरी सड़क जब जाम हो जाती है, तो तमाम सवारियाँ इसी मोड़ से मुड़कर सुविधा के शॉर्टकट ढूँढती हैं। इसी मोड़ पर इंजीनियरिंग कॉलेज के छात्र गोलबन्द हो गप्पें मारते या नयन सुख लेते पाए जाते हैं। इसी मोड़ पर आसपास के मुहल्ले वाले बिजली-पानी के लिए धरना-प्रदर्शन करते हैं। इसी मोड़ से छात्रों के जत्थे-जुलूस निकलते हैं या फिर विरोध-समर्थन की कलाओं का श्रीगणेश करते हैं। ये और ऐसी तमाम गतिविधियों वाला यह मोड़ लोगों में एक तरह से जीवन्त पीठ की हैसियत रखता है।

दो

इसी जीवन्त पीठ पर जीवकान्त आज मजमा जमाए हुए है। यह मजमा जब पूरी तरह उसकी गिरफ़्त में आ चुका, ठीक तभी माइकवाला एक ठेले पर बैट्री, माइक, माइक्रोफ़ोन, एम्पलीफायर वगैरह लादे-फांदे महेन्द्रू की तरफ़ वाली घेरेबन्दी के पास आकर रुका। उस पर नज़र पड़ते ही एक भद्दी-सी गाली उछालता जीवकान्त उस छोर की ओर दौड़ा और बैरियर के रूप में रखी बेंचों को हटाने का आदेश देते हुए चीखा, 'मैकुआ, तोरा महेन्द्रू से इहाँ आवे में केतना टाइम लगता है, रे?'

मैकुआ माइकवाले का नाम नहीं था। लेकिन वह इसी नाम से जाना जाता है। जीवकान्त की गालियों और सवाल के बीच भी पसीना पोंछते हुए मुस्कुराया और घिघियाते स्वर में सफ़ाई दी, 'ए भइया, देख नहीं रहे हैं, केतना जाम लगा है। कइसे-कइसे पहुँचे हैं, हमी जानते हैं।'

'अच्छा...अच्छा, चल!' जीवकान्त ने घेरे के अन्दर ठेले का हैंडिल खींचते हुए घुड़की दी, 'जल्दी से माइक चालू कर!'

ठेला अन्दर दाखिल हुआ। बेंचें फिर बैरियर की तरह सड़क पर लगा दी गईं। जीवकान्त ठेले के इई-गिर्द मँडराता रहा। जब तक माइक में सूं-सां नहीं हुआ, उसकी बेचैनी देखने लायक थी। वह चुटरी की तरफ़ देखकर बोला, 'स्साला, माइको एकदम खतमे बुझाता है।'

'अगली बार से मोटका को बुलाएँगे।' चुटरी ने जीवकान्त की आपत्ति पर सहमति के साथ सुझाव दिया।

'कारे, मैकुआ, केतना देर में तोर बाजा बजेगा?' जीवकान्त गुस्से में मैकुआ के क़रीब लपका।

मैकुआ ने सिर उठाकर माइक्रोफ़ोन में मुँह सटाया और टेस्टिंग के लिए 'हैलो-हैलो' बोलना शुरू किया।

अशोक राजपथ के उस दहशतज़दा दृश्य में माइक की आवाज़ ने जैसे रोमांच भर दिया। जो जहाँ था, वहीं साँसें रोके माइक की महिमा का बेसब्री से इन्तज़ार करने लगा। माइक ने एक लम्बी 'सूं-सूं-सूं' की रेंक ली। मैकुआ ने एम्पलीफायर से इसे एडजस्ट किया और माइक्रोफ़ोन जीवकान्त को थमा दिया।

माइक्रोफ़ोन हाथ में आते ही जीवकान्त के चेहरे पर उत्साह, उमंग और उल्लास के ऐसे भाव आए, गोया किसी बच्चे ने बड़ी लम्बी प्रतीक्षा के बाद मनचाहा खिलौना हासिल किया हो। वह माइक्रोफ़ोन हाथ में लिए ठेले पर चढ़ा और अपनी गहरी-चमकती आँखों से दूर-दूर तक खड़ी भीड़ का जायज़ा लिया। उसे लगा कि लोग-बाग उसे सुनने को बेताब हैं। उसने भी बग़ैर एक पल की देरी किए जोर से आवाज़ लगानी शुरू कर दी।

'छात्र एकता!'

'ज़िन्दाबाद! ज़िन्दाबाद!!'

'छात्र एकता!'

'ज़िन्दाबाद! ज़िन्दाबाद!!'

'छात्र एकता!'

'ज़िन्दाबाद! ज़िन्दाबाद!!'

देखते-देखते आसमान गूँजने लगा। दिशाएँ हहराने लगीं। अशोक राजपथ की धड़कने तेज़ हो गईं।

नारों की गूँज के बीच ही जीवकान्त ने बोलना शुरू किया।

'भाइयों-बहनों! आज हम यहाँ एक बड़े उद्देश्य से जमा हुए हैं। यह उद्देश्य है छात्रों के भविष्य से खिलवाड़ करने वालों का विरोध। शिक्षा में आ रही गिरावट का विरोध। शिक्षा को व्यापार बना देने वाले शिक्षकों का विरोध। कोचिंग-ट्यूशन का धन्धा चलाने वालों का विरोध।'

जीवकान्त क्षण भर को रुका। उसने अपनी बात का असर देखने के लिए अपने

साथियों को निहारा। अचानक किसी ने ताली बजायी और फिर तालियों का नाद-स्वर यूँ एक साथ उठा कि जीवकान्त का रोम-रोम रोमांच से भर गया। उसने कहीं ज़्यादा आत्म विश्वास से बोलना शुरू किया, 'भाइयों, बहनों!'

इस बार ठेले के पास खड़े छात्रों में से किसी ने टोका, 'बहिन कहाँ है रे, कोई ?'

जीवकान्त को यह चुहल अच्छी लगी। वह मन ही मन मज़ा लेते हुए दूर-दूर तक भीड़ का जायज़ा लेने लगा। सचमुच कहीं कोई लड़की-औरत नज़र नहीं आई। उसे थोड़ी निराश हुई। फिर भी उसने हौसले के साथ बात जारी रखी।

'अभी-अभी छात्र एकता मंच' के अध्यक्ष रमेश जी और महासचिव दिवाकर जी सहित कई दिग्गज छात्र नेता पधार रहे हैं। आप धैर्य बनाए रखें और छात्र नेताओं के भाषण सुनें और लाभान्वित हों।

बात पूरी होते न होते जीवकान्त को लगा कि उसने शुरुआत जितनी अच्छी की थी, अब वह उतना अच्छा नहीं बोल पा रहा है। आगे क्या बोलना है, उसकी समझ में ही नहीं आ रहा था। भीतर से खालीपन के साथ ही, एक कमतरी का भी एहसास हुआ कि यह सब कुछ वह कर रहा है और इस पर असली हक़ दिवाकर जी और रमेश जी जमा लेंगे। बस, अगले ही क्षण उसने माइक्रोफ़ोन को कसकर भींचा और एक शेर जड़ दिया।

'वक़्त आने पर तुझे बता देंगे, ऐ आसमां,
हम अभी से क्या बताएँ, क्या हमारे दिल में है।'

दिल से निकले इस शे'र का जोरदार असर हुआ।

तालियों की गड़गड़ाहट के साथ शोर का सैलाब-सा उमड़ पड़ा-आ गए! रमेश जी आ गए!! दिवाकर जी आ गए!!!

ठेले पर खड़े जीवकान्त ने दाईं ओर मुड़कर देखा। इंजीनियरिंग कॉलेज वाली सड़क से दिवाकर जी, रमेश जी, कमलेश, केसर के साथ विद्या, अनीता लपकते चले आ रहे हैं। उनके पीछे 'गोप आवास' और पीजी हॉस्टल के लड़कों की भीड़ थी। सभी जैसे-जैसे नजदीक आते जा रहे थे हवा में उठते हाथ और गूँजती आवाज़ें स्पष्ट होती जा रही थीं।

'जो हमसे टकराएगा!'

'चूर-चूर हो जाएगा!'

'कॉलेज शिक्षक! होश में आओ!'

'होश में आओ, होश में आओ!'

'ट्यूशन-कोचिंग बन्द करो!'

'बन्द करो! बन्द करो!!'

'शिक्षा का व्यवसाय!'

'बन्द करो! बन्द करो!!'

तीन

झक्क सफ़ेद कुर्ता-पायजामा में सजे-धजे रमेश जी और दिवाकर जी के चेहरे पर दूर से ही खुशी चमक रही थी। जीवकान्त ने उन दोनों के क़रीब आते-आते महसूस किया कि वह अचानक अप्रासंगिक हो गया है। घेरे में उसे घेर कर खड़े छात्रों का हुजूम इंजीनियरिंग कॉलेज वाली सड़क की ओर उत्तेजना और उत्सुकता से निहार रहा था। वह हाथ में माइक्रोफ़ोन लिए हुए ख़ुद को अकेला पा रहा था।

अशोक राजपथ की घेरेबन्दी के बीच अब तक ग़ज़ब की सनसनी व्याप्त हो चुकी थी। दिवाकर जी, रमेश जी के इस दायरे में दाखिल होते ही नारों का शोर गगन भेदने लगा था। सैकड़ों हाथ एक साथ हवा में उठते और गिरते तो बेताब लहरों का पछाड़ खाने जैसा शोर महसूस होता। यह स्थिति जब थमती नज़र नहीं आई तो दिवाकर जी ने हाथ उठाकर अपने साथियों को शान्त होने का संकेत किया। सभी शान्त हो गए। धीरे-धीरे माहौल में एक बेचैन खामोशी तिर आयी, जिसे पुलिस जीप के हॉर्न ने बाधित किया।

जीप गाँधी मैदान की ओर से आई थी, जिस पर 'पीरबोहर थाना' लिखा था। जीप बेंचों के बैरियर के पास आकर रुकी और उसमें से धड़ाधड़ कई सिपाही सड़क पर उतर आए। सबके कन्धे पर राइफ़लें टँगी थीं और हाथ में बेंत की छड़ियाँ थीं। सबके चेहरे पर पसीना चुहचुहा रहा था। जीप की अगली सीट से इन्स्पेक्टर तसलीमुद्दीन उतरा और सड़क के बीचोबीच इत्मीनान से खड़ा हो गया। उसके सिपाही भी गमछे से पसीना पोंछते-सुखाते आराम की मुद्रा में आ गए।

छात्रों ने पुलिस को देखा तो जैसे उनका जोश उबाल खाने लगा। वे एक बार फिर मुट्ठियाँ लहराते हुए नारे लगाने लगे—'जो हमसे टकराएगा, चूर-चूर हो जाएगा!'

रमेश जी ने बग़ैर देरी किए माइक्रोफ़ोन हाथ में लेकर अपना भाषण शुरू कर दिया, 'मेरे नौजवान दोस्तों! आज हम यहाँ यह एलान करने के लिए जमा हुए हैं कि छात्रों के भविष्य से खिलवाड़ बन्द नहीं हुआ तो हम ईंट से ईंट बजा देंगे। हम ग़रीब नौजवान, छात्रों का भविष्य बर्बाद नहीं होने देंगे। जो लोग शिक्षा को व्यापार बनाकर लाखों-करोड़ों रुपये की कमाई कर रहे हैं, उन्हें हम चेतावनी देते हैं कि यह धन्धा बन्द कर दें, नहीं तो उन्हें इसका गम्भीर परिणाम भुगतना होगा। जैसा कि आप सभी जानते हैं इधर कई वर्षों से ट्यूशन-कोचिंग का धन्धा ख़ूब जोरों पर है। यूनिवर्सिटी-कॉलेज में पढ़ाने वाले सारे शिक्षक इस धन्धा में शामिल हो गए हैं। माने यह कि दरमाहा (वेतन) ले रहे हैं यूनिवर्सिटी-कॉलेज से और ड्यूटी बजा रहे हैं कोचिंग में। भला बताइए, ऐसे कैसे चलेगा?'

रमेश जी जब बोलते हैं, तो बोलते ही चले जाते हैं। उन्हें बात से बात निकालना ख़ूब आता है। इसी कला की वजह से वह घंटा भर भाषण खींच देते हैं। आज भी वह पूरे मूड में दिख रहे थे, लिहाजा उन्होंने अपना सवाल उछालने के साथ ही जवाब भी जोड़ दिया, 'हम अब यह धन्धा नहीं चलने देंगे। ग़रीब माँ-बाप हम छात्रों को यहाँ अपना पेट काटकर, कर्ज़ा-पइंचा लेकर पढ़ने भेजता है। लेकिन ये पोरफेसर लोग क्या करते हैं? पढ़ाते नहीं हैं। कॉलेज आएँगे नहीं। आएँगे तो पढ़ाएँगे नहीं। कोर्स पूरा नहीं होगा। फिर किसका नुकासान होता है? हम छात्रों का। गाँव-देहात से पढ़ने आए ग़रीब नौजवानों का। यह ग़रीबों को शिक्षा से वंचित करने का षड्यंत्र है। काहे कि जो सक्षम है, पैसा वाला है, वह तो कोचिंग-ट्यूशन कर लेगा। बाकी ग़रीब क्या करेगा? मरेगा। दूसरों से पिछड़ेगा। अन्त में क्या होगा? ग़रीब ग़रीब ही रह जाएगा। इसलिए मेरे नौजवान साथियों, इस साजिश के खिलाफ़ हम जंग का एलान करते हैं। कोचिंग बन्द करो। कॉलेज में पढ़ाई सुनिश्चित करो। शैक्षणिक कलेण्डर प्रकाशित करो। छात्रों के भविष्य से खिलवाड़ बर्दाश्त नहीं करेंगे। जब तक हमारी ये माँगें पूरी नहीं होगी, हम अपना आन्दोलन जारी रखेंगे। धन्यवाद! छात्र एकता, ज़िन्दाबाद!'

किसी को विश्वास नहीं हुआ कि रमेश जी का भाषण इतनी जल्दी खत्म हो जाएगा। इसीलिए क्षण भर को रस्मी तालियाँ नहीं बजीं। लेकिन जैसे ही रमेश जी ने माइक्रोफ़ोन दिवाकार जी की ओर बढ़ाया, तालियाँ बजने लगीं। तालियों के शोर में ही दिवाकर जी ने पूछा, 'काहे हड़बड़ा गए?'

'बड़ी जोर का पखाना लगा है।' रमेश जी फुसफुसाए, 'बुझाता है, पेट गड़बड़ा रहा है। आप सँभालिए हम आवास जाते हैं।'

रमेश जी तेज़ी से इंजीनियरिंग कॉलेज वाली सड़क की ओर लपके। उनकी हड़बड़ी को कोई समझा, कोई नहीं समझा। इससे पहले कि लोगों का ध्यान बँटे, दिवाकर जी ने माइक्रोफ़ोन सँभाल लिया। गला साफ़ करने के लिए खंखारे। खंखार गले में आकर अटका तो पिच्च से अपनी दाहिनी ओर थूक दिया। इत्मीनान हो जाने पर कि गला साफ़ हो गया है, वह माइक्रोफ़ोन मुँह से सटाकर भीड़ का जायज़ा लेने लगे।

दिवाकर जी बोलें, इस प्रतीक्षा और उत्सुकता में लोग चुप्पी साधे हुए थे। अचानक, सामने से एक पुलिस जिप्सी सनसनाती हुई आयी और घेरे के पास धचके से रुकी। जिप्सी में डीएसपी राजेश चन्द्रा था। गोरा-चिट्टा, लहीम-शहीम। एकदम फिल्मी हीरो जैसा। आँखों पर धूप का चश्मा चढ़ाए वह सड़क पर उतरा तो पहले से वहाँ खड़े इन्स्पेक्टर तसलीमुद्दीन ने एड़ियाँ बजाकर सैल्यूट मारा। डीएसपी चन्द्रा ने तसलीमुद्दीन से पूछा, 'कुछ बात हुई?

'नहीं सर!'

'कौन है इनका लीडर?'

'सर! वही सामने खड़ा है—दिवाकर!'

'ठीक है। मैं देखता हूँ। आप आइए साथ!'

'सर!'

डीएसपी चन्द्रा बेंचों के बैरियर को पार करता हुआ घेरेबन्दी में घुसा। इन्स्पेक्टर तसलीमुद्दीन ने छात्रों के बीच से रास्ता बनाना शुरू किया। सिपाही भी उसकी मदद करने में लग गए।

डीएसपी चन्द्रा को 'एक्टिविटी जोन' में दाखिल होते देख छात्रों की भीड़ से हहराता शोर उठा और एक साथ ढेरों लड़के दिवाकर जी के क़रीब यूँ सिमट आए, गोया सुरक्षा-घेरा बना रहे हों। एक तरह से लड़कों ने दिवाकर जी को छाप लिया था। बावजूद इसके दिवाकर जी को अपना गला सूखता जान पड़ा। बमुश्किल थूक निगलकर उन्होंने अपनी बात आगे बढ़ाई, 'साथियों, हम एक बात साफ़ कर देना चाहते हैं कि हमारा पुलिस प्रशासन से कोई विरोध नहीं है। हम तो बस, विश्वविद्यालय प्रशासन को चेताना चाहते हैं कि ट्यूशन-कोचिंग का धन्धा बन्द हो, नहीं तो हम छात्र अपना आन्दोलन तेज कर देंगे।'

दिवाकर जी ने देखा कि डीएसपी चन्द्रा भीड़ को चीरते हुए उनके क़रीब आ खड़ा हुआ है। वह आगे कुछ बोलते कि डीएसपी चन्द्रा ने पुलिसिया रौब में उन्हें टोका। दिवाकर जी चन्द्रा की बात समझ पाते, इससे पहले ही उनके बग़ल में खड़े जीवकान्त ने हवा में हाथ लहराते हुए नारा बुलन्द कर दिया, 'जो हमसे टकराएगा...!'

छात्रों का समेत स्वर गूँज उठा, 'चूर-चूर हो जाएगा!'

यह निहायत अपमानजनक था। डीएसपी चन्द्रा के नथुने फूलने लगे। उसे लगा कि छात्रों की यह भीड़ उसका दर्प चूर-चूर कर देने की चुनौती दे रही है। उसने कड़वा घूँट पीते हुए स्वयं पर काबू किया। जलती निगाह से जीवकान्त को घूरा और सीधे दिवाकर जी से मुखातिब हो गया, 'अभी तुरन्त यह सभा खत्म कीजिए। जाम हटाइए।'

चन्द्रा के बोलते-बोलते छात्रों के बीच से 'होऽ होऽऽ होऽऽऽ' का शोर उठा और सारा पुलिसिया रुआब तमाशे में तब्दील हो गया। डीएसपी चन्द्रा के तन-बदन में आग-सी लग गई। उसकी नज़र दिवाकर जी से मिली। दिवाकर जी मुस्कुरा रहे थे। डीएसपी चन्द्रा के जी में आया कि वह सामने बेशर्मी से मुस्कुरा रहे इस पिद्दी की ऐसी की तैसी कर दे। लेकिन अनुभवी इन्स्पेक्टर तसलीमुद्दीन ताड़ गया। उसने आगे बढ़कर दिवाकर जी को समझाने की पहल की, 'अरे भाई, मान जाइए। ई जाम लगाने से क्या मिलेगा? खामखाह लोगों की परेशानी बढ़ रही है।'

'ए इन्स्पेक्टर साहेब, लोग की परेशानी का एतना चिन्ता है। और हम लोग को केतना परेशानी है, ई कबो बूझे हैं?' जीवकान्त तैश में तुर्की-ब-तुर्की बोला।

'कौनो परेशानी इस तरह थोड़े न खतम होता है। ई जाम लगावे से क्या होगा?' इन्स्पेक्टर तसलीमुद्दीन ने सीधे जीवकान्त से ही सवाल किया।

जीवकान्त के बोलने से पहले ही दिवाकर जी ने बात लपक ली, 'कुछ हो चाहे न हो, हम ई जाम न हटाएँगे।'

दिवाकर जी की बात पूरी होते न होते फिर हहराता शोर उमड़ा, 'हाँ, हाँ...जाम न हटेगा!'

अब तक ख़ुद पर काबू रखे चन्द्रा भड़क उठा, 'ऐसे नहीं मानोगे, तो हम आप सबको गिरफ़्तार कर लेंगे।'

जीवकान्त भी उसी तैश में चुनौती पर उतर आया, 'जो मन करे सो करिए। लेकिन बूझ लीजिएगा।'

'ऐसे नहीं मानेगा सब।' डीएसपी चन्द्रा इन्स्पेक्टर तसलीमुद्दीन की ओर घूमा, 'जितना सब नेता बनता है, सबको गिरफ़्तार कीजिए!'

इन्स्पेक्टर तसलीमुद्दीन हकलाया। वह कुछ कहने के लिए मुँह खोलने ही को था कि भीड़ में फिर तेज स्वर उठा और आसमान गूँजने लगा।

'जो हमसे टकराएगा!'

'चूर-चूर हो जाएगा!!'

'पुलिस ज़्यादती नहीं चलेगी!'

'नहीं चलेगी! नहीं चलेगी!!'

ऐन इस शोर के बीच डीएसपी चन्द्रा ने जीवकान्त का कॉलर पकड़ा और खींचते हुए उसे एक सिपाही के हवाले कर दिया। डीएसपी की इस कार्रवाई के साथ ही अब तक मूक खड़े सिपाहियों ने छात्रों को दबोचना शुरू कर दिया।

पुलिस के हरकत में आते ही भीड़ में भगदड़ मच गई। 'एक्टिविटी जोन' में खड़े कई छात्रों ने जिधर जगह मिली, भागना शुरू कर दिया। कुछ सिपाहियों ने सड़क घेरे बेंचों को हटाया और उन्हें अपने बूटों से इधर-उधर उछाल दिया, गोया अपना शौर्य दिखा रहे हों। छात्रों का हुजूम कुछ दूर जाकर फिर रुका और 'हो-हो' की आवाज़ें लगाता, पुलिसवालों को चिढ़ाने लगा। कुछ उत्साही पुलिस जवान लाठियाँ भाँजते इस हुजूम की ओर दौड़े कि छात्रों ने पथराव शुरू कर दिया। पुलिस जवान ठिठके फिर पत्थरों से बचने के लिए पीछे खिसकने लगे। छात्रों को लगा पुलिसवाले पीछे हट रहे हैं। कुछ छात्र हाथों में पत्थर लिए पुलिस जवानों की तरफ़ दौड़े। पुलिस जवान भागने लगे। छात्रों के हुजूम को बल मिला। एक पूरा रेला पुलिसवालों पर दौड़ पड़ा।

डीएसपी चन्द्रा उग्र होती इस भीड़ को देखकर बौखला उठा। उसने हवाई फायर का आदेश कर दिया। राइफ़लधारी जवानों ने हवा में गोलियाँ दागनी शुरू कर दीं। आसमान धाँय...धाँय...धाँय गूँजने लगा।

यह सब कुछ पलक झपकते हुआ। आसमान में बारुद की गन्ध, सड़क भर भगदड़। जिसे जिधर जगह मिली भागने लगा। भागते लोगों को सिपाहियों ने खदेड़ कर पीटना शुरू कर दिया। पिटने वाले छात्र थे, यह गारंटी से नहीं कहा जा सकता। लेकिन राहगीर-तमाशबीन थे, ये पक्का था। सड़क पर इधर-उधर चप्पल-जूते नज़र आ रहे थे। एक साइकिलवाला साइकिल समेत भागने के चक्कर में सड़क पर गिर पड़ा था और एक पुलिस जवान ने उसे ढेर पाकर लाठी से पीटना शुरू कर दिया था। चारों ओर युद्ध का नज़ारा था। और पुलिसवाले आश्वस्त नहीं थे कि उन्होंने युद्ध जीत लिया है। लिहाजा वे जिधर भी कोई नज़र आता, उधर आक्रमणकारी की तरह दौड़ पड़ते और उसके हत्थे चढ़ते ही राइफ़ल के कुन्दों और बूटों की ठोकरों से वो ठुँकाई करते कि उसका एक-एक अंग चीख उठता।

डीएसपी चन्द्रा ने विजयी भाव से चारों ओर नज़र दौड़ाई। और खेत हो चुके इस रणक्षेत्र से पकड़े गए एक दर्जन लोगों को जीप और जिप्सी में ठूँसकर थाने ले चलने का हुक्म दनदना दिया।

चार

जिस वक़्त 'गोप आवास' तक ख़बर पहुँची रमेश जी पखाना में थे।

पखाने के दरवाज़े पर खड़े-खड़े भानू बताने लगा, 'भइया हो, पुलिस दिवाकर जी, जीवकान्त, कमलेश, केसर, चुटरी सबको पकड़ के ले गई।'

भानू हाँफ रहा था। उसकी आवाज़ ऊपर-नीचे हो रही थी। रमेश जी ने कुछ सुना-कुछ नहीं सुना। पेट भी ऐंठ रहा था, इसलिए भानू की बात पर ध्यान कम अपनी पीड़ा पर ज़्यादा था। बड़ी मुश्किल से कूंथते हुए उन्होंने आवाज़ दी, 'आते हैं, तब डिटेल बताना।'

अब तक विद्या और अनीता भी आ पहुँची थीं। उनके पीछे-पीछे तेजप्रकाश, तपेसर और टिंकुआ भी थे। सबके चेहरे पर अभी-अभी पुलिस से हुई मुठभेड़ और बचकर निकल भागने की बदहवासी थी। सभी उत्तेजना से भरे थे। हर कोई कुछ न कुछ कहने को उतावला और रमेश जी थे कि पख़ाना से बाहर निकलने का नाम नहीं ले रहे थे।

आखिर सब्र की भी हद होती है। विद्या बड़ी देर से उफना रही थी, सो वह फट पड़ी, 'जानते हो क्या हुआ?'

विद्या किससे मुखातिब थी, यह कोई नहीं समझ पाया। विद्या बोले जा रही थी, 'हम जैसे ही देखे कि डीएसपीया जीवकान्त का कॉलर पकड़ा, बूझ गए कि ले बलइया हुआ बवाल। बस, अनीतवा का हाथ पकड़े और खींच के इसको धीरे से खिसक

लिये। पुलिसवा वाला सब घेरे लगा तो हम दूनो भागे। लेकिन ई अनीतवा के सेंडिल का हील उखड़ गया। एतने में एगो सिपहिया पहुँच गया। अनीतवा तो रोवे लगी।'

विद्या रुकी। अनीता अभी भी रुआँसी थी। विद्या हँसी, 'केतना कहे हैं कि तनी फैशन कम कर। लेकिन ना। हाई हील से नीचे न उतरती है।'

इसी बीच रमेश जी गमछा से हाथ पोंछते नमूदार हुए, 'ए विद्या, काहे अनीता को डाँटती है?'

विद्या रमेश जी से सीधे मुखातिब हुई, 'जानते हैं सर, सिपहिया सब जो पकड़ाया, उसको थूर के रख दिया। ऊ तो लक अच्छा था कि महतो जी हमको चीन्ह लिए। ऊहे सिपाही सब को रोक के हम लोग को भगा दिए।'

'महतो?' रमेश जी हँसे, 'ऊ मोटका हवलदार? ऊ तो तुमको चीन्हबे करता है। केतना बेर तो हम लोग के साथ तुमको देखा है।'

रमेश जी के स्वर में अपनी पहुँच-पहचान का रौब था। उन्होंने सभी को सरसरी निगाह से देखा और बरामदे में पड़ी चौकी पर बैठते हुए भानू से बोले, 'भनुआ, क्या बोल रहा था? लैट्रिन में बैठे थे, कुछ न सुनाया तोरा भासन।'

भानू अभी भी उत्तेजना से भरा था। विद्या की बात छोड़कर रमेश जी उससे मुखातिब थे, ये देखकर और जोश में आ गया, 'सर, आपके वहाँ से निकलने के बाद डीएसपी चन्द्रा जीवकान्त का कॉलर पकड़ लिया। फिर सिपहिया सब लड़का लोग पर टूट पड़ा। ख़ूबे रोड़ेबाजी हुई। चारों ओर खदेड़ा-खदेड़ी। जिसको जिधर समाया, उधरे भाग। सिपहिया सब गोलियो चलाया। चार-पाँच राउंड। दिवाकर जी, जीवकान्त, कमलेश, केशर को पकड़ के जीप में बैठा लिया। औरो कईठो लड़का पकड़ाया है। सबको पीरबहोर थाना ले गया है।'

'बुझाता है। ई डीएसपीया स्साला, बौरा गया है। इसका कौनो उपाय करे के पड़ेगा।' रमेश जी फुँफकारे।

'विधायक जी को फ़ोन करके बताना होगा।' विद्या ने रमेश जी को सुझाया, 'नहीं तो पता न पुलिसवाला सब ऊ लोग का क्या गत करेगा!'

'ए विद्या, सरकार आपन है। कोई का मजाल न है, जो दिवाकर जी, जीवकान्त का कुछ उखाड़ सके।' रमेश जी ने हुंकार भरी, 'ईंटा से ईंटा न बजा दिए तो हमरे नाम रमेश यादव ना।'

रमेश जी की हुंकार से सबका उत्साह बढ़ा। भानू ने उत्सुकता से पूछा, 'सर, अब क्या होगा?'

'चलते हैं। पीरबहोर थाना। देखते हैं क्या होता है?' रमेश जी ने उठने का उपक्रम करते हुए अनीता को टोका, 'क्या हुआ अनीता, काहे मुँह बनवले है?'

बीए पार्ट टू की यह अनीता देखने में जितनी सुन्दर है, उससे ज़्यादा सुन्दर दिखने के उपक्रम करती है। चेहरे से निहायत मासूम। मन में बहुत कुछ करने की इच्छा लिए

वह विद्या को अपनी बड़ी बहन ही नहीं, गुरु भी मानती है। अचानक पूछे रमेश जी के प्रश्न से वह थोड़ा ज़्यादा ही रुआँसी हो आई। चेहरे पर लटक आई एक लट को दाहिने हाथ की तर्जनी से पीछे झटककर बोली, 'हमरा तो सेंडिले टूट गया है।'

'कौनो बात नहीं।' रमेश जी ने कुर्ते की ज़ेब से चाभी निकालकर बढ़ाया, 'तुम हमरा कमरा में आराम करो। विद्या होस्टल से सेंडिल लेते आएगी, तब जाना। बाकी सब लोग हमरा संगे चलो।'

अनीता के बजाय विद्या ने आगे बढ़कर चाभी लपक ली। वह भीतर से भुनी हुई बेहद तुर्शी से बोली, 'हमू अनीता के साथ ईहें रहते हैं।'

रमेश जी गड़बड़ाए। उन्हें लगा कि विद्या उनकी मंशा ताड़ गई है। इससे पहले कि उनका दाँव फेल होता, उन्होंने दाँव खेल दिया, ' दिवाकर जी को छुड़ाना ज़रूरी है कि यहाँ बैठ के आराम करना?'

दिवाकर जी विद्या की कमजोरी हैं। रमेश जी ने तीर निशाने पर साधा था। विद्या ने मन मसोसकर चाभी अनीता की ओर बढ़ाकर ताना मारा, 'बिलार के भाग से छींका टूटा।'

अनीता बोली कुछ नहीं, लेकिन उसके होंठों पर रेंगी मुस्कराहट रमेश जी के सीने के पार हो गई।

लड़के लॉज के नीचे खड़े प्रतीक्षा कर रहे थे।

रमेश जी सीढ़ियाँ उतरने लगे तो विद्या भुनभुनाई, 'ई अनीतवा तो एकदमे फैशन की मारी है। पटना का हवा लग गया है इसको।'

'ए विद्या, काहे गुस्साती हो। तुम क्या कम फैशन करती हो?' रमेश जी ने चुहल की, 'हर हफ़्ता शहनाज ब्यूटी पॉर्लर कौन जाता है?'

'आप भी न!' विद्या सहज ही चहक उठी, 'एतना तो करने पड़ता है।'

नीचे इन्तज़ार करते लड़कों से रमेश जी ने पूछा, 'केतना मोटरसाइकिल है, रे?'

तपेसर ने जवाब दिया, 'चार ठो सर!'

'ठीक है। सब लोग एक-दूसरा पर लद जाओ। हम भानू के साथ चलते हैं।'

मोटरसाइकिलें स्टार्ट हुईं। तेजप्रकाश की मोटरसाइकिल पर विद्या बैठी तो भानू की मोटरसाइकिल पर रमेश जी। इससे पहले कि भानू मोटरसाइकिल गियर में डालता, रमेश जी को जैसे कुछ याद आया, 'अरे दवाइया लेना तो भूलिये गए। रुक तो भानू, लेके आते हैं।'

भानू मोटरसाइकिल स्टार्ट किए खड़ा रहा। रमेश जी तेज़ी से मोटासाइकिल से उतरे और सीढ़ियाँ फलाँगते 'गोप आवास' के बरामदे तक जा पहुँचे। फिर लम्बे डेग भरते अपने कमरे तक आए। दरवाज़ा खुला था। रमेश जी को दरवाज़े पर देखकर अनीता चिहुँकी, 'सर...क...क...क्या हुआ?'

'ऊ...क्या है कि दवाई भुला गए थे। वो ही लेने आए हैं।' रमेश जी हकलाए।

'तबीयत का ध्यान काहे न रखते हैं, सर!' लरजती आवाज़ में अनीता ने फ़िक्र जताई।

रमेश जी के अन्दर घंटियाँ बजने लगीं। मन ही मन मुस्कराते कमरे में दाखिल हुए और सीधे अनीता की आँखों में झाँककर बोले, 'अनीता, विद्या तुमसे जलती है। उससे बचके रहना।'

'काहे? हमसे ऊ काहे जलेगी?' अनीता के चेहरे पर ही नहीं, सवाल में भी मासूमियत थी।

'तुम सुन्दर हो। स्मार्ट हो। इसीलिए।' रमेश जी की आँखें अनीता की आँखों में उलझ गई थीं।

'झुट्ठे! हम सुन्दर कहाँ हैं?' अनीता इतराई। उसकी आँखें भी रमेश जी की आँखों में समा गईं।

रमेश जी का साहस बढ़ा। उन्होंने आगे बढ़कर अनीता का हाथ थाम लिया। अनीता ने कोई विरोध नहीं किया। रमेश जी ने अनीता को खींचकर अपने सीने से सटा लिया। अनीता कुनमुनाई, 'कोई आ जाएगा!'

रमेश जी सचमुच घबरा गए। लगा कि कोई सीढ़ियाँ चढ़ रहा है। हड़बड़ी में ख़ुद को सँभालने की कोशिश की। इस कोशिश में भी उन्होंने बड़े तरीके से अनीता के जिस्म की पैमाइश कर डाली। अनीता ने उन्हें झटका देते हुए याद दिलाया, 'दवाई लेके जाइए!'

'दवाई तो मिल गई।' उल्टे पाँव लौटते रमेश जी जैसे ही दरवाज़े पर पहुँचे कि सामने भानू को देखकर ठिठक गए। क्षण भर को लगा कि स्साला भनुआ रंगे हाथ पकड़ लिया है। लेकिन यह भ्रम था। इस भ्रम से बाहर निकलते हुए उन्होंने भानू को झिड़की दी, 'कारे, स्साला, तोरा धीरज न धरा गया?'

भानू जहाँ था, वहीं थम गया। सचमुच कुछ गोपनीय देखने का उसका रोमांच हवा हो गया था। वह उल्टे पाँव मुड़ा और दनदनाता हुआ सीढ़ियाँ उतर गया।

पाँच

पीरबहोर थाना परिसर में एक साथ चार मोटरसाइकिलों पर पहुँचे लड़कों ने जैसे हल्ला ही बोल दिया। मोटरसाइकिलें जब तक बन्द हों, पीछे बैठे लड़के धड़ाधड़ कूदे और रमेश जी के नेतृत्व में नारे लगाने लगे।

'पुलिस ज़्यादती!'

'नहीं चलेगी! नहीं चलेगी!!'

'पुलिस ज़्यादती!
'नहीं चलेगी! नहीं चलेगी!!'
'छात्र एकता!'
'ज़िन्दाबाद! ज़िन्दाबाद!!'
'छात्र एकता!'
'ज़िन्दाबाद! ज़िन्दाबाद!!'

उफान मारते लड़कों के जोश के साथ रमेश जी पीरबहोर थाने की सीढ़ियाँ चढ़ते सीधे बरामदे में जा पहुँचे। बरामदे में मौजूद सिपाहियों ने रमेश जी को रोका। रमेश जी सिपाहियों की इस हरकत से आगबबूला हो गए, 'कहाँ हैं इन्स्पेक्टर साहब, हमको उनसे मिलना है?'

इससे पहले कि कोई सिपाही जवाब देता, इन्स्पेक्टर तसलीमुद्दीन स्वयं अपने कक्ष से बाहर निकल आया। वह रमेश जी को पहचानता था, लिहाजा सीधे नाम लेकर बोला, 'रमेश जी, काहे एतना गुस्साए हैं। तनी शान्त रहिए, शान्त!'

'ए इन्स्पेक्टर साहब, कहाँ है हमरा छात्र नेता लोग? कौन जुर्म में ऊ लोग को गिरफ़्तार किए हैं?' रमेश जी शान्त होने के बजाय कहीं ज़्यादा उग्र हो आए, 'आप जो किए हैं। ठीक न किए हैं? अब आप ही बूझिएगा!'

'अरे पहले शान्त तो होइए!' तसलीमुद्दीन रमेश जी को अपने कक्ष में खींच कर ले जाने लगा, 'हम कुछ न किए हैं। सब डीएसपी साहब का करा-धरा है। नया-नया हैं। जोश तनी ज़्यादे है।'

'उनका जोश देखिए न कैसे ठंडा होता है।' इन्स्पेक्टर कक्ष में दाखिल होते ही रमेश जी ने रौब गाँठा, ' विधायक जी को ख़बर हो गई है। ऊहो आ ही रहे हैं।'

विधायक जी यानी सन्तू यादव उर्फ़ सन्तन प्रसाद यादव। सत्तारूढ़ पार्टी के दबंग विधायक। मुख्यमंत्री आवास तक सीधी पैठ। उनका कहा एक-एक शब्द मतलब मुख्यमंत्री का फ़रमान। उन्हीं के फ़रमान पर इन्स्पेक्टर तसलीमुद्दीन की रानीगंज से उठाकर सीधे राजधानी के इस मालदार थाने पीरबहोर में पोस्टिंग हुई थी। इस पोस्टिंग से गद्गद और एहसान तले दबे इन्स्पेक्टर तसलीमुद्दीन हर हफ़्ते विधायक जी के आवास पर सैल्यूट मारना नहीं भूलते हैं। यह जानकर कि विधायक जी उसके थाने में आने वाले हैं, इन्स्पेक्टर तसलीमुद्दीन हड़बड़ा गया, 'ए रमेश बाबू, विधायक जी को आवे की क्या ज़रूरत है। हम खुदे अपना लेबल से कुछ करते हैं।'

रमेश जी इन्स्पेक्टर के कक्ष में अकेले थे, जब कि उनके साथ आए लड़के बाहर बरामदे में व्यग्र हुए जा रहे थे। बीच-बीच में 'पुलिस ज़्यादती नहीं चलेगी, नहीं चलेगी' का नारा माहौल को गरमाए हुए था। रमेश जी विधायक जी के नाम पर खेल तो गए थे, लेकिन सच यह था कि विधायक जी से किसी की कोई बात

नहीं हो पायी थी। रमेश जी इसी बेकली में इन्स्पेक्टर तसलीमुद्दीन से पूछ बैठे, 'छात्र लोग है कहाँ? हमको ऊ सबसे भेंट करना है।'

'आइए हमरा साथ!' इन्स्पेक्टर तसलीमुद्दीन अपने कक्ष से अन्दर खुलने वाले दूसरे दरवाज़े की ओर बढा, 'ऊ लोग पीछे है। कौनो दिक्कत न है।'

रमेश जी इन्स्पेक्टर तसलीमुद्दीन के साथ लम्बी गैलरी से होते आगे बढ़े तो गैलरी सीधे अन्दरुनी बरामदे में खुली। वहाँ दो बेंचो पर बैठे दिवाकर जी, जीवकान्त, कमलेश, केशर, चुटरी समेत तमाम लड़के उन्हें देखते ही उठ खड़े हुए जैसे सब्र का बाँध टूट गया हो।

दिवाकर जी तो फट ही पड़े, 'इन्स्पेक्टर साहब, आज आप लोग जो किए हैं न, उसका खामियाजा भुगतना पड़ेगा!'

'बड़ा हाकिम के आगे मज़बूर थे। हम क्या करते, बताइए?' इन्स्पेक्टर तसलीमुद्दीन लगभग गिड़गिड़ा पड़ा।

'ए दिवाकर जी, इन्स्पेक्टर साहेब ठीके कह रहे हैं।' रमेश जी ने बात सँभालने की गरज से हस्तक्षेप किया, 'डीएसपी के आदेश के आगे बेचारे ई मज़बूर थे।'

'डीएसपीया बहुत हीरो बनता है। उसका कौनो इन्तजाम करे के पड़ेगा!' तमतमाया जीवकान्त अपनी गर्दन पर दाहिना हाथ फेरते हुए गरजा, 'लाला जी को हम लोग की ताकत का पते न है।'

'सर, एसपी साहेब का वायरलेस हैं।' ऐन इसी वक़्त एक सिपाही ने आकर इन्स्पेक्टर तसलीमुद्दीन को सूचना दी, 'आपसे बात करेंगे।'

इन्स्पेक्टर तसलीमुद्दीन तीर की तरह भागा।

सिपाही रमेश जी के क़रीब आकर बुदबुदाया, 'एसपी साहेब बहुत गरम बुझाते हैं। माई-बहिन एक किए हुए हैं।'

दिवाकर जी गुस्से में भी हँसी नहीं दबा पाए, 'सिपाही जी, तनी एक गिलास पानी मिलेगा?'

'काहे न हुजूर! अब्बे ले आते हैं।' सिपाही उलटे पाँव मुड़ा जैसे हुक्म तामील करने की खुशी उसके पैरों में जा समाई हो।

'रमेश जी, विधायक जी से बात किए हैं कि नहीं?' दिवाकर जी ने रमेश जी से जानना चाहा, 'ऊ क्या कहते हैं?'

'चुप रहिए न जी! बाद में बताएँगे।' सतर्क निगाहों से अपने आजू-बाजू देखते रमेश जी ने बायीं आँख मारी।

'ई ससुरा छोड़ेगा कि चलान कर देगा, जी?' जीवकान्त के भीतर घुमड़ रही आशंका बलवती हो आई।

'छोड़ेगा नहीं, तो थनवा में आग न लगा देंगे।' दिवाकर जी बमके, 'बस, थोड़ा धीरज धरो!'

जीवकान्त कुछ बोलने ही वाला था कि इन्स्पेक्टर तसलीमुद्दीन हड़बड़ाता हुआ आया और एक ही साँस में एलान किया, 'जाइए आप लोग! एसपी साहब का हुकुम है कि आप सब को तुरन्ते छोड़ दिया जाए!'

इतना सुनना भर था कि सबके सब पोरसा भर उछल पड़े। जीवकान्त तो हवा में हाथ भाँजते हुए चीख पड़ा–छात्र एकता! ज़िन्दाबाद!! ज़िन्दाबाद!!!

अन्दर उठा यह शोर बाहर तक जा पहुँचा। बाहर भी छात्र नारे लगाने लगे थे।

रमेश जी, दिवाकर जी, जीवकान्त, कमलेश, केशर, चुटरी समेत जब सभी लड़के बाहर आए तो उन्हें देखते ही बाहर खड़े लड़के जोश से भर गए। थाना परिसर कहीं ज़्यादा तेज नारों से गूँजने लगा।

'छात्र एकता!'

'ज़िन्दाबाद! ज़िन्दाबाद!!

पीरबहोर थाने की बाउंड्री सब्जीबाग़ से गुज़रते अशोक राजपथ से सटी हुई थी। थाने का गेट अशोक राजपथ पर खुलता है। छात्रों की भीड़ और तेज होते नारों के शोर से वहाँ कौतूहलपूर्ण दृश्य उपस्थित हो गया था। सड़क से गुज़रते लोग तमाशा देखने की गरज से ठहर गए थे। देखते-देखते अशोक राजपथ पर मोटर-गाड़ियों, साइकिल, रिक्शों और ठेलों का रेला लग गया। पीरबहोर थाने के कई सिपाही दौड़कर अशोक राजपथ पर आए और जाम हटाने के लिए सड़क के दोनों ओर फैलकर लाठियाँ भाँजने लगे।

थाना गेट तक हुलक-हुलक कर झाँकते लोग यह इत्मीनान हो जाने के बावजूद कि मामला छात्रों के हो-हल्ला का है, पता नहीं किस क्लाईमेक्स की उत्सुकता में लगातार जमे हुए थे। कोई सिपाही घुड़की देता तो क्षण भर को गेट के सामने भीड़ ढीली होती और फिर अगले ही क्षण उसमें कई नये चेहरे आ जुड़ते।

दिवाकर जी एक कोने में विद्या से बतिया रहे थे।

'सीधे विधायक जी के आवास चलते हैं। तुम भी च लोगी तो बोलो?'

'नहीं। हम तो अभी हॉस्टल जाएँगे। अनीतवा का सेंडिल टूट गया है। दूसरा सेंडिल लेके 'गोप आवास' जाना पड़ेगा। ऊ ऊहें हमरा इन्तज़ार कर रही है।' विद्या ने विवशता जतायी।

'अनीतवा ऊहाँ अकेले है? किसके रूम में है?' दिवाकर जी की उत्सुकता में हैरानी देखने लायक थी।

'रमेश जी के रूम में।' विद्या के होंठों पर शैतान मुस्कराहट उभरी, 'रमेश जी, आजकल अनीतवा का बड़ा ख़याल रखे लगे हैं।'

'तो, तुमको काहे जलन हो रही है?' दिवाकर जी ने चिढ़ाया।

'जले हमरा जूती। वैसी केतना अनीतवा हमरा आगे-पीछे घूमती है।' विद्या के स्वर में ग़ज़ब की ऐंठ थी।

'दिवाकर जी, क्या प्रोग्राम है?' दूर से ही रमेश जी ने आवाज़ लगाई।

दिवाकर जी रमेश जी की तरफ़ बढ़े। पास आकर बोले, 'हम तो सोचते हैं, सीधे विधायक जी के डेरा चलते हैं। वहीं आगे का प्रोग्राम तय किया जाएगा।'

'तो ठीक है, चलिए। ज़्यादा देर करना ठीक नहीं है।' रमेश जी ने एलान-सा कर दिया, 'आप और जीवकान्त एक मोटरसाइकिल ले लीजिए हम भानू के मोटरसाइकिल पर बैठ जाते हैं। बाकी तू लोग 'गोप आवास' पहुँचो।'

बाकी तू लोग में केशर, कमलेश, तेपसर, चुटरी सभी शामिल थे। रमेश जी का आदेश पाते ही लड़कों ने थाना गेट पर पहुँचकर ऐसा हल्ला बोला कि वहाँ हुलकते-हुमचते लोगों में दहशत समा गई। सभी एक-दूसरे को धकेलते-धकियाते जमी काई की तरह इधर-उधर छितरा गए। गेट भक्क से खाली हो गया। इस खाली गेट से दो मोटरसाइकिलें निकलीं। एक पर भानू और रमेश जी बैठे थे, जब कि दूसरे पर जीवकान्त और दिवाकर जी। इन मोटरसाइकिलों के सड़क पर आते न आते सड़क जैसे ठहर गई। दोनों मोटरसाइकिलें सड़क के बीचोबीच थीं और सड़क के दोनों ओर ट्रैफिक थम गया था।

पीरबहोर थाने के सिपाही इन मोटरसाइकिलों को निर्विघ्न निकल जाने के लिए रास्ता साफ़ करने में जुट गए थे। कोई रिक्शा-ठेला रास्ता छेंकता दिखता तो सिपाही उसकी माँ-बहन एक करते हुए चिल्लाते, 'अरे स्साला, आन्हर है क्या? लौकता नहीं है?'

मोटरसाइकिलें दहाड़ रही थीं। जीवकान्त एक्सीलेटर पर कुछ ज़्यादा ही जोर लगाए हुए था। यह उसके भीतर उबलता जितना गुस्सा था, उससे कहीं ज़्यादा अपनी तरफ़ लोगों का ध्यान खींचने का उपक्रम था। वह मोटरसाइकिल भीड़ में इस हिंस्र मुद्रा में घुसाए जा रहा था, कि सामनेवाला नहीं सँभला तो उसे रौंदकर आगे निकल जाएगा।

अशोक राजपथ देखते-देखते जाम हो चुका था। सिपाहियों की वर्दी पसीने-पसीने हो रही थी और वे इन दो मोटरसाइकिलों के निकल जाने के लिए इस जाम में जगह बनाने के लिए तामम करतब दिखा रहे थे।

घुर्र...घुर्र...घाँय...घाँय करती दोनों मोटरसाइकिलों ने ढेर सारा धुआँ उगला और फर्राटा भरती हुई कारगिल चौक की ओर उड़ चलीं।

छह

'झिलमिल होटल' में खाने की टेबल पर जीवकान्त जैसे ही बैठा, राजकिशोर और सुरेन्द्र यादव भी आ पहुँचे। दोनों को देखते ही जीवकान्त हुलस पड़ा, "क्या बेटा, आजकल बहुत उड़ रहे हो तू लोग!"

"क्या भइया, अब आप भी ऐसा बोलिएगा।" राजकिशोर ने दाँत निपोरा, "हम लोग काहे को उड़ेंगे?"

"तो भेंट-मुलाकात काहे न करते हो?" जीवकान्त ने शिकायत की, "आज एतना बड़ा प्रदर्शन था और तू लोग का कौनो अता-पता न चला?"

इस बार सुरेन्द्र यादव ने सफ़ाई दी, "हम दोनों एकठो ज़रूरी काम से हाजीपुर चले गए थे। लौटे तो मनोरंजन बाबू का बुलावा आ गया। एही सब में फँसे रह गए।"

मनोरंजन बाबू यानी प्रो. मनोरंजन प्रसाद का नाम सुनते ही जीवकान्त के कान खड़े हो गए। इतने पावरफुल आदमी से राजकिशोर और सुरेन्द्र यादव मिलकर आ रहे हैं, यह कम कौतूहल वाली बात नहीं थी। गहरी उत्सुकता से पूछा, "मनोरंजन बाबू बुलाए थे? क्या कौनो खास बात?"

अब तक राजकिशोर और सुरेन्द्र यादव जीवकान्त के सामने वाली कुर्सियों पर बैठ गए थे। राजकिशोर अपना सिर जीवकान्त के क़रीब लाकर निहायत धीमे स्वर में बोला, "मनोरंजन बाबू, आपसे मिलना चाहते हैं। कहे हैं, बहुते ज़रूरी काम है। जितना जल्दी हो मिल लें।"

"मनोरंजन बाबू, हमसे मिलना चाहते हैं?" जीवकान्त को अपने कानों पर यक़ीन नहीं हुआ। जोर देकर पूछा, "हमसे मिले को कहे हैं?"

"तो क्या हम झूठ कह रहे हैं?" सुरेन्द्र यादव ठसुआया।

"ई बात न है।" जीवकान्त सँभला। अपनी बढ़ती जिज्ञासा दबाना कठिन हुआ जा रहा था, "बात क्या है बताओ न? हिंट तो दो थोड़ा बहुत।"

इसी बीच होटल का छोकरा खाने की एक थाली जीवकान्त के सामने रखने लगा तो लगे हाथ राजकिशोर और सुरेन्द्र यादव से पूछ लिया, "तू लोग भी खाओगे न?"

"ना। आज मनोरंजन बाबू के यहाँ इतना हैवी नाश्ता हो गया कि अब कुछ खाए की इच्छा न है।" सुरेन्द्र यादव जैसे कंठ तक अघाया जान पड़ रहा था।

जीवकान्त रोटी का टुकड़ा दाल में डुबोकार अभी मुँह में डालने ही वाला था कि राजकिशोर पूछ बैठा, "नॉनभेज खाते हैं कि नहीं?"

"आदमी छोड़ के हम सब खाते हैं।" जीवकान्त हँसा, "काहे? पार्टी-वार्टी देने वाले हो क्या?"

"मनोरंजन बाबू के यहाँ नॉनभेज बहुत बढ़िया बनता है। एही से पूछे।" राजकिशोर ने जान बूझकर प्रो. मनोरंजन प्रसाद का जिक्र छेड़ा।

"हाँ बोल न, रे! ढेर भाव काहे खाता है?" जीवकान्त हरी मिर्च काटते हुए राजकिशोर से मुखातिब हुआ, "कुछो तो अन्दाज़ा होगा कि मनोरंजन बाबू हमको काहे बुलाए हैं?"

"हमको कुछ ख़ास नहीं पता है। बस, ई प्रदर्शने-आन्दोलन वाला मामला बुझाता है। काहे से कि ऊ फ़ोन पर एसएसपी को बहुते झाड़ रहे थे। बोल रहे थे कि लड़का सबको तुरन्ते छोड़ो न तो तुमरा छुट्टी हो जाएगा।'

जीवकान्त को करंट-सा लगा। ये राजकिशोर कह क्या रहा है? उन लोगों को थाना से छुड़वाने के पीछे मनोरंजन बाबू का हाथ है? तो एसएसपी ने मनोरंजन बाबू के कहने पर ही इन्स्पेक्टर तसलीमुद्दीन को वायरलेस पर हम लोगों को छोड़ने का आदेश किया था? इसका मतलब विधायक जी कुछ न किए?

जीवकान्त को बात काफ़ी कुछ समझ में आ गई थी। उसने मन ही मन मनोरंजन बाबू के पावर को प्रणाम किया और गिलास भर पानी पीकर एक बड़ी-सी डकार ली, 'शिव हो। शिव!'

'बस? और कुछ नहीं खाइएगा क्या?' सुरेन्द्र यादव ने जीवकान्त को थाली छोड़कर उठते देख चुटकी ली, 'एतना कम खुराकी है, एही से देह न बनता है।'

"भूख न है, सुरेन्दर भाई। बुझाता है गैस हो गई है।" जीवकान्त ने कम खुराकी होने की सफ़ाई दी।

"तब मनोरंजन बाबू से कब भेंट कीजिएगा?"

"कल। सबेरे!" बेसिन की ओर बढ़ते जीवकान्त ने निर्णय सुना दिया।

राजकिशोर और सुरेन्द्र यादव भी उठे और बेसिन के पास आकर खड़े हो गए।

जीवकान्त ने जब तक हाथ धोया, कुल्ला किया दोनों चुपचाप खड़े रहे।

जीवकान्त ने बेसिन में पिच्च से थूका। जाम हो चुके बेसिन में थूक उतराने लगा। राजकिशोर और सुरेन्द्र यादव का मन घिना गया। दोनों ने एक-दूसरे को दबी मुस्कराहट के साथ देखा।

इसी वक़्त बेसिन के ऊपर लगे आइने में ख़ुद को निहारते हुए जीवकान्त की नज़र राजकिशोर और सुरेन्द्र यादव पर पड़ गई, "क्या बात है, बड़ा मुस्की छूट रहा है तू लोग का?"

इस तरह रंगे हाथ पकड़े जाने का दोनों को आभास तक नहीं था। लेकिन जीवकान्त सचमुच बहुत शातिर है। उसने उन्हें पकड़ ही लिया था। अब सफ़ाई तो देनी ही थी। सुरेन्द्र यादव ने बात बनाई, "खुराकी चाहे कम हो, फिटनेस में कौनो कमी न है।"

"एक्सरसाइज करते हैं, क्या भइया?" लगे हाथ राजकिशोर ने सुरेन्द्र यादव के लेप को कुछ और गाढा किया, "एतना फिट रहे का राज क्या है?"

"कौनो राज ना है। जो है सब नेचुरल है।" होटल से बाहर निकलते जीवकान्त ने एक और डकार ली, "तबीयत ठीक ना बुझा रहा है।"

"कौनो दवाई काहे ना लेते हैं?" राजकिशोर ने चिन्ता जताई।

"रूम में है। जाके ले लेंगे।" जीवकान्त ने आश्वस्त किया।

"जीवकान्त भाई, आपके खाने का पैसा हम दे देते हैं।" सुरेन्द्र यादव ने ज़ेब में हाथ डाला।

"स्साला ऊ पैसा लेगा। उसका हिम्मत है क्या?" जीवकान्त का चेहरा तन गया। आवाज़ सख़्त हो गई थी।

सुरेन्द्र यादव सिटपिटा गया। राजकिशोर ने आँखों से चुप रहने का इशारा किया।

जीवकान्त मोटरसाइकिल पर सवार हो गया था। मोटरसाइकिल एक ही किक में स्टार्ट हो गई। एक्सीलेटर दबाते ही जोर का शोर उठा। धुआँ और पेट्रोल की गन्ध नथुनों में भर गई।

"चलते हैं।" मोटरसाइकिल को गियर में डालते जीवकान्त ने दोनों के जवाब की प्रतीक्षा नहीं की।

सात

'गोप आवास' के अपने रूम में चौकी पर लेटे रमेश जी की आँखों में रह-रह कर अनीता का चेहरा उभरता और वह बेकली से तड़प उठते। कभी आँखें खोलते, कभी बन्द करते और जब किसी कल चैन नहीं पड़ता तो ठंडी आह भर कर करवट बदलने लगते। जब से रूम में लौटे हैं, हर कोने से अनीता की ही गन्ध फूटती जान पड़ रही है। बड़ी देर तक वह लम्बी-लम्बी साँसें खींचते इस गन्ध को भीतर तक उतारते रहे। लेकिन यह गन्ध जितनी भीतर तक जा रही थी, नशा उतना ही गहरा होता जा रहा था। अनीता की बड़ी-बड़ी बोलती आँखें। फूल-सा खिला पानीदार चेहरा और उसपर झूलती लट। रमेश जी की आँखों में अनीता का एक-एक अंग ख़ास अदा में उभरता और वह उसके जिस्म के स्पर्श की अनुभूति से अश...अश कर उठते।

"स्साला भानू। ऐन बखत पर टपका था।" रमेश जी मन ही मन भानू को कोसते और मौका हाथ से निकल जाने के अफ़सोस से छटपटा उठते। फिर लगे हाथ ख़ुद को समझाते भी, 'ग्रीन सिगनल तो दे ही दी है। जाएगी कहाँ?'

बस यहीं यक़ीन नहीं आता रमेश जी को। ख़ुद को लाख समझाने के बावजूद उन्हें विश्वास नहीं हो रहा था कि आज दिन में जो कुछ हुआ, वह वाकई सच था। बिना किसी हील-हुज्जत के अनीता उनसे सट गई थी, यह सोच-सोचकर वह बेतरह हलकान थे। वह सब कुछ सच होने के बावजूद पता नहीं क्यों उन्हें लग रहा था कि वह सब कुछ एक भ्रम था। रमेश जी इस भ्रम से बाहर निकलना भी नहीं

चाह रहे थे। कभी आँखें मूँदकर अनीता को छूने की कोशिश करते तो कभी आँखें खोलकर उसके कमरे में होने को महसूस करते।

'अपना ध्यान काहे न रखते हैं।'' अनीता ने जिस फ़िक्र और अदा से यह बात उनसे कही थी, उसकी याद आते ही रमेश जी के तार-तार झनझना उठते और वह ''अनीता...अनीता...अनीता'' की अनुगूँज से भर जाते।

लग रहा था कि यह रात रमेश जी से काटे नहीं कटेगी।

अचानक नीचे किसी मोटरसाइकिल के रुकने की आवाज़ हुई। रमेश जी साँसें रोके आभास लेते रहे कौन होगा—दिवाकर जी या जीवकान्त?

विधायक जी से उनके आवास पर न होने से मुलाक़ात नहीं हो पाई थी। पता चला कि वह सीएम हाउस गए हैं। दिवाकर जी वहीं से विद्या के हॉस्टल जाने को बोलकर निकल गए थे। लेकिन जीवकान्त कुछ नहीं बोला था। स्साला अधकपारी है। जब से थाना-पुलिस का चक्कर हुआ है, उसका दिमाग और ज़्यादा खौलने लगा है। दिवाकर जी बता रहे थे कि डीएसपी चन्द्रा जीवकान्त का कॉलर पकड़ लिया था, इसी बात को जीवकान्त प्रेस्टीज इशू बना लिया है। एक ही ज़िद, डीएसपी चन्द्रा का खलबट्टा करना ज़रूरी है। स्साला को पोलटिक्स बुझइबे नहीं करता है। लेकिन टाँग घुसवले रहता है। एकदम हड़बड़िया दास है।

खट्! खट्!! खट्!!!

''सो गए क्या रामेश जी?'' दरवाज़ा खटखटाते दिवाकर जी ने हाँक लगाई।

रमेश जी हड़बड़ा कर उठे। पायजामा की डोर कसते हुए जवाब दिया, 'ना सोये नहीं हैं। तनी तबीयते ढीली लग रही है। बस लेटे हुए थे। आइए न, दरवाज़ा खुला है।'

दरवाज़ा धकेलकर दिवाकर जी रूम में आ गए। उनके चेहरे की चमक बता रही थी कि वह कुछ ज़्यादा ही खुश हैं। इसका मतलब उनके पास ज़रूर कोई अच्छी ख़बर है। रमेश जी सजग होकर उठ बैठे।

''विधायक जी से मिलकर आ रहे हैं।'' दिवाकर जी ने जैसे धमाका-सा किया, ''उनका बुलावा आया था, सो उधरे से चले गए।''

''बुलावा आया था?'' रमेश जी अचकचाए।

''हाँ, विद्या के हॉस्टल फ़ोन किए थे। हम विद्या के यहाँ पहुँचे ही थे कि वह ख़बर दी कि विधायक जी बुलाए हैं।'' दिवाकर जी बता रहे थे, ''आज मुख्यमंत्री के साथ विधायक जी बहुत बिजी थे। डेरा लौटे तो उनको सारा हाल पता चला। तुरन्ते विद्या के हॉस्टल फ़ोन किए। विद्या ख़बर करे आने ही वाली थी कि हम पहुँच गए। बस, उसको साथ लिए और विधायक जी के यहाँ चले गए।''

''क्या बोले विधायक जी?'' रमेश जी ने ठंडे मन से पूछा।

''क्या बात है, बड़े उखड़े-उखड़े बुझा रहे हैं?'' दिवाकर जी रमेश जी की मन:स्थिति भाँप गए थे।

रमेश जी झट से पैंतरा बदल कर बोले, "ऐसी बात न है। बस तबीयत कुछ ठीक नहीं है। हाँ, कहिए न विधायक जी क्या बोले?"

"पुलिस ज़्यादती के ख़िलाफ़ धरना देने को कहे हैं।" दिवाकर जी ने एक-एक शब्द पर जोर दे कर कहा, 'कल ही। यूनिवर्सिटी गेट के सामने।'

"एजेंडा क्या होगा?"

"पुलिस ज़्यादती। जिस तरह पुलिस आज लाठीचार्ज की। गोली चलाई। हम लोग को गिरफ़्तार की। इस सबके ख़िलाफ़ धरना दिया जाएगा।" दिवाकर जी ने स्पष्ट किया।

रमेश जी ने सशंकित भाव से दिवाकर जी को याद दिलाया, "और कोचिंग वाले एजेंडा का क्या होगा?"

दिवाकर जी क्षण भर को स्वयं असमंजस में पड़ गए। रमेश जी का प्रश्न तो जायज़ ही था। इस तरह से तो उन्होंने ख़ुद नहीं सोचा था। लेकिन सोचने वाली बात तो है। उन्होंने तुरन्त स्थिति सँभालने की गरज से रमेश जी को आश्वस्त किया, "ऊ तो हम लोग का मेन एजेंडा है। ऊ तो रहबे करेगा। लेकिन पुलिस आज जो की है, उसको भी तो नहीं छोड़ा जा सकता। ऐसे तो पुलिस का मन बढ़ जाएगा।"

"हाँ। ई तो है।" बेमन से ही रमेश जी का सर सहमति में हिला।

दिवाकर जी उठे। रमेश जी को आराम करने की सलाह देकर ताकीद की, 'दवाई लेके जल्दिए सो जाइए! सबेरे ढेर काम रहेगा। हम सब लड़का लोग को ख़बर कर देते हैं।'

दिवाकर जी रूम से बाहर हुए तो रमेश जी ने दरवाज़ा बन्द करके सिटकिनी लगाई। कमरे की लाइट ऑफ की। कुछ देर अँधेरे में अनमने से खड़े रहे और फिर दबे पाँव चौकी पर आकर पसर गए।

चौकी पर चित्त लेटते ही अनीता के साथ-साथ इस बार विद्या का ख़याल भी कोंचने लगा। अनीता के ख़याल से मन गुदगुदी से भर जाता। लेकिन जैसे ही विद्या का ख़याल आता मन तिलमिलाने लगता। ई विद्या बहुत तेज़ बन रही है। तभी तो विधायक जी का फ़ोन डायरेक्ट विद्या को आ रहा है। ज़रूर विधायक जी पर आपन जादू चलायी होगी। लेकिन ई दिवाकर जी समझें तब न! दिवाकर जी को तो लगता है कि विद्या उन पर जान झिड़कती है। आँख मूँद कर उसपर भरोसा करते हैं। ईहो नहीं बूझते कि आन्दोलन हम लोग शुरू किए। नेतृत्व हम कर रहे हैं। इतना दौड़ के विधायक जी के आवास हम लोग गए और विधायक जी बतियाए भी तो विद्या से। ऊ चाहते तो आसरा एसटीडी बूथ पर मेसेज दे देते। ससुरा बूथवाला जगनवा दौड़ा-दौड़ा आता और ख़बर कर देता। जब उनको काम रहता है, तो केतने बेर ऊहें मेसेज दिए हैं। लेकिन आज डायरेक्ट मेसेज न देकर विद्या को दिए हैं।

माने अब विद्या का महत्त्व ज़्यादा हो गया। एक गहरी हूक सीने में उठी। करवट बदलते ही दृश्य बदल गया और आँखों में अनीता की देह धजा आ विराजी। होंठ मुस्करा पड़े और उन्होंने मन ही मन तय किया कि जो हो अनीता को इस फील्ड में आगे तक ले जाना है। ये एक सनसनाता ख़याल था और इस ख़याल में रमेश जी ऊभचूभ होते रहे।

आठ

यूनिवर्सिटी गेट के बाहर अच्छा-खासा फुटपाथ था। चौड़ाई तो पाँच फुट से कम न होगी। इस लिहाज से यह फुटपाथ धरना-अनशन के लिए एकदम मुफ़ीद था। और यही वजह है कि ऐसे सारे आयोजन आमतौर पर यहीं होते हैं। शिक्षकों का धरना हो या कर्मचारियों का अनशन, एनएसयूआई का आक्रोश दिवस हो या एआईएसएफ का हल्ला बोल या एबीवीपी का राष्ट्रीय एकता दिवस या आइसा का शिक्षा नीति का विरोध, रिवाजन सभी इसी फुटपाथ पर दरी-कनात गिराते और माइक बाजा लगाते हैं।

छात्र एकता मंच ने भी इसी फुटपाथ पर धरना का आयोजन किया था। केशर, तपेसर, चुटरी ने अपनी देख-रेख में दरियाँ बिछवाईं थीं। टिंकुआ हाथ से लिखी तख्तियाँ काँख में दबाए जब समझ नहीं पाया कि उनका क्या करे, तो असमंजस से उबरने के लिए उसने कमलेश से राय ली, "ए कमलेश भइया, ई तख्तिया सब कहाँ लगेगा?"

"लगावे की ज़रूरत न है। जब सब लोग धरना पर बैठेगा तो अपना-अपना हाथ में थाम लेगा।" कमलेश ने उपाय सुझाया।

माइक-बाजा लगते-लगते पचास से भी ज़्यादा छात्र धरनास्थल पर जुट गए।

दस बजते-बजते रमेश जी और दिवाकर जी 'गोप आवास', गोनू लॉज और पीजी हॉस्टल के दर्जनों छात्रों के साथ धरनास्थल पर पहुँचे तो माइक थामे कमलेश मजमा जगाए हुए था।

"पुलिस ज़्यादती!"

"नहीं चलेगी! नहीं चलेगी!!"

"छात्रों पर पुलिस जुल्म!"

"नहीं चलेगा! नहीं चलेगा!!"

"छात्र एकता!'

"ज़िन्दाबाद! ज़िन्दाबाद!!"

कमलेश जितनी जोर से हाँक लगाता, बाकी लड़के उससे कहीं ज़्यादा जोर से नारे बुलन्द करते।

रमेश जी, दिवाकर जी के पधारते ही धरनास्थल पर गहमा-गहमी बढ़ गई। दोनों नेताओं ने अपने दाहिने हाथ हवा में लहराकर छात्रों का अभिवादन किया।

रमेश जी ने खड़े-खड़े भीड़ का जायज़ा लिया और जीवकान्त को कहीं नहीं पाकर दिवाकर जी से पूछा, "ई जीवकन्तवा न दिख रहा है?"

दिवाकर जी लापरवाह अन्दाज़ में कन्धा उचका कर बोले, "रात में पी पा के बमपिलाट सोया होगा। उठेगा तो अइबे करेगा।"

रमेश जी आश्वस्त नहीं हुए। जीवकान्त रात में 'गोप आवास' नहीं लौटा था। हालाँकि यह कोई नई बात नहीं थी। वह अक़्सर गायब हो जाता है। कभी किसी लॉज में रुक जाता है तो कभी किसी हॉस्टल में। लेकिन पता नहीं क्यों, कल रात से उसका गायब होना उन्हें खल रहा था। अभी इस वक़्त भी वह नहीं है, यह कुछ ज़्यादा ही खलने वाली बात थी। कहीं ऐसा तो नहीं कि जीवकान्त को आज के इस कार्यक्रम से जान-बूझकर अलग रखा गया है? इस आशंका के जनमते ही रमेश जी ने दिवाकर जी को अर्थपूर्ण निगाहों से देखा। दिवाकर जी कमलेश से बतियाने में मशगूल थे।

"पाँच-सात मिनट तू बोल। फिर माल्यार्पण होगा। उसके बाद रमेश जी बोलेंगे। फिर हम।"

कमलेश घिघियाया "हमसे भाषण न दियाएगा। नारा कहिए जेतना लगा देंगे।"

"ईहाँ कौन कम्पटीशन होने वाला है। जे मन में आए बोल। एही तरह न भटक खुलेगा!" दिवाकर जी ने कमलेश का हौसला बढ़ाया।

"हमसे न बोलाएगा, ए भइया!" कमलेश छान-पगहा तुड़ाने लगा, "जीवकान्त आते होगा। ऊ सब सँभाल लेगा!"

"जीवकान्त न रहेगा तो क्या, कौनो कार्यक्रम न होगा?" दिवाकर जी ने सख़्त लहजे में डपटा, "जो कहते हैं। ऊ कर!"

कमलेश का चेहरा उतर गया। वह मन मारकर माइक के पास जा खड़ा हुआ।

रमेश जी ने महसूस किया कि इस वक़्त जीवकान्त होता तो माहौल ज़्यादा जम चुका होता। ससुरा बोलता नहीं आग उगलता है। लेकिन आया काहे नहीं?

कमलेश माइक के सामने खड़ा था। उसे कुछ समझ नहीं आ रहा था कि क्या बोले? कैसे बोले? कलेजा कंठ को आ लगा था। आवाज़ कहीं भीतर ही घुट-सी गई थी।

फुटपाथ से लेकर सड़क तक भीड़ बढ़ती जा रही थी। लोग कभी भी, कुछ भी हो जाने की उत्सुकता से भरे हुए थे। कमलेश को माइक के आगे खड़े देख लोग उसके बोलने की प्रतीक्षा करते रहे। लेकिन लोगों का धैर्य टूट गया। किसी कोने

से 'होऽऽऽ होऽऽऽ होऽऽऽ' का शोर उठा और हर ओर 'होऽऽऽ होऽऽऽ होऽऽऽ' गूँजने लगा। कमलेश हक्का-बक्का बग़लें झाँकने लगा। इस शोर के भीतर ही पता नहीं केशर को क्या सूझा कि वह माइक के सामने जा खड़ा हुआ और आव देखा न ताव लगा धारा प्रवाह बोलने, "भाइयों और बहनो! जैसा कि आप सब लोगों को पता है कि कल छात्रों के शान्तिपूर्ण प्रदर्शन पर पुलिस ने लाठी चलाई। गोली चलाई। हमारे छात्र नेताओं को गिरफ़्तार किया। हम छात्र अपने हक़ की माँग कर रहे हैं और पुलिस हमारी आवाज़ दबा रही है। हम पुलिस की ये ज़्यादती बर्दाश्त नहीं करेंगे। इसीलिए छात्र एकता मंच पुलिस जुल्म का विरोध करने के लिए आज धरना शुरू कर रहा है।'

केशर इतना अच्छा बोलता है, यह तो किसी को पता ही नहीं था। रमेश जी, दिवाकर जी दोनों चकित। दोनों ने तालियाँ बजाईं तो तालियों की गड़गड़ाहट चारों ओर से उठी और 'छात्र एकता:ज़िन्दाबाद! ज़िन्दाबाद!!' से धरनास्थल गूँज गया।

दिवाकर जी बोले, "ईहो बढ़िया बोलता है, रमेश जी। बोलियो एकदम साफ़ है।"

"ई तो गोप आवास में नया आया है न?" रमेश जी को जैसे याद आया।

"हाँ। डेढ़-दो महीना हुआ। विद्या रखवाई थी।"

"विद्या रखवाई थी।" मन ही मन रमेश जी कटकर रह गए। फिर भी उत्सुकता दबा नहीं पाए, "विद्या का रिश्तेदार है क्या?"

"ग्रामीण है। कोचिंग करने आया है।" दिवाकर जी केशर की ओर देखे जा रहे थे।

केशर बोल रहा था, "भइयों और बहनों! हम अपने साथी तपेसर से अनुरोध करते हैं कि वो हमारे छात्र नेताओं रमेश जी और दिवाकर जी को माला पहनाकर उनका अभिनन्दन करें।"

तपेसर उठा। उसके हाथ में गेंदे की मालाएँ थीं। वह सबसे पहले रमेश जी के पास गया। रमेश जी उठकर खड़े हो गए। विनम्रता से गर्दन झुकाई और तपेसर ने उनके गले में माला डाल दी। रमेश जी माला पहनने के साथ मुस्कराए और दोनों हाथ जोड़कर उपस्थित भीड़ को प्रणाम किया। फिर अपनी जगह पर बैठ गए।

तपेसर ने दिवाकर जी की गर्दन में जैसे ही माला डाला केशर ने नारा लगाया, "छात्र एकता!"

लड़कों ने हवा में हाथ लहराकर जवाब दिया—

"ज़िन्दाबाद! ज़िन्दाबाद!!"

जितने छात्र दरियों पर बैठे थे, उससे कहीं ज़्यादा भीड़ सड़क पर जमा थी। यूनिवर्सिटी गेट पर गार्डों की मुस्तैदी बढ़ गई थी। पीरबहोर पुलिस की जीप भी

धरनास्थल से कुछ दूर आकर खड़ी हो गई थी। पुलिस जीप में इन्स्पेक्टर तसलीमुद्दीन नहीं था। आधा दर्जन सिपाही राइफ़ल टाँगे सड़क पर खड़े हो गए थे। एक एएसआई जीप की अगली सीट पर चुपचाप बैठा था।

पुलिस पर नज़र पड़ते ही धरनास्थल से 'होऽऽऽ होऽऽऽ होऽऽऽ' का समेवत् शोर उठा और केशर ने उतनी ही ताकत से आवाज़ लगाई।

"हर जोर-जुल्म के टक्कर में!"

भीड़ ने जवाब दिया—

"संघर्ष हमारा नारा है!"

"पुलिस जुल्म!"

"नहीं चलेगा! नहीं चलेगा!!"

"छात्रों पर लाठी-गोली!"

"नहीं चलेगी! नहीं चलेगी!!"

वातावरण गरमा गया था। रमेश जी को लगा कि मजमा पर केशर हावी हो रहा है। उन्होंने झट दिवाकर जी को सलाह दी, 'अब भाषण शुरू कराइए।'

"बढ़िया तो चल रहा है।' दिवाकर जी ने माहौल का मज़ा लेते हुए कहा, 'थोड़ा और गरमाने दीजिए।"

रमेश जी को अच्छा नहीं लगा। बस ऐंठकर रह गए।

केशर का बोलना जारी था, "भाइयो, बहनों! हमारे नेतागण रमेश जी और दिवाकर जी के नेतृत्व में ये धरना दिया जा रहा है। इस धरने को सम्बोधित करने के लिए अब हम छात्र नेता रमेशप्रसाद यादव जी से अनुरोध करते हैं कि...।

रमेश जी उठने के लिए जैसे ही तैयार हुए कि सड़क पर इतनी तेज़ हलचल हुई मानो भूचाल आ गया हो। उन्होंने खड़े होकर सड़क पर नज़र डाली। भीड़ को चीरती एक बोलेरो धरनास्थल के पास आकर रुक गई थी। उसके पीछे एक एम्बेस्डर थी। यह विधायक जी की गाड़ी थी। बोलेरो से दो निजी सेक्युरिटी गार्ड धड़ाधड़ नीचे उतरे। उनके कन्धे पर बन्दूक़ें टँगी थी। उनके हाथ ट्रिगर पर जमे थे। उन्होंने विधायक जी के एम्बेस्डर के आगे घेरा डाल दिया। अगले ही पल एम्बेस्डर के अगले दरवाज़े से सरकारी बॉडीगार्ड निकला और उसने लपककर एम्बेस्डर का पिछला दरवाज़ा खोला। दरवाज़ा खुलते ही विधायक जी की दाईं टाँग बाहर निकली। फिर आधी देह और उसके बाद वह पूरे के पूरे बाहर निकलकर सड़क पर जैसे ही खड़े हुए कि केशर माइक पर चीखा—

"सन्तू भइया!"

"ज़िन्दाबाद! ज़िन्दाबाद!!"

"सन्तू भइया!"

"ज़िन्दाबाद! ज़िन्दाबाद!!"

हल्के-फुल्के डील-डौल वाले विधायक सन्तू यादव ने कुर्ता-पायजामा नहीं, भूरे रंग का सफारी सूट पहना हुआ था। अपने नाम के 'ज़िन्दाबाद, ज़िन्दाबाद' से गद्‌गद उन्होंने दाहिना हाथ हिलाकर भीड़ का अभिवादन किया।

एम्बेस्डर के दूसरे गेट से विद्या बाहर निकली। गुलाबी कुर्ता-सलवार और खुले बाल। जैसे कोई खिला गुलाब अचानक नमूदार हुआ हो। फितरतन, भीड़ की नज़र विद्या पर जा टिकी। वह विधायक जी के पीछे खड़ी गर्व से भरी हुई थी। यह भीड़ के लिए जितना आकर्षण का बायस था रमेश जी के लिए उतना ही चौंकाऊ। उन्होंने कनखियों से दिवाकर जी को देखा। दिवाकर जी बेहद उत्साह में थे। इसी आवेग में वह धरनास्थल से नीचे लगभग कूद पड़े और भीड़ में जगह बनाते हुए विधायक जी की अगवानी में आगे बढ़े।

नारे बदस्तूर जारी थे।

"सन्तू भइया!"

"ज़िन्दाबाद! ज़िन्दाबाद!!"

विधायक जी धरनास्थल की ओर बढ़ रहे थे। रमेश जी ने दोनों हाथ जोड़ लिए। अभिवादन की इस मुद्रा में उन्होंने भरसक मुस्कराने की भी कोशिश की। लेकिन भीतर तक पसर चुकी उदासी से उबर नहीं पाए। विधायक जी के क़रीब आते ही दिवाकर जी आगे बढ़े और दाहिना हाथ हवा में उछाल कर चीख पड़े, 'सन्तू भइया!'

"ज़िन्दाबाद! ज़िन्दाबाद!!"

सन्तू यादव ने झपटकर रमेश जी को अंकवारी में भर लिया। अंकवारी में भरे हुए ही विधायक जी ने रमेश जी से पूछा, "क्या भयवा, क्या हालचाल है?"

"आपका आशीर्वाद है, सर।" रमेश जी हाथ जोड़कर नतमस्तक हुए।

विधायक जी धरनास्थल का मुआयना करते हुए मुड़े। सड़क तक जमा भीड़ का जायज़ा लिया और विद्या को बाजू में खड़ा देखकर बोले, "खड़ी काहे हो? बैठ जाओ।"

विद्या दरी पर बैठ गईं। विद्या के बैठते ही विधायक जी भी दरी पर पसर गए। सिक्योरिटी गार्ड चौकस निगाहों से चारों ओर देखते आजू-बाजू खड़े हो गए थे।

दिवाकर जी माइक पर आए। गला खंखारा और सीना चौड़ा करते हुए बोले, "साथियों! हमारे बीच युवा नेता, मानानीय विधायक सन्तन यादव जी पधार चुके हैं। जैसा कि आप जानते हैं विधायक जी ने हमेशा छात्रों और युवाओं की लड़ाई लड़ी है। ग़रीबों, दलितों और पिछड़ों के हक़ की आवाज़ उठाते रहे हैं। माननीय विधायक जी हमेशा छात्रों-युवाओं के लिए प्रेरणा का काम किए हैं। यह हमारा सौभाग्य है कि वह आज हमारे बीच हैं। हम छात्र एकता मंच के अध्यक्ष रमेश जी से अनुरोध करते हैं कि वह माननीय विधायक जी को माला पहनाकर उनका स्वागत करें।"

रमेश जी उठे। कमलेश ने आगे बढ़कर उन्हें गेंदे की एक माला पकड़ाई।

विधायक जी बैठे हुए थे। रमेश जी ने माला उनकी गर्दन में डाल दी। विधायक जी ने बैठे-बैठे ही सबको अपना प्रणाम निवेदित किया।

दिवाकर जी ने पुरजोर नारा लगाया—

"सन्तू भइया!"

समवेत् स्वर उठा—

"ज़िन्दाबाद! ज़िन्दाबाद!!"

रमेश जी अपनी जगह पर बैठ गए। दिवाकर जी ने माइक पर फिर बोलना शुरू किया, "भाइयों, बहनों! हम अब आपका ज़्यादा समय नहीं लेंगे। माननीय विधायक जी ने अपने अति व्यस्त समय में से हमारे लिए समय निकाला है। हम उनके आभारी हैं। हम माननीय विधायक जी से अनुरोध करते हैं कि वह आएँ और दो शब्द बोलकर हमें अपना आशीर्वाद दें।"

दिवाकर जी माइक छोड़कर हटे तो बग़ल में केशर को खड़ा देख डपटे, "बैठ न रे! हेंगा जैसा काहे खड़ा है?"

केशर का सारा उत्साह ठंडा पड़ गया। वह ठसुआया-सा जहाँ खड़ा था वहीं बैठ गया।

विधायक जी उठे। हल्के-फुल्के डील-डौल के कारण उनमें ग़ज़ब की फुर्ती थी। इसी फुर्ती के साथ वह सीधे माइक के सामने तनकर खड़े हुए और चारों ओर का जायज़ा लेने के बाद माइक को दाहिने हाथ से इस तरह पकडा मानो वह छिटककर कहीं दूर चला जाएगा।

"मेरे नौजवान दोस्तों!" विधायक जी की आवाज़ उनके डील-डौल के उलट काफ़ी भारी थी।

सड़क पर बढ़ चुकी भीड़ साँस रोके खड़ी थी। पीरबहोर थाने के सिपाही इस भीड़ में कहीं गुम हो गए थे।

देखते-देखते अशोक राजपथ जाम हो गया था।

नौ

राजेन्द्रनगर रोड नम्बर दो के मुहाने पर पहुँचते न पहुँचते जीवकान्त का कलेजा धाड़-धाड़ बजने लगा। अजीब-सी घबराहट के साथ माथे पर पसीना चुहचुहा आया। लगा कि सारी शक्ति निचुड़ी जा रही है। इसी मन:स्थिति में अचानक मोटरसाइकिल रोक कर आस-पास का मुआयना करने लगा। सामने पान की दुकान पर नज़र पड़ते ही मोटरसाइकिल खड़ी कर दुकान की ओर लपका। दुकानदार

से एक पुड़िया तिरंगा का लेकर उसके एक कोने को दाँतों से काटा और मुँह आसमान की ओर उठाए पूरा का पूरा गुटखा फाँक गया। एक का सिक्का दुकानदार को थमाकर मोटरसाइकिल के पास आया और रोड नम्बर दो की लम्बाई को तजबीजने लगा। प्रो. मनोरंजन प्रसाद का आवास इस रोड के आखिरी सिरे पर था। वह उनके आवास के पास से कई बार गुज़रा है। लेकिन आज से पहले कभी उनके यहाँ नहीं गया।

लोग कहते हैं प्रो. मनोरंज प्रसाद के आवास पर अक़सर यूनिवर्सिटी के शिक्षकों-कर्मचारियों का दरबार लगा रहता है। सुना तो यहाँ तक है कि सूबे की किसी भी यूनिवर्सिटी में एक भी पत्ता उनकी मर्जी के बग़ैर नहीं खड़कता। किसी यूनिवर्सिटी में उनके कहे की अनदेखी हो जाए, ऐसी किसी की मजाल नहीं। वाइस चांसलर तक उनके यहाँ हाजिरी भरते हैं। उनके आचार-व्यवहार और रौब-रुतबे को लेकर कई-कई किस्से मशहूर हैं। ऐसा ही एक किस्सा पिछले दिनों ख़ूब चर्चा में रहा।

किसी यूनिवर्सिटी में वाइस चांसलर का पद खाली था। कई लोग उस पद के लिए लाइन में थे। इन्हीं में थे जेपी यूनिवर्सिटी के प्रोफेसर रमाकान्त सिंह। वह जब प्रो. मनोरंजन प्रसाद के आवास पर पहुँचे तो उन्हें दो घंटे तक बाहर बैठाकर रखा गया। दो घंटे बाद जब रमांकान्त सिंह अन्दर बुलाए गए तो सारी कुर्सियाँ भरी पड़ी थीं। प्रो. मनोरंजन प्रसाद अपने सामने की टेबुल पर टाँग फैलाए बैठे थे। प्रोफेसर रमाकान्त सिंह ने झुककर उन्हें प्रणाम किया। प्रो. मनोरंजन प्रसाद ने लगभग खिल्ली उड़ाते हुए प्रोफेसर रमाकान्त सिंह से पूछा, 'राजपूत हैं न आप?'

'नहीं सर, कुर्मी हैं।' प्रोफेसर रमाकान्त सिंह ने दाँत निपोरकर भ्रम का निवारण किया।

'तो सिंह काहे लगाए हैं नाम में?'

'जी, ई तो शुरू वे से चल रहा है।' प्रोफेसर रमाकान्त सिंह ने सफ़ाई दी।

'शुरूवे से ई ग़लती किए हैं, तो अब क्या करने आए हैं?' प्रो. मनोरंजन प्रसाद टाँग पर टाँग चढ़ाते हुए उन पर खौखियाए।

क्षण भर को कमरे में सन्नाटा छा गया। प्रोफेसर रमाकान्त सिंह से कुछ बोलते न बना। पान की पीक पूरा का पूरा घोंटने के बावजूद गला सूखता जान पड़ा। वह चुपचाप प्रो. मनोरंजन प्रसाद को एकटक देखते रहे कि उनकी कृपा अब बरसी कि तब बरसी।

प्रो. मनोरंजन प्रसाद प्रोफेसर रमाकान्त को उनके हाल पर छोड़कर अपने बग़ल में बैठे एक शख़्स से ऐसे मुखातिब हो गए जैसे सामने प्रोफेसर रमाकान्त सिंह का कोई वजूद ही न हो। प्रोफेसर रमाकान्त सिंह का जब वहाँ खड़ा रह पाना मुहाल हो गया तो वह स्वगत प्रणाम कर कमरे से बाहर निकल गए।

प्रोफेसर रमाकान्त सिंह के बाहर जाते ही प्रो. मनोरंज प्रसाद का उपहास भरा स्वर गूँजा, "हमरा रहते कुर्मी कौनो जनम में भीसी न बनेगा।"

जब यह किस्सा पहली बार सुना था, तो जीवकान्त की हँसी छूट गई थी। लेकिन आज वही किस्सा याद कर पसीना छूट आया। इच्छा हुई कि उल्टे पाँव लौट जाए। कौन इस मरखन्ना के आगे पड़े। लेकिन कल की घटना याद आते ही उसे लगा कि न, एक मज़बूत खूँटा थामना बहुत ज़रूरी है और सौभाग्य से जब यह मौका मिला है, तो छोड़ना ठीक नहीं। क्या होगा, मन-मिज़ाज नहीं मिलेगा, तो दुबारा झाँकियों न मारेगा। अन्दर कोई प्रेरक शक्ति जागी और जीवकान्त ने मोटरसाइकिल को एक ही किक में स्टार्ट कर गियर में डाल दिया।

प्रो. मनोरंजन प्रसाद के आवास के बाहर कई गाड़ियाँ खड़ी थीं। जीवकान्त ने उन्हीं के बीच जगह देखकर मोटरसाइकिल खड़ी की। तिरंगा की पीक थूककर मुँह साफ़ किया और मेन गेट की ओर बढ़ गया।

मेन गेट खोलकर अन्दर दाखिल हुआ तो सामने बरामदे में प्लास्टिक की कुर्सियों पर कुछ लोग बैठे नज़र आए। उनकी निगाहें उसकी तरफ़ उठीं। एकबारगी समझ में नहीं आया कि क्या करे? अचानक एक दरवाज़ा खुला और उससे सुरेन्द्र यादव बाहर निकला। उसे सामने पाकर वह खुशी से चहक उठा, 'अरे जीवकान्त भाई, आप आ गए? हमको तो लगा कि आप धरना-प्रदर्शन में फँसे होंगे।'

'मनोरंजन बाबू का आदेश भी तो मानना था। एही से पहले ईहें चले आए।',

'अच्छा...अच्छा! ई तो बहुते अच्छा किए आप। आइए, मनोरंजन बाबू बइठले हैं।'

अन्दर के कमरे में एक दीवार के सहारे सोफा लगा था। इर्द-गिर्द कुछ कुर्सियाँ थीं। लेकिन यह कमरा पूरा का पूरा खाली था। उस कमरे का दरवाज़ा सामने एक दूसरे कमरे में खुलता था। सुरेन्द्र यादव ने उस दरवाज़े को जैसे ही भीतर की ओर धकेला, जीवकान्त को अन्दर बैठे कुछ लोगों की झलक दिखी। उसका दिल धक्क कर गया।

सुरेन्द्र यादव ने अपनी गर्दन जिराफ़ की तरह अन्दर घुसेडी। जीवकान्त के आने की सूचना दी और फिर अनुमति मिलते ही गर्दन घुमाकर बोला, 'आइए जीवकान्त भाई!'

जीवकान्त धड़कते दिल से दरवाज़े तक पहुँचा। लम्बे-चौड़े भव्य ड्राइंगरुम में दाईं ओर के सोफ़े पर एग्जामिनेशन कन्ट्रोलर दामोदर प्रसाद और प्रॉक्टर एसके सहाय बैठे थे। बाईं ओर के सोफ़े पर पॉलिटिकल साइंस के प्रो. जगत प्रसाद और हिस्ट्री के प्रो. सिंहासन सिंह थे। ठीक सामने बीचों बीच दीवार से लगे एक सोफ़े पर अकेले प्रो. मनोरंजन प्रसाद विराजमान थे। झुककर जैसे ही प्रो. मनोरंजन प्रसाद को प्रणाम किया, प्रो. मनोरंजन प्रसाद हहाकर बोल पड़े, "आओ जीवकान्त, आओ। बैठो, यहाँ बैठो।"

प्रो. मनोरंजन प्रसाद ने अपने सोफ़े पर बैठने का इशारा किया तो वह संकोच से गड़ा उनके बग़ल में खाली जगह पर सिर झुकाकर बैठ गया।

"तब क्या हालचाल है?" प्रो. मनोरंजन प्रसाद सीधे उसी से मुखतिब हो गए।

"जी सब ठीक है।" निहायत विनम्रता से जवाब देते जीवकान्त की धड़कन तेज़ हो गई।

"हाँ, कल जेल जाए से बच गए तो सब ठीक होगा ही।" प्रो. मनोरंजन प्रसाद ने दुखती रग छेड़ दी, "डीएसपी चन्द्रा तो ज़िद किए था कि तू लोग को बेउर (जेल) भेजिए के दम लेगा।"

जीवकान्त का चेहरा फक पड़ गया। गला सूख गया।

"ऊ तो हम एसएसपी को डाँटे तब तू लोग की जान बची।" प्रो. मनोरंजन प्रसाद ने खुलासा किया, "अपना एसएसपी पटना में एही से थोड़े न बैठाए हैं कि पुलिस अपने लड़का लोग को जेल भेजे।"

मनोरंजन बाबू के प्रति जीवकान्त कृतज्ञता से दोहरा हो गया।

"सुना है, तू लोग का लीडर सन्तू है?" प्रो. मनोरंजन प्रसाद के स्वर के साथ चेहरे पर भी हिकारत का भाव था।

"जी!" मुँह से बस इतना ही निकला। इस जवाब में सहमति थी या नहीं, जीवकान्त ख़ुद आश्वस्त नहीं था।

"सन्तुआ तो अपने एक नम्बरी है। ऊ तू लोग के कौन काम आएगा?" प्रो. मनोरंजन प्रसाद का तेवर तल्ख हो आया था। वह सोफ़े पर तनिक ज़्यादा ही तन गए, "एक दर्जन तो मुकदमा है। सीएम से सटल है कि केहू तरह जान बचे।"

जीवकान्त सिर झुकाए, चुपचाप प्रो. मनोरंजन प्रसाद को सुन रहा था। प्रो. मनोरंजन प्रसाद बोले जा रहे थे, "सन्तुआ के चक्कर में मत पड़ो। झुट्ठे फेरा में फँस जाओगे।"

पता नहीं, यह सलाह थी या चेतावनी। लेकिन ड्राइंगरुम में खामोशी ऐसी कि आतंक-सा छा गया। कमरे में उपस्थित सभी लोग दम साधे प्रो. मनोरंजन प्रसाद को सुन रहे थे।

"तू लोग स्टूडेंट हो। पढ़े-लिखे आए हो। सन्तुआ के झाँसा पड़कर में बर्बाद हो जाओगे। देखे ही कल तू लोग के साथ थाना-पुलिस सब हो गया और ऊ सीएम का दरबारे करता रहा। तू लोग का कौनो चिन्ता-फिकिर न था। ऊ तो ई सुरेन्दर और राजकिशोर हमको बताया कि तू लोग को पुलिस गिरफ़्तार कर ली है। पहिले तो सोचे कि जो किए हो तू लोग, ऊ भुगतो। फिर सोचे कि तू सब लोग अपना लड़का है, हमको मदद करना चाहिए। एही से कर दिए।"

डीएसपी चन्द्रा का कल जो तेवर था, उसकी याद आते ही जीवकान्त को लगा कि प्रो. मनोरंजन प्रसाद की मदद किसी करिश्मे से कम नहीं थी। उसने

पहली बार साहसकर गर्दन उठाई और मनोरंजन बाबू को कृतज्ञता व्यक्त करती निगाहों से देखा।

प्रो. मनोरंजन प्रसाद की आँखें उसके चेहरे पर टिकी थीं। वह बिना रुके अपनी रौ में बोले जा रहे थे, ''तुम्हारे बारे में सुना है कि तुम्हारे पिता हाईस्कूल में हेड मास्टर हैं। शिक्षक के पुत्र हो, इसी से हम तुमको अपना समझे और बुलाए। कोचिंग के ख़िलाफ़ आन्दोलन कर रहे हो, अच्छी बात है। लेकिन आन्दोलन और गुंडागर्दी में फ़र्क़ है। हमको शिकायत मिली है कि छात्र एकता मंच का नेता सब कोचिंग वालों को डरा-धमका रहा है। रंगदारी माँग रहा हैं। मुफ़्त में एडमिशन करा रहा है।'

जीवकान्त को काटो तो खून नहीं। प्रो. मनोरंजन प्रसाद से कुछ नहीं छुपा। सच तो यही है। ख़ुद उसने कई कोचिंग इंस्टीट्यूट वालों को धमकाया है। कुछ ने डरकर तुरन्त माँग मान ली तो कुछ ने ना-नुकुर के बाद।

प्रो. मनोरंजन प्रसाद मुतवातिर उसी से मुखातिब थे और उसका कलेजा मुँह को आ लगा था। ज़बान तलवे से चिपक गई थी। बड़ी मुश्किल से थूक निगलकर बोल पाया, ''जी!''

''बताइए, ई गुंडागर्दी नहीं तो क्या है?'' प्रो. मनोरंजन प्रसाद अचानक तल्ख़ हो आए, ''अगर ई आन्दोलन है, तो भगवाने तू लोग का मालिक है। हम लोग भी छात्र थे। छात्र आन्दोलन किए थे। जेपी मूवमेंट के सिपाही थे। आज जितना नेता सब देख रहे हो, उसी मूवमेंट से निकला है। छात्र आन्दोलन का माने गुंडागर्दी न होता है। क्या सिंहासन बाबू, हम ठीक कहे कि नहीं?''

प्रो. मनोरंजन प्रसाद ने अपनी बात के समर्थन के लिए प्रो. सिंहासन सिंह की ओर देखा। प्रो. सिंहासन सिंह अपना नाम सुनते ही मुदित मन हुलस पड़े, ''बिल्कुल सही कहे, सर! छात्र आन्दोलन का मक़सद सही नहीं होगा, तो छात्र आन्दोलन भटक जाएगा। बदनाम हो जाएगा। तब कोई मदद के लिए भी आगे नहीं आएगा।''

जानबूझकर मददवाली बात प्रो. सिंहासन सिंह ने जोड़ी थी, ताकि प्रो. मनोरंजन प्रसाद की अहमियत रेखांकित हो सके।

''हम तो यही कहेंगे, जीवकान्त, कि तुम समझदार हो। शिक्षक पुत्र हो। इस आन्दोलन को तुम अपने हाथ में लो। हमसे जो मदद कहोगे, हम देंगे।'' प्रो. मनोरंजन प्रसाद फिर उसकी ओर देखते हुए बोले, ''भविष्य का सोचो। कुछ भविष्य का। सन्तुआ के चक्कर में मत पड़ो।''

''जी!'' जीवकान्त ने साहस जुटाकर मन की बात रख दी, ''सर, आप गार्जियन हैं। जैसा कहेंगे वैसा ही होगा।''

''तो जाइए, मौज कीजिए।'' प्रो. मनोरंजन प्रसाद जैसे आश्वस्त होकर कृपा भाव से बोले, ''ई दरबार हमेशा खुला है। जब मन करे बेधड़क आइए-जाइए।''

जीवकान्त जान छूटी के अन्दाज़ में झटके से उठा और लपककर प्रो. मनोरंजन प्रसाद के पैर छू लिए। प्रो. मनोरंजन प्रसाद गुरु भाव से उठे और जीवकान्त के कन्धे पर हाथ रखकर, उसे लिए-दिए बाहरी निकासवाले दरवाज़े की ओर बढ़े। फिर खाली कमरे में जहाँ दीवार के सहारे सोफ़े लगे थे, आकर रुके।

"ए सुरेन्दर, सुनो!" सुरेन्द्र यादव जो अब तक पीछे मौन-विनयवत खड़ा था, अपना नाम सुनकर क़रीब आया, "जी, सर!"

"आज रात का भोजन यहीं होगा। जीवकान्त को साथ लेके आना।" मनोरंजन बाबू का स्नेह छलका पड़ रहा था, "जीवकान्त, आज भोजन हमरे साथ करना है।"

जीवकान्त ने सहमति में सिर हिलाया। सुरेन्द्र यादव मन्द-मन्द मुस्कराया। इच्छा तो उसकी भी मुस्कराने की हुई। लेकिन प्रो. मनोरंजन प्रसाद के सामने वह यह साहस नहीं जुटा पाया।

"अब जाओ तू लोग!" मनोरंजन बाबू अन्दरवाले कमरे में बैठे दरबारियों की ओर इशारा करके बोले, "ई लोग का भी दुख-दलिद्दर दूर करना है। एगो काम हो तब न! साँस लेवे की फ़ुरसत न है।"

जीवकान्त ने दुबारा प्रणाम किया। सुरेन्द्र यादव ने बाहरी दरवाज़ा खोला और जीवकान्त लपककर यूँ बाहर निकला मानो पिंजरे से छूटने की राह दिख गई हो। तेज़ी से अपनी मोटरसाइकिल के पास पहुँचकर रुका तो पीछे-पीछे आ रहे सुरेन्द्र यादव ने क़रीब आकर कहा, "जीवकान्त भाई, मनोरंजन बाबू जिसके माथा पर हाथ रख दिए, समझ जाइए कि उसका भाग्य बन गया।"

जीवकान्त के भीतर बहुत कुछ उमड़-घुमड़ रहा था। ख़ूब-ख़ूब बोलनेवाला वह, अब तक इस क़दर चुप कैसे बैठा रहा, ख़ुद उसे आश्चर्य हो रहा था। लगा, जैसे अभी-अभी जो जीवकान्त प्रो. मनोरंजन प्रसाद से मिलकर बाहर आया है, वह पहले वाला जीवकान्त नहीं रहा। फिर यह जीवकान्त कौन है? मन में उठे इस सवाल पर मन ही मन मुस्कराया। मोटरसाइकिल स्टार्ट की ओर सुरेन्द्र यादव से विदा लेते हुए बोला, "सुरेन्दर, रात को मिलते हैं।"

दस

मिला-जुलाकर धरना सफल रहा।

विधायक जी के जाने के बाद रमेश जी ने शानदार भाषण दिया। दिवाकर जी भी आज अच्छा बोले। लेकिन विद्या ने तो ग़ज़ब ढा दिया। बोलती तो ठीक ठाक ही है। लेकिन आज वह कुछ ज़्यादा ही आत्मविश्वास से भरी हुई थी। माइक पर

जैसे ही उसके नाम की घोषणा हुई, छात्रों ने वो जोरदार तालियाँ बजायीं कि, गूँज थमने में कम से कम तीन मिनट का वक़्त लगा। गुलाबी सलवार-सूट में विद्या की उपस्थिति कहीं ज़्यादा गुलाबी हो आई थी, जब उसने माइक के सामने अपने भाषण की शुरुआत एक शे'र से की—

'हो चुकी है पीर पर्वत-सी पिघलनी चाहिए,
इस हिमालय से कोई गंगा निकलनी चाहिए।

सिर्फ़ हंगामा खड़ा करना मेरा मक़सद नहीं,
मेरी कोशिश है कि ये सूरत बदलनी चाहिए।'

विद्या के शे'र पूरा करते न करते तालियाँ गूँज उठी थीं। विद्या ने मुस्कराकर दिवाकर जी की तरफ़ देखा था। दिवाकर जी का इशारा पाकर विद्या की खनकती आवाज़ ने पूरे माहौल को गिरफ़्त में ले लिया था, 'दोस्तों! जैसा हमारे युवा नेता माननीय विधायक सन्तू यादव जी ने एलान किया कि युवा ख़ुद ही नया इतिहास लिखता है, तो हम आपको बता दें कि अब युवा शक्ति जाग गई है और अब कोई उसे रोक नहीं सकता। ग़रीब छात्रों के भविष्य से खिलवाड़ करनेवाले शिक्षक चेत जाएँ। हम उनके प्राइवेट कोचिंग को नहीं चलने देंगे। अगर वो समझते हैं कि हम पुलिस जुल्म से डरकर चुप बैठे जाएँगे तो यह उनकी ग़लतफ़हमी है। हमारा यह आन्दोलन रुकने वाला नहीं है। हम आपको विश्वास दिलाते हैं कि इस आन्दोलन में छात्रों के साथ छात्राएँ भी क़दम से क़दम मिलाकर चलने को तैयार हैं।'

फिर तालियाँ बजीं। विद्या ने ठहरकर साँस ली। रमेश जी ने देखा विद्या के भाषण पर छात्र कुछ ज़्यादा ही उत्साहित हैं। दिवाकर जी तो एकटक विद्या को ही निहारे जा रहे थे। विद्या उधर बोले जा रही थी, इधर रमेश जी ने दिवाकर जी को टोका था, "ज्ञापनवा तैयार हो गया है, तो चलिए यूनिवर्सिटी ऑफिस में दे दिया जाए।"

"आज का धरना तो पुलिस ज़्यादती के विरोध में है न! ज्ञापन तो डीएम-एसपी को देना होगा। यूनिवर्सिटी को काहे देंगे?" दिवाकर जी ने पूछा था।

"मामला स्टूडेंट का है। यूनिवर्सिटी को एक्शन तो लेना पड़ेगा न?" रमेश जी ने तर्क दिया था, "हमारे ज्ञापन को यूनिवर्सिटी आगे बढ़ाएगी।"

"हम तो समझते हैं, मामला पुलिस प्रशासन का है। वैसे आप जैसा कहिए।" दिवाकर जी ने फ़ैसला रमेश जी पर छोड़ दिया था।

रमेश जी ने क्षण भर सोचा था। फिर अपनी सहमति जताई, "ठीक है ज्ञापन प्रशासन को ही देना ठीक रहेगा।"

विद्या का भाषण चल रहा था और सड़क जाम हो गई थी। पीरबहोर थाने के सिपाही जाम हटाने की तमाम मशक्कत के बावजूद थक-हार कर भीड़ में गुम हो गए थे।

अन्ततः तय हुआ था कि एक प्रतिनिधि मंडल डीएम से मिलेगा और उन्हें ज्ञापन सौंपेगा। इसलिए प्रतिनिधि मंडल में रमेश जी, दिवाकर जी, विद्या के अलावा और कौन रहेगा यह तय नहीं हो पा रहा था। इस वक़्त एक बार फिर जीवकान्त की याद आई थी और रमेश जी कुनमुनाए थे, ''ई जीवकन्तवा का पता न है। स्साला गायब कहाँ हो गया?''

''रमेश जी, ऐसा लोग का कौनो भरोसा न है। ऐन बखत पर धोखा देता है।' दिवाकर जी ने तपाक से खिल्ली उड़ाई थी, 'स्साला डरपोक। पुलिस के डर से बिल में घुस गया होगा।''

दिवाकर जी की बात रमेश जी के गले नहीं उतरी थी। फिर भी उन्होंने चुप रहना ही बेहतर समझा था। उन्हें चुप देखकर दिवाकर जी ने सुझाया था, ''एक ठो कमलेशवा को ले लेते हैं।''

''ठीके है।'' रमेश जी ने सहमति के साथ अपना सुझाव भी रखा था, '' तो एक ठो अनीता को भी ले लेते हैं।''

दिवाकर जी मुस्करा पड़े थे। रमेश जी भी अपनी मुस्कराहट रोक नहीं पाए थे। गहरी मुस्कान के बीच पूछा था, ''क्या कहते हैं आप?''

''आप अध्यक्ष हैं। हम आपसे कैसे अलग हो सकते हैं?'' दिवाकर जी ने रमेश जी का मन रखते हुए जिज्ञासा की थी, ''लेकिन अनीता है कहाँ?''

''हॉस्टल में होगी। विद्या को भेजकर बुलवा लेते हैं।'' रमेश जी उत्साह से भर उठे थे।

विद्या भाषण समाप्त करके बैठी तो दिवाकर जी ने विद्या के सामने प्रस्ताव रखा, ''प्रतिनिधि मंडल में तुम और अनीता दोनों हो। डीएम ऑफिस चलना होगा।''

''लेकिन अनीता तो आई न है। आज उसकी तबीयत ठीक न है।''

अनीता की तबीयत के बारे में जानकर रमेश जी का दिल धक्क कर गया था। इच्छा हुई कि पूछें–क्या हुआ अनीता को? लेकिन मन मसोसकर रह गए थे। वो तो भला हो दिवाकार जी का, जो विद्या से पूछ बैठे, ''ऐन बखत पर तबीयत खराब हो गया। हुआ क्या है?''

''रात में चाउमिन खा ली थी। पेट में दरद था। एकठो उल्टियो हुई।'' विद्या चुहल करने से बाज़ नहीं आई थी, ''क्या बात है, अनीतवा का बड़ा चिन्ता कर रहे हैं?''

''हम काहे चिन्ता करेंगे? रमेशे जी उसको भी साथ लेवे के लिए बोल रहे थे।'' दिवाकर जी ने बात रमेश जी पर फेंक दी थी।

रमेश जी झट सफ़ाई पार उतर आए थे, ''लड़की लोग का भी बराबर प्रतिनिधित्व होना चाहिए न! ईहे सोच के उसको भी रखा है।''

विद्या मुस्करा पड़ी थी। उसकी मुस्कराहट में छुपा भेद रमेश जी से छुपा नहीं रहा था। वह मुस्कराते हुए गर्दन घुमाकर माइक पर नारे लगा रहे केशर की ओर देखने लगे थे।

''पुलिस-प्रशासन!''

''होश में आओ!! होश में आओ!!''

''डीएसपी चन्द्रा!''

''बर्खास्त हो!! बर्खास्त हो!!''

नारे चहुँदिश गूँज रहे थे। लेकिन रमेश जी के भीतर अनीता गूँज रही थी। इस गहमागहमी के बीच भी रमेश जी का मन अनीता के ख़यालों में डूबता-उतराता रहा था। विद्या के साथ अनीता को उन्होंने देखा तो पहले भी कई बार था, लेकिन कल पता नहीं क्यों उसे देखकर उनका मन अचानक बेतरह मचल उठा था। ऊपर से उसकी उस निकटता ने उनके भीतर हाहाकार ही मचा दिया था और अब उसकी तबीयत के बारे में जानकर अजीब-सी बेचैनी होने लगी थी। काश! वह उड़कर अनीता के पास उसका हालचाल लेने पहुँच जाते। लेकिन बेबसी ऐसी कि धरनास्थल से उठना सम्भव नहीं था। वातावरण पूरी तरह गर्म था और वहाँ मन मारकर बैठने के सिवा उनके पास कोई चारा नहीं था। तीन बजते-बजते तय हुआ था कि प्रतिनिधिमंडल छात्रों के जुलूस के साथ डीएम ऑफिस जाएगा और वहाँ हाथों-हाथ ज्ञापन सौंपा जाएगा।

जुलूस का नेतृत्व रमेश जी और दिवाकर जी ने सँभाला था। कमलेश, चुटरी, केशर हाथों में तख्तियाँ लिए आक्रामक तेवर में नारे लगाने लगे थे। उनके पीछे छात्रों के हुजूम ने भी हवा में हाथ भाँजते हुए साथ देना शुरू कर दिया था।

जुलूस के पीछे पुलिस की जीप चल रही थी। लेकिन उसकी उपस्थिति महज खानापूर्ति भर थी। सड़क पर दहशत कायम हो चुकी थी। बायें किनारे की दुकानों के दुकानदार किसी भी अघटित की आशंका से सहमे हुए शटर गिराने की तैयारी में थे।

इस बीच सड़क पूरी तरह जाम हो चुकी थी। गाँधी मैदान से आती एक कार ने इस भीड़ में घुसने की जुर्रत की तो लड़कों ने उसे जबर्दस्ती रोककर एक खिड़की का शीशा तोड़ डाला। काँच के टुकड़े सड़क पर बिखरे और दहशत दूर-दूर तक फैल गई। कार का ड्राइवर रुआँसा-सा अपनी ग़लती के लिए माफ़ी माँगने लगा था। कमलेश बुरी तरह गलियाते हुए उस पर पिल पड़ा था, ''स्साला आन्हर है क्या? गाड़ी पर चढ़के लाटसाहब बूझता है? मादर...चो...!'

पुलिस कहाँ थी, पता नहीं।

हो-हल्ला करते जुलूस का तेवर अब ज़्यादा आक्रामक हो आया था। जुलूस के सामने पड़ने से पहले ही लोग सहमकर किनारे हो जाते और सड़क साफ़ हो जाती।

डीएम अपने ऑफिस में नहीं थे। पता चला कमिश्नर के यहाँ मीटिंग में शामिल होने गए हैं। ज्ञापन एक एडीएम ने लिया और आश्वस्त किया कि डीएम साहब के आते ही ज्ञापन उन्हें दे दिया जाएगा।

लौटानी में रमेश जी, गर्ल्स हॉस्टल अनीता से मिलने चले गए थे। लेकिन अनीता से मुलाकात नहीं हो पाई थी। पता चला कि उसके चाचा आए थे और वह उनके साथ डॉक्टर के यहाँ गई है।

रमेश जी के अन्दर एक गहरी उदासी पसर गई थी। एक कामयाब धरना और शानदार जुलूस के नेतृत्व की ख़ुशी एक झटके में ही काफ़ूर हो गई थी। पता नहीं क्यों उनके भीतर अजीब-सा गुस्सा उफनने लगा था—जी में आया कि स्साला अनीता का चाचा मिल जाए तो उसकी ऐसी की तैसी कर दें! उसको भी आज ही आना था! आज नहीं आता तो क्या पहाड़ टूट जाता? और ई अनीता? इसको बीमारो पड़ना था तो आजे? ऐसी कौन बीमारी थी कि डॉक्टर के यहाँ जाना ज़रूरी था? इस सवाल के साथ ही रमेश जी थोड़ा चिंतित हो आए थे। इसी चिन्ता के मारे विद्या से पूछ बैठे थे, 'अनीता का चाचा पटने में रहता है क्या?'

"न, महीना दो महीना पर आते रहते हैं।" विद्या ने बताया था, "गोपालगंज में ठेकेदारी करते हैं।"

रमेश जी के मन में कुछ कसका था। विद्या की दी गई सूचना से अजीब खदबदी होने लगी थी। अनीता को और ज़्यादा जानने की उत्सुकता जाग उठी थी, "अनीता के पापा क्या करते हैं?"

विद्या ने मुस्की छोड़ते हुए पूछा था, "क्या बात है, अनीतवा में बड़ा इंट्रेस्ट ले रहे हैं?"

दिवाकर जी ने चटखारा लिया था, "बुझाता है, अनीतवा पर रमेश जी का दिल आ गया है। क्या रमेश जी?"

"आप भी न दिवाकर जी, खाली उल्टे-सीधे सोचते हैं।" रमेश जी के चेहरे पर संकोच उभर आया था, "भाई जी, जो लोग छात्र एकता मंच में है, ऊ लोग का आगा-पीछा जानना ज़रूरी न है।"

"उसका आगा और पीछा दूनो सॉलिड है।" दिवाकर जी फुसफुसाए थे ताकि यह सन्त वचन विद्या न सुन पाए, "ज़्यादा सोचे की ज़रूरत न है।"

विद्या इस फुसकी को पकड़ पाती इससे पहले ही दिवाकर जी ने रमेश जी को कोहनी मारी थी, "चलिए आवास। ऊहाँ लड़का सब इन्तज़ार कर रहा होगा। अच्छा विद्या चलते हैं।"

दिवाकर जी बात पूरी करने के साथ ही मोटरसाइकिल में किक मारकर उड़ चले थे।

ग्यारह

रमेश जी, दिवाकर जी जिस वक़्त 'गोप आवास' पहुँचे, वहाँ बरामदे में पहले से ही लड़कों की भीड़ जमा थी। 'गोप आवास' के अलावा गोनू लॉज के भी लड़के थे। सबके सब बेतरह उत्तेजित। चेहरे तमतमाए हुए। आँखों से फूटती चिंगारियाँ बता रही थीं कि कुछ अनहोनी ज़रूर हुई है। रमेश जी या दिवाकर जी किसी से कुछ पूछते, गोनू लॉज का राजकमल उन दोनों को देखते ही ज्वालामुखी-सा फट पड़ा, ''भइया, स्साला गोनुआ का माथा खराब हो गया है। किराया वसूले आया था। बोला कि कल सबेरे तक किराया न मिला तो सबका समान उठा के बाहर फेंक देगा। अपना संगे दू ठो गुंडा लेके आया था। धमकी दिया है कि देखते हैं, केकर माई बाघ बिआई है, जो किराया न देता है।'

राजकमल की साँसें धौंकनी की तरह चल रही थीं। अब तक कुछ न कर पाने की बेबसी और अब कुछ कर गुज़रने की उत्तेजना का ऐसा असर था कि एड़ी की लहर माथा तक चढ़ आई थी।

''स्साला गोनुआ का ई मजाल!'' दिवाकर जी तड़प उठे। आँखें चढ़ गईं जैसे गुस्से के मारे निकल ही पड़ेंगी। वह दोनों हाथ भाँजते धिक्कारने लगे, ''क्या बोला रे, केकर माई बाघ बिआई है? तू लोग चुपचाप सुन लिया? चूड़ी पहिनले है सब क्या? स्साला...को पकड़ के थूर देना था। जो होता हम देख लेते...।''

रमेश जी भी अब तक पूरी तरह चार्ज हो चुके थे। दिवाकर जी की बात बीच में ही काटकर फुँफकार पड़े, ''चलो, अभिए फरिया लेते हैं। ए दिवाकर जी, 'समान' निकालिए। चलिए आज नौ-छौ करिये दिया जाए।''

''चलिए स्साला को ठोंकते हैं। न तो मन बढ़ जाएगा!'' दिवाकर जी तमतमाए हुए अपने रूम की ओर लपके।

' 'समान' माने पिस्तौल। दिवाकर जी के पास दो देसी तमंचे थे। रमेश जी के पास तीन। पहले तो दो ही थे, लेकिन पिछले दिनों ही रानीघाट के एक लफुआ से छीना गया था, तो कुल मिलाकर अब तीन हो गए थे। दरअसल, उस दिन 'गोप आवास' के नीचे ही मुहल्ले का एक लफुआ दारू में धुत्त पिस्तौल लहरा-लहरा कर अक-बक किए जा रहा, 'रानीघाट में केकर मजाल है, जो बोलेगा रे! एतना गोली मारेंगे कि गिनलो न गिनाएगा।'

उस लफुए के इस चैलेंज को सुनकर जीवकान्त आपे से बाहर हो गया था। जब तक रमेश जी कुछ समझते, जीवकान्त के पीछे, दो-तीन लड़के और दौड़े थे। उनसे भी रहा नहीं गया था। पीछे-पीछे वह भी लपके थे।

जीवकान्त रानीघाट के लफुआ पर पिल पड़ा था। लप्पड़-थप्पड़। जूते की ठोकरों से उसकी बेतहाशा ठुकाई शुरू कर दी थी। नशे में लस्त-पस्त लफुआ अपने

पैरों पर खड़ा नहीं रह पाया था। गली में गिरकर घिघियाने लगा था, 'ना रे बाप! ना!! ग़लती हो गया। माफ़ कर ए भइया। ग़लती हो गया।'

लफुआ तड़पती मछली-सा लोटपोट होता जान की भीख माँग रहा था और रानीघाट के सहमे वाशिन्दे तमाशाई बने थे। छतों-दरवाज़ों, खिड़कियों से झाँकते लोग सकते में थे। गली में भीड़ के बावजूद मुर्दनगी छाई हुई थी। अचानक भीड़ को चीरती आई एक औरत दहाड़ मारकर उस लफुआ के ऊपर जा गिर पड़ी थी। लात-जूते उसकी देह पर भी पड़ने लगे थे। वह औरत कलपती हुई गुहार लगाए जा रही थी, "ए बउआ, छोड़ द एकरा। ग़लती हो गया। हम एकरा ओर से माफ़ी माँगते हैं।"

पिटाई से लफुआ अब तक बेदम हो चुका था। रमेश जी ने जीवकान्त को बरजते हुए रोका था, "छोड़ दे ए बेर। आगे अलबलाया तो गोलिए मार देंगे।"

जीवकान्त के मुँह से झाग निकल रही थी। उस वक़्त बड़ी मुश्किल से उस पर काबू पाया गया था। उसने अपनी जगह खड़े-खड़े गली के इस छोर से उस छोर तक कहर बरपाती नज़र डाली थी और पूरे मुहल्ले को सुनाते हुए चीखा था, "क्या देख रहा है रे सब...रंडी का नाच हो रहा है ईहाँ?"

दहशतजदा भीड़ में हलचल हुई थी। लोग चुपचाप खिसकने लगे थे। लफुआ ज़मीन पर बेसुध पड़ा था। औरत उसे सहारा देकर उठाने की कोशिश कर रही थी।

अचानक रमेश जी की नज़र नाली किनारे छिटकी पड़ी पिस्तौल पर पड़ी थी। झट से लपककर उठाया था और नाल हवा में उठाकर आसमान में फायर झोंक दिया था— धाँय! गली में एकबारगी भगदड़ मच गई थी। सबके सब गिरते-पड़ते, एक-दूसरे को ठेलते-धकियाते भागने लगे थे। गोली हवा में कहीं गुम हो गई थी। लेकिन उसकी धमक रानीघाट में काफ़ी दिनों तक बनी रही थी।

रमेश जी तीनों पिस्तौल लिए अपने कमरे से बाहर निकले और कमलेश की ओर बढ़ाते हुए बोले, "पकड़ तो रे एकरा।"

कमलेश ने पिस्तौल पहले भी कई बार देखी थी। लेकिन कभी छूने की हिम्मत नहीं हुई थी। अब जब कि रमेश जी उसे पिस्तौल पकड़ने के लिए कह रहे थे, उसके अन्दर कँपकँपी-सी छूट गई। उसे आगे बढ़ता न देख रमेश जी हँसे, "कारे, समान देखते फटे लगी क्या?"

एक साथ कई लड़के खिलखिलाकर हँस पड़े। कमलेश को लगा घड़ों पानी पड़ गया हो। यह उसका उपहास था। उसकी मर्दानगी को चुनौती। आव देखा न ताव तेज़ी से आगे बढ़ा और रमेश जी से तीनो पिस्तौल झपटकर, अपनी झेंप मिटाने की हड़बड़ी में दाँत निपोर दिया, "भइया आपो न...!"

तीन-तीन पिस्तौलें एक साथ कमलेश के हाथ में समाइं नहीं या कि उसका हाथ काँपा, अचानक एक पिस्तौल ज़मीन पर गिर पड़ी। जब तक कमलेश की कुछ

समझ में आता राजकमल ने झट से झुककर गिरी पिस्तौल को उठाया और उसका मुआयना करते हुए बोला, ''ए रमेश भइया, एकरा हम अपने पास रखते हैं।''

रमेश जी रूम का ताला बन्द करके मुड़े, ''ठीक है। बढ़िया से कमर में खोंस ले।'' फिर कुर्ते की ज़ेब में चाभी डालकर कमलेश से मुखातिब हुए, 'का रे, रखेगा तो, तू भी एक ठो रख ले।''

कमलेश के अन्दर धुकधुकी होने लगी। इनकार का मतलब था अपनी हँसी उड़वाना। उसे चुप देख रमेश जी ने एक पिस्तौल लेकर अपनी कमर में खोंसा और कमलेश के हाथ में बची पिस्तौल की ओर इशारा करके आश्वस्त किया, ''ऊ वाला खाली है। रख ले कुच्छो न होगा।''

कमलेश की जान में जान आई। खाली पिस्तौल पैंट में खोंसकर शर्ट इस तरह बाहर निकाली, कि अन्दर कुछ है, पता न चले। इस उपक्रम में अपने पास पिस्तौल होने का गुमान उसके चेहरे पर उभर आया था।

दिवाकर जी अपने कमरे से बाहर निकले और दरवाज़े पर ताला जड़कर सीधे लड़कों से मुखातिब हो गए, ''गोनुआ पर आज फार्मूला-44 आजमा देना है।''

''आप पूरी तैयारी से हैं न?'' रमेश जी ने दिवाकर जी से जैसे आश्वस्ति चाही।

पीठ के पीछे, कमर के पास हाथ थपथपाकर दिवाकर जी चहके, ''एकदम फिट! दूनो भरल है।''

''ठीक है, तो चलिए!'' रमेश जी आगे बढ़े।

'गोप आवास' और गोनू लॉज के लड़के उनके पीछे-पीछे सीढ़ियाँ उतरने लगे।

बारह

मुसल्लहपुर की ओर जानेवाली सड़क गुलज़ार थी।

कोचिंग इंस्टीट्यूटों के सामने खड़ी साइकिलों-मोटरसाइकिलों ने आधी सड़क घेर रखी थी, तो चाय-पान और नाश्ते-भूजे की दुकानों पर खड़े लोगों ने बची सड़क पर क़ब्ज़ा कर रखा था। इलाक़े में स्टूडेंट की बहुतायत थी। चाय-पान, नाश्ते-भूजे की दुकानें उन्हीं के दम पर चलती थीं। ख़ासतौर पर सुबह और शाम को इन दुकानों पर उनकी भीड़ टूट पड़ती थी। इस भीड़ में से सड़क से गुज़रती लड़कियों के झुंड पर फब्तियाँ भी उछलतीं। कुछ ठहाके भी फूटते। लड़कियाँ सिर झुकाए, निरीह गाय-सी तेज चाल चलती अपनी राह आगे बढ़ जातीं। वैसे इस भीड़ में सबके सब स्टूडेंट ही हों ऐसा भी नहीं। स्थानीय मुहल्ले के ताज़ा-ताज़ा जवान हो रहे लफुए और बेरोजगारी झेल रहे बबुए भी वक्तकटी के लिए इस सड़क पर

अक़सर अड्डेबाजी करते। ऐसे तमाम लोगों के लिए यह सड़क एक तरह से 'माल रोड' थी।

यह 'माल रोड' आज भी रोज़ की तरह मालामाल थी। भीड़, ठहाकों और रसबतियों से भरी इस सड़क पर चार पहिया तो दूर, दो पहिया वाहनों को भी सँभलकर चलना पड़ रहा था। कोई बीच सड़क पर खड़ा, उसे अपनी मर्जी से जगह दे दे, यह मुमकिन नहीं था। सही-सलामत निकलने की पूरी ज़िम्मेदारी वाहन चलाने वाले की थी। एक तरह से यह व हन चालक की दक्षता और उसकी कलाकारी की अग्नि-परीक्षा थी।

यूँ तो इस सड़क पर किताबों, अख़बार-पत्रिकाओं, स्टेशनरी और किराना से लेकर साग-सब्ज़ी और मछली तक की भी दुकानें थीं। लेकिन अड्डेबाजों के लिए 'चौरसिया पान भंडार' और 'पप्पू टी स्टॉल' खासे मुफ़ीद ठीये थे। 'पप्पू टी स्टॉल' की खासियत यह थी कि वह 'श्योर शॉट कोचिंग इंस्टीट्यूट' के गेट के ठीक सामने था, लिहाजा दीदार-ए-हुस्न के तलबग़ारों के लिए वह एक मनभावन जगह थी। वैसे उसकी चाय भी थी एकदम मस्त। जिसके मुँह लग गई, छुटाए नहीं छूटती। कहते हैं, कि पप्पू चाय बनाते वक़्त चुपके से उसमें अफीम का सत मिला देता है। भगवान जाने सच क्या है, लेकिन उसकी चाय के दीवाने मुसल्लहपुर ही नहीं आसपास के मुहल्लों से भी खिंचे चले आते हैं। जहाँ तक 'चौरसिया पान भंडार' की बात है, मगही-बनारसी से लेकर कलकतिया पान के अलावा, भांग की गोलियों के लिए भी मशहूर है। चौरसिया के रसियों की जमात जो एक सुबह से जुटनी शुरू होती है तो देर रात तक यह ताँता नहीं टूटता है। कहने को तो लोगों का यह भी कहना है कि वह हेरोइन भी बेचता है। लेकिन किसी ने देखा हो, ऐसा दावा करना मुश्किल है। यह आशंका सिर्फ़ इस बिनाह पर टिकी है कि इलाक़े के पुलिसवालों का उसके पास दोस्ताना आना-जाना लगा रहता है।

यहाँ आने-जाने वालों में चौरसिया के पान के शौक़ीनों के अलावा नये-पुराने रंगबाज़ों की भी कमी नहीं है। इन रंगबाज़ों के आते ही 'चौरसिया पान भंडार' हाई वोल्टेज सनसनी से भर जाता है और चौरसिया दूसरे ग्राहकों को छोड़कर उनकी खिदमत में लग जाता है। मुफ़्त के पान-सिगरेट के अलावा दाँत चियारकर 'भइया-बाबू' कहते हुए उन्हें खुश रखने में वह माहिर है। ये 'भइया-बाबू' आड़े और गाढ़े वक़्त में उसके काम भी आते हैं। चौरसिया इसे आपसी भाईचारगी कहता है।

इसी 'चौरसिया पान भंडार' पर जब कि डेक से भोजपुरी गाना 'बग़ल वाली जान मारे ली' बज रहा था, छोटुआ दो बाई दो के शीशे में ख़ुद को निहारते हुए बोला, "ए चौरसिया, कौनो नया गाना काहे न बजाता है?"

चौरसिया के पान लगाते हाथ रुके। दाँत चियारकर उसने छोटुआ से ही पूछा, "छोटू भाई, तू ही बोल न, कौन गाना लगाएँ?"

''गोली मार भेजे में। भेजा शोर करता है।'' छोटुआ के बजाय उसके पीछे खड़ा बोल्टुआ तपाक से बोल पड़ा।

छोटुआ ने अपने लम्बे बालों में दाहिना हाथ फेरते हुए सहमति दी, ''हंऽ, ईहे लगाव।''

जब तक चौरसिया ने डेक में गाना बदला, तब तक बोल्टुआ ने आगे बढ़कर विल्स फिल्टर की डिब्बी से एक सिगरेट निकालकर सुलगायी। छोटुआ ने अपनी टी शर्ट का कॉलर ठीक किया और दायें-बायें ऐसे देखा, जैसे कोई ज़रूरी कमी खोज रहा हो।

''गोनू भयवा कब मिले के बोला है?'' सिगरेट का धुआँ उड़ाते बोल्टुआ ने पूछा।

''छव बजे। इहें मिलेला बोला है।'' छोटुआ ने घड़ी देखी, ''आते होगा।''

''गोली मार भेजे में भेजा शोर करता है'' जैसे ही बजना शुरू हुआ बोल्टुआ की बाँछें खिल गईं। उसने दोनों हाथ हवा में उठकार एक ठुमका लगाया और आह्लादित भाव से चौरसिया को हिदायत दी, ''हमर पान में एकठो गोलियो डाल दिहो।''

चौरसिया मुस्कराया। पान पर चूना मलते हुए पूछ बैठा, ''क्या बात है, आज अब्बे मूड बनावे का इरादा है?''

''आज दिने से मूड बनल है, चौरसिया जी।'' बोल्टुआ के बदले छोटुआ जवाब देकर बोल्टुआ की ओर घूमा। बोल्टुआ सड़क पर सिर झुकाए गुज़र रही एक लड़की को बेहद रसिक अदा से निहारे जा रहा था। छोटुआ ने एलानिया सवाल किया, 'अइसे का देख रहा है रे? ढेर मन है, तो कह, साली को उठा लेते हैं?'

पता नहीं छोटुआ की हौसलाआफ़जाई से या अपने भीतर उठते उफान से बोल्टुआ ने कसकर सीटी मारी और पूरी ताकत से एक जुमला लड़की की तरफ़ उछाल दिया, ''का हो डार्लिंग, खइबू कि जियान करबू!''

अकेली लड़की का चेहरा स्याह पड़ गया। उस भीड़-भाड़ और रोशनी भरी सड़क पर भी लड़की ख़ुद को असहाय पाकर रुआँसी हो आई थी। तेज़ चाल चलती वह जब तक काफ़ी दूर नहीं निकल गई बोल्टुआ की आँखें उसका पीछा करती रहीं।

अब तक चौरसिया पान लगा चुका था। भांग की गोली सलीके से जमा चुका था। बोल्टुआ पान लगा देख, आगे बढ़ा। एक बार फिर दो बाई दो के शीशे में ख़ुद को दायें-बायें से देखा और दोनों हाथों से बालों को सँवारा।

ठीक इसी वक़्त एक साथ कई मोटरसाइकिलों की घर्र-घूं-घर्र-घूं की उमड़ती आवाज़ से सड़क पर किसी तूफ़ान के बरपा होने का अन्देशा हुआ। देखते-देखते सड़क पर अफरा-तफरी मच गई। इस बार मोटरसाइकिलों की नहीं, सड़क पर खड़े लोगों के बचने की बारी थी। जो जहाँ था, दायें-बायें, आड़े-तिरछे छिटकने-भागने लगा। सड़क पर मोटरसाइकिलें नहीं गोया काल हुंकार रहा था।

पलक झपकते मोटरसाइकिलें जैसे ही 'चौरसिया पान भंडार' के क़रीब पहुँचीं, एक मोटरसाइकिल के पीछे बैठा राजकमल पूरी ताकत से चीख पड़ा, 'रमेश भइया, ईहे है, स्साला ईहे है।'

एकाएक तमाम मोटरसाइकिलों के ब्रेक इस बुरी तरह चीखे कि मोटरसाइकिलें लहराती हुई सड़क पर आड़ी-तिरछी गुर्राने लगीं। जब तक कोई कुछ समझता मोटरसाइकिलों पर सवार लड़के धड़ाधड़ कूदे और 'चौरसिया पान भंडार' की ओर दौड़ पड़े।

पान का बीड़ा मुँह में जाने से पहले ही बोल्टुआ की पूरी देह काँप गई। हाथ का पान नीचे गिरा और पाँव के नीचे से ज़मीन खिसकती लगी। लड़कों की भीड़ में गोनू लॉज के लड़कों को देखकर उसे सारा माजरा समझते देर नहीं लगी। आगा देखा न पीछा, बिजली की-सी फुर्ति से सामने गली में छलाँग लगा दी और जान-प्राण लगाकर भाग छूटा। छोटुआ भी उसी की पीठ पर दौड़ा। दोनों उस गली में बेतहाशा भाग रहे थे और गली भौंचक उन दोनों को भागते देख रही थी।

मोटरसाइकिलों से उतरे उन लड़कों में से कइयों ने बोल्टुआ और छोटुआ के पीछे दौड़ लगा दी। सनाके में डूबी गली में जूतों की आवाज़ें और ललकारने का शोर हहराने लगा था, ''भागता है रे, रंडी का जना...भाग! देखते हैं, तोरा कौन बचाता है आज?''

गली में हिंस्र भय तारी हो गया था। आवाजाहियाँ थमक गई थीं। लोग किनारे के घरों की दीवारों से सट गए थे या दुकानों के भीतर सटक गए थे। ख़ामोशी ऐसी कि जान कंठ में आ अंटकी हो।

पीछा करते लड़के छोटुआ के क़रीब पहुँच गए थे। छोटुआ दहशत के मारे चीखा और वहीं सड़क पर ढेर हो गया। कुछ लड़कों ने छोटुआ को दबोच लिया। कुछ लड़के उसी तेज़ी से बोल्टुआ के पीछे भागे।

बोल्टुआ ने एक बार पीछे मुड़कर देखा। पीछा कर रहे लड़कों और उसके बीच बमुश्किल तीन बाँस की दूरी थी। इस दूरी को बढ़ाने की गरज से उसने जान लड़ा दी। लेकिन ऐन इसी वक़्त सामने मोड़ से अचानक निकली एक मोटर-साइकिल से वही टकराया और कटे पेड़ की तरह धड़ाम से ज़मीन पर जा गिरा। मोटरसाइकिल लड़खड़ाती हुई दाईं ओर एक दीवार से जा भिड़ी। मोटरसाइकिल सवार जब तक कुछ समझता सामने गली में दौड़ते आ रहे लड़कों ने बोल्टुआ को दबोच लिया।

ज़मीन पर गिरे बोल्टुआ की देह पर लात-घूँसों की बौछार शुरू हो गई। वह अपने दोनों हाथों से कभी अपने सिर को बचाता, तो कभी दोनों घुटने मोड़कर पेट को। उसकी देह पर लड़कों के जूतों की मार जितनी तेज़ हो रही थी उसका छटपटाना

उतना ही बढ़ रहा था। बावजूद इसके, उसके मुँह से 'ऊफ़्' तक नहीं निकल रही थी। ग़ज़ब जीवट था बोल्टुआ।

अचानक राजकमल झुका और बोल्टुआ की कॉलर पकड़कर उसे सीधा खड़ा करते हुए चीखा, "बड़का गुंडा बनता है, रे! मादरचो...देखाव गुंडई...अब हमू देखे केतना बड़का गुंडा है।"

बोल्टुआ कुछ नहीं बोला। उसके चेहरे पर धूल-मिट्टी चिपकी थी। लम्बे बाल बुरी तरह बिखरे थे। मुँह से लार टपक रही थी। उसने दाहिने हाथ से जैसे ही लार पोंछने की कोशिश की, गोनू लॉज के विपिन सिंह ने उसके गाल पर कसकर एक थप्पड़ रसीद किया, "स्साला...अब बकार काहे न फूट रहा है। दिनवा में तो बड़ा रंगदारी छाँट रहा था।"

गाल पर थप्पड़ पड़ते ही बोल्टुआ का सिर झन्ना गया। लगा कि वह लड़खड़ा कर गिर जाएगा। वह जब तक सँभलता राजकमल उसे जिबह के बकरे की तरह घसीटते हुए बोला, "ले चलो स्साले को।"

राजकमल बोल्टुआ को कॉलर पकड़कर घसीट रहा था और बाकी लड़के बोल्टुआ को धक्का देकर आगे बढ़ाने लगे थे। बोल्टुआ जैसे ही अड़ता किसी लड़के की लात उसके चूतड़ पर पड़ती और वह फिर अपने पैरों पर चलने लगता।

माल रोड पर व्याप्त सनसनी के बीच, जब कि सबकी साँसें अटकी हुई थीं, 'चौरसिया पान भंडार' में डेक पर गाना गूँज रहा था—"गोली मार भेजे में भेजा शोर करता है।"

"धाँय!" एक गोली छूटी और आसमान में धुएँ की लकीर खिंच गई। तमाशबीन बने लोग गिरते-पड़ते भागने लगे। थर-थर काँपती चौरसिया की देह में इतनी जान नहीं बची थी कि वह डेक का स्विच बन्द कर सके। डेक अपनी पूरी रवानी में बज रहा था और चौरसिया को यक़ीन हो गया था कि आज उसकी भी जान नहीं बचने वाली है। वह ज़िन्दगी और मौत के बीच फँसा तमाम देवी-देवताओं को गुहार लगाता, मन ही मन मना रहा था कि कोई चमत्कार हो और यह बजता डेक चुप हो जाए।

"ग़लती हो गया भइया...अब...अइसा ग़लती फिर न करेंगे...।" दोनों हाथ जोड़े घिघियाता छोटुआ रमेश जी के पाँवों पर जैसे ही झुका, दिवाकर जी ने उसके पिछवाड़े पर इतने जोर की ठोकर मारी कि वह, "अरे बाप रे, बाप" करता, वहीं ढेर हो गया।

बारूद की ताज़ा गन्ध सनसना रही थी। कमलेश हैरानी से उस पिस्तौल की नाल को ताक रहा था, जिससे धुएँ की धार अब भी निकल रही थी।

रमेश जी कमलेश की हैरानी पर मन ही मन प्रसन्न हो रहे थे—स्साला...अब कमलेशो का भटक खुल जाएगा!

''पिस्तौलिया भरल था क्या... ?'' दिवाकर जी थोड़ा अचकचाए।

''हाँ...।'' रमेश जी फुसफसाए।

''आप तो बोले थे खाली है?'' दिवाकर जी ने याद दिलाया।

''लगता है—...बदला गया...।'' रमेश जी बुदबुदाए, ''खाली वाला हमरे पास रह गया...। भरल वाला कमलेशवा के पास चला गया।''

दिवाकर जी को विश्वास नहीं हुआ। उन्होंने कमलेश की ओर देखा। वह अब भी अपनी पिस्तौल को फटी आँखों से निहार रहा था जैसे ख़ुद को यक़ीन दिलाने की कोशिश कर रहा हो कि जो गोली छूटी है, वह उसी के हाथों सें छूटी है।

इससे पहले कि कमलेश अपने आप में लौटे रमेश जी ने उसे ललकारा, ''ए कमलेश, ई स्साला बड़का हीरो बनता है—...ठोंक तो इसको!''

सड़क पर लुढ़के पड़े छोटुआ के लम्बे बालों को पकड़कर जैसे ही उसे रमेश जी ने खींचा वह प्राणांतक चीख के साथ जान बख़्शने की गुहार लगाने लगा, ''भइया...हो...भइया...छोड़ दऽ हो भइया...अब कब्बो ग़लती न करेंगे हो भइया।''

''तड़ाक!'' कमलेश का थप्पड़ छोटुआ के गाल पर पड़ा और छोटुआ की आँखों के आगे चिंगारियाँ छिटक गईं। उसने घिघियाहट में जैसे ही मुँह खोला कमलेश ने पिस्तौल की नाल उसके मुँह में घुसा दी।

दिवाकर जी कमलेश की यह दिलेरी देखकर दंग रह गए। स्साला फिल्मी हीरो माफ़िक एक्टिंग कर रहा है। मुँह में पिस्तौल की नाल ऐसे डाला है जैसे आजे हीरोगिरी में अपना नाम लिखा के मानेगा—जिओ बेटा, कमलेश!

''ना कमलेश...ना...।'' रमेश जी कमलेश को बरजते हुए पैंतरे पर उतर आए, ''ई स्साला तो ऐसे ही मरल है। इसको मारे से कौनो फ़ायदा ना है।''

अचानक डेक चुप हो गया। चौरसिया को अपनी धड़कन गुम होती जान पड़ी। लगा कि यह सन्नाटा ही उसकी जान का दुश्मन बन जाएगा। उसे महसूस हुआ कि बौराए लड़कों का ध्यान उसकी तरफ़ अब आया कि तब आया। उसने आँखें बन्द कर एक बार फिर किसी चमत्कार की उम्मीद लगाई कि किसी तरह यह डेक बजने लग जाए।

तभी गली के मुहाने पर जबर्दस्त शोर उठा।

राजकमल बोल्टुआ का कॉलर पकड़े हुए था, जब कि विपिन सिंह और राजदेव उसे धकिया रहे थे। बोल्टुआ जबर-सा दोनों पैरों पर अड़ा जा रहा था। ऐसे में उसे आगे खींचने में राजकमल की साँस फूलने लगी थी। वह फूलती साँसों के बीच ही पूरी ताकत से चिंघाड़ा, ''ए भइया...ई मादरचो...बोल्टुआ बहुते हकड़ रहा है। इसका नट-बोल्टू सब ढीला करना पड़ेगा।''

कमलेश जो छोटुआ के मुँह में पिस्तौल की नाल घुसेड़े हुए था, राजकमल की ओर देखकर चिल्लाया, ''लाओ, स्साला आज दूनो का राम नाम सत्त कर देते हैं।''

यह हाथ में पिस्तौल की ताकत थी या भीड़ में हीरो बनकर उभर जाने की बलवती इच्छा कहना सम्भव नहीं था। लेकिन रमेश जी और दिवाकर जी, इस नये बछड़े के पगहा तुड़ाने की आतुरता से चकित थे। रमेश जी ने उसे समझाने के अन्दाज़ में उकसाया, ''ए कमलेश, गोली मत बरबाद कर...दोनों को एतना कूटो कि जिनगी भर याद रखे।''

कमलेश तनतनाया-सा बोल्टुआ की ओर लपका, ''न रमेश भइया, इसको तो न छोड़ेंगे। स्साला का खलबट्टा कर देना है।''

दिवाकर जी ने कमलेश को रोका, ''मर्डर का मतलब बूझते हो ?''

दिवाकर जी की चेतावनी से कमलेश की देह में झुरझुरी-सी उठी। कसमसाकर जवाब दिया, ''भइया, पुरकस ठोकइया ज़रूरी है।''

अपनी बात खत्म करते ही कमलेश उछला और बोल्टुआ के सिर पर पिस्तौल के बट से कसकर वार किया। बोल्टुआ पहली बार दोनों हाथों से सिर पकड़कर चिल्लाया, ''मार दिया रे, बाप, मार दिया!''

बोल्टुआ की चीख ने जैसे सबको चार्ज कर दिया। विपिन सिंह ने बोल्टुआ के सीने पर कसकर लात मारी। बोल्टुआ चारों खाने चित्त हो गया। राजकमल उछला और बोल्टुआ के सीने पर चढ़ गया। बोल्टुआ की साँसें सीने में अटक गई थीं। उसके मुँह से बस 'गों...गों...गों' की आवाज़ निकल रही थी। सिर से खून की धार उसके चेहरे पर फैलने लगी थी।

लस्त-पस्त छोटुआ साँसें रोके पड़ा था। देह के पोर-पोर से चिलकते दर्द को रोकना कठिन हुआ जा रहा था। लेकिन किसी का ध्यान उस पर न जाए, इस ख़याल से वह जबरन चुप्पी साधे हुए था।

रमेश जी ने एलान किया, ''एतना खुराक़ काफ़ी है। देखते हैं, स्साला गोनुआ अब क्या उखाड़ता है।''

राजकमल बोल्टुआ के सीने से नीचे कूदा और कमलेश के हाथ से पिस्तौल लेकर हवा में लहराकर नाचने लगा, ''सुनो रे, मादरचो...सब, जो ढेर बौराएगा...उसका ईहे हाल होगा!''

मोटरसाइकिलें गुर्राईं। हॉर्न चीखे। सबके सब मोटरसाइकिलों पर लदे और दोनों हाथ हवा में उछालते हुए चीख पड़े 'छात्र एकता : ज़िन्दाबाद, ज़िन्दाबाद!!'

मोटरसाइकिलें हवा की रफ़्तार से उड़ीं और ज़िन्दाबाद का नारा वहीं के वहीं चक्कर लगाता रहा।

''गोली मार भेजे में भेजा शोर करता है।'' घिघियाता हुआ डेक झटके से बज उठा। चौरसिया दुकान से कूदकर बाहर निकला। गुमटी के पल्ले जैसे-तैसे बन्द किए और सामने की गली में घुसकर पता नहीं कहाँ गुम हो गया।

तेरह

सारी मोटरसाइकिलें गोनू लॉज के सामने आकर रुकीं।

प्रस्ताव राजकमल का था, 'रमेश भइया, आज गोनुवे लॉज में जसन मनेगा।'

रमेश जी के पहले दिवाकर जी ने टोका, 'क्या बेटा, सूखे-सूखी जसन होगा कि कुछ इन्तजामो-बात है?'

'क्या भइया, आपो न...!' राजकमल जोश में भरा हुआ था, 'जो कहिए, सो होगा। बस, हुकुम कीजिए!'

'तो ठीक है।' दिवाकर जी ने रमेश जी से सहमति लेने के अन्दाज़ में घोषणा की, 'तो आज तोरा राजतिलक करिए देते हैं। क्या कहते हैं, रमेश जी?'

'ईहो कौनो पूछेवाली बात है, दिवाकर जी!' रमेश जी ने दिवाकर जी के प्रस्ताव पर मुहर लगा दी, 'आज से गोनू लॉज का इंचार्ज राजकमले रहेगा।'

राजकमल कुछ समझ नहीं पाया। चेहरे पर उलझन के भाव आए, जिसे रमेश जी ने लक्ष्य किया, 'चल पहिले लॉज में, फिर तोरा डिटेल में बताते हैं।'

पन्द्रह कमरों वाला वह तीन तल्ला गोनू लॉज एक नई इमारत थी। आसपास के दूसरे मकान गोनू लॉज के आगे या तो बेहद पुराने थे, या रंग-रोगन झड़ जाने से उन पर अजीब-सी उदासी छाई थी।

रमेश जी और दिवाकर जी की आँखें एक-दूसरे से टकराईं और फिर कतराती हुई गोनू लॉज के मुआयने में मुब्तिला हो गईं। ग्राउंड फ्लोर के कमरों में रहने वाले लड़के बाहर निकल आए थे। रमेश जी और दिवाकर जी को गोनू लॉज में देखकर उनके चेहरे पर खुशी, उत्सुकता और रोमांच के कई-कई भाव एक साथ चस्पां दिखे। सबने हाथ जोड़कर उन लोगों का अभिवादन किया और उनके ईर्द-गिर्द इस तरह इकट्ठा हो गए जैसे उनके आगमन से गहरे तक अभिभूत हों।

'भइया, ऊपर आइए...हम फर्स्ट फ्लोर पर रहते हैं।' राजकमल ने सीढ़ियों की तरफ़ बढ़ते हुए न्योता दिया, 'ऊहें सब लड़का लोग आ जाएगा।'

सीढ़ियों पर चढ़ते राजकमल के पीछे पहले रमेश जी, फिर दिवाकर जी बढ़े और उनके पीछे कमलेश, केशर के साथ गोनू लॉज के लड़कों का झुंड।

सीढ़ियाँ बरामदे में खुलती थीं। उन लोगों के बरामदे में पहुँचने के साथ, लॉज के लड़कों का हुजूम वहाँ जमा हो गया। एक साथ इतने लड़कों को देखकर जहाँ रमेश जी का जी जुड़ा गया, वहीं दिवाकर जी अपनी खुशी नहीं छुपा पाए, 'क्या भाई लोग, क्या हालचाल है?'

'भइया, गोनुआ फिरो कौनो गड़बड़ी किया तो?' यह दुबला-पतला लेकिन लम्बा-सा लड़का आशीष था। जितना पतला वह था, उसकी आवाज़ उससे ज़्यादा पतली थी जैसे पिपिहरी से फूँक निकली हो।

दिवाकर जी बड़ी मुश्किल से अपनी हँसी दबा पाए, 'तोरा घर कहाँ पड़ेगा, बाबू?'

"छपरा ज़िला!"

"ऊ तो तुमको देखिए के लग रहा है।" यह कमलेश था। उसकी चुहल पर सबके सब हँस पड़े।

"डेराए से काम न चले वाला है।" रमेश जी ने बड़े तरीके से नेतृत्व अपने हाथ में ले लिया, "सब लोग एक जुट रहोगे तो गोनुआ क्या, गोनुआ का बापो कुछ न बिगाड़ पाएगा।"

"और हम लोग हैं न!" दिवाकर जी ने मौका देखकर दहला जडा, 'ढेर अलबलाया गोनुआ तो स्साला को गोलिये मार देंगे।'

चहुँओर सन्नाटा छा गया। इस सन्नाटे में दबदबा था। इस दबदबे को रमेश जी ने और गहराया, "आज गोनुआ के गुंडा लोग का जो हाल हुआ है, उसके बादो स्साला कुछ करे की हिम्मत करेगा, तो अपना काले को न नेवता देगा?"

"तू लोग भी हाथ में चूड़ी पहिन के मत रहो!" दिवाकर जी ने गुरुमंत्र दिया, "जो ढेर बोले, लगले हाथ उसको ठोक दो। पटना में रहना है, तो बेटा, फारमूला-44 के बिना काम न चले वाला है।"

लड़के सुन रहे थे। उनमें से ज़्यादातर रमेश जी और दिवाकर जी के प्रभा मंडल से परिचित थे। 'गोप आवास' की दबंगई के किस्सों से वाकिफ़ थे। उन पर रमेश जी और दिवाकर जी की बातों का असर पड़ रहा था। इसी असर की गिरफ़्त में जकड़ा विपिन सिंह बोल पड़ा, 'भइया, पीठ पर आप लोग का हाथ रहना चाहिए।"

"ऊ न होता तो क्या, हम लोग ऐसे ही गोनुआ के गुंडा सबका खलबट्टा करते।" दिवाकर जी ने लड़कों को आश्वस्त किया, "अपना लोग के आन-बान के खातिर जानो लड़ावे से पीछे न हटते हैं।"

"भइया, चलिए न, हमरा रूम में बैठते हैं।" राजकमल ने इसरार के लहजे में हस्तक्षेप किया, "ऊहें बैठकी जमे!"

"बैठते हैं, भाई, बैठते हैं।" रमेश जी ने कुछ ज़्यादा ऊँचे स्वर में राजकमल को टोका, "बैठकी से पहिले अपना भाई लोग को एकठो बात बताना ज़रूरी है।"

रमेश जी ठहरे। लेकिन वहाँ मौजूद लड़कों की उत्सुकता बढ़ गई। रमेश जी ने अपनी नज़र एक-एक लड़के के चेहरे पर घुमाई। लड़कों की आँखें उन्हीं पर टिकी थीं। ग़ज़ब यह कि इस दौरान ठहरी चुप्पी के बीच दिवाकर जी की चुप्पी कहीं ज़्यादा गहरी हो आई थी। वह भी जैसे रमेश जी के बोलने की उत्सुकता से प्रतीक्षा कर रहे हों। रमेश जी ने इस रहस्य को गहराते हुए दिवाकर जी को टोका, "क्या कहते हैं, दिवाकर जी?"

"कहना क्या है? आपसे अलग हम थोड़े हैं!" दिवाकर जी ने गर्मजोशी से सहमति जताई।

"ठीक है।" रमेश जी की आवाज़ ही नहीं, पूरी मुद्रा अचानक नाटकीय हो आई, "आज से तू लोग ई लॉज का किराया राजकमल के पास जमा करोगे।"

इस घोषणा के साथ ही बरामदे के इस छोर से उस छोर तक सनसनी फैल गई।

"एक बात और!" इस बार दिवाकर जी गरजते स्वर में बोले, "गोनुआ किराया माँगे तो कह देना हमसे बात करे।"

"क्या राजकमल, ठीक न?" रमेश जी राजकमल की ओर घूमे।

राजकमल तो जैसे दोहरा ही हो गया, "भइया...भइया की बात!"

रमेश जी राजकमल के रूम की ओर बढ़े। अचानक जैसे कुछ याद आया। फिर पलटकर लड़कों की भीड़ में अलग से ही नज़र आ रहे आशीष की ओर इशारा किया, "क्या हो छपरा ज़िला, कुछ लेते-वेते हो कि ना?"

आशीष सकुचाया। उसके जवाब देने से पहले ही राजकमल बोल पड़ा, "भइया, ई स्साला देखे में ही पतरसिटकू है। पिये में तो पीएचडी है।"

"आओ...आओ !" दिवाकर जी ने जोर देकर आशीष को क़रीब बुलाया, "तो हम लोग का गाइड आज तू ही रहेगा।"

कमलेश जो अब तक चुप था, आशीष को धकियाते हुए बोला, "चलो न रे, भीतर। मौगी जैसा लजाते काहे हो?"

"मौगी ना, मौगा।" आवाज़ पीछे से आई थी।

"कौन बोला रे?" आशीष भड़क उठा, "ढेर मरद बनता है, तो आओ सामने।"

"जाए दे ज्वान, जाए दे!" कमलेश ने आशीष के कन्धे पर हाथ रखकर उसे शान्त कराया, "मूड बनावे के टाइम में माथा मत खराब कर।"

अब तक रमेश जी, दिवाकर जी और राजकमल कमरे में दाखिल हो चुके थे। कमलेश आशीष को लेकर जैसे ही अन्दर घुसा, रमेश जी कमलेश से पूछ बैठे, "अरे, केशर कहाँ चला गया हो?"

"भइया, अपना लॉज के एक लड़का के साथ केशर को लगा दिए हैं। ऊ लोग खाने-पीने का समान लावे गया है। आते होगा।" राजकमल ने खुलासा किया।

"क्या मँगाए हो जी, रम कि भिस्की?" दिवाकर जी कुलबुलाए।

"भइया, केशर को तो कहे हैं, आप लोग को जो पसन्द हो, ऊहे ले आए।"

"केशरा का मन तो रमे में रमता है।" कमलेश ने जैसे रहस्योद्घाटन किया, "ससुरा कहता है, भिस्की बड़ा रिस्की होता है।"

आशीष फिस्स से हँस पड़ा। सबके सब उसकी तरफ़ सवालिया निगाह से देखने लगे।

"क्या छपरा ज़िला, क्या बात है? काहे हँसे?" रमेश जी की उत्सुकता बढ़ गई।

"भिस्की हो चाहे रम, पचावे को चाही दम।" आशीष ने 35 इंची सीना फुलाया।

"लड़का में दम है।" दिवाकर जी चौकी पर टाँग फैलाकर पसर गए। पूछा, "बाबू जी क्या करते हैं, आशीष?"

"ठेकेदार हैं। पीडब्लूडी में।" आशीष अभी भी खड़ा ही था।

रमेश जी ने आशीष का हाथ पकड़कर खींचा, "बैठ न रे, हेंगा जैसा खड़ा काहे है?"

दो चौकियों को जोड़कर डबल बेड बनाए गए बिस्तर पर पर्याप्त जगह थी। रमेश जी भी चौकी पर पालथी मारकर बैठ गए। आशीष थोड़ी जगह छोड़कर दिवाकर जी के बग़ल में बैठा तो राजकमल रमेश जी के बग़ल में बैठ गया। सामने पड़ी दो कुर्सियों में से एक पर कमलेश तो दूसरी केशर के लिए खाली छोड़ दी गई थी।

"आशीष बाबू, क्या कर रहे हो आजकल?" दिवाकर जी के स्वर में अचानक आत्मीयता आ गई थी।

निहाल हो आया आशीष "भइया, यूपीएससी की तैयारी कर रहे हैं।"

"जिओ, बेटा जिओ।" रमेश जी हुलस पड़े, "आईएएस बने का इरादा है?"

"हाँ, भइया, स्साला पढ़ाइयो में एक नम्बर है।" आशीष के बदले राजकमल बोल पड़ा, "जेपी यूनिवर्सिटी से बीए आनर्स में टॉप किया था।"

"माने छुपल रुस्तम है!" दिवाकर जी चकित भाव आशीष के कन्धे पर हाथ रखकर बोले, "जमके तैयारी करो। कौनो कोचिंग-वोचिंग ज्वाइन किए हो कि ना?"

"ना भइया, अभी तो न किए हैं। लेकिन करे वाला हैं।" आशीष की पिपिहरी थोड़ी ज़्यादा ही मिठास से भर गई थी।

"जो कोचिंग ज्वाइन करे के मन हो बताना। हम तोरा नाम लिखवा देंगे।" आशीष के कन्धे को दबाकर रमेश जी ने आश्वस्त किया।

"पैसे बहुत माँगता है सब!" आशीष के स्वर में तल्खी आ गई थी, "कोचिंग वाला सब लूट रहा है।"

"हमको बताओ। हम सब ठीक कर देंगे।" दिवाकर जी मुस्कुराए, "हम कौन मर्ज के दवा हैं।"

आशीष ने कुछ कहने के लिए मुँह खोला ही था कि केशर और उसके साथ गोनू लॉज का एक लड़का हाथों में तीन-चार पॉलिथिन के थैले लिए कमरे में घुसे। राजकमल झट से अख़बार के पन्ने चौकी पर बिछाने लगा। बेतरतीब पन्नों को तरतीब देते रमेश जी थोड़ा ऊपर की ओर खिसके। दिवाकर जी ने आशीष को छेड़ा, "छपरा ज़िला, आज तोरे हाथ से श्रीगणेश होगा।"

"राजकमल भाई, हम गिलास-प्लेट का इन्तज़ाम करके आते हैं।" आशीष उठकर कमरे से बाहर निकल गया।

केशर और उस लड़के ने पॉलिथिन की थैलियाँ, चौकी पर बिछे अख़बार के बीचोबीच रख दीं। कमलेश ने खाली कुर्सी पर बैठने का इशारा कर केशर को छेड़ा, "दारू के फैक्टेरिया में चले गए थे क्या?"

"बैठे-बैठे फुटानी छँटबे कीजिएगा।" केशर उखड़ गया, "दारू, मुर्गा, रोटी, चावल सब लेवे में टाइम लगता है कि ना?"

"अच्छा बता, क्या लाया है, रम कि भिस्की?" दिवाकर जी ने बीच बचाव की गरज से हस्तक्षेप किया।

"पीजिए न महराज।" एक बड़े-से थैले से बोतलें निकालता केशर हँसा, "जो चाहिए, सो मिलेगा।"

सामने ह्विस्की, रम की छोटी-बड़ी चार बोतलें इतराती देख रमेश जी के होंठों पर मुस्कान खिंच आई, तो कमलेश की आँखें चमक उठीं। दिवाकर जी ह्विस्की की बोतल का ढक्कन ऐंठते हुए रमेश जी की ओर देखकर हँसे, "चेलवा आपका ब्रांड चीन्ह गया है। सिग्नेचर ले आया है।"

जब तक रमेश जी कोई प्रतिक्रिया देते, दोनों हाथों में थामे आधा दर्जन काँच के गिलासों के साथ आशीष हाजिर हो गया। उसके पीछे एक और लड़का था, जिसके हाथ में प्लेटें थीं। गिलासें चौकी पर रखकर आशीष ने अपने साथ आए लड़के को आदेश किया, "पलेटवा रखके, तू जा। तोरा ईहाँ कौनो काम न है।"

आज्ञाकारी बच्चे की तरह उस लड़के ने प्लेटें रखीं और उल्टे पाँव वापस हो गया।

दिवाकर जी के सब्र का बाँध छलका पड़ रहा था। उन्होंने गिलासों में ह्विस्की ढालते हुए राजकमल को आवाज़ दी, "अरे भयवा, पानी-वानी है कि नीटे पीना पड़ेगा?"

राजकमल तेज़ी से बरामदे में गया और आवाज़ लगाने लगा, "ए मूर्तिया, दो जग पानी ले आव तो।"

पानी आने तक प्लेटों में सलाद और चिकन चिल्ली सज गए थे। एक थैले की ओर इशारा करके कमलेश ने पूछा, "केशर भाई, इसमें क्या है?"

केशर के जवाब देने से पहले ही रमेश जी ने राजकमल को आदेश किया, "खोलो तो, देखें उसमें क्या है?"

चौकी पर पालथी मारकर बैठा राजकमल काले रंग के प्लास्टिक के थैले को अपनी ओर खींचकर गाँठ खोलने लगा। गाँठ कस गई थी। राजकमल गाँठ के सिरे ढूँढता खोलने की मशक्कत कर रहा था। लेकिन गाँठ थी कि खुल ही नहीं रही थी।

"लाइए महराज, आपसे नहीं खुलने वाला।" आशीष ने थैला अपनी ओर खींचते हुए राजकमल पर ताना कसा, "बुझाता है, कबो गाँठें न खोले हैं?"

'वाह ज्वान, वाह!' दिवाकर जी एकदम से किलक उठे, "लगता है, गाँठ खोले में एक्सपर्ट हो। केतना गाँठ खोल चुके हो, छपरा ज़िला?"

आशीष झेंपा ज़रूर, लेकिन चेहरे पर संकोच नहीं, शौर्य चुगली खा रहा था, "आपो न भइया...!"

कुछ छुपाया, कुछ स्वीकारा। अन्दाज़ कुछ ऐसा कि आशीष की इस अदाकारी पर फ़िदा राजकमल ने उसकी पूरी तरह घेरेबन्दी कर दी, "दिवाकर भइया, ऐसा कौनो करम न है, जो ई आशीषवा न किया हो। स्साला का जेतना उमिर न है, ओसे ज़्यादा एक्सपीरिएंस है।"

कमरे में एक दिलचस्प जिज्ञासा मचलने लगी थी। सबके सब आशीष की वीरगाथा जानने के लिए कहीं ज़्यादा उतावले दिखे।

मन ही मन मज़ा ले रहे रमेश जी ने अपना मौन तोड़कर आशीष को ललकारा, "आशीष, राजकमला सच्चे बोल रहा है, कि खाले हवे-पानी है?"

"भइया, राजकमल की बात पर मत जाइए। ई एक नम्बर का झुट्ठा है।" पिपिहरी-सी आवाज़ में शरारती धुन साफ़-साफ़ पकड़ी जा सकती थी।

राजकमल की विश्वसनीयता को आशीष ने चुनौती दी थी, लिहाजा वह एकबारगी बमक पड़ा, "बेटा, ढेर उड़ो मत! गाँव में एक ठो पंड़ाइन और छपरा में एक ठो ललाइन का खिस्सा तो तू हमरे को बताया है। बोल कि झूठ है?"

आशीष ख़ुद को इस तरह घिरा पाकर मन ही मन उमग रहा था। थैले की गाँठ खोलकर वीरोचित मुद्रा में चहका, "लीजिए, खुल गई गाँठ!"

थैले से बाहर निकला मटन कबाब!

कमलेश उछल पड़ा, "केशर भाई ज़िन्दाबाद!"

"अब कलेजा जुड़ाया न!"

"भयवा, तोरा से बड़का मैनेजर कोई होइए न सकता है।" कमलेश केशर की कसीदेकारी पर उतर आया, "तू सबका ध्यान रखता है। तोरा ध्यान भगवान रखेंगे। तू ग्रेट है, केशर भाई।"

कबाब कमलेश की कमजोरी था। सिग्नेचर रमेश जी की पहली पसन्द। चिकन चिल्ली के दिवाकर जी दीवाने हैं, तो केशर रम का रसिया। प्लेटें लग गई थीं। गिलास भरे जा चुके थे। रमेश जी ने अपना गिलास हवा में उठाकर दिवाकर जी की तरफ़ बढ़ाया। सारे गिलास हवा में उठे। एक-दूसरे से टकराए और रमेश जी ने इस जश्न को ज़बान दी, "आशीष बाबू की जय हो!"

"जय हो।" समवेत् स्वर उठा।

गिलास होंठों की ओर बढ़े और एक लम्बी घूँट की सनसनी सबके कंठों में सुसुराने लगी। घूँट अन्दर जाते ही दिवाकर जी मूड में आ गए। बातों के छूट गए सिरे को फिर से पकड़ा, "ज्वान, एक ठो बात बता। पंड़ाइन और ललाइन में क्या फ़रक़ बुझाया तोरा?"

एक साँस में आधा गिलास खींच चुका आशीष अब अपने संकोच से बाहर आ चुका था। चिकन चिल्ली का एक पीस मुँह में डालकर बोला, "भइया, जुगराफी में कौनो फ़रक़ न है। फ़रक़ हिस्ट्री में होता है।"

गिलास मुँह से सटाए हुए केशर अधीर हो आया, "ए बउआ, ई हिस्ट्री-जुगराफी मत पढ़ाव। जो बताव, खोल के बताव!"

"केशर भाई, बुझाता है, अभी तक तोरा खोले का मोका न मिला है।" दाहिनी आँख दबाकर आशीष मुस्कराया, "एही से हड़बड़ाए हो।"

"ठीक है, ज्वान, ठीक है।" दिवाकर जी ने एक साथ केशसर को रोका और आशीष को टोका, "बताव, हिस्ट्रीए बताव।"

"ऊ क्या है, भइया, कि पंडित सब पूजा-पाठी होता है।" आशीष रहस्यमय अन्दाज़ में एक पॉज देकिर सबके चेहरों का मुआयना करने लगा। फिर सबकी तवज्जो अपनी ओर पाकर खुलासा किया, "ऊ देह से चन्दन-अगरू का खुश्बू उठता है। पोर-पोर से तरह-तरह की मंत्र-ध्वनि गूँजती है।"

"इस्स!" दिवाकर जी की सिसकारी रोके नहीं रुकी, "और ललाइन का हिस्ट्री क्या होता है, ज्वान!"

"ऊ देह एकदम काग़ज़ी होता है, भइया।" आशीष अपने अनुभव पर इतराया, "ऊ सियाही ढेर सोखता है।"

एक साथ जोरदार ठहाका गूँजा और कान बन चुके सबके सब अपनी देह में लौट आए।

कमलेश से उत्सुकता छुपाए न बनी। पूछ बैठा, "और अहिरिन का हिस्ट्री क्या कहता है, छपरा ज़िला?"

कमलेश का सवाल आशीष से था, लेकिन रमेश जी की देह में सनसनी दौड़ गई। एकबारगी गाँव की याद आ गई। जी में आया कि बोल पड़ें, "ऊ देह में तो बेटा, घी-दही का बास फूटता रहता है।" लेकिन जज्ब कर गए। अलबत्ता, राजकमल से नहीं रहा गया। वह टपक पड़ा, "कमलेश भाई, ऊ देह का हिस्ट्री में बड़ा मिस्ट्री होता है। बस ढूँढते रह जाओगे!"

फिर ठहाका गूँजा। गिलास भरे गए। सलाद की प्लेट आधी खाली हो गई थी। चिकन चिल्ली खत्म होने को थी। कबाब अब साफ़ हुआ कि तब। ऐसे में बड़े पैग और लम्बी घूँट के साथ दिवाकर जी बोले, "छपरा ज़िला, तोरा कौनो जवाब न है। मन तो करता है हम तोरा चेला बन जाएँ।"

"ए भइया, पाप मत चढ़ाइए। आप बड़ा भाई हैं।" दिवाकर जी का दाहिना हाथ अपनी पीठ पर खींचकर आशीष हुलसा, 'बस, अपना हाथ हमरा पीठ पर रखे रहिए।'

रमेश जी को चढ़ने लगी थी। उनकी खामोशी में दबे पाँव अनीता दाखिल हो गई थी और वह उस पर चढ़ बैठने के मंसूबे में कसमसाए जा रहे थे। आशीष की

कथा और लम्बी खिंचे, इससे पहले ही उन्होंने राजकमल को टोका, ''ई लॉज में कितना कमरा, कितना लड़का और कितना किराया सबका डिटेल लेकर कल भोरे 'गोप आवास' आओ। बाकी का बात ऊहें होगी।''

अचानक रमेश जी का मूड बदला देख, एकबार तो सबके सब अचकचाए, लेकिन उन्हें घड़ी देखता देखकर सबको अहसास हो गया कि रात काफ़ी हो गई है और अब यह बैठकी समाप्त करने का संकेत है।

''बाप रे, एक बज गया।'' कमलेश अपना पेग खाली करके सीधा हुआ, ''अब चला जाए।''

''भइया, बुझाता है, मज़ा नहीं आया।'' राजकमल ने विनयवत् होकर पूछा, ''कौनो कमी रह गई क्या?''

''ना बेटा, कौनो कमी ना।'' राजकमल की पीठ ठोंकते दिवाकर जी उठे, ''मज़ा आ गया। लेकिन क्या है कि ढेर रात हो गई है। सबेरे औरो बहुत काम है।''

रमेश जी आगे बढ़े और आशीष को अंकवारी में भरकर बोले, ''आशीष, तोरा से हमको बहुत उम्मीद है। मिलते रहा करो।''

''भइया की बात।'' उत्साह से भरा अशीष रमेश जी से कुछ और ज़्यादा सट गया, ''हुकुम करिए हम हाजिर हो जाएँगे।''

''तो ठीक है। कल भोरे आओ राजकमल के साथ।'' रमेश जी रूम से बाहर निकले। लगा कि पाँव लड़खड़ाएँगे, लेकिन उन्होंने ख़ुद को जुगत से सँभाल लिया।

दिवाकर जी पर भी सुरूर सवार था। लेकिन उन्होंने कोटा से कम लिया था, इसलिए मन-मिज़ाज नियंत्रण में था। अलबत्ता केशर दरवाजे की चौखट से टकराया तो कमलेश ने बढ़कर थाम लिया।

''स्साला, औकात छंटाक का नहीं, पी गया अद्धा।'' कमलेश ने केशर को झिड़की लगाई।

केशर तिलमिलाया, ''ए कमलेश भाई, चैलेंज मत कीजिए। अभियो अस्सी के स्पीड में मोटरसाइकिल चला सकते हैं।''

अपने दावे की पुष्टि के लिए कमलेश का हाथ झटककर केशर आगे बढ़ा। लेकिन फिर लड़खड़ा गया।

रमेश जी ने ताकीद की, ''कमलेश, सँभाल केशर को। नहीं तो ईहें बमपिलाट हो जाएगा।''

नशा तो कमलेश पर भी तारी था। दिमाग झटका खा रहा था। लेकिन वह इस झटके को सिर झटककर दूर कर रहा था। उसकी इस कोशिश को जैसे आशीष ने लक्ष्य कर लिया, ''ए भइया, कहिए तो हम आप लोग को छोड़ आते हैं।''

यह चैलेंज था। कमलेश ने आशीष को कसकर आड़े हाथों लिया, ''ए छपरा ज़िला, क्या बूझे हो हमको...। हमरो आरा ज़िला घर है। एतना दारू तो एके मूत में बह जाएगा।'

आशीष का चेहरा उतर गया। राजकमल ने स्थिति सँभाली, ''कमलेश भाई, भोरे आते हैं, तो बात होगी।''

''आओ...आओ।'' मोटरसाइकिल के पास पहुँच चुके कमलेश ने आशीष की ओर इशारा किया, 'छपरो ज़िला को लेके आओ। देखते हैं, इसमें कितना दम है।''

''गुड...नाइट...गुड नाइट।'' लड़खड़ाती ज़ुबान में केशर का हाथ हवा में लहराया, ''चलिए कमलेश बॉस। आप ग्रेट हैं। यू आर हीरो।''

रमेश जी, दिवाकर जी अपनी मोटर साइकिलों पर बैठ चुके थे। केशर ख़ुद मोटरसाइकिल चलाने की ज़िद किए कमलेश के आगे अड़कर खड़ा हो गया था, ''आप बैठिए पीछे...हम चलाते हैं।''

''तोरा बैठना है, तो बैठ, न तो हम चले!'' कमलेश ने किक मारकर मोटरसाइकिल गियर में डाल दी।

रमेश जी मोटरसाइकिल बढ़ाकर केशर के क़रीब आए, ''बैठ हमरा पीछे न तो ईहें छोड़कर चल देंगे।''

कमलेश को खा जाने वाली नज़रों से घूरता केशर उछलकर रमेश जी की मोटरसाइकिल पर सवार हो गया। दिवाकर जी की मोटरसाइकिल गुर्राई। उनके पीछे रमेश जी और कमलेश की मोटरसाकिलें भी चल पड़ीं।

गोनू लॉज के लड़के तब तक उन मोटरसाइकिलों को एकटक देखते रहे, जब तक कि वे अँधेरे में गुम नहीं हो गईं।

चौदह

नींद के आड़े कई-कई सवाल थे।

''आगे क्या करने का इरादा है?''

''अपने भविष्य के बारे में कुछ सोचा है?''

''पोलटिक्स का मतलब समझते हो?''

''मंडल कमीशन क्या है, कभी सोचा है?''

''छात्र आन्दोलन क्या होता है, कुछ बूझते हो?''

खाने की टेबल पर जितने व्यंजन नहीं थे, उससे कहीं ज़्यादा सवाल थे।

जीवकान्त सिर झुकाए प्रो. मनोरंज प्रसाद के सवालों को सुनता रहा था। सामने बैठे सुरेन्द्र यादव और राजकिशोर ने इशारे से समझा दिया था, कि चुप रहना ही बेहतर। प्रो. मनोरंजन प्रसाद के बारे में जो ख़याल पहले ही से बना हुआ था, उससे

भी उसकी हिम्मत पस्त थी। वह जानता था कि प्रो. मनोरंजन प्रसाद मूडी ही नहीं, अभद्रता की हद तक मुँहफट भी हैं। बड़े-बड़ों की उनके सामने घिग्घी बँधी रहती है। फिर उसकी क्या विसात? घिग्घी उसकी भी बँधी हुई थी। एक बार को तो जी में आया था कि वह इस झमेले से भाग छूटे। लेकिन यह सोचकर कि प्रो. मनोरंजन प्रसाद जैसे ताकतवर नेता का हाथ पीठ पर रहे, तो उसकी हैसियत बढ़ सकती है। रमेश जी, दिवाकर जी की नज़रों में भी उसका क़द ऊँचा हो जाएगा, इसीलिए वह मोह संवरण नहीं कर पाया था।

खाने की टेबल पर उस एक-डेढ़ घंटे के दरम्यान प्रो. मनोरंजन प्रसाद मुतवातिर बोलते रहे। उनके इस अन्दाज़ में एक प्रोफेसर की वाक्‌प्रियता से ज़्यादा, सत्ता की ताकत की आत्ममुग्धता सर चढ़कर बोल रही थी। वह बात-बात पर यह अहसास करा रहे थे कि इस सत्ता के सूत्रधार वही हैं। मौजूदा राजनीति के चाणक्य भी वही हैं। हालाँकि उनके बोलने का कोई निश्चित क्रम नहीं था। लेकिन यह ज़रूर था कि उनकी बातों से वह कई सच्चाइयों से वाकिफ़ हो रहा था। एक तरह से वह पहली बार राजनीति की गह्वर-गम्भीरता से रू-ब-रू हो रहा था।

प्रो. मनोरंजन प्रसाद के स्वर में कोई नाटकीयता नहीं थी। न उतार न चढ़ाव। जो बोलते सपाट, "यह सामाजिक परिवर्तन और सामाजिक न्याय की लड़ाई है। माने पिछड़ी जातियों की सत्ता में हिस्सेदारी। इतिहास ने हमें यह मौका दिया है। लेकिन इस मौके को इतिहास में बदलने के लिए हमारी ठोस तैयारी ज़रूरी है। हमें पिछड़ों को आगे लाने के लिए, हर जगह कील-काँटा दुरुस्त करना होगा। थाना, पुलिस, एडमिनिस्ट्रेशन, सक्रेरिएट, यूनिवर्सिटी, कॉलेज सब जगह अपने लोगों को मज़बूत करना होगा।"

जीवकान्त ने सिर उठाकर प्रो. मनोरंजन प्रसाद को देखा था। अनायास आँखें टकराई थीं और इससे पहले कि वह सिर झुका पाता, प्रो. मनोरंजन प्रसाद मुर्गे की टाँग खींचते हुए बोले थे, "इसी क्रम में स्टूडेंट्स यूनियन, यूनिवर्सिटी टीचर्स यूनियन और कर्मचारी यूनियन को भी मज़बूत करने की ज़रूरत है।"

"बाप रे, बाप!" मन ही मन जीवकान्त बुदबुदाया था, "सच्चो पोलटिक्स की डगर बहुत कठिन है। एक ही संग कितना कुछ साधना पड़ता है।"

बात करते-करते अचानक प्रो. मनोरंजन प्रसाद की मुद्रा प्रश्नवाचक हो गई थी, "तुम लोग ई जो छात्र एकता मंच बनाए हो, इसका मतलब क्या है?"

जीवकान्त को लगा कि प्रो. मनोरंजन प्रसाद उससे जवाब चाहते हों लेकिन नहीं, वह बिना रुके बोलते रहे, "एक ठो जेबी संगठन। चार ठो लफुआ मिलके बना लिया एक संगठन। ऐसे चलता है छात्र संगठन? ऐसे होता है छात्र आन्दोलन?"

प्रो. मनोरंजन प्रसाद की आवाज़ में तुर्शी आ गई थी। मुर्गे का शोरबा थोड़ा तीखा ज़रूर था, लेकिन उनकी आवाज़ में उससे ज़्यादा तिखाई थी, "अपनी

सरकार है। अपनी सत्ता है। इसका मतलब यह थोड़े हुआ कि जिसको मन आया एक ठो संस्था बना लिया।''

प्रो. मनोरंजन प्रसाद क्षण भर को रुके थे। सुरेन्द्र यादव और राजकिशोर ने मुँह तक चलाना बन्द कर दिया था। उनकी देखादेखी जीवकान्त ने भी कौर मुँह में रखे चुप्पी साधे रखी थी।

''हम जानते हैं, ई सब किसकी खुराफ़ात है। सन्तू यादव की शह पर बना है छात्र एकता मंच। सन्तू एक नम्बर का क्रिमिनल है। पाँच ठो केस चल रहा है उस पर। रंगदारी, अपहरण, मर्डर कौन करम है, जो नहीं किया है ?'' प्रो. मनोरंजन प्रसाद ने इस बार जीवकान्त, सुरेन्द्र यादव और राजकिशोर को एक साथ देखा था और फिर सीधे सुरेन्द्र यादव का नाम लेकर पूछ बैठे थे, ''क्या सुरेन्दर हम ग़लत कह रहे हैं ?''

''सर!'' बड़ी कठिनाई से सुरेन्द्र यादव बोल पाया था।

''देखो, इन दोनों को। एमए कर रहा है। सहरसा से पटना पढ़ाई करने आया है। सुरेन्दर का बाप हमरी ससुरारी के रिश्ते में है। राजकिशोर के चाचा हम लोग के जेपी आन्दोलन के साथी हैं। ई लोग के बारे में पता चला तो हम बुलाए और साफ़-साफ़ कह दिया कि मन लगा के पढ़ो। जल्दिए कॉलेज टीचर का भैकेन्सी निकले वाला है। उसमें घुसा देंगे।''

कॉलेज टीचर! जीवकान्त के अन्दर लाल, पीले, नीले, हरे रंगों का एक इन्द्रधनुष भक्क से उभर आया था। उसने सुरेन्द्र यादव और राजकिशोर को देखा था। इस देखने में बदलाव था। उसने पहली बार उन्हें हसरत भरी निगाहों से देखा। दोनों विनम्रता की प्रतिमूर्ति बने बैठे थे।

''घर का आटा गीला करके पोलटिक्स नहीं होता है।'' प्रो. मनोरंजन प्रसाद का प्रवचन जारी था, ''होगा भी तो कब तक ? इसी से कहते हैं। एमए कर लो तो तुमरो जुगाड़ हो जाएगा।''

यह खुला प्रस्ताव था। जीवकान्त को अपने कानों पर विश्वास नहीं हुआ। लेकिन वह स्वत: पूरा का पूरा विनम्रता की प्रतिमूर्ति में तब्दील हो गया था। जी में आया था कि उठे और प्रो. मनोरंजन प्रसाद के पाँव छूकर श्रद्धा निवेदित करे। उठना सम्भव नहीं था। लेकिन उसकी आँखें प्रो. मनोरंजन प्रसाद के पाँवों पर लोट गई थीं।

प्रो. मनोरंजन प्रसाद उँगलियाँ चाटते हुए बोले थे, ''हम लोग सन् '74 के छात्र आन्दोलन से आए हैं। आज जितना नेता देख रहे हैं, सब उसी आन्दोलन से उभरे हैं। छात्र आन्दोलन कोई खेल नहीं है। इसी से आगे का रास्ता निकलता है। आगे जाना है, तो सही राह पकड़िए। एक-एक क़दम फूँक कर चलिए।'

प्रो. मनोरंजन प्रसाद भोजन खत्म कर उठे तो उनके साथ ही सुरेन्द्र यादव और राजकिशोर भी उठ खड़े हुए थे। उनकी देखा देखी वह भी उठ गया था।

"एक दिन चलिए मेरे साथ सीएम हाउस। सीएम से परिचय करा देते हैं।" प्रो. मनोरंजन प्रसाद ने सीधे उसे लक्ष्य करके यह बात कही थी। उसे लगा था, पाँव कसकर ज़मीन पर नहीं टिके, तो वह उड़ ही पड़ेगा। बड़ी कठिनाई से पाँव ज़मीन पर रोपे वह, दिल की धड़कन को काबू में किए रहा था।

प्रो. मनोरंजन प्रसाद ने उसके कन्धे पर हाथ रखते हुए पूछा था, "भोजन कैसा रहा ?"

"सर, बहुत दिन बाद घर का खाना खाए हैं।" विह्वल हो आया था वह।

"घर ही समझिए! जब मन करे आ जाइएगा।" प्रो. मनोरंजन प्रसाद का यह रूप, जीवकान्त की कल्पना से परे था। कहाँ अपनी बदजुबानी के लिए कुख्यात प्रो. मनोरंजन प्रसाद और कहाँ, उस जैसे अनाम-अकिंचन के प्रति उनका यह सद्भाव। अपने-आप को रोक नहीं पाया था। स्वत:स्फूर्त झुककर प्रो. मनोरंजन प्रसाद के पाँव छू लिए थे। प्रो. मनोरंजन प्रसाद ने उसे कन्धों से पकड़कर उठाया था और आत्मीयता से पीठ थपथपाई थी, "रात ज़्यादा हो गई है। जाइए। कल बात करते हैं।"

उस वक़्त उसे यह आदेश नहीं, एक अभिभावक की चिन्ता जान पड़ी थी। वह उनके प्रति गहरी श्रद्धा से भर गया था। झट से एक बार फिर झुककर प्रो. मनोरंजन प्रसाद के पैर छुए थे गोया विदा की इजाज़त ले रहा हो।

प्रो. मनोरंजन प्रसाद बग़ैर कुछ बोले अपने शयनकक्ष की ओर बढ़ गए थे।

उस वक़्त रात के ग्यारह बज गए थे।

पान की दुकान पर मोटरसाइकिल रोककर सुरेन्द्र यादव ने इसरार किया था, "जीवकान्त भाई, एक ठो पान हो जाए।"

तन-मन उमग रहा था। पान का आमंत्रण सोने पर सुहागा ही था। मोटरसाइकिल से उतरकर वह पान की गुमटी तक आया था और टहक आवाज़ में आदेश दे डाला था, "मगही, तुलसी और 3ऽ0 लगाव तो, भयवा!"

इस बीच राजकिशोर क़रीब आकर लगभग सट-सा गया था, "क्या जीवकान्त भाई, कैसा रहा ?"

क्या पूछ रहा है राजकिशोर-भोजन, मुलाकात या उन दोनों की कोशिश ? छठी इन्द्रीय जागी थी। उसने गोलमोल जवाब दिया था, "ए राजकिशोर, पोलटिक्स पका के खाए का नाम है। अभिए से क्या कहें ?"

राजकिशोर भक्कू-सा उसका चेहरा देखता रह गया था। वह मन ही मन मुस्कराया था—स्साला, क्या बूझता है, एकदमे गोबर गणेश ?

तभी पानवाले ने पान बढ़ा दिया था, "भइया, लिया जाए!"

जब तक वह पान मुँह में डालता सुरेन्द्र यादव पूछ बैठा था, "जीवकान्त भाई, गोप आवास ही जाइएगा न ?"

इस विचित्र सवाल पर पहले तो उसने आँखें झपकाते हुए सुरेन्द्र को घूरा था, फिर यह ख़याल आते ही कि वह आज दिन भर 'गोप आवास' से ग़ायब रहा है,

मुँह में पान दबाकर हड़बड़ा गया था, "हाँ रे, वहीं जाएँगे। स्साला आज इतना सब बवाल हो गया है कि मत पूछ! सभे हमरा पर खौखियाया होगा।"

"हाँ, आज तो बड़का बवाल हुआ है।" राजकिशोर ने दही में सही जोड़ा था, "सुना है, मुसल्लहपुर में दू ठो का जम के ठोंकाई हुआ है। गोनू लाज का मामला था।"

"जाने पर पता चलेगा सब डिटेल!" पान वाले की ओर मुड़कर उसने फ़रमाइश की थी, "गीली सुपारी!"

सुरेन्द्र यादव पानवाले को पैसे देने लगा था तो उसने झट से बरज दिया था, "ए सुरेन्दर, हम देते हैं।"

लेकिन सुरेन्द्र यादव नहीं माना था।

मुँह में पान। मन में प्रो. मनोरंजन प्रसाद का स्नेह और दूर तक जगमगाती रोशनी का आलम जादू-सा कर गया था। उसे पहली बार महसूस हो रहा था कि वह, वह नहीं रह गया है, जो वह था।

सुरेन्द्र यादव और राजकिशोर से विदा लेने के बाद वह सीधा 'गोप आवास' पहुँचा था। मोटरसाइकिल गैलरी में सीढ़ियों के नीचे लगाते समय उसका दिल तेज़ी से धड़का था। रमेश जी, दिवाकर जी से सामना हुआ तो? क्या सफ़ाई देगा?

जो हो देखा जाएगा। सिर को झटका देकर ख़ुद को तैयार किया था और सीढ़ियाँ चढ़ते हुए दबे पाँव बरामदे में पहुँचा था। क्षण भर को जायज़ा लिया था। कहीं कोई हलचल नहीं थी। रमेश जी, दिवाकर जी के कमरों के दरवाज़ों पर ताले लटक रहे थे। दूसरे कमरे भी अन्दर से बन्द थे। इत्मीनान की साँस लेता वह ऊपरी मंजिल पर पहुँचा था। अपने कमरे का ताला खोला था। हाथ स्विच की तरफ़ बढ़ाया ही था कि पता नहीं क्यों लाइट जलाने का साहस नहीं हुआ था। दबे पाँव पलटा था। दरवाज़ा आहिस्ते से बन्द किया था और खूँटी से कुर्ता-पायजामा उतारकर पैंट-शर्ट चेंज करने लगा था।

नींद न आनी थी, न आई।

नींद के आड़े कई-कई सवाल थे।

पन्द्रह

सुबह-सुबह विद्या के रूम का दरवाज़ा दाई राजकुमारी ने खटखटाया, तो वह बिस्तर पर पड़ी-पड़ी ही चीख पड़ी, "कौन है, रे ऽऽऽ!"

"हम राजकुमारी हैं, दीदी!"

बाहर से आई आवाज़ सुनकर विद्या ने पूछा, "क्या राजकुमारी, भोरे-भोरे कौन आफत आ गई, जो दरवाज़ा पीटे जा रही हो?"

"दीदी, वार्डेन मैडम आपको बुला रही हैं।"

अस्त-व्यस्त नाइटी ठीक करती विद्या उठी और दरवाज़े की सिटकिनी खोल, दोनों पल्लों के बीच चेहरा निकालकर पूछा, "क्या हुआ बंगालिन को, जो हमको खोज रही है?"

"दीदी, ई तो हमको नहीं पता। लेकिन बुझाता है, कौनो कंप्लेन है।"

क्षण भर को विद्या का दिल धड़का-कंप्लेन! कैसा कंप्लेन? कौन किया कंप्लेन? अगले ही क्षण चेहरा तना। सख़्त स्वर में बोली, "बोल दो बंगालिन से, तैयार होके आते हैं।"

राजकुमारी उल्टे पाँव लौट गई। विद्या उसी मुद्रा में, बाहर निकली और अगल-बग़ल के कमरों का जायज़ा लिया। रूम नम्बर चार और पाँच बन्द थे। बाकी के कमरों की लड़कियों को बाहर बुलाया। बरामदे में जुटी लड़कियों से उसने सीधे-सीधे दो टूक सवाल किया, "कौन किया है रे, वार्डेन से मेरा कंप्लेन?"

सबकी सब चुप! विद्या ने एक-एक चेहरे को ग़ौर से देखते हुए रीता अधिकारी को टोका, "कारे, बंगालिन, तू की है कंप्लेन?"

"हम...हम...काहे करेंगे कंप्लेन?" सीधे उसी को लक्ष्य करने से बुरी तरह अपमानित रीता अधिकारी एकदम से भड़क उठी, "सोच-समझकर बोलो, विद्या।"

"सोचिए-समझकर बोल रहे हैं।" विद्या तमतमाई, "जो तुमरा नाम पता चला न, बूझ लेना क्या गत करेंगे !"

"जा! जा!!" उसी तुर्शी से जवाब दिया रीता अधिकारी ने, "जो करना हो, कर लेना!"

सारी लड़कियाँ सन्न! रीता अधिकारी पैर पटकती अपने रूम में जा घुसी थी। विद्या के तन-मन में आग-सी लग गई। वह वहीं से चीख पड़ी, 'ईहाँ जो पोलटिक्स हो रहा है, सब बूझते हैं हम। सबका पोलटिक्स न भुला दिया, तो हमरो नाम विद्या भारती नहीं।'

अब तक विद्या का चेहरा बेतरह सुर्ख हो आया था। नथुने फूलने-पिचकने लगे थे। वह उसी ऐंठ के साथ पलटी और अपने कमरे में जाकर धप्प से बिस्तर पर जा बैठी।

इस बीच शोर सुनकर दूसरी मंजिल की लड़कियाँ भी नीचे बरामदे में आ जुटी थीं।

अनीता को जब सारा माजरा पता चला तो वह दनदनाती हुई विद्या के रूम में जा घुसी। उसके पीछे शैला, गीता, सानिया, रिचा और सरस्वती भी पहुँच गईं। सबकी सब विद्या की क़रीबी थीं।

"ए विद्या, चलो वार्डेन के यहाँ। हम भी देखते हैं, क्या कहती है वह?" अनीता ने आक्रामक लहजे में ललकारा, "किसी से डर लगा है क्या?"

"हम सब बूझते हैं, अनीता। ई सब बैकवर्ड-फारवर्ड का पोलटिक्स हो रहा है। भीतर ही भीतर उफन रही विद्या फट पड़ी, बैकवर्ड को आगे बढ़ते देख सब जल रहा है।"

"जले वाला तो जलबे करेगा।" सरस्वती बोली, "राजीव गोस्वामिया तो देहे में आग लगा लिया, तो इससे क्या हुआ?"

"ईंट का जवाब, पत्थर से देने पड़ता है।" रिचा ने नहले पर दहला जड़ा, "चलो, वार्डेन के यहाँ। हम लोग भी चलते हैं।"

विद्या का हौसला बढ़ाते हुए अनीता ने ताकीद की, "तुम तैयार हो जाओ। हम भी चेंज करके आते हैं।"

अनीता के साथ ही सारी लड़कियाँ रूम से बाहर निकल गईं। बरामदा खाली था। सारे कमरों के दरवाज़े बन्द थे। लेकिन रीता अधिकारी के कमरे का दरवाज़ा खुला था। वह कोई किताब पढ़ने में मशगूल थी गोया अभी-अभी जो कुछ हुआ है, उसका उस पर कोई असर ही न हो।

सरस्वती फुसफुसाई, "जब देखो, बंगालिन किताबे में घुसी रहती है।"

"कम्युनिस्ट है।" शैली ने व्यंग्य किया, "खाली क्रान्तिये बतियाती है।"

"ए छोड़ो, ई बतकही।" अनीता ने सबको चेताया, "जल्दी तैयार होके सब आओ।"

"ए अनीता, तैयार क्या होना है।" सानिया ने छेड़ा, "रात का कपड़ा कौनो खराब थोड़े हुआ है?"

"ए सानिया, कपड़ा खराब न हुआ है, थोबड़ा तो खराब है न?" अनीता ने झिड़की दी।

"गांगुली सर पर जादू चलाना है क्या?" सानिया ने दाईं आँख दबाकर जो तीर छोड़ा कि बरामदे में हँसी की खीलें बिखर पड़ी।

इन खीलों के बीच ही जैसे हसरत का कोई सोता-सा फूटा। गीता ठंडी आह भरती दिखी, "वार्डेनवा, गांगुली सर को हमेशा अपना मुट्ठिए में रखती है।"

"मुट्ठी में न रखेगी तो तुम ले न उड़ोगी?" अनीता ने गीता की पीठ पर धौल जमाकर उसकी हसरत की हवा निकाल दी।

एक बार फिर बरामदा खिलखिल से भर उठा।

अचानक रीता अधिकारी हाथ में किताब लिए दिए बरामदे में नमूदार हुई। उस पर नज़र पड़ते ही हठात् चुहलबाजियों पर ब्रेक-सा लगा। लड़कियाँ तेज़ी से सीढ़ियों की ओर भागीं। इस भागाभागी में ही किसी ने आवाज़ लगाई, 'इंकलाब।'

'ज़िन्दाबाद। ज़िन्दाबाद!' सीढ़ियाँ चढ़ती लड़कियाँ मोड़ पर पलटीं और बरामदे में खड़ी रीता अधिकारी को चिढ़ाने के लिए कहीं ज़्यादा जोर से चिल्लाईं, 'चोलबे ना, चोलबे ना?'

रीता अधिकारी मुस्कराई। उसकी मुस्कराहट में न खीझ थी, न हैरानी। लड़कियाँ रीता की इस मुस्कराहट की ताब न सह सकीं। धड़धड़ाती हुई सीढ़ियाँ चढ़कर ये जा, वो जा।

रीता अधिकारी रूम में जाने के लिए मुड़ी ही थी कि अपना रूम लॉक करती विद्या पर नज़र पड़ी। विद्या हरे रंग के सूट-सलवार में थी। उसके बाल खुले थे, लिहाजा उसका चेहरा साफ़ नज़र नहीं आ रहा था। फिर भी रीता को लगा कि विद्या के तेवर कसे हुए हैं और वह उसे देखते ही भड़क उठेगी। यह एक दिलचस्प कल्पना थी और वह इसे मूर्त होते हुए देखने के लिए यथावत् खड़ी रही।

ताला लगाकर विद्या ने बालों को झटका दिया तो जैसे बरामदे में सनसनी-सी दौड़ गई। रीता से आँखें मिलते ही वह रीता की ओर बढ़ी, "सॉरी यार, गुस्से में पता नहीं क्या-क्या बोल गई।"

आश्चर्यजनक रूप से विद्या का रुख बदला देख रीता अधिकारी उसकी ओर बढ़ी और उसकी आँखों में आँखें डालकर बोली, "कोई बात नहीं, विद्या ! गुस्से पर कन्ट्रोल रखो तो ज़्यादा सुन्दर दिखती हो।"

"वो क्या है रीता, कि सुबह-सुबह मूड ऑफ हो गया। कुछ समझे में नहीं आया, इसी से अकबका गई।" विद्या ने अपने व्यवहार पर सचमुच अफ़सोस जताया।

रीता भी सहज हो आई थी। उसी सहजता से छेड़ बैठी, "विद्या ददाति विनयं। जाओ, बंगालिन तुम्हारे इन्तज़ार में दुबली हो रही हागी।"

रीता की इस चुहल पर विद्या अपनी हँसी नहीं रोक पाई। कन्धे उचकाकर बोली, "देखते हैं, पता न कौना बात पर महरानी कुपित हैं।"

सामने सीढ़ियाँ उतरती लड़कियों को देखकर रीता चुप हो गई। टाइट जींस और ब्लैक टॉप में किसी मॉडल-सी नज़र आ रही अनीता के पीछे-पीछे सरस्वती, सानिया, रिचा, गीता और शैली भी थीं। सबकी सब टिप-टॉप।

रीता अधिकारी और विद्या को घुल-मिलकर बातें करते देख अनीता ने सीढ़ियों पर खड़े-खड़े ताना कसा, 'विद्या दी, बंगालिन से डर गई क्या?'

किस बंगालिन से डरने का ताना दे रही है अनीता? रीता अधिकारी से या वार्डेन मनीला गांगुली से? विद्या अनीता का आशय भले नहीं समझ पाई, लेकिन इतना समझते देर नहीं लगी कि लड़की कुछ ज़्यादा तेज़ उड़ रही है। इस ख़याल के साथ ही उसने अनीता को आड़े हाथ लिया, "ए अनीता, ढेर बोल्ड मत बन! हमरो पता है, तोर असलियत!"

"ए विद्या दीदी, क्या है अनीतवा की असलियत?" शैली की आँखें चमकीं।

"मोर्चा छोड़ के भागे में एक नम्बर है।" विद्या दाईं आँख दबाकर हँस पड़ी।

"क्या कहती हैं, दीदी!" अपनी आँखें चौड़ीकर गीता ने खिलन्दड़े अन्दाज़ में अफ़सोस जताया, "हम तो समझते थे, कि अनीतवा मोर्चा फतह करे में एक नम्बर है।"

बरामदा खनखनी से भर गया।

सोलह

वार्डेन क्वार्टर हॉस्टल कैम्पस में हॉस्टल बिल्डिंग के पीछे था। हॉस्टल बिल्डिंग और वार्डेन क्वार्टर के बीच लगभग बीस फुट की दूरी थी। एक बड़ा-सा लॉन। लॉन की तारों से घेरेबन्दी। लेकिन किनारे-किनारे दूर तक फर्न के नुकीले और करीने से कटे पौधे। बीच-बीच में पाम के पेड़। लॉन में घास तो नहीं, लेकिन क्वार्टर के बरामदे तक जाते रास्ते के दोनों ओर गेंदा, गुलाब और वैजयन्ती के फूल ख़ूब थे। लड़कियों ने सुबह-शाम मनीला गांगुली को निराई, गुड़ाई और रबर पाइप से सिंचाई करते ज़रूर देखा है। इस दौरान वह राजकुमारी को कुछ हिदायत, तो कभी-कभी तेज़ आवाज़ में डाँटते हुए भी नज़र आती हैं। वार्डेन क्वार्टर की ओर खुलने वाली खिड़कियों से झाँकती हॉस्टल की लड़कियाँ मनीला गांगुली के क्रिया-कलापों और राजकुमारी की मुख-मुद्रा के अपने-अपने ढंग से अर्थ लगातीं और आनन्दित होतीं। लेकिन इस वक़्त यह सारा आनन्द किसी आतंक में तब्दील हो चुका था। मनीला गांगुली के क्वार्टर के गेट तक पहुँचते-पहुँचते विद्या के चेहरे पर हवाइयाँ उड़ने लगी थीं। पाँवों की गति शिथिल हो गई थी।

सहसा, विद्या को इतनी सारी लड़कियों को अपने साथ लेकर आने के अपने निर्णय पर कोफ़्त हुई। पता नहीं, क्या बात है, जो ई वार्डनवा सबेरे-सबेरे बुलावा भेजी है? कोई ऐसी-वैसी बात हुई और लगी सबके सामने फटकारने तो क्या गत बनेगी? इस बंगालिन का कोई भरोसा नहीं है। गुस्सा तो जैसे नाक पर ही रहता है। बात-बात पर ऐसे झाड़ती है जैसे जहर ही उगल रही हो। लेकिन अब हो भी क्या सकता है? जो हो, सामना तो करना ही पड़ेगा।

गेट खोलते हुए विद्या का दिल जोर से धड़का। अन्दर दाखिल होते ही सामने बरामदे में राजकुमारी खड़ी दिखी। राजकुमारी उनके बरामदे तक पहुँचने से पहले ही पलटी और बरामदे के बीचोबीच खुले मुख्य द्वार के अन्दर गुम हो गई।

विद्या की आँखें अनीता से मिलीं अनीता के चेहरे पर भी असमंजस का भाव था। क्षण भर को सबकी सब जहाँ थीं, वहीं ठिठक गईं।

"रजकुमारिया अन्दर ख़बर करे गई होगी।" अनीता ने उलझन से निकलने की कोशिश की।

"चलो देखते हैं।" विद्या बरामदे की ओर बढ़ी।

पुराने ज़माने का क्वार्टर। सीमेंट से बना चिकना फर्श। क्वार्टर की चौड़ाई तक फैला बरामदा। चार-पाँच बेंत की कुर्सियाँ। बेंत की ही सेंट्रल टेबल। सारी लड़कियाँ वहीं बरामदे में ही खड़ी हो गईं। आँखें खुले मुख्य द्वार पर लटक रहे मोटे मैरुन पर्दे के पीछे का जायज़ा लेती किसी रहस्य को भेदने की उत्सुकता से भरी हुई थीं।

पर्दे के पीछे क़दमों की आहट हुई।

राजकुमारी थी। विद्या को इंगित करके उसने मैडम गांगुली का फ़रमान सुनाया, "विद्या दीदी, मैडम आपको अकेले बुलाई हैं। बाकी लोग ईहें बैठिए।"

सबने एक-दूसरे को देखा। इससे पहले कि कोई कुछ बोलता, विद्या ने ख़ुद सबको हिदायत दी, "ठीक है, तू लोग ईहें रुको। हम मिलके आते हैं।"

फिर बग़ैर किसी की प्रतिक्रिया देखे-जाने विद्या पर्दे के पीछे दरवाज़े के अन्दर दाखिल हो गई।

अन्दर का कमरा ड्राइंगरूम था। बड़े भव्य सोफ़े। काँच की बड़ी-सी सेंट्रल टेबल। एक कोने में खूबसूरत फ्लावर पॉट में ताज़ा फूलों के गुच्छे। दीवार से सटी बुकशेल्फ। शीशे से झाँकती मोटी-मोटी केमिस्ट्री की किताबें। बुकशेल्फ के पास खाली दीवार के सहारे टिका तानपुरा। तानपुरा के ठीक ऊपर रवीन्द्रनाथ टैगोर का फ्रेमजड़ित तैलचित्र। कुल जमा इस बड़े से ड्राइंगरूम की खामोशी के बीच खड़ी विद्या की साँसें अटकी हुई थीं। वह तय नहीं कर पा रही थी कि वह सोफ़े पर बैठ जाए या मिसेज गांगुली के आने तक खड़े-खड़े ही इन्तज़ार करे।

मिसेज गांगुली ड्राइंगरुम में दाखिल हुईं। साँवली लेकिन पैंतालीस की इस उम्र में भी सलोनी-सी। आँखों पर पावर का चश्मा। पीछे झाँकती आँखों में अजीब-सी शून्यता।

"गुड मॉनिंग, मैम!" सहज होने की कोशिश में विद्या की आवाज़ ज़रा-सी लड़खड़ाई।।

"बैठिए!" आदेश के साथ ही मिसेज गांगुली स्वयं भी सिंगल सोफ़े पर बैठ गईं।

विद्या सोफ़े पर बैठी ज़रूर लेकिन अपने भय से उबर नहीं पाई थी।

"रात आप हॉस्टल कितने बजे लौटीं?" दो टूक सवाल किया मिसेज गांगुली ने।

मिसेज गांगुली की भावहीन आँखें अपने चेहरे पर टिकी देख विद्या हकला गई, "म...म...मैम...वो क्या है कि...!"

"कितने बजे लौटी थीं हॉस्टल?" अपना सवाल दुहराते हुए मिसेज गांगुली का स्वर कहीं ज़्यादा सख़्त हो गया था।

"ए...ए...ग्यारह बजे, मैम!" विद्या की जीभ लटपटाई।

"हॉस्टल गेट बन्द होने का टाइम क्या है?" मिसेज गांगुली ने उसी लहजे में अगला सवाल दागा।

"आठ बजे!" विद्या ने थूक निगला।

"आपने रात ग्यारह बजे गेट खोलने के लिए गार्ड को मजबूर किया?" मिसेज गांगुली की आँखें तनीं।

विद्या भीतर तक हिल गई। लगा कंठ अवरुद्ध हो गया हो।

"उस वक़्त कौन था आपके साथ?" मिसेज गांगुली ने विद्या की चुप्पी के बीच जैसे विस्फोट किया, "कौन था वो, जिसने गार्ड को गोली मारने की धमकी दी थी?"

विद्या का चेहरा फक्क पड़ गया। उससे जवाब देते नहीं बना।

"जवाब दीजिए।" मिसेज गांगुली की प्रश्नवाचक आँखें कहर बरपा रही थीं।

विद्या ने भीतर ही भीतर ख़ुद को तैयार किया। जवाब तो देना ही था। लेकिन कैसे, किस तरह, यह मुश्किल सुलझ नहीं रही थी। कोई माकूल सिरा पकड़ नहीं आ रहा था।

"मैम मैं स्टूडेंट पोलिटिक्स से जुड़ी हूँ।" विद्या ने मिसेज गांगुली के चेहरे की प्रतिक्रिया देखने की कोशिश की। वहाँ कोई भाव नहीं था, "कल अर्जेंट मीटिंग थी, इसीलिए देर हो गई।"

"आप यहाँ पढ़ने आई हैं या पॉलिटिक्स करने?" जवाब सुनकर मिसेज गांगुली का तेवर थोड़ा नरम पड़ा, "माँ-बाप ने आपको यही सब करने के लिए भेजा है? क्यों लाइफ बर्बाद करने पर तुली हैं आप?"

मिसेज गांगुली में आए बदलाव से विद्या का हौसला बढ़ा, "मैम, अपने हक़ के लिए लड़ना तो पड़बे करता है न?"

मिसेज गांगुली की आँखें सिकुड़ीं, "कैसा हक़? कैसी लड़ाई?"

"पढ़ाई का हक़, मैम!" विद्या अब तक सँभल चुकी थी। उसका आत्म विश्वास लौटने-सा लगा था, "टीचर, पोरफेसर लोग क्लास में नहीं पढ़ाता है। अपना प्राइवेट कोचिंग चलाता है। बताइए, ई स्टूडेंट लोग का हक़ मारना न है, तो क्या है?"

मिसेज गांगुली चकित रह गईं। अभी-अभी मिमियाती-सी यह लड़की अचानक इतनी वाचाल हो गई! उन्हें लगा कि वह फिर से आक्रामक नहीं हुईं, तो यह उन्हें असहज स्थिति में डाल देगी। उन्होंने बिना देरी किए फिर से विद्या को घेरा, "लेकिन आपने हॉस्टल का डिसिप्लिन तोड़ा है। आपके साथ आए आदमी ने गार्ड को गोली मारने की धमकी दी थी। इट' स अ सीरियस मैटर!"

''मैम, ये झूठ है। किसी ने गार्ड को धमकी नहीं दी थी।'' विद्या अब डट चुकी थी।

''तो गार्ड झूठ बोल रहा है?'' मिसेज गांगुली तिलमिलाईं।

''हाँ, मैम, वो झूठ बोल रहा है। उल्टे ऊ विधायक जी के साथ उल्टा-सीधा बके लगा था।''

''विधायक जी?'' मिसेज गांगुली के माथे पर बल पड़े, ''आपके साथ कोई विधायक था?''

''जी!'' विद्या को लगा मैना के प्राण उसकी मुट्ठी में हों, ''विधायक जी हमारे संरक्षक हैं।''

मिसेज गांगुली की देह में सिहरन-सी हुई और वह भीतर तक धसक गईं। समझ नहीं आया कि वह इस वक़्त किस तरह की प्रतिक्रिया दें। दोधारी तलवार पर चलने की-सी स्थिति थी यह। लेकिन एकदम चुप रहने का मतलब था, विद्या के सामने समर्पण। नहीं, यह ठीक नहीं। उन्होंने ख़ुद को सँभाला और एक टीचर की नैतिकता का सम्बल लेकर विद्या को समझाने को हुईं कि अपने पति प्रो. गांगुली को आते देख ठिठक गईं।

मिस्टर गांगुली पर नज़र पड़ते ही विद्या अदब से खड़ी हो गई। दोनों हाथ जोड़कर उन्हें प्रणाम निवेदित किया।

''बैठो। बैठो।'' प्रो. गांगुली एक खाली सोफ़े पर बैठने के साथ ही सीधे विद्या से मुखातिब हो गए, ''विद्या नाम है न तुम्हारा?''

''जी...जी...सर!'' विद्या अभी भी खड़ी थी।

''मनीला!'' प्रो. गांगुली ने मिसेज गांगुली को टोका, ''चाय पिलवाओ, यार! सुबह-सुबह एक चाय तो बनती ही है।''

मिसेज गांगुली के होंठों पर पहली बार एक बारीक-सी मुस्कान नज़र आई। उन्होंने बैठे-बैठे ही आवाज़ लगाई, ''राजकुमारी तीन कप चाय दे जाना।'

विद्या को अपने कानों पर विश्वास नहीं हुआ। आँखें भी झपझपाईं। प्रो. गांगुली की उपस्थिति से जैसे सब कुछ बदल गया था। वह कभी प्रो. गांगुली, तो कभी मिसेज गांगुली को देखती, ख़ुद को किसी सम्मोहन में बँधा पा रही थी।

''तुम अभी क्या कर रही हो?'' प्रो. गांगुली की कशिश भरी आवाज़ विद्या के भीतर उतरती चली गई।

''सर, एमए कर रही हूँ।'' विद्या सोफ़े पर संकोच में अधबैठी-सी थी, ''पोलिटिकल साइंस से।''

''गुड!'' प्रो. गांगुली की आवाज़ के साथ-साथ व्यक्तित्व में भी ग़ज़ब का आकर्षण था। काली पैंट, सफ़ेद शर्ट में कुछ-कुछ देवानन्द की झलक दे रहे थे। विद्या मंत्रमुग्ध-सी उन्हें सुन कम देख ज़्यादा रही थी। प्रो. गांगुली बोल रहे थे,

"युवाओं को, खासकर लड़कियों को तो पोलिटिक्स में आना ही चाहिए। यू नो, राजनीति में हस्तक्षेप के बिना न तो सरकार में हिस्सा हासिल किया जा सकता है, न शासन-प्रशासन में।"

विद्या चकित थी, तो मिसेज गांगुली झेंपी हुईं। मिस्टर गांगुली जारी थे, "मेरा तो मानना है कि ज़्यादा से ज़्यादा यूथ को पोलिटिक्स में सक्रिय होना चाहिए। तुम जैसी लड़कियों की सक्रियता देखकर मुझे खुशी होती है।" क्षण भर को रुके प्रो. गांगुली। विद्या ने उन्हें कनखियों से देखा। प्रो. गांगुली की इस चुप्पी में भी चुम्बक था।

प्रो. गांगुली ने अपना चश्मा उतारकर सेंट्रल टेबल पर रखा और फिर अपनी बात पर आ गए, "बस, डर एक ही बात से लगता है। आज का यूथ छोटे-छोटे प्रलोभनो के चक्कर में बड़े उद्देश्य से भटक जाता है।"

राजकुमारी एक बड़े से ट्रे में चाय के तीन कप और दो तश्तरियों में बिस्कुट और नमकीन लेकर ड्राइंगरूम में दाखिल हुई, तो प्रो. गांगुली रुके। जब तक राजकुमारी रही, वह चुप रहे। राजकुमारी के जाते ही मिसेज गांगुली बोलीं, "विद्या, चाय लो।"

मिसेज गांगुली वही थीं। लेकिन अन्दाज़ वही नहीं था।

"थैक्यू मैम।" कप उठाती विद्या अतिरिक्त विनम्र थी।

"अब यही लो।" प्रो. गांगुली ने चाय का कप उठाया। होंठों के पास ले जाकर रुके। फिर बिना पिये ही कप टेबल पर रख दिया, "तुम्हारा यह आन्दोलन, जो कोचिंग के ख़िलाफ़ चल रहा है, यह किसी बड़े उद्देश्य की प्राप्ति के लिए तो है नहीं?"

विद्या सजग हो गई। उसकी समूची इन्द्रियाँ अब प्रो. गांगुली को सुनने की उत्सुकता में जैसे केंद्रित हो गई थीं।

एक छोटी-सी चुप्पी। लगा जैसे प्रो. गांगुली उसकी प्रतिक्रिया की अपेक्षा कर रहे हों। उसे चुप देख प्रो. गांगुली ने कप उठाया। चाय की घूँट भरी। इस बार उन्होंने कप टेबल पर नहीं रखा।

"इसके पीछे का सच तो यह है, कि यह पूरा आन्दोलन कुछ लोगों के वर्चस्व की लड़ाई और एक्सटॉर्शन से जुड़ा है।" प्रो. गांगुली की आँखें इस बार सीधे विद्या की आँखों से मिलीं, "इसके पीछे कोई सिद्धान्त, कोई छात्र हित नहीं है।"

प्रो. गांगुली के सम्मोहन से विद्या ने सायास बाहर निकलने की कोशिश की, "लेकिन सर, वो क्या है कि...।"

जानबूझकर अपनी बात अधूरी छोड़कर विद्या ने जायज़ा लेने की कोशिश की और यह देखकर कि प्रो. गांगुली ने अन्यथा नहीं लिया है, उसने साहस बटोरकर प्रतिवाद किया, "टीचर्स क्लास लेने के बजाय प्राइवेट कोचिंग चलाएँ

यह कहाँ का सिद्धान्त है? दरमाहा सरकार से लें और पढ़ाएँ प्राइवेट में—ये कैसे जायज़ कहाएगा, सर?''

''यही तो विद्या। यही तो।'' प्रो. गांगुली कप टेबल पर रखकर अपने दाहिने हाथ को तपाक से घुटने पर मारते हुए बोले, ''तुम्हे पता है टीचर्स को कितने महीने से दरमाहा नहीं मिला? नौ महीने से। नौ महीने से एक पैसा नहीं मिला। उनका परिवार कैसे चल रहा है? बाल-बच्चों की पढ़ाई-लिखाई पर क्या असर पड़ रहा है? कभी किसी ने जानने की कोशिश की।''

''सर, इसके लिए तो आप लोगों को सरकार से कहना चाहिए।'' विद्या भी उतने ही तपाक से बोल गई, ''इसका नुकसान स्टूडेंट काहे उठाए?''

''तुम ठीक कहती हो।'' अब तक चुप बैठीं मिसेज गांगुली ने हस्तक्षेप किया, ''यही समझने वाली बात है, विद्या। सिस्टम को समझना ज़रूरी है। सिस्टम अपने स्वार्थ में सबको आपस में लड़ाता है।''

''मीनाली सही कह रही हैं।'' प्रो. गांगुली ने मिसेज गांगुली के वक्तव्य के समर्थन में बात आगे बढ़ाई, 'सारी गड़बड़ी सिस्टम में है। सरकार टीचर्स को सैलरी नहीं देगी। टीचर्स हड़ताल करेंगे। हड़ताल लम्बी खिंचेगी। स्टूडेंट का नुक़सान होगा। स्टूडेंट कोचिंग की शरण में जाएगा। टीचर्स को सैलरी नहीं मिलेगी, वो कोचिंग में पढ़ाएगा। बहुत साफ़ है कि इसके लिए सिस्टम ही दोषी है। और यह सब कुछ उसी का किया दिया है।'

विद्या को कुछ समझ में नहीं आया। बात पेंचीदा थी। इतनी दूर तक न उसने कभी सोचा भी नहीं था। कोई तर्क, कोई प्रतिवाद नहीं सूझा। उसने असहाय भाव से मिसेज गांगुली को देखा।

मिसेज गांगुली ने विद्या की असहजता को लक्ष्य किया। उसे कोई मौका दिए बग़ैर बात का रुख बदल दिया, ''विद्या हॉस्टल का अनुशासन देखना मेरा काम है। ये आपकी पहली ग़लती थी, इसलिए इग्नोर कर रही हूँ। आगे ध्यान रखिएगा।''

''जी मैम!'' जान छूटी जानकर झट उठ खड़ी हुई विद्या। मिसेज गांगुली और प्रो. गांगुली को बारी-बारी से प्रणाम कर चलने की इजाज़त माँगी।

प्रो. गांगुली ने प्रणाम का जवाब दिए बग़ैर मिसेज गांगुली को टोका, ''मीनाली, विद्या पॉलिटिकली एक्टिव है। उसे थोड़ा रिलैक्शेसन देना चाहिए। उसे कभी देरी हो तो वो तुम्हे पहले से इंफार्म कर देगी।''

मिसेज मीनाली का असमंजस और विद्या का आश्चर्य प्रो. गांगुली को समझते देर नहीं लगी। उन्होंने स्निग्ध मुस्कान के साथ अपनी बात स्पष्ट की, ''इतनी अंडरस्टैंडिंग तो होनी ही चाहिए। इसमें सबका हित है। आफ्टरऑल अपने स्टूडेंट्स की फीलिंग को तो हमें समझना ही होगा न!''

मिसेज गांगुली ने सहमति में सिर हिलाते हुए ख़ुद को सँभाला। लेकिन लगे हाथ विद्या को हिदायत भी दे डाली, ''ठीक है। लेकिन इसे किसी भी कीमत पर टेकेन फॉर ग्रांटेड नहीं लेंगी।''

आखिरी लफ्ज में मिसेज गांगुली की सौम्यता क़ाफूर हो चुकी थी। विद्या ने बिना उनसे नज़र मिलाये एक बार फिर प्रणाम किया और तेज़ी से ड्राइंगरूम से बाहर निकल गई।

सत्रह

'गोप आवास' के सामने आड़ी-तिरछी कई मोटरसाइकिलें खड़ी थीं। इन्हीं मोटरसाइकिलों के बीच राजकमल अपनी मोटरसाइकिल खड़ी करके आशीष से मुखातिब हुआ, ''देखे बेट्टा, हम क्या बोले थे। नेता लोग देर तक न सोता है।''

आशीष कोई जवाब देने के बजाय बिटर-बिटर आसपास का मुआयना करने लगा। 'गोप आवास' के ठीक सामने वाले मकान पर 'रघुपति निवास' लिखा था। बायें तीन मंजिला मकान था, जिसकी छत पर सलवार-कुर्ता समेत पैंट-बुशर्ट जैसे कपड़े सूख रहे थे। सलवार-कुर्ता देख आशीष के मन में फुरफुरी छूटी। उसकी टोही आँखें पूरे मकान का मुआयना करते हुए मुख्य द्वार पर आकर अटक गईं। तभी एक बुजुर्ग मुख्य द्वार से बाहर निकले और सामने मोटरसाइकिल खड़ी देखकर पिनपिनाए, ''रास्ता छोड़ के मोटरसाइकिल लगाइए न, भाई जी।''

आशीष बुजुर्ग की आँखों की ताब नहीं सह पाया। वह 'गोप आवास' के दरवाज़े के पास जा खड़ा हुआ। राजकमल ने आगे-पीछे कर मोटरसाइकिल दीवार से सटाकर खड़ी की और आशीष के पास आकर बड़बड़या, ''बुढ़वा एकदम खडूस बुझाता है।''

''कुच्छो कहो, है तो मालबाबू !'' रहस्यभरे अन्दाज़ में आशीष मुस्कराया।

''क्या मतलब ?'' राजकमल नहीं समझा।

''छत पर देखो, सलवार-कुर्ता। ज़रूर कौनो माल का बाप है, बुढ़वा।'' आशीष की आँखें छत की ओर उठ गई थीं।

राजकमल ने आशीष के कन्धे पर धौल जमाई और उसे खींचते हुए 'गोप आवास' में दाखिल हो गया।

आशीष 'गोप आवास' पहली बार आया था। लेकिन राजकमल कभी-कभार आता रहा है। इसलिए वह 'गोप आवास' के भूगोल से वाकिफ़ था। धड़-धड़ सीढ़ियाँ चढ़ता सीधे रमेश जी के कमरे के सामने जा खड़ा हुआ। क्षण भर को ठिठका। फिर हौले से दरवाज़े पर दस्तक दी।

अन्दर से रमेश जी की आवाज़ आई, "कौन है, रे?"

"हम...हम हैं भइया, राजकमल।"

"खुला है—...आ जाओ!" रमेश जी का आदेश मिला।

राजकमल ने दरवाज़ा अन्दर की ओर धकेला। ठीक सामने चौकी पर बमपिलाट लेटे थे रमेश जी। देह पर महज अंडरवियर। अंडरवियर में ठीक बीचोबीच उठाव। आशीष गनगना गया-बुझाता है मस्त सपना देखकर जागे हैं रमेश जी।

"अरे, छपरा ज़िला, तू हू है!" आशीष को अचकचाया देख रमेश जी हँसे।

आशीष ने दोनों हाथ जोड़कर अभिवादन प्रणाम किया।

रमेश जी देह ऐंठते उठे और चौकी पर पालथी मारकर घड़ी पर नज़र डाली। एकबारगी चिंहुँक उठे, "अरे बाप, साढ़े नौ बज गया! सब स्साला भंडोल हो गया!"

चौकी के कोने पर अटका तौलिया हड़बड़ाकर कमर में लपेटते हुए रमेश जी रूम से बाहर निकल गए। बाहर से उनकी हाँक लगाती आवाज़ अन्दर तक आ रही थी, "ए दिवाकर जी...कमलेश...केशर कहाँ हो सब! उठो यार, साढ़े नौ बज गया। साइंस कॉलेज चलना है कि नहीं।"

राजकमल और आशीष बाहर होती हलचलों को चुपचाप सुनते रहे और कमरे में अपने होने को लेकर इस आमंजस में उलझे रहे कि उन्हें क्या करना चाहिए।

एक 'खट्' की आवाज़ के साथ बाहर अचानक सन्नाटा छा गया। शायद रमेश जी बाथरूम जा चुके थे।

राजकमल लम्बी साँस छोड़ता रमेश जी की अस्त-व्यस्त चौकी पर थोड़ी-सी जगह बनाकर बैठ गया। आशीष खड़े-खड़े कमरे का जायज़ा लेने लगा। कमरे की दाहिनी दीवार पर लाइन से कई कीलें गड़ी थीं, जिन पर कुर्ते-पायजामे लटक रहे थे। बाईं दीवार पर, जिधर रमेश जी का सिरहाना था, दीवार में बनी एक बिना पल्लों की आलमारी थी। आलमारी के ऊपरी खाने में बीपी मंडल, जेपी और मुख्यमंत्री की तस्वीरें एक-दूसरे के बग़ल में सटी-सटी रखी थीं। दूसरे खाने में एक ओर अचार, घी और चूड़ा के डिब्बे थे, तो दूसरी ओर माता दुर्गा और हनुमान जी की चमचमाती फोटो दीवार से चिपकी थी और उनके सामने जली हुई अगरबत्तियों के टुकड़े पड़े थे। आखिरी खाने में कुछ मुड़े-तुड़े अख़बार और पत्रिकाएँ थीं।

"एतना ग़ौर से क्या देख रहा है?" राजकमल ने टोका।

"राजकमल भयवा!" आशीष बुदबुदाया, "रूम में एक्को किताब न है। कौन क्लास में पढ़ते हैं रमेश जी?"

"लॉ सेकेंड ईयर में हैं।" अपनी जानकारी से आशीष को सम्पन्न करने के साथ ही राजकमल ने रहस्योद्घाटन किया, 'रमेश जी को किताब पढ़े की फ़ुरसत है? एक्जाम में बैठ गए एतने काफ़ी है।"

आशीष चौकी से सटी दीवार पर पीठ टिकाकर हँसा, "माने बिना पढ़े भी लॉ की डिग्री मिल जाती है। है न?"

राजकमल की भौहें तनीं, "बेटा, नेतागिरी ऐसे ही न चलती है। बहुते साधना करना पड़ता है।"

यह दिव्य-ज्ञान था। आशीष अपने आप में खोया-सा बोल पड़ा, "तब तो काहे न हमू लॉए में एडमिशन ले लें!"

"काहे आईएएस न बनना है क्या?"

"भयवा, बिना पढ़ले जब वकील बन सकते हैं...नेता बन सकते हैं, तो पढ़ के आईएएस बने की क्या ज़रूरत है?" जवाब के बजाय आशीष ने उल्टा सवाल किया।

राजकमल हँसा। फिर आशीष के चेहरे पर आँखें गड़ाकर एक और दिव्य-ज्ञान दे बैठा, "आशीष बाबू, सब आईएएस तो नेते लोग की जी हजूरी करता है। देखते न हो, अपने ही सीएम का खैनी तक आईएएस लगाता है।"

आशीष की आँखों में एक साथ कई दृश्य घूम गए। सीएम के पीछे-पीछे चलता पटना का डीएम। सीएम के लिए खैनी रगड़ते प्रधान सचिव। परिवहन सचिव का कॉलर पकड़कर धमकाते उसके क्षेत्र के विधायक जी। एक से एक किस्सा। सबके सब अख़बारे में छपा है। ऐसी ख़बरों पर बवाल भी हुआ। लेकिन किसी नेता-मंत्री का कोई क्या बिगाड़ पाया? इस वक़्त अचानक जैसे इल्हाम हुआ कि बेकार ही वह आईएएस बनने का सपना देख रहा है। ऐसी चाकरी से तो अच्छा नेता बनना है। भाग्य साथ दे दे। टिकट मिल जाए तो विधायकी तो कहीं गई नहीं। वह सुखद कल्पना में चहका, 'ठीक कहते हो भयवा, जो मज़ा नेतागिरी में है, ऊ और कहाँ?"

"तो क्या इरादा है, पोलटिक्स कि कोचिंग?"

राजकमल के इस अप्रत्याशित सवाल पर आशीष बग़लें झाँकने लगा। तत्काल कोई जवाब देते नहीं बना।

इसी वक़्त रूम में आया कमलेश आशीष पर हल्ला बोल अन्दाज़ में टूट पड़ा, "अरे छपरा ज़िला, भोरे-भोरे तोरा देख के दिल गार्डेन-गार्डेन हो गया।"

आशीष के प्रति कमलेश की इस गर्मजोशी से राजकमल तुनका, "क्या भइया, हमको देखके आपके दिल में कुच्छो न हुआ?"

"ए राजकमल, ऐसी बात न है।" कमलेश ने राजकमल को पुचकारा, "तोरा देख के तो मिज़ाज हरियरे (हरा) हो जाता है। विश्वास न हो तो दिवाकर जी से पूछ लिहो। हम रात में तोरा कितना तारीफ़ किए हैं।"

राजकमल का जी जुड़ाया। वह फिस्स से हँसा, "अरे भइया, हम तो ऐसे ही बोले थे।"

"बड़ी देर कर दिए रमेश जी।" बात बदलने की गरज और ऊब से उबरने की कोशिश में आशीष कुनमुनाया।

"नेता जी को 'बड़ा घर' में 'बड़ा काम' रहता है।" कमलेश ने बाईं आँख दबाई, "सब निबटा के एक्के बार निकलते हैं।"

आशीष की आँखों में रमेश जी के अंडरवियर के उठान का दृश्य उभरा और उसे समझते देर नहीं लगी कि रमेश जी 'बड़ा घर' में कौन-सा 'बड़ा काम' निबटा रहे हैं।

कमलेश ने आशीष को छेड़ा, "तब छपरा ज़िला, और क्या हालचाल है?"

"भइया, हाल का क्या पूछते हैं, वो तो दिख ही रहा है। बाकी चाल का कौनो भरोसा न है।" आशीष के चेहरे पर मसखरी दिखी।

"तोरा जो चाल है न, उसको देख के तो लग रहा है कि तू बहुत दूर तक जाएगा। क्या कहते हो, राजकमल?"

"आईएएस बने के चक्कर में इसका चाल सुधरने वाला न है।" राजकमल ने चुटकी ली,

"ए यार, ऐसा मत बोलो।" कमलेश अचानक गम्भीर हो गया, "अपने लोग का हर फील्ड में जाना ज़रूरी है। रिजर्वेशन का लाभ उठाना है। नहीं तो साला फारवर्ड सब चराता रहेगा। छपरा ज़िला भिड़ जा। कोई रोके वाला न है।"

"हाँ, सर, इसीलिए तो सोचते हैं कोचिंग ज्वाइन कर लें। बिना कोचिंग पार न लगेगा।" आशीष सचमुच संजीदा हो गया था

"तो दिक्कत क्या है? रमेश जी से बोलो, एडमिशन करा देंगे। सस्ता-सुभिस्ता में हो जाएगा।"

"दिग्दर्शन वाला पूरा कोर्स का पच्चीस हज़ार माँगता है।" आशीष कुनमुनाया, "वो भी एकमुश्त।"

"तो रमेश जी कौन मरज के दवा हैं, छपरा ज़िला!" कमलेश ने चुटकी बजाकर हल सुझाया, 'फिकर नॉट। तोरा काम तो दस-बारह हज़ार में हो जाएगा।'

आशीष खुशी के मारे उछल पड़ा, "तब तो हम तुरन्ते एडमिशन ले लेंगे।"

"ठीक है, हम रमेश जी से बात करेंगे। तुम पैसा तैयार रखना।" कमलेश कमरे से बाहर निकलते हुए बोला, "बैठो तुम लोग। हमू आते हैं तैयार होकर।"

कमलेश के बाहर होते ही राजकमल बोला, "रमेश जी की बहुत चलती है, बेटा। पुंछड़ा पकड़ लेना है।"

"रमेश जी का पुंछड़ा" की कल्पना करते ही उसकी आँखों में रमेश जी के पीछे हिलती पूँछ उभरी और इसके साथ ही होंठों पर मुस्कान। जब तक उसकी यह मुस्कान गाढ़ी होती कमर में तौलिया लपेटे रमेश जी हवा के झोंके की तरह कमरे में घुसे। वह साक्षात् रमेश जी के पीछे पुँछड़ा देखने के रोमांच से भर गया। रमेश जी बग़ैर किसी की ओर देखे गीले बालों में दाहिने हाथ की उँगलियाँ फेरते सीधे

बाईं दीवार में पैबस्त आलमारी के पास जाकर खड़े हो गए। तीसरे खाने से अगरबत्ती का पैकेट निकालकर दो बत्तियाँ खींची और दूसरे खाने पर रखी माचिस से जलाया। अगरबत्तियों के जलते-जलते तीली की लौ उनके दाहिने हाथ की उँगलियों तक आ पहुँची। झट से तीली फेंकी और जली उँगली मुँह में डालकर च च च करने लगे। राजकमल के मुँह से भी सहानुभूति में च च च की आवाज़ निकल पड़ी। आशीष राजकमल की इस हरकत पर मुस्कराकर रह गया।

रमेश जी जलन की पीड़ा परे ढकेलते, आँखें मूँदकर सी-सी के साथ कोई मं=ा बुदबुदाने लगे थे। आशीष अपनी साँसें रोके इस अबूझ प्रार्थना को बूझने की कोशिश में अनमना होता रहा।

अट्ठारह

जीवकान्त का ताना-बाना आज आमूल चूल बदला हुआ था। पैंट-कमीज़ की जगह झक्कास कुर्ता-पायजामा में वह उजाले का पुतला नज़र आ रहा था। भुए की तरह हमेशा उड़ते रहने वाले बालों में तेल की चमक ऐसी कि आँखें चुंधिया जाएँ। सीढ़ियों से उतरते इस जीवकान्त पर नज़र पड़ते ही रमेश जी की आँखें फटी की फटी रह गईं। ख़ुद को यक़ीन दिलाने की आतुरता में वह बेसाख़्ता चीख पड़े, 'अरे जीवकान्ता, तोरा, तबियत-वबियत तो ठीक है न? कहाँ गायब हो गया था, रे? कौनो खोज न ख़बर?'

जीवकान्त सीढ़ी पर जहाँ था वहीं ठिठक गया। रमेश जी बरामदे में कमलेश, केशर, राजकमल और आशीष से घिरे खड़े थे। जीवकान्त को अपने बचाव का बहाना रमेश जी ने ख़ुद दे दिया था। उसने थके-ठंडे स्वर में उत्तर दिया, "तनी तबियत गड़बड़ा गई थी। कल दिन भर सुरेन्दर यादव के रूम में पड़े रहे।"

"अरे महराज, कोई से ख़बर तो देना चाहिए था!" कमलेश ने अपनापे से कसकर झिड़की दी, 'हम लोग मर गए थे क्या?'

"ना, ऊ बात नहीं है, कमलेश। सोचे तू लोग बिजी होंगे। झूट्ठे काहे परेशान करें।" जीवकान्त का नाटक जम गया था। बीमारी के बहाने हमदर्दी पाकर राहत महसूस हुई।

"अच्छा बेट्टा, तो आजकल तूहू सोचे लगे हो! मने हम सबके पेट पर लात मारे की तैयारी है!" रमेश जी हहाकर जीवकान्त की ओर बढे और छोह में भरकर उसे अपने क़रीब खींच लिया, "तोरा कुछ हो जाए और हम लोग को ख़बरो न मिले, ई तो ठीक न है न?"

"ग़लती हो गई।" मरियल मुस्कुराहट के साथ संक्षिप्त जवाब देते जीवकान्त को इत्मीनान हुआ कि रमेश जी ने उसकी तबियत खराब होने के बहाने पर यक़ीन कर लिया है, 'अब ऐसा ग़लती न होगी।"

ऊपर से नीचे तक जीवकान्त के रूप-विन्यास को निहारते रमेश जी ने हुलसकर कमलेश को टहोका, "कमलेश, जीवकान्त तो आज पूरा का पूरा नेता का रूप धार लिया है!"

जिस बात को लेकर बड़ी देर से कमलेश के अन्दर खलबली मची थी, उसे जाहिर करने का मौका मिला तो वह बेसाख्ता बोल पड़ा, "हमको तो लगता है, भइया, जीवकान्त भाई का कोई एक्के दिन में ओवरहॉलिंग कर दिया है। देखिए न, पहचाने में नहीं आ रहे हैं।"

"अरे यार, सब कपड़ा गंदा हो गया था। एक ठो यही कुर्ता-पायजामा बचा था, सो पहन लिए।" झेंपे जीवकान्त ने सफ़ाई दी।

"जो कहिए, जीवकान्त भाई। ई ड्रेस में ख़ूब जम रहे हैं। हम तो कहेंगे, ईहे पहना करिए।" राजकमल ने खुलकर तारीफ़ की।

"और आदमियो लगोगे!" चुटकी लेते रमेश जी हँसे। फिर आशीष के कन्धे पर हाथ रखकर बोले, "ई आशीष है। छपरा ज़िला घर है। राजकमल का ग्रामीण है। ज्वान आईएएस की तैयारी कर रहा है।"

आशीष अपरिचय के संकोच में चुप खड़ा था। उसे देखकर ही लग रहा था कि वह इस माहौल में पका नहीं है। उसकी थाह लेने के लिए जीवकान्त सीधे उसकी ओर मुखातिब हुआ, "तब कौनो कोचिंग-वोचिंग ज्वाइन किए हो कि ना? सुनते हैं, बिना कोचिंग के बेड़ा न पार लगता है?"

"अरे भाई, कोचिंगे में तो इसका नाम लिखाना है।" रमेश जी ने बात लपक ली, "'दिग्दर्शन' ज्वाइन करा देते हैं। क्या कहते हो कैसा रहेगा?"

"ठीक तो है।" जीवकान्त को समझते देर नहीं लगी कि पंछी को चारा डाला जा चुका है। अपनी सहमति देने के साथ ही रौब गाँठी, "आईएएस में तो स्साला, ललवा के कोचिंग का कौनो जवाबे न है। उसका बहुत चलती है।"

"तो चलो आज उसी से फरियाते हैं।" चलने का इशारा करते रमेश जी नीचे जाने वाली सीढ़ियों की ओर बढ़े।

"दिवाकर जी कहाँ हैं?" रमेश जी के पीछे चलते जीवकान्त ने पूछा।

"दिवाकर जी को तुम जानबे करते हो। विद्या के बिना चैन नहीं।" रमेश जी फुसफुसाए, "भोरे नींद से जगा के बोले कि विद्या का बुलावा आया है। गर्ल्स हॉस्टल जा रहे हैं। इगारह बजे साइंस कॉलेज में मिलेंगे। वहीं और लड़का सब भी जुटेगा।"

"काहे साइंस कॉलेज?" जीवकान्त उत्सुकतावश क्षण भर को ठिठका, "कौनो प्रोग्राम है क्या साइंस कॉलेज में?"

रमेश जी चुपके से उसका हाथ दबाकर बोले, ''प्रोग्राम क्या है, दिवाकर जी वहीं पर बताएँगे।''

इसका क्या मतलब हुआ? रमेश जी को भी नहीं मालूम कि प्रोग्राम क्या है? कहीं रमेश जी जान-बूझकर तो कुछ नहीं छुपा रहे? कमतरी का अहसास हावी होता-सा लगा।

रमेश जी को शायद अहसास हो गया कि जीवकान्त को यह नागवार गुज़रा है। आवास से बाहर निकलते ही उन्होंने जीवकान्त को खुश करने के लिए कहा, ''जीवकान्त, गोनू लॉज का ज़िम्मा राजकमल को दे दिया है। सत्तर हज़ार का मामला है। दस-पन्द्रह हज़ार तोरो मिल जाएगा!''

जीवकान्त के भीतर गुदगुदी उठी। लेकिन जाहिरा तौर पर तटस्थता ओढ़े रहा। इस उपक्रम में मोटरसाइकिल में जोर से किक मारा और गियर डालकर रमेश जी से पूछा, ''क्या कहते हैं आप, प्रो. ललवा मान जाएगा?''

''मार्क्समैनवा माना कि ना?'' मोटरसाइकिल की तेज आवाज़ में रमेश जी जोर से बोले, ''उसका डायरेक्टरवा तो अपने जाति का था। तभियो कैसे सरेंडर कर दिया?''

जीवकान्त मार्क्समैनवा वाला किस्सा कभी नहीं भूल सकता। 'मार्क्समैन कोचिंग' में गजेन्दर को लेकर वही गया था। सोचा था, मार्क्समैन का डायरेक्टर डॉ. राजेश्वर राय अपना जाति-बिरादर का है, फीस में कुछ मुरौव्वत कर देगा। लेकिन स्साला सुनते भड़क गया था, ''घोड़ा घास से दोस्ती करेगा तो खाएगा क्या? कोचिंग इंस्टीटयूट है, कोई धर्मशाला थोड़े न खोल के बैठे हैं।''

गजेन्दर के सामने ही डॉ. राजेश्वर राय ने जीवकान्त का पानी उतार दिया था। अपमान के मारे उसका चेहरा लाल भभूका हो गया था। आव देखा न ताव डॉ. राजेश्वर राय पर फुँफकार पड़ा था, ''बहुत महँगा पड़ेगा राय जी। अब बूझिएगा आप!''

उस वक़्त वह भीतर ही भीतर खौलता उल्टे पाँव 'गोप आवास' लौट आया था। सारा किस्सा सुनकर रमेश जी का माथा गरम हो गया था। दिवाकर जी तो तुरन्त नौ-छौ करने पर आमादा हो गए थे। जात-बिरादरी सोचे से ज़्यादा अपनी एकता दिखाना ज़रूरी था। आनन-फानन आवास के लड़कों को इकट्ठा कर 'मार्क्समैन कोचिंग' पर धावा बोल दिया गया था।

पहले तो गेट पर खड़े गार्ड को जीवकान्त ने वो कसकर धक्का दिया था कि वह दीवार से जा टकराया था। फिर तो जिसके हाथ जो आया, उसी की ठुकाई शुरू हो गई। कुर्सी, टेबुल, खिड़की, गमले एक-एक कर टूटते रहे और 'मार्क्समैन' का डायरेक्टर डॉ. राजेश्वर राय थर-थर काँपता गुहार लगाता रहा, ''माफ़ी माँगते हैं। माफ़ी माँगते हैं। ग़लती हुई, भाई जी, माफ़ी माँगते हैं।''

कोचिंग के लड़के-लड़कियाँ बचते-बचाते खिसकते रहे। स्टाफ सकते में जहाँ का तहाँ दुबका रहा। डॉ. राजेश्वर राय लगातार घिघियाए जा रहा था, "अपने आदमी होकर ऐसा करियेगा, भाई जी!"

"तोरा तब न बुझाया था, जब यही बात हम बोले थे?" जीवकान्त आग बबूला हो गया था, "तब तो बोला कि धर्मशाला थोड़े न खोले हैं।"

"ग़लती हो गई, भाई जी।" डॉ. राजेश्वर राय ने हाथ जोड़ लिए थे, "मिल-बैठकर बात कर लेते हैं। जो कहिएगा, वही होगा।"

जीवकान्त ने डॉ. राजेश्वर राय को धकियाकर किनारे कर दिया था, "तोरा से रिश्तेदारी करना है क्या, कि मिल-बैठके बतियाएँ?"

रमेश जी ने बीच में ही जीवकान्त को रोका था, "ए जीवकान्त, चल बतियाइए लेते हैं। देखते हैं डॉक्टर साहेब क्या बतियाते हैं। क्या दिवाकर जी, क्या कहते हैं आप?"

दिवाकर जी ने तुरन्त हामी भर दी थी, "कौनो हरजा न है।"

जीवकान्त का तेवर ढीला पड़ गया था। कसमसाकर बोला था, "चलिए, देखा जाए क्या बात करता है?"

डॉ. राजेश्वर राय की जान में जान लौटी थी। वह अपने कार्यालय कक्ष की ओर बढ़ा ही था कि साथ आए लड़कों का हुजूम 'हो-हो-हो' कर चिल्ला उठा था। रमेश जी ने दोनों हाथ हवा में लहराकर सबको शान्त रहने की हिदायत दी थी, "यहीं रहो सब। हम लोग बात करके आते हैं।"

रमेश जी, दिवाकर जी और जीवकान्त डॉ. राजेश्वर राय के पीछे-पीछे उसके कार्यालय कक्ष में दाखिल हुए थे। डॉ. राजेश्वर राय ने तीनों के बैठने से पहले ही पेशकश की थी, "अपने कैंडिडेट को भेज दीजिएगा। हम एडमिशन ले लेंगे।"

"वो तो लेना ही पड़ेगा!" रमेश जी आक्रामक अन्दाज़ में हावी हुए थे, "और सुन लीजिए अब कंसेशन नहीं, फी में।"

डॉ. राजेश्वर राय के बोल नहीं फूटे थे। झँवाए चेहरे पर खाक उड़ रही थी। लगे हाथ दिवाकर जी ने एक और शर्त रख दी थी, "ईहो याद रखिएगा कि साल में हमरा पाँच छात्र को फ्री में एडमिशन देना होगा।"

यह शर्त सुनकर जीवकान्त का माथा ठनका-माजरा क्या है? रमेश जी ने अपने दाहिने पैर से जीवकान्त के बायें पैर को दबाया था—चुपचाप देखते रहो।

डॉ. राजेश्वर राय के गले में काँटे उग आए थे। माथे पर पसीना। वह कोई जवाब देने की हालत में नहीं था।

"क्या कहते हैं राय जी?" रमेश जी ने जवाब पाने के बजाय धमकी दे डाली थी, "जो बोलिएगा, अपना सोच लीजिएगा।"

डॉ. राजेश्वर राय थूक घोटकर मिमियाया था, "बहुत घाटा हो जाएगा, भाई जी।"

"तब एहू से ज़्यादा घाटा उठावे को तैयार रहिए!" एक झटके से उठ खड़े हुए दिवाकर जी ने रमेश जी को उकसाया था, "चलिए रमेश जी, राय जी का दिमाग अभी ठिकाने न आया है।"

डॉ. राजेश्वर राय रुआँसा हो आया था। समर्पण के अलावा कोई चारा नहीं था। मरूआए स्वर में सहमति जताई थी, "ठीक है, जो कहिए आप लोग!"

"हम लोग को तो जो कहना था, कहिए दिए!" रमेश जी भी उठ खड़े हुए थे, "आपको कौनो दिक्कत हो तो कहिए।"

उस दिन 'मार्क्समैन' कोचिंग पर छात्र एकता मंच के विजय पताका फहरा देने की चर्चा जंगल में आग की तरह फैल गई थी।

उन्नीस

"छात्र एकता : ज़िन्दाबाद!"

"ज़िन्दाबाद! ज़िन्दाबाद!!'

"छात्र एकता : ज़िन्दाबाद!"

"ज़िन्दाबाद! ज़िन्दाबाद!!"

साइंस कॉलेज का मेनगेट नारों से गूँज रहा था। छात्रों का हुजूम गेट से लेकर अशोक राजपथ तक अंटा पड़ा था। हवा में लहराते सैकड़ों हाथ और बुलन्द होते नारों की आवाज़ के बीच चारों ओर सनसनी व्याप्त थी। मोर्चा दिवाकर जी ने सँभल रखा था। उनके बग़ल में विद्या खड़ी थी। विद्या के पीछे अनीता थी। शैला, रिचा और गीता कुमारी थोड़ी झिझक के कारण अपने-आप में सिमटी हुई थीं। विद्या और अनीता हर नारे पर पूरे जोश से हाथ हवा में भाँजतीं। लेकिन शैला, रिचा और गीता कुमारी के हाथ जैसे जबरन आधे-अधूरे उठते। उनकी इस झिझक को अनीता लक्ष्य कर रही थी। वह बीच-बीच में शैला, रिचा और गीता कुमारी को जोर-जोर से नारे लगाने को प्रेरित करती तो ये लड़कियाँ एकाध बार हाथ हवा में जोर से उछालतीं। लेकिन फिर जल्द ही शिथिल पड़ जातीं। उधर केशर, तपेसर और चुटरी ने आवाज़ लगातार बुलन्द कर रखी थी। अशोक राजपथ जाम नहीं हुआ था। लेकिन आधी सड़क भर गई थी। शेष बची सड़क से गाड़ियाँ किसी तरह बच-बचाकर निकल रही थीं। हालाँकि वाहन-चालन-कला में किसी अनाड़ी के घुस आने से ट्रैफिक ज़रा देर को थमता ज़रूर। लेकिन माहौल में व्याप्त सनसनी का असर ऐसा था कि हर कोई यथाशीघ्र निकल जाने को आतुर था।

जाम अशोक राजपथ के लिए कोई नई बात नहीं थी, इसलिए यह किसी की चिन्ता का विषय नहीं था। चिन्ता का विषय था कि छात्रों का यह हुजूम लगातार उग्र होता जा रहा था और दूर-दूर तक पुलिस नज़र नहीं आ रही थी। इस बाबत साइंस कॉलेज के सामने की दुकानों में यह बजाप्ता चर्चा का मुद्दा बना हुआ था।

''देख रहे हो न, एक्को पुलिसवाला का अता-पता न है।'' स्टूडेंट्स कॉर्नर के मजीद मियाँ ने आजिजी में अपने बग़ल के दुकानदार सुभाष मेहता का ध्यान आकृष्ट किया।

''हाँ, ऐसे तो पेट्रोलिंग जीप दिन भर गेटे पर खड़ी रहती है। लेकिन अभी ऐन मौका पर सब ग़ायब है।'' सुभाष मेहता की शिकायत में चिढ़ भी थी।

''हमरा तो बाबू, कुछ ठीक न बुझाता है।'' मजीद मियाँ फ़िक्रमन्द दिखे, ''लड़का सबका भरोसा न है। कब क्या कर दे कौनो ठिकाना नहीं है।''

सामने फुटपाथ पर चौकी के ऊपर किताबें सजाए लखेन्दर जी भी क़रीब आ खड़े हुए। मजीद मियाँ और सुभाष मेहता की शंका-आशंका में अपनी टीप जोड़ते हुए बोले, ''जब से कोचिंग वाला मामला गरमाया है, तब से सब भंडोल हो रहा है।''

''सब पोलटिक्स हो रहा ही जी, पोलटिक्स!'' सुभाष मेहता ने जैसे राज की बात कही। उनकी आवाज़ में चिढ़ बरकरार थी।

''क्या कीजिएगा मेहता जी, अब न पढ़ावेवाला पहले जैसा रहा, न पढ़नेवाला।'' मजीद मियाँ के स्वर में अफ़सोस था, ''सभे अपना-अपना गोटी लाल करे में लगा है।''

अचानक हो-हल्ला मचाता लड़कों का एक जत्था भीड़ को धकियाता-धसोरता साइंस कॉलेज गेट की ओर उमड़ पड़ा। जत्थे में शामिल लड़कों का तेवर जितना उग्र था, उनकी ललकार उतनी ही हिंस्र थी। वे हवा में हाथ लहराते बेतहाशा चीख रहे थे।

''छात्र एकता मंच!''

''ज़िन्दाबाद! ज़िन्दाबाद!!''

साइंस कॉलेज गेट पर खड़े दिवाकर जी के साथ ही केशर, तपेसर, चुटरी, विद्या, अनीता सबकी आँखें नारे लगाते उस जत्थे की तरफ़ उठीं। विद्या दिवाकर जी के क़रीब सटती हुई दबी ज़बान में बोली, ''रमेश जी के साथ जीवकान्त भी है।''

''पता न कहाँ गायब हो गया था ससुरा!'' दिवाकर जी बुदबुदाए, ''हमको जीवकान्ता का लच्छन कुछ ठीक न बुझाता है।''

''अभी चुप ही रहिए, नहीं तो मामला गड़बड़ा जाएगा!'' विद्या ने दिवाकर जी को चेताया, ''अभी सबको साथ लेके चलना है।''

जत्थे के क़रीब पहुँचते ही दिवाकर जी लपककर रमेश जी की ओर बढ़े। माहौल गरमाया देखकर उत्साह में भरा राजकमल दोनों हाथ उछालकर चिल्लाया, ''रमेश भइया!''

''ज़िन्दाबाद! ज़िन्दाबाद!! ''

रमेश जी ने दाहिना हाथ हवा में हिलाया और चारों ओर गदन घुमाकर सबका अभिवादन किया। कुछ तालियाँ बजीं। कुछ सीटियाँ। ठीक इसी वक़्त रमेश जी की आँखें अनीता से मिलीं। अनीता ने भी उन्हें भर आँख देखा। रमेश जी को लगा कि वह अनीता की आँखों में डूब ही जाएँगे। वह तो गनीमत हुई कि दिवाकर जी ने स्थिति को लक्ष्य कर तुरन्त रमेश जी को दो शब्द बोलने के लिए आमंत्रित कर दिया, ''साथियों, हमारे इस आन्दोलन के अगुआ रमेश जी अब आपके सामने अपनी बात रखेंगे!''

रमेश जी अभी ठीक से न तो साँस ले पाए थे, न हालात का जायज़ा कि एकदम से बोलने की आ पड़ी इस नौबत से असहज हो गए। साइंस कॉलेज के गेट से लेकर अशोक राजपथ तक तालियाँ बज रही थीं। सभी उन्हें सुनने की उत्सुकता में उचक-उचक कर उनकी ओर देख रहे थे। उन्होंने मन ही मन दिवाकर जी को कोसा स्साला फँसा दिया। गला किसी तरह थूक से तर कर भीड़ से मुखातिब हुए, ''दोस्तों, जैसा कि आप जानते हैं। छात्र एकता मंच कोचिंग का धन्धा बन्द कराने के लिए आन्दोलन कर रहा है। आज हम यहाँ उसी आन्दोलन को तेज करने के लिए इकट्ठा हुए हैं। हम बता देना चाहते हैं कि जब तक प्राइवेट कोचिंग का धन्धा बन्द नहीं होगा, हमारा आन्दोलन चलता रहेगा।''

दिवाकर जी ने हाथ हवा में लहराकर आवाज़ लगाई, ''धन्धेबाज टीचर, होश में आओ!''

''होश में आओ! होश में आओ!''

जवाबी नारे से माहौल में जोश भरता देख दिवाकर जी ने वही नारा फिर दुहराया, ''धन्धेबाज टीचर, होश में आओ!''

इस बार जवाब में रमेश जी ने भी अपने दोनों हाथ हवा में उछाले। अशोक राजपथ पर नारों की गूँज-अनुगूँज लगातार बढ़ती चली गई। तभी पीरबहोर थाने से आए आधा दर्जन सिपाही भीड़ में नमूदार हुए। उनके कन्धों पर राइफ़लें टँगी थीं। हाथ में बेंत की छड़ियाँ भी थीं। ये सिपाही जादूगर की तरह अपनी छड़ियाँ घुमा-घुमाकर भीड़ को रास्ता खाली करने के लिए हुलकार रहे थे। इनकी इस कोशिश से भीड़ दायें-बायें हिलती और सड़क पर थोड़ी-सी जगह बनती। इस बनती जगह में ही रेंगती हुई पीरबहोर थाने की जीप साइंस कॉलेज के गेट के सामने आ खड़ी हुई। जीप से इन्स्पेक्टर तसलीमुद्दीन बाहर उतरा। वह जैसे ही रमेश जी, दिवाकर जी की ओर बढ़ा, लड़कों ने 'हो-हो-हो' कर शोर मचाना शुरू कर दिया। इस

'हो-हल्ले' को अनसुना कर इन्स्पेक्टर तसलीमुद्दीन सीधे रमेश जी के पास आ खड़ा हुआ।

"क्या हुआ इन्स्पेक्टर साहेब, कौनो प्रॉब्लम है क्या?" दिवाकर जी इन्स्पेक्टर तसलीमुद्दीन के सामने अड़कर खड़े हो गए।

"बड़का प्रॉब्लम है, दिवाकर जी!" इन्स्पेक्टर के माथे पर शिकन उभर आई थी, "साइंस कॉलेज के प्रिंसिपल साहेब का फ़ोन गया था। सिक्योरिटी की माँग किए हैं।"

"यहाँ सिक्योरिटी का कौन प्रॉब्लम है, इन्स्पेक्टर साहेब?" दिवाकर जी ने खिल्ली उड़ाई, "देखिए रहे हैं कि हम लोग शान्तिपूर्ण प्रदर्शन कर रहे हैं!"

"देखिए इन्स्पेक्टर साहेब, पुलिस-उलिस के चलते ही सब गड़बड़ होता है।" रमेश जी ने इन्स्पेक्टर तसलीमुद्दीन को समझाने की कोशिश की, "पिछली बार आप ही लोग छात्र नेता सबको गिरफ़्तार किए थे। उसी से बवाल बढ़ा था।"

"रमेश जी, हम तो हुकुम के गुलाम हैं। जो ऑर्डर मिलता है, वो करना ही पड़ता है।" तसलीमुद्दीन ने मज़बूरी जाहिर की।

"तो जाइए, आप अपना काम कीजिए। हम अपना कर रहे हैं।" ऐंठकर दो टूक जवाब देते, दिवाकर जी ने अपना दाहिना हाथ हवा में लहराया, 'शिक्षा का व्यापार...!'

"बन्द करो!"

"बन्द करो!!"

इन्स्पेक्टर तसलीमुद्दीन ने भीड़, नारे, शोर और अपनी बेकसी के बीच क्षण भर को स्थिति का जायज़ा लिया और फिर तेज़ी से गेट की ओर बढ़ गया। गेट को घेरे लड़कों को हटने का इशारा करते हुए वह साइंस कॉलेज परसिर में घुसा। उसके पीछे-पीछे सारे सिपाही भी अन्दर चले गए।

अब तक नारेबाजी की कमान कमलेश ने थाम ली थी। वह हाथ लहराकर, कंठ फाड़-फाड़कर चिल्ला रहा था, "जो हमसे टकराएगा!"

"चूर-चूर हो जाएगा!!"

"धन्धेबाज टीचर!"

"होश में आओ, होश में आओ!!"

इस अप्रत्याशित आयोजन के प्रयोजन से नावाकिफ़ होने के कारण रमेश जी अभी भी उलझन में थे, लिहाजा उन्होंने दिवाकर जी से वस्तुस्थिति जानने की कोशिश की, "दिवाकर जी, इरादा क्या है?"

"विधायक जी से फ़ोन पर बात हुई है। वही बोले हैं कि आन्दोलन तेज़ करे की ज़रूरत है।" दिवाकर जी ने तेज़ होते शोर के बीच प्रयोजन समझाया।

"लेकिन इतनी जल्दी क्या थी?" रमेश जी की उलझन बरकरार थी।

"विधायक जी बोले कि गरमे लोहा पर चोट करना ठीक रहेगा।" दिवाकर जी ने खुलासा किया।

"वो तो ठीक है।" बड़ी देर से चुप सुन रहे जीवकान्त ने जिज्ञासा प्रकट की, "बाकी एजेंडा क्या है?"

दिवाकर जी व्यंग्य से मुस्कुराए, "एजेंडा तो एक्के है, प्राइवेट कोचिंग बन्द करो। तोरा न पता है क्या?"

"लेकिन, दिवाकर जी!" रमेश जी ने हस्तक्षेप किया, "अब आगे क्या करना है?"

"साइंस कॉलेज के प्रिंसिपल का घेराव!" यह विद्या थी। उसने ठसके से जवाब दिया, "प्रेशर इसी तरह बनेगा।"

विद्या के इस अन्दाज़ से रमेश जी के भीतर कुछ दरका। उन्होंने जान बूझकर विद्या को नज़रअन्दाज़ कर अनीता से पूछा, "क्या अनीता, तुम क्या कहती हो?"

रमेश जी का तीर निशाने पर लगा था। दिवाकर जी थोड़ा असहज हुए। विद्या तो हत्थे से ही उखड़ गई, "आन्दोलन क्या अब अनीता से पूछ के चलेगा?"

"लेकिन सबकी राय तो ज़रूरी है न?" अपनी उपेक्षा का उत्तर देने के लिए जैसे जीवकान्त को सही मौका हाथ लग गया था, 'सबको कॉन्फीडेंस में लेना पड़ेगा कि न?"

जीवकान्त की इस तुकी-चतुर्की से दिवाकर जी बुरी तरह तिनक गए, "रमेश जी, जीवकान्त को समझाइए! ई टाइम डिसकसन का न है। अभी माहौल गरम है। पहिले एही पर चोट करे की ज़रूरत है।"

रमेश जी कुछ बोलने को हुए कि साइंस कॉलेज गेट पर तेज़ी से दौड़े आए सिपाहियों ने गेट खाली कराना शुरू कर दिया। लपककर आते इन्स्पेक्टर तसलीमुद्दीन ने याचना के स्वर में गुहार लगाई "भाई जी, प्रिंसीपल साहेब की गाड़ी को निकलने दीजिए!"

प्रिंसीपल डॉ. झा की सफ़ेद कार इन्स्पेक्टर तसलीमुद्दीन के पीछे-पीछे रेंगती आ रही थी। कार के गेट के क़रीब पहुँचते ही लड़कों का शोर उठा, "ट्यूशन-कोचिंग बन्द करो!"

"बन्द करो! बन्द करो!!"

"कॉलेज टीचर!"

"होश में आओ! होश में आओ!!"

इन्स्पेक्टर तसलीमुद्दीन के माथे पर पसीना छलक आया। उसने रमेश जी के निकट आकर लगभग गिड़गिड़ाते स्वर में विनती की, "नौकरिया बचा लीजिए, नेता जी!"

यही मौका था जब प्रिंसीपल के घेराव के बजाय उनकी गाड़ी निकल जाने देने से विद्या की योजना फेल हो सकती थी। इस ख़याल के कौंधते ही रमेश जी इन्स्पेक्टर तसलीमुद्दीन पर मेहरबान हो गए। तत्काल दोनों हाथ उठाकर गेट जाम किए छात्रों से अपील की, "रास्ता दे दो, भाई लोग। गाड़ी जाने दो।"

गेट को घेरे लड़कों ने धक्का-मुक्की करते हुए राह बनानी शुरू कर दी। प्रिंसीपल डॉ. झा की कार के काले रंग के शीशे बन्द थे। एक तरह से वह कार में कैद थे। कार चींटी की चाल से रेंग रही थी। सिपाही कार को सकुशल निकालने में गुत्थमगुत्था हो रहे थे। किसी तरह डॉ. झा की कार अशोक राजपथ पर आकर पुलिस जीप के पीछे रुकी। इन्स्पेक्टर तसलीमुद्दीन की समझ में नहीं आ रहा था कि अब करे तो क्या करे ? चीखते हुए सिपाहियों को ललकारा, ''देख क्या रहे हो ? दो-चार ठो को हुरपेटो। रस्तवा अपने खाली हो जाएगा।''

आदेश मिलते ही सिपाहियों ने कन्धे से राइफ़ल उतारी और भीड़ को हुरपेटना शुरू कर दिया। भीड़ इस डर से कि राइफ़ल कभी भी चल सकती है, छितराने लगी।

उधर साइंस कॉलेज गेट पर एक बार फिर अफरा-तफरी मच गई थी। गेट से एक और कार निकल रही थी। यह फिजिक्स के प्रो. डी. सिंह की कार थी। कार के शीशे काले होने की वजह से अन्दर बैठे प्रो. डी. सिंह नज़र नहीं आ रहे थे। लेकिन प्रो. डी. सिंह की कार को कौन नहीं पहचानता ? कार में प्रो. डी. सिंह हैं, इस बात की पुष्टि भी हो गई, जब अगले और पिछले गेट से एक साथ दो गार्ड बाहर निकले। अगले गेट से उतरा गार्ड सरकारी था। उसने खाकी वर्दी पहन रखी थी, जब कि पिछले गेट से उतरा गार्ड निजी था। उसने ग्रे रंग की सफारी पहन रखी थी। दोनों गार्ड साइंस कॉलेज गेट को खाली कराने के लिए जद्दोजहद कर रहे थे। इस कोशिश में सरकारी गार्ड ने दिवाकर जी से आग्रह किया, ''भाई जी, तनी गड़िया निकलने दीजिए न!''

''सिपाही जी, जान भारी बुझाता है क्या, जो इस भीड़ में घुसले आ रहे हैं!'' दिवाकर जी ने धमकी के लहजे में गार्ड को चेताया, ''पोरफेसर साहेब से कहिए लौटे में ही भलाई है!''

सरकारी गार्ड के माथे पर बल पड़े। अचानक ड्राइवर ने हॉर्न बजाते हुए कार आगे बढ़ा दी। निजी गार्ड हड़बड़ाकर भीड़ को हटाने लगा। वह दोनों हाथों से भीड़ को अलगाने की कोशिश कर रहा था। उसकी यह हरकत दिवाकर जी को हिमाकत लगी। उन्होंने तमतमाए हुए हवा में हाथ भाँजा, ''जो हमसे टकराएगा! ''

समवेत् स्वर उठा, ''चूर-चूर हो जाएगा!''

लगातार उग्र होते इस स्वर के साथ ही छात्रों का एक रेला उमड़ा और उसमें प्रो. डी. सिंह के दोनों गार्ड गोता खाने लगे। कमलेश, केशर, चुटरी, राजकमल, आशीष ने आगे बढ़कर प्रो. डी सिंह की कार को घेरकर हाथों से पीटना शुरू कर दिया। ड्राइवर घबराकर कार बैक करने लगा। लेकिन कार के पीछे भी छात्रों की भीड़ थी। बैक होती कार को पीछे की भीड़ 'हो-हो-हो' की आवाज़ों के साथ ठोंकने लगी। कार जहाँ की तहाँ रुक गई। अचानक कार का पिछला दायाँ गेट खुला

और प्रो. डी. सिंह बाहर निकले। उन पर नज़र पड़ते ही दिवाकर जी को लगा मानो मनचाहा टारगेट रेंज में आ गया हो। वह उतावला हो पूरे जोर से चीखे, ''डी. सिंह शरम करो! शरम करो!''

''कोचिंग-ट्यूशन बन्द करो! बंद करो!!''

इस अप्रत्याशित घटित के बीच रमेश जी हक्का-बक्का रह गए। समूचे प्रदर्शन का नेतृत्व दिवाकर जी के हाथ में जा चुका था। उन्होंने बेकली से जीवकान्त की तरफ़ देखा। जीवकान्त, जो अब तक ख़ुद उपेक्षा और उदासीनता के बीच हत्प्रभ खड़ा था, हरकत में आया। रमेश जी को धैर्य रखने का इशारा करके वह तेज़ी से दिवाकर जी के पास पहुँचा और जोर देकर बोला, 'दिवाकर जी, मामला हाथ से बाहर जा रहा है।''

''हाथ पर हाथ रखके आन्दोलन न चलेवाला है।'' पलटवार करते दिवाकर जी तैश में आ गए, ''ईहे मौका है एक्शन का।''

जीवकान्त सन्न। रमेश जी अवाक्। साइंस कॉलेज गेट जाम। अशोक राजपथ जाम।

प्रो. डी. सिंह प्रशासनिक भवन की ओर पैदल ही जाने के लिए तेज़ी से पलटे कि छात्रों की भीड़ ने 'हो-हो-हो' के हल्ले के साथ उन्हें घेर लिया। यह हल्ला जैसे भीड़ में घुस आए किसी सांड को घेर लेने की उत्तेजना से भरा हुआ था। दिवाकर जी तेज़ी से प्रो. डी. सिंह की ओर लपके। रमेश जी जब तक कुछ समझ पाते, अशोक राजपथ पर भगदड़ मच गई। पुलिस जवान लाठियाँ भाँज रहे थे। जो सामने पड़ा उसी को धुनना शुरू कर दिया। गिरते-पड़ते लोग एक-दूसरे को धकियाते पुलिस की लाठियों की जद से निकलने की जद्दोजहद कर रहे थे।

रमेश जी ने बेकाबू होते हालात को भाँप लिया। जीवकान्त के कन्धे पर हाथ रखकर इशारा किया, ''अन्दरे-अन्दर निकल लो।''

जीवकान्त का सिर सहमति में हिला। रमेश जी ने अनीता का हाथ पकड़कर खींचा, ''भागो!''

अनीता के बजाय विद्या बोल पड़ी, ''दिवाकर जी तो...।''

रमेश जी झुँझला उठे, ''उसका फिकिर करे का टाइम न है।''

विद्या पर क्या प्रतिक्रिया हुई, यह देखने के लिए रमेश जी नहीं रुके। उन्होंने रुआँसी हो आईं दूसरी लड़कियों को आवाज़ दी, ''आओ, तुम लोग मेरे साथ आओ!''

जीवकान्त साइंस कॉलेज गेट के मुहाने पर खड़ा था। रमेश जी अनीता का हाथ थामे तेज़ी से अन्दर घुसे। उनके पीछे धक्का-मुक्की के बीच ही अन्य लड़कियाँ भी पार हो गईं। इस अफरा-तफरी में किसी को इतनी फ़ुरसत नहीं थी कि कोई मुड़कर यह देखे कि विद्या भी आ रही है या वह अब भी वहीं खड़ी है।

बीस

अनीता और उसकी सहेलियों को रिक्शे पर बिठाकर रमेश जी ने अनीता को गहरी मुस्कान के साथ जैसे ही 'बाय' कहा, अनीता ने गहरे अपनापे से हिदायत दी, 'अपना ध्यान रखिएगा!'

रमेश जी लरजकर रह गए। इस एहसास में डूबे वह अनंत आकाश में उड़ने-उड़ने को आतुर हो आए। लेकिन ऐन इसी वक़्त 'हथुआ हॉस्टल' के गेट पर खड़े लड़कों में से राजबली ने आवाज़ देकर जैसे उन्हें ज़मीन पर ला पटका। राजबली उनकी ओर देखता हुआ जोर-जोर से बोले जा रहा था, ''रमेश जी, सुने कि पोरफेसर डी. सिंह का लड़का लोग दुरगति कर दिया!''

अनीता का रिक्शा ओझल हो चुका था। लेकिन उसकी अदा अभी भी रमेश जी की आँखों में अटकी हुई थी। रमेश जी आँखें मूँदकर उसकी एक-एक छवि को महसूस करना चाहते थे। लेकिन जीवकान्त की बेचैनी ने उनकी इस कोशिश को कसकर झटका दिया, ''वही हुआ, जिसका डर था!''

''डर? कैसा डर?'' रमेश जी समझने न समझने के बीच उलझकर ठिठक गए।

''देखिए, राजबलिया क्या कह रहा है!'' राजबली की ओर इशारा करते जीवकान्त 'हथुआ हॉस्टल' के गेट की ओर बढ़ा। रमेश जी पीछे-पीछे लगभग घिसटते हुए चल रहे थे। 'हथुआ हॉस्टल' के गेट पर पहुँचते ही व्यग्र जीवकान्त ने राजबली से दरयाफ्त किया, ''क्या राजबली, पोरफेसर डी. सिंह के बारे में क्या बोल रहे थे?''

''काहे, आपको कुछ न पता है क्या?'' राजबली के चेहरे पर हैरानी थी।

''अरे, तू बता न, रे!'' अपनी उत्सुकता पर सायास काबू रखते जीवकान्त ने पैंतरा दिया, ''हमू तो जाने तोरा क्या पता चला है?''

राजबली के बग़ल में खड़ा समीर साह बोल पड़ा, ''धक्का-मुक्की में पता न कौन तो पोरफेसर साहेब के मुँह पर सियाही फेंक दिया।''

''कौन फेंका रे, सियाही?'' रमेश जी के माथे पर बल पड़ गए।

राजबली, समीर एक-दूसरे का मुँह ताकने लगे। किसने स्याही फेंकी, यह जानकारी उन दोनों के पास भी नहीं थी। अनभिज्ञता जताने के साथ ही राजबली ने अपनी प्रतिक्रिया जोड़ दी, ''जो भी फेंका हो, रमेश जी, काम बढ़िया किया है। सारी भूंइहारी पर करिखा तो पोतिए दिया।''

साइंस कॉलेज गेट पर दिवाकर जी का जो रवैया था, उससे इतना तो तय था कि कोई न कोई अनहोनी होगी। लेकिन प्रो. डी. सिंह के मुँह पर कालिख पोती जाएगी, यह तो रमेश जी की कल्पना तक में नहीं था। वह जीवकान्त का मुँह ताकने लगे। जीवकान्त भी भीतर से असहज हो आया था। लेकिन उसने बड़ी सफ़ाई से

अपने मनोभाव को छिपा लिया। इस कोशिश में रमेश जी का हाथ पकड़कर बोला, "चलिए, आवास। वहीं चलकर बात-विचार होगा।"

'हथुआ हॉस्टल' के गेट से 'गोप आवास' तक महज डेढ़ सौ गज़ की दूरी थी। लेकिन यह दूरी पार करना भी रमेश जी के लिए भारी पड़ रहा था। मन में बस एक ही घुमड़न मची थी-किसी ने? किस ने?

रूम में पहुँचते ही उनका धैर्य छूट गया, "जीवकान्त, कौन किया होगा रे, ई हरक्कत?"

"हमको तो दिवाकर जी का ही हाथ बुझाता है।" छूटते ही जीवकान्त फट-सा पड़ा, "ई काम और कोई करिये न सकता है।"

रमेश जी को एकबारगी यक़ीन नहीं हुआ। टोह लेने की गरज से उन्होंने जानना चाहा, "काहे? तुमको ऐसा काहे लगता है?"

"बिना एजेंडा के साइंस कॉलेज गेट पर प्रदर्शन का फ़ैसला कौन लिया? आपसे, हमसे बिना कौनो राय-विचार किए, वहाँ जो कुछ हो रहा था, वह सब दिवाकर जी के मन से हो रहा था। किसी की बात न सुन रहे थे। और जब पोरफेसर डी. सिंह गाड़ी से उतर कर पैदल लौटे लगे थे, तो दिवाकरे जी हल्ला बोले थे। फिर आप ही सोचिए कि डी. सिंह के मुँह पर सियाही पोते की हिम्मत उनके अलावा और कौन कर सकता है?'

रमेश जी को जीवकान्त की बात में दम लगा। उनसे तत्काल कोई प्रतिवाद करते नहीं बना। वह लम्बी साँस खींचकर गहरी चुप्पी में चले गए गोया भीतर ही भीतर ख़ुद से जूझ रहे हों।

"क्या सोचने लगे आप?" जीवकान्त को रमेश जी की चुप्पी खली।

रमेश जी के चेहरे पर तारी तनाव उनके भीतर जारी उथल-पुथल की गवाही दे रहा था। उनकी आँखों में व्याप्त चिन्ता साफ़ नज़र आ रही थी। उनके स्वर में गहरी मायूसी पैबस्त थी, "जीवकान्त, सच्चाई क्या है, दिवाकर जी से मिले बिना पता न चलेगा।"

जीवकान्त अन्दर ही अन्दर तड़पकर रह गया। रमेश जी पर दिवाकर जी पता नहीं कौन जादू कर दिए हैं, कि उनको झूठ-साँच कुछ बुझइबे नहीं करता है। सब कुछ आँख के सामने है, तभियो रमेश जी को उसकी बात पर भरोसा नहीं है। मत करें भरोसा, जब असलियत सामने आएगी, अपने बूझेंगे।

जीवकान्त के भीतर क्या चल रहा है, इसकी परवाह किए बग़ैर रमेश जी ने अपनी व्यग्रता जाहिर कर दी, "जीवकान्त, बैठे से काम न चलेगा। एतना बड़ा कांड हो गया, पता तो करना पड़ेगा कि दिवाकर जी हैं कहाँ?"

"हमको तो पक्का लगता है, वह विधायक जी के यहाँ गए होंगे।" जीवकान्त रुखाई से बोला। उस पर रमेश जी की चिन्ता-बेचैनी का कोई असर नहीं था।

"जो हो, चलो! गर्ल्स हॉस्टल चलते हैं। विद्या को सब पता होगा।" उद्विग्न रमेश जी सुझाव देने के साथ ही चलने को उद्धत दिखे।

रमेश जी की मन:स्थिति और मौजूदा परिस्थिति को देखते हुए उसके लिए टाल पाना सम्भव नहीं हुआ। बेमन से ही सही सहमति में सर हिलाया और उनके साथ हो लिया।

'गोप आवास' में सन्नाटा पसरा हुआ था। लड़के अब तक लौटे नहीं थे। लेकिन क्यों नहीं लौटे? इस सवाल के साथ ही रमेश जी के माथे पर बल पड़ गए। उन्होंने अपनी यह चिन्ता जीवकान्त से साझा की, "आवास का लड़का सब नहीं दिख रहा?"

"क्या पता पुलिस के हत्थे चढ़ गया हो सब!" जीवकान्त ने अपने अनुमान से रमेश जी को आश्वस्त करना चाहा, "बच-बचा के भागा होगा तो कहीं छुपा होगा। माहौल देख के लौट आएगा सब।"

रमेश जी के चेहरे पर चस्पां चिन्ता कम नहीं हुई। वह बोझिल मन और भारी क़दमों से सीढ़ियाँ उतरते हुए आवास के बाहर खड़ी मोटरसाइकिल तक आए और बग़ैर कुछ बोले किक मारकर मोटरसाइकिल आगे बढ़ा दी। उन्होंने पीछे मुड़कर यह भी नहीं देखा कि जीवकान्त साथ आ रहा या नहीं। उनकी यह हरकत हालाँकि जीवकान्त को नागवार गुज़री। लेकिन इस वक़्त वह रमेश जी का साथ नहीं छोड़ सकता था, लिहाजा मोटरसाइकिल की गति तेज़ कर वह उनके बग़ल में जा पहुँचा। रमेश जी ने उसकी ओर गर्दन घुमाकर एक जबरिया मुस्कान दी और फिर सामने सड़क पर देखने लगे। इंजीनियरिंग कॉलेज मोड़ से मुड़ते ही अशोक राजपथ पर चहल-पहल देखकर मन में फुरफुरी-सी उठी। अवसाद छँटता-सा लगा। लेकिन साइंस कॉलेज गेट पर सन्नाटा देखकर मन को फिर झटका लगा। तूफ़ान गुज़र जाने के बाद की यह निस्तब्धता अजीब भयावह जान पड़ रही थी। घबराहट के मारे रमेश जी ने अचानक ही अपनी मोटरसाइकिल की स्पीड बढ़ा दी। इस अप्रत्याशित स्पीड को देखकर जीवकान्त का कलेजा कंठ को आ लगा।

राम-राम कर गर्ल्स हॉस्टल के गेट तक सकुशल पहुँच जाने पर जीवकान्त ने राहत की साँस ली। यूँ मन में रमेश जी के इस पागलपन को लेकर गुस्सा तो बहुत उठ रहा था। लेकिन अभी की परिस्थिति के चलते चुप रहने में ही भलाई समझ, बस कसमसा कर रह गया। हॉस्टल गेट बन्द था और गार्ड का कहीं अता-पता नहीं था। यह देख रमेश जी ने मोटरसाइकिल के अगले चक्के से लोहे के गेट को भड़भड़ाते हुए इतने जोर-जोर से हॉर्न बजाना शुरू कर दिया कि अन्दर कहीं से दौड़ता-भागता आया गार्ड बुरी तरह बदहवास दिखा। जब तक गार्ड सँभलता रमेश जी ने मोटरसाइकिल पर बैठे-बैठे ही हुक्म दनदना दिया, "विद्या को बुलाओ। कहना, रमेश जी बुला रहे हैं।"

"विद्या दी तो न हैं, सर। ऊ बाहर निकली हैं।" रोब खाया गार्ड अपनी साँसें सँभालने की कोशिश कर रहा था।

जीवकान्त ने मोटरसाइकिल बन्द नहीं की थी। विद्या के हॉस्टल में न होने की सूचना से वह जैसे ही बैक होने को हुआ कि रमेश जी ने कहीं ज़्यादा तेज आवाज़ में गार्ड को फ़रमान जारी किया, 'अनीता होगी। उसको बुला दो।'

जीवकान्त समझ नहीं पाया कि रमेश जी के इस तीखे तेवर की वजह विद्या के न मिल पाने की हताशा है या फिर अनीता को बुलाने के लिए गार्ड को रौब में लेने की कोशिश? जो भी हो, उनके बदले मूड से जीवकान्त के होंठों पर शरारती मुस्कान उभरी, जिसे लक्ष्यकर रमेश जी झेंप गए।

"अनीता ऽऽऽ?" अपनी याददाश्त पर जोर देते गार्ड ने पूछा, "सर, वो ही न, जो विद्या दी के संगे रहती हैं?"

"हाँ, वो ही। जल्दी बुलाओ।"

गार्ड मुड़ा और बरामदे के रास्ते अन्दर गुम हो गया।

"हमरी बात मानिए रमेश जी, दिवाकर जी विद्या के संग विधायक जी के यहाँ गए हाँगे।" जीवकान्त ने एक बार फिर रमेश जी की चिन्ता दूर करने की कोशिश की।

रमेश जी गेट पर टकटकी लगाए हुए बोले, "अनीता से पूछ लेते हैं। शायद विद्या उसको कुछ बताई हो।"

कोई प्रतिक्रिया देने के बजाय जीवकान्त चुप्पी साधे हॉस्टल के अन्दर-बाहर का एक्स-रे करने लगा। नज़र जहाँ तक गई, प्लास्टर उखड़ी दीवारें और जहाँ-तहाँ लटकते बिजली के तार देखकर निराशा हुई। उसे अफ़सोस हुआ कि तमाम खूबसूरत लड़कियाँ इतनी बदसूरत जगह में रहती हैं। हॉस्टल की इस बदहाली के ख़िलाफ़ भी आन्दोलन छेड़े जाने का विचार कौंधा। तभी सामने से अनीता आती दिखी।

अनीता सुगापंखी सूट में बग़ैर दुपट्टे के थी। शायद हड़बड़ी में दुपट्टा लेना भूल गई होगी। यह भूल इतनी मादक थी कि रमेश जी की समूची देह गनगना उठी। आँखें अनायास उसके उभारों पर जा चिपकीं। अनीता रमेश जी की इस हरकत से सकुचाई। लेकिन उसकी यही अदा रमेश जी को घायल कर गई।

अनीता गेट से बाहर निकली। लेकिन क़रीब नहीं आई। उसके और रमेश जी के बीच दो हाथ की दूरी रह गई थी। रमेश जी को लगा, ज़रूर जीवकान्त को देखकर हिचक रही है। उन्हें अचानक जीवकान्त की उपस्थिति खली। इसी क्षण ख़याल आया, अगर इस वक़्त जीवकान्त यहाँ नहीं होता तो? इस सवाल में उलझे वह किसी उफनती नदी में जैसे हाथ-पाँव मारने की मशक्कत कर रहे थे। बड़ी मुश्किल से उनकी डूबती आवाज़ उभरी, 'कैसी हो?'

अनीता जवाब देते हुए लरज गई, 'ठीक हैं। आप कैसे हैं?'

"हमरा क्या पूछती हो। न दिन में चैन, न रात में।" रमेश जी ने हालाँकि यह बात अपनी व्यस्तता और एक पर एक आती मुश्किलों के बाबत कही थी। लेकिन अनीता को तो लगा कि यह उसी को लक्षित है। उसके होंठों पर एक शर्मीली मुस्कुराहट पसरती हुई गालों को लाल कर गई।

जीवकान्त अब अनीता-रमेश आलाप को सुनने के बजाय इस प्रेमलीला को देखने के मूड में आ गया था। इस देखने में अनीता के जलवे और बिना दुपट्टा के उसके उभार जीवकान्त के निशाने पर थे।

रमेश जी ने कनखियों से जीवकान्त की इस हरकत को भाँपा और एकदम से हड़बड़ा गए। कुछ नहीं सूझा तो सीधे पूछ बैठे, "अनीता, ई विद्या कहाँ गई है? तुमको कुछ बोली है क्या है?"

रमेश जी इतनी जल्दी यह सवाल नहीं पूछना चाहते थे, लेकिन क्या करते, कुढ़न के मारे तीर कमान से छूट चुका था।

"न, हम जब से आपके यहाँ से लौटे हैं विद्या दी से भेंट कहाँ हुई है?"

रमेश जी ने अनीता को हसरत से देखा और आगे संवाद की गुंजाइश न देख बेबसी से तकीद की, "कोई बात नहीं। विद्या आए तो बोल देना, हम खोज रहे थे।"

जीवकान्त अभी भी अनीता को घूरे जा रहा था। रमेश जी को उसकी यह ढिठाई बुरी तरह अखरी। उन्होंने सख़्त लहजे में टोका "आओ जीवकान्त, चलते हैं!"

पूर्ववत् मुस्कराता जीवकान्त रमेश जी से मुखातिब हुआ, "अब कहाँ चलना है?"

"यहाँ से चलो, तो बताते हैं।" रमेश जी की आवाज़ में अब झुँझलाहट थी।

जीवकान्त ने मोटरसाइकिल स्टार्ट कर दी। रमेश जी ने मोटरसाइकिल को जैसे ही गियर में डाला कि अनीता फुसफुसाई, "बस, इसीलिए आए थे?"

अनीता के स्वर में शिकायत थी। रमेश जी को महसूस हुआ कि उनके सीने में हूक-सी उठी है। एक मायूस मुस्कुराहट के साथ उन्होंने जवाब दिया, "फिर मिलते हैं।"

जीवकान्त थोड़ा आगे बढ़ गया था।

रमेश जी ने भारी मन से अपनी मोटरसाइकिल बैक की। अनीता ने गाल पर झूल आयी लट को दाहिने हाथ से इस तरह पीछे किया कि हथेली विदा देती-सी लगी-बाय। रमेश जी ने भी दायाँ हाथ हिलाकर विदा ली।

अनीता के पीछे छूटते ही उन्हें महसूस हुआ कि उसकी आँखें उनकी पीठ पर चिपकी हुई हैं। इस ख़याल के साथ ही पीछे मुड़कर देखने का मोह संवरण नहीं कर पाए। लेकिन पीछे हॉस्टल का गेट खाली था। वहाँ बस एक निचाटपन भाँय-भाँय कर रहा था। उनके मन में उदासी पसर गई। लुटे-पिटे-से वह अपनी मोटरसाइकिल की गति बढ़ाकर जीवकान्त के पीछे चल पड़े।

इक्कीस

खजांची रोड के मुहाने पर जीवकान्त ने अचानक मोटरसाइकिल रोक दी, तो रमेश जी अचकचाए, "क्या हुआ?"

"आप बढ़िए! हमको सुरेन्दर यादव से कुछ काम है, मिल के आते हैं।"

जीवकान्त का यह रवैया नितांत अप्रत्याशित था।

रमेश जी भौंचक उसे देखते रह गए। दिन भर के घटनाक्रम से मिज़ाज आजिज था, अब अकेले रह जाने के एहसास से मन डूबता लगा। मायूसी से पूछा "आजे जाना ज़रूरी है क्या?"

"चिन्ता काहे करते हैं। हम आते हैं न जल्दिये।" रमेश जी को आश्वस्त करता जीवकान्त खजांची रोड की ओर मुड़ गया।

खजांची रोड के ढलान पर जैसे ही मोटरसाइकिल ने स्पीड पकड़ी, जीवकान्त के दिमाग की गति भी तेज़ हो गई। आज जो कुछ हुआ, उससे वह तालमेल नहीं बिठा पा रहा था। मन में बार-बार अपनी उपेक्षा और दिवाकर जी की आक्रामकता एक-दूसरे से टकरा रही थी। अपनी भूमिका को लेकर भी द्वंद्व जारी था। ऐसे में उसे मनोरंजन बाबू की याद आ रही थी। वह चाह रहा था कि उनसे मिलकर वस्तुस्थिति की जानकारी दे और उनसे मागर्दर्शन प्राप्त करे।

मनोरंजन बाबू के यहाँ अकेले जाने का साहस उसमें अभी भी नहीं था। इसलिए सुरेन्द्र यादव को साथ ले के जाने के इरादे से वह सीधे उसके रूम पहुँचा। दरवाज़े के बाहर मोटरसाइकिल रुकते ही सुरेन्द्र यादव बाहर निकला। जीवकान्त पर नज़र पड़ते ही चहक पड़ा, "जीवकान्त भाई, आइए न! बाहर काहे खड़े हैं?"

जीवकान्त मोटरसाइकिल खड़ी कर सुरेन्द्र यादव के रूम में घुसा। रूम सलीके से व्यवस्थित था। बेड पर साफ़ चादर बिछी थी। आलमारी में किताबें क़रीने से लगी थीं। दीवार से सटा छोटा-सा स्टडी टेबल था। उसके सामने स्टील की कुर्सी थी। आलमारी के बग़ल में खाली दीवार पर माधुरी दीक्षित का मुस्कराता पोस्टर चिपका था। पोस्टर पर नज़र टिकाए जीवकान्त मुस्कराया, "माधुरिया तुमरा फेवरेट है क्या?"

"जीवकान्त भाई। देखते नहीं हैं इसका इस्माइल में कितना अट्रैक्शन है!"

"क्या यार, अभी तक इस्माइले में अटके हो। अरे, कुछ आगे बढ़ो, बाबू, आगे!" जीवकान्त टेबल से लगी कुर्सी खींचकर बैठ गया।

सुरेन्द्र यादव ने जवाब देने के बजाय उत्सुकता से पूछा, "सुने कि पोरफेसर डी. सिंह के मुँह पर लड़का लोग सियाही पोता है?"

"हमू सुनिए रहे हैं!"

"काहे, आप तो वहीं थे न?" सुरेन्द्र को जैसे विश्वास नहीं हुआ।

"थे तो। लेकिन जब ई सब हुआ, उससे पहले ही हम और रमेश जी फूट लिए थे।"

"सुने हैं, भूमिहार सब में जबरदस्त रिएक्शन हुआ है।" सुरेन्दर ने जानकारी अपडेट की, "पोरफेसर सब भी गरमाया हुआ है।"

जीवकान्त की उद्विग्न बढ़ गई। गहरी बेचैनी से बोला "सुरेन्दर, हमको तो लगता है कि मनोरंजन बाबू से मिलना चाहिए। तुम क्या कहते हो?"

"वो तो अभी न मिलेंगे।" सुरेन्द्र यादव को प्रो. मनोरंजन प्रसाद का पूरा रोजनामचा पता हो इस ठस्से से बोला, "ई टाइम तो सीएम के संगे बैठकी का है। वैसे आज जो कुछ हुआ है, उससे उधरो पोलटिक्स गरमयले होगा।"

जीवकान्त का चेहरा उतर गया। अन्दर उठी बेबसी छुपाए नहीं छुपी।

"क्या सोच रहे हैं, भाई जी?"

"कुच्छो समझे में न आ रहा है, सुरेन्दर, कि ये छात्र एकता मंच का आन्दोलन केन्ने जा रहा है?' जीवकान्त के स्वर में खीझ और असमंजस की मिली-जुली स्थिति साफ़ महसूस हो रही थी।

"जीवकान्त भाई, तेल देखिए और तेल का धार देखिए।" सुरेन्द्र यादव बोला, "कल मनोरंजन बाबू से मिलिए, देखिए क्या कहते हैं।"

जीवकान्त बिना कुछ कहे उठ खड़ा हुआ तो सुरेन्द्र यादव हड़बड़ा गया, "कहाँ चले?"

"चलते हैं, सुरेन्दर। देरी होगी तो स्साला 'गोप आवास' में कम तमाशा न होगा।"

"तमाशा का मज़ा लीजिए, भाई जी। आन्दोलन में तो ई सब चलते रहता है।"

"कह तो ऐसे रहे हो जैसे ढेरे आन्दोलन देखे हो।" जीवकान्त सुरेन्द्र यादव की खिंचाई पर उतर आया, "बुझाता है तोरे से सीखे पड़ेगा।"

"भइया की बात।" सुरेन्द्र यादव दोहरा हो गया।

बाइस

"पोरफेसर डी. सिंह के मुँह पर कौन सियाही फेंका, हमरो पता न चला। हम तो लड़का लोग की भीड़ कन्ट्रोल करे खातिर साइंस कॉलेज गेट की ओर दौड़े थे। ले बलइया, एही बीच में कौन न तो कौन उनके मुँह पर सियाही फेंक दिया।" अपनी दाहिनी हथेली बाईं पर पटकते दिवाकर जी की पूरी देह उछल-सी पड़ी। वह अपनी बात का असर देखने के लिए क्षण भर को रुके।

'गोप आवास' का तीस गुणा पाँच फुट गैलरीनुमा बरामदा तीनों फ्लोर लड़कों की जुटान से खचाखच भरा था। दिवाकर जी घटना का आँखों देखा हा बयान कर रहे थे। इस कोशिश में उनकी पूरी मुद्रा नाटकीय हो आई थी। लड़के साँ रोके 'आगे क्या हुआ' के भाव से उचक-उचक पड़ते। लड़कों की उत्सुक भाँपकर दिवाकर जी पूरे रौ में थे।

"जानते हो, जब तक हम कुछ बूझते, लड़का सब अशोको राजपथ पर 'हु ले ले' शुरू कर दिया। पीछे मुड़के देखे तो पुलिसवाला सब रगेदा-रगेदी कर र था। दूनो ओर का हाल देख के हम तो बूझ गए कि मामला गड़बड़ाया। बस व था, आव देखे न ताव जेन्ने पैसार मिला, भाग लिए। जब पिउन क्वाटर के पास पहु तो विद्या पर नज़र पड़ी। ऊ ऊहें भकुआयल खड़ी थी।"

दिवाकर जी फिर रुके। लड़के इस बार सीन में विद्या की एंट्री से कुछ ज़्य ही सनसनी से भर गए।

दिवाकर जी एकाएक रमेश जी की ओर घूमे। उन्हें अपनी ओर एकटक देख पाकर और जोश में आ गए, "रमेश जी, हमको विद्या बतायी कि आप अनी गीता, शैला सबको ले के पहिले ही निकल गए हैं। तब हम और विद्या रामजी पिउन के क्वाटर में जाके बैठ गए। सोचे मामला ठंडाएगा तो निकलेंगे। एही चक में ऊहाँ डेढ़ घंटा बैठे पड़ा।"

दिवाकर जी ने अपनी बात ऐसी जगह पर लाकर छोड़ी कि लड़कों को त कि असली फिलिम तो अब शुरू होने वाली है। बरामदे में इस छोर से उस छोर अब एक रोमानी सस्पेंस सनसनाने लगा था।

इस सनसनी पर सवार रमेश जी मन ही मन डेढ़ घंटे के उस एकान्त में पहुँचे, जहाँ कल्पना के सारे घोड़े बेलगाम हो चुके थे। मन में उठती झुरझुरी के उन्होंने दिवाकर जी को बड़ी गहरी हसरत से देखा। जी में आया कि पूछें, इस घंटा की फिलिम में एक्को ठो इंटरवल था कि नहीं? लेकिन इस इंटरवल कल्पना से परे चुटरी का धैर्य जवाब दे गया। दर्द की चिलक दबाए नहीं रख प "भइया, आप लोग तो लुका गए। लेकिन हम और कमलेश ऐसा घेराए कि पूछिए! पुलिसवाला वो थूरा कि पीठ अब तक दुखा रही है। कमलेश का दा हाथ तो अब तक न उठ रहा है।"

इस दखलअन्दाज़ी से दिवाकर जी की लय गड़बड़ाई। खिसियाए-से चुटर नसीहत देने लगे, "बेट्टा, आन्दोलन में तो बहुते कुछ सहना पड़ता है। ज आन्दोलन में कौन नेता था, जो पुलिस की लाठी न खाया?"

दाहिने हाथ का दर्द थामे बैठे कमलेश की इच्छा हुई कि पूछे, "लाठी का इतने शौक़ है, तो मैदान छोड़ के भाग काहे गए?" लेकिन दिवाकर ज तेवर देखकर मन मसोसकर रह गया। रमेश जी दिवाकर जी का मूड बिगड़ता

बोले, ''महराज, आप भी कहाँ चुटरिया के फेरा में पड़ गए। बताइए न, आगे क्या हुआ?''

''वही तो बता रहे थे।'' भन्नाए होने के बावजूद दिवाकर जी ने बिना हीलाहुली अपनी बात का सिरा पकड़ लिया, 'रामजीवना जब आके बताया कि मामला ठंडा गया है, तब हम विद्या के संगे फैराडे हॉस्टल गए। मोटरसाइकिलवा वहीं लगाए थे। वहीं फैराडे का लड़का सब बताया कि पोरफेसर बी-सिंह को पुलिस अपना कस्टडी में ले के घर पहुँचाई है।'

अब तक गहन चुप्पी साधे बैठे जीवकान्त ने दिवाकर जी की नाटकीयता से ऊबकर इतने जोर की जम्हाई ली कि उसका मुँह घड़ियाल-सा खुलता चला गया। यह दिवाकर जी की शौर्य-गाथा का उपहास उड़ाने जैसा था।

दिवाकर जी का पारा चढ़ गया। वह जीवकान्त पर आग बबूला हो गए, ''देखो, देखो जीवकान्ता को। हम एतना सीरियस बात बता रहे हैं और ई...ई...मुँह फाड़े जा रहा है।''

''क्या भइया, अब जम्हाइयो लेवे पर आफत?'' जीवकान्त ने जानबूझकर चुटकी ली।

दिवाकर जी को तिलमिलाते देख, रमेश जी ने चतुराई से मोर्चा सँभाल लिया, ''ए दिवाकर जी, छोड़िए ई सब। इस पर ध्यान नहीं देना है।''

''स्साला मूडे खराब कर दिया!'' दिवाकर जी अपनी तिलमिलाहट पर जबरन काबू करते हुए भिनभिनाए, ''मज़ाक़ बूझ लिया है सब!'

''कहिए तो अभिए मूड बना देते हैं।'' माहौल बिगड़ता देख रमेश जी ने बात का रुख बदला, ''हमरा पास एक ठो हाफ बचल है।''

लड़कों के बीच से एक सीटी गूँजी और देखते-देखते 'हो-हो-हो' का शोर उठा। दिवाकर जी ने देखा सीटी बजाते भानू के दोनों हाथों की दो-दो उँगलियाँ अभी भी होंठों से चिपकी हुई थीं। उसकी इस हरकत से वह अपनी हँसी नहीं रोक पाए, ''तू भनुआ केतना शरीफ है, कोई से छुपल ना है!''

सीटी एक बार फिर गूँजी। मूड में लौट आए दिवाकर जी हाथ हिलाकर चुप रहने का संकेत करके रमेश जी से मुखातिब हुए, ''जानते हैं रमेश जी, हमरा पहुँचे से पहिले ही विधायक जी के पास सब ख़बर पहुँचल था। हमको देखते विधायक जी पूछे लगे कि पोरफेसर डी. सिंह के मुँह पर कौन सियाही फेंका है? फिर हमरा कुछ बतावे से पहले ही विधायक जी लगे हँसे। हम तो बूझिए नहीं पाए कि ऊ काहे हँस रहे हैं। लेकिन जब उनकी हँसी रुकी तो जानते हैं ऊ क्या बोले?'' दिवाकर जी क्षण भर को रुके। श्रोताओं को उत्सुकता से अपनी ओर ताकता देखकर तपाक से अपनी बात पूरी की, ''बोले कि जो भी ई काम किया है इनाम लायक काम किया है। तुम लोग के आन्दोलन को रंग दे दिया है।''

इस बार कोई कुछ नहीं बोला जैसे बात का सिरा पकड़ में न आ रहा हो। इस चुप्पी को दिवाकर जी ने अपनी तकरीर का असर समझा। उत्साह से भरकर उन्होंने विधायक जी का पूरा आशय समझाया, "विधायक जी का कहना है कि खाली धरना-प्रदर्शन से कुछ होवे-जावे वाला न है। एक्शन ज़रूरी है। पोरफेसर डी. सिंह पर सियाही फेंके से मेसेज जाएगा कि लड़का लोग अपना माँग मनवाने के लिए कुच्छो कर सकता है।"

"लेकिन हम तो सुने हैं कि फारवर्ड सब में बहुत कसके रिएक्शन हुआ है। ऊ लोग भी चुप न बैठेगा।" जीवकान्त के भीतर अब तक ज़ब्त खदबदी बेसाख़्ता फूट पड़ी।

"फारवर्ड सब चुप न बैठेगा तो हम लोग क्या चूड़ी पहिनले हैं जी?" दिवाकर जी के बजाय प्रतिवाद केशर ने किया। उसके स्वर में चुनौती देती ललकार थी, "स्साला जो भी सियाही फेंका है, ठीक किया है। डी. सिंह जैसा पोरफेसर सब इसी काबिल है।"

केशर के इस दो टूक हस्तक्षेप का इस क़दर असर हुआ कि बेतहाशा बजती तालियों से 'गोप आवास' का चप्पा-चप्पा गड़गड़ा गया। यहाँ तक कि नीचे गली से गुज़र रहे लोग भी ठिठक गए। सर उठाकर ऊपर देखा। और यह ख़याल आते ही कि किसी लड़के की नज़र उन पर न पड़ जाए, तेज़ी से आगे बढ़ गए।

तालियों की हर बीट के साथ जितनी खुशी दिवाकर जी के चेहरे पर उभरी, उससे कहीं ज़्यादा अन्दर फैलती चली गई। विजयी भाव से भरे वह मुक्तकंठ केशर की तारीफ़ पर उतर आए, "वाह, ज्वान, वाह! इसको कहते हैं आन्दोलन का सिपाही। देख रहे हैं न, रमेश जी?"

रमेश जी बारमदे में भुकभुकाती ट्यूबलाइट की रोशनी में एक-एक चेहरे पर सरसरी नज़र डालते हुए ख़ुद भी पुलक से भर गए थे। अचानक ही जैसे अँधेरे में उम्मीद की टिमटिमाती रोशनी हाथ लग गई थी। उन्होंने तत्काल अपनी अध्यक्षीय भूमिका सँभाल ली, "आन्दोलन तेज़ करने के लिए हम लोग को और ज़्यादा एकजुट होना होगा। अपनी ताकत को बढ़ाना होगा। जीवकान्त ठीक बोला कि फारवर्ड सब चुप न बैठेगा। इसलिए हम लोगों को भी सावधान रहे की ज़रूरत है। अब एक-एक क़दम फूँक-फूँक के उठावे पड़ेगा।"

रमेश जी ने अब तक की वस्तुस्थिति का निचोड़ निकालकर रख दिया था। उनकी कोशिश तमाम उठा-पटक को बराबर करने की थी। उहोंने इस उम्मीद से पहले जीवकान्त पर निगाह डाली, फिर दिवाकर जी पर।

"आप ठीक कहते हैं, रमेश जी। फारवर्ड सब कुच्छो कर सकता है, इसलिए अब सबको मिलके रहना होगा।" जमात में आए जोश और रमेश जी का समर्थन पाकर दिवाकर जी ने जीवकान्त की ओर मुड़कर पूछा, "तुम क्या कहते हो, जीवकान्त?"

दिवाकर जी के अन्दाज़ में छिपा दम्भ जीवकान्त को गहरे तक चुभा। उसने बेरुखी से जवाब जड़ दिया, "आप नेता हैं, जहाँ कहिएगा खड़ा हो जाएँगे।"

दिवाकर जी जीवकान्त की इस बेरुखी पर कटकर रह गए। क्षुब्ध हो रमेश जी को उलाहना दिया, "रमेश जी, क्या हो गया है, जीवकान्ता को? देख रहे हैं कैसे बोल रहा है?"

"अभी उसका माथा काम न कर रहा है।' रमेश जी दिवाकर जी का कन्धा थामकर बोले, 'दू घूँट अन्दर जाएगा, तो मिज़ाज बन जाएगा। आइए, हमरा रूम में चलते हैं।'

"जाओ, सब लोग। सबेरे भेंट होगी।" बरामदे में भुनभुन कर रहे लड़कों को दाहिने हाथ से इशारा करते दिवाकर जी ने जैसे सभा बर्खास्तगी का एलान किया। लड़के 'हो-हो-हो' कर उठे और छितराने लगे। कुछ अपने रूम की ओर तो कुछ सीढ़ियों से नीचे उतरने लगे।

इस चिल्ल-पों के बीच ही रमेश जी ने जीवकान्त को खींचा, "चल न, रे। दू-दू पेग हो जाए!"

आमतौर पर दारू के नाम पर मचल पड़ने वाला जीवकान्त बड़े अन्यमनस्क भाव से उठा और लगभग घिसटता हुआ रमेश जी और दिवाकर जी के पीछे-पीछे रमेश जी के रूम में दाखिल हुआ।

दिवाकर जी तो रूम में घुसते ही रमेश जी की चौकी पर पालथी मारकर बैठ गए। लेकिन जीवकान्त अनमना-सा खड़ा रहा। रमेश जी जीवकान्त के इस रवैये पर उखड़ गए, "बैठ न रे, केतना नखरा दिखयेगा? एक ठो तू ही न थका है, हमरो मिज़ाज हाथ में न है।"

"कुछ चखनो-वखना है कि खाली सुखले मिज़ाज बनाइएगा?" एकदम पलटी मार बैठा जीवकान्त। उसके इस अन्दाज़ से रमेश जी का जी जुड़ा गया।

"मिक्सचर है।" चौकी के नीचे से दारू की बोतल निकालने का उपक्रम करते रमेश जी बोले, "अलमारी में से तीन ठो गिलास निकाल न!"

जीवकान्त ने आगे बढ़कर आलमारी से तीन गिलास निकाले और उन्हें टेबुल पर रख दिया। फिर पास ही पड़ा स्टूल खींचकर धप्प से बैठ गया।

रमेश जी दारू की बोतल लहराते हुए चहके, "तू लोग भी क्या याद रखोगे कि आज ऑफिसर्स च्वाइस पिलाए हैं हम।"

बोतल टेबुल पर रखकर रमेश जी मुड़े और दीवार में एक खूँटी पर टँगे पोलिथिन में रखा मिक्सचर निकाला और एक पुराने अख़बार पर उड़ेलकर जीवकान्त से मिन्नत की, "भाय, एक जग पानियो ले ले न।"

जीवकान्त ऑफिसर्स च्वाइस देखकर सुरूर में आ गया था। लपककर कोने में रखी बाल्टी से एक जग पानी निकाला और आचमन की मुद्रा में वापस स्टूल पर जम गया।

"क्या बात है, अब आप कहाँ खो गए?" दिवाकर जी को मौन देख रमेश जी ने चुटकी बजायी।

"कहीं खोये-वोये नहीं हैं, रमेश जी!" दिवाकर ने जी गहरी साँस खींचते अफ़सोस जताया, "हम तो इहे नहीं समझ पा रहे हैं कि आज जीवकान्त का भाव काहे न मिल रहा है? एतना छटकल काहे चल रहा है?"

जीवकान्त अपना नाम सुनकर सतर्क हो गया। कुछ-कुछ रक्षात्मक भी। मन में उठा, अब बुझा रहा है न, जीवकान्त का भाव! लेकिन ऊपर से चुप बना रहा। रमेश जी से पूछे हैं। देखें क्या जवाब देते हैं, रमेश जी?

"ऐसी बात न है, दिवाकर जी! जीवकान्त की तबियत न ठीक थी। हम लोग इसका कोई खोज-ख़बर न लिए। इसी से तनी ऐंठल है।' रमेश जी जैसे जीवकान्त की तरफ़ से सफ़ाई दे रहे थे, 'जानबे करते हैं, जेतना फायरी है, उतने सेंटी भी है।"

जीवकान्त के भीतर गुदगुदी हुई। उसका झूठ चल गया था, कम से कम रमेश जी पर तो पक्का। लेकिन दिवाकर जी का चेहरा तो कुछ और ही ज़्यादा तन गया। स्साला, दिवाकर जी बड़का घाघ है। अभी तो साफ़ बुझा रहा है कि उनको रमेश जी की बात पर भरोसा नहीं है।

जीवकान्त भीतर ही भीतर उबाल खाता ऑफिसर्स च्वाइस का ढक्कन खोलने लगा। तीनो गिलास में जब तक उसने ह्विस्की डाली, रमेश जी ने पानी मिलाया और कमरे में तनी चुप्पी को झटके से तोड़ा, "चलो भाई लोग, ऑफिसर्स च्वाइस पर किरपा करो।"

दिवाकर जी, जीवकान्त दोनों ने एक साथ गिलास उठाए। रमेश जी ने अपना गिलास दोनों की ओर बढ़ाकर जोर से 'चीयर्स' कहा। लेकिन न किसी के गिलास आपस में टकराए, न ही किसी ने जवाब में 'चीयर्स' कहा।

इस उपेक्षा भाव से रमेश जी बुरी तरह पिनक गए, "एक तो स्साला पहिलही से टेंशन। ऊपर से तू लोग का मुँह फुलौवल। हमरा बुझाइए न रहा है कि तू लोग को हुआ क्या है? मन में कुच्छो बात है, तो कह-सुन काहे न लेते हो तू लोग?"

दिवाकर जी ने एक लम्बा घूँट खींचकर गिलास टेबुल पर रखा। मुट्ठी भर मिक्सचर उठाकर मुँह में डालने से पहले व्यंग्य कसा, "हमको लगता है, रमेश जी, भूमिहार के नाम पर जीवकान्त की फटने लगी है। स्साला, डर गया है।"

बात-बात पर फायर हो जानेवाला जीवकान्त यह सुनकर भी शान्त भाव, मन्द-मन्द मुस्कराता घूँट भरता रहा। ख़ुद रमेश जी को यक़ीन नहीं आ रहा था कि स्साला, जीवकान्त रातों-रात इतना सन्त कैसे हो गया?

अपना गिलास टेबल पर रखकर जीवकान्त ने गर्दन उठाई और धीर-गम्भीर स्वर में दिवाकर जी को लक्ष्य किया, "डरफोक हैं हम? एक से एक मोर्चा सँभाले

तब डरपोक नहीं थे हम! केतना को औकात दिखाए तब डरपोक नहीं थे हम! और आज डरफोक हो गए? वाह दिवाकर जी, ख़ूब पहचाने हमको?''

कुछ दारू का असर, कुछ अपनी उपेक्षा का और कुछ दिन भर की घटनाओं का, जीवकान्त का स्वर बोलते-बोलते भर्रा गया। उसने कसकर अपने होंठ भींच लिए मानो बात से ज़्यादा जज़्बात को रोक रहा हो।

रमेश जी हड़बड़ाकर खड़े हो गए। जीवकान्त के क़रीब आकर उसकी पीठ थपथपाते हुए आत्मीयता से भर उठे, ''बउआ, तोरा दिवाकर जी न पहचानते हैं, कि हम न पहचानते हैं? अब हँसी-मज़ाक़ को दिल पर लोगे तो कैसे काम चलेगा?''

इस बार दिवाकर जी भी मुस्कराए। चेहरे पर हल्की स्निग्धता, आँखों में चुगली खाती चुहल। खाली गिलासों में पैग बनाकर बोतल किनारे रखा और जीवकान्त को गिलास उठाने का इशारा करते हुए झिड़की लगाई, ''स्साला, एक्के पेग में बमपिलाट हो गया। ले, उठा आपन गिलास, देखें केतना तोरा में दम है?''

जीवकान्त ने भी मुस्कराते हुए चुपचाप गिलास उठाया। रमेश जी आश्वस्त हो अपनी जगह पर लौट आए।

ख़ुद को सँभालने की कोशिश करता जीवकान्त भरसक सधे स्वर में बोला, ''सुनिए दिवाकर जी, हम कोई से डरते-वरते नहीं हैं। कहिएगा तो हम ई आन्दोलन के लिए जानो दे देंगे। लेकिन आज जो हुआ, उसको नहीं होना चाहिए था।''

''जो हुआ, ऊ तो अचानके हो गया। उसके लिए हम क्या कर सकते हैं?'' दिवाकर जी भी नरम पड़े।

''हमरा बस यही कहना है कि बिना सोचे-समझे कुच्छो करने से आन्दोलन बेहाथ हो जा सकता है। हम ग़लत कह रहे हैं, तो बताइए, रमेश जी?''

रमेश जी की राय जानने के लिए उसने उनकी ओर उम्मीद से देखा। एक लम्बा घूँट खींचकर रमेश जी ने सहमति जताई, ''जीवकान्त तुम ठीक कह रहे हो...हमको भी लगता है, जो हुआ वह ठीक नहीं हुआ। इससे आन्दोलन पर असर पड़ेगा।''

''असर तो ऐसा पड़ेगा, रमेश जी कि समझिए दोनों हाथ में लड्डू।'' दिवाकर जी ने दोनों को निरस्त करने के लिए पुरजोर लहजे में अपना इरादा जाहिर किया, ''पोरफेसर सब बहुत डरफोक होता है। सबको इज़्ज़त-पानी का बड़ा फिकिर रहता है। इस घटना से कोचिंगवाला सब पर प्रेशर पड़ेगा। देखिएगा, सबका सब कैसे गियर में आता है।''

दिवाकर जी के इस खुलासे से रमेश जी की छठी इन्द्री। स्साला, कितनी दूर का सोचे हैं दिवाकर जी! चाकू खरबूजा पर गिरे कि खरबूजा चाकू पर, कटना तो खरबूजे को ही है। इतनी देर से चल रहा अन्तर्द्वन्द्व यक़बयक़ तिरोहित होता-सा जान पड़ा। समझते देर नहीं लगी कि अपना आन्दोलन सही राह पर जा रहा है। यह बात भड़भड़िया जीवकान्त नहीं समझ पा रहा है। ज़रूर स्साला डर गया है! मन ही मन

उफनाते रमेश जी ने तुरन्त एक पैग और बनाया और एक ही साँस में आधा गिलास गटककर दिवाकर जी पर निहाल हो गए, ''जो होता है, ठीक ही होता है, दिवाकर जी। अब बताइए, आगे क्या करना है?''

''कल विधायक जी बुलाए हैं। वहीं चलिए। देखते हैं, वह क्या कहते हैं।'' दिवाकर जी ने खाली गिलास टेबल पर रखा।

जीवकान्त को घूँट-घूँट सिप करते देख रमेश जी झुँझलाए, ''जीवकान्त, कंठ जाम हो गया है, क्या? स्साला, अब तक तोर गिलास खाली न हुआ?''

''बस्स! अब हम न लेंगे।' जीवकान्त के स्वर में थकान थी। बची शराब एक झटके में गटककर अँगड़ाई लेते हुए उठा, ''मिज़ाज थक गया है। हम चले सोने।''

तेइस

ठीक सवा सात बजे जीवकान्त की मोटरसाइकिल सुरेन्द्र यादव के रूम के सामने आ लगी। रूम का दरवाज़ा चौपट खुला था। दरवाज़े से सटकर राजकिशोर की मोटरसाइकिल खड़ी थी। माने राजकिशोर हाजिर है! जवाब के तौर पर दरवाज़े में पहले राजकिशोर और उसके पीछे सुरेन्द्र यादव प्रकट हुआ।

''आइए, जीवकान्त भाई, हम लोग आप ही की राह देख रहे थे।''

राजकिशोर का यह स्वागती अन्दाज़ अच्छा लगा।

''क्या हाल है, राजकिशोर, कैसे हो, भयवा?''

''हाल क्या पूछते हैं, जीवकान्त भाई, अख़बार न देखे हैं क्या?'' जवाब राजकिशोर के बजाय सुरेन्द्र यादव ने दिया।

''ना रे, अख़बार तो न देखे हैं। क्या है अख़बार में?'' उत्सुकता से जीवकान्त ने कमरे में नज़र दौड़ाई। चौकी पर अख़बार पड़ा था। राजकिशोर एक ख़बर की ओर दिखाते हुए बोला, ''पढ़िए न भाई जी, एतना बड़का-बड़का अच्छर में तो छपा है।''

जीवकान्त ने लपककर अख़बार लिया। पहले पन्ने पर अड़तालीस प्वाइंट में हेडिंग थी-प्रो. डी. सिंह के चेहरे पर छात्रों ने स्याही फेंकी। हेडिंग के नीचे सब हेडिंग थी-यूनिवर्सिटी शिक्षकों ने दी हड़ताल पर जाने की धमकी।

''जीवकान्त भाई, आराम से बैठकर पढ़िए न!'' सुरेन्द्र यादव ने टोका।

जीवकान्त दोनों की ओर कोई तवज्जो दिए बिना कुर्सी पर बैठकर समाचार पढ़ने लगा। इस दौरान उसके चेहरे पर कई रंग आए-गए। समाचार पढ़ने के बाद जैसे ही सिर ऊपर उठाया। चाय आ गई।

''पहिले से ही चाय का आर्डर दे दिए, थे क्या?''

"पता तो था ही कि आप आने वाले हैं। राजकिशोर आया तो हम तीन ठो चाय बोल दिए थे।"

"बेट्टा, बहुत तेज़ चैनल हो!" जीवकान्त ने सुरेन्द्र यादव की पीठ पर धौल जमाई।

सुरेन्द्र यादव फिस्स से हँसा, "भइया की बात!"

"समाचरवा पढ़ लिए, भाई जी, कुछ बोले नहीं?" राजकिशोर ने कुरेदा।

चाय सुड़कते-सुड़कते जीवकान्त रुका। टेबल पर रखे अख़बार की ओर देखा, फिर बोला, "क्या बोलें, यार! हमरा तो कुछ दिमागे न काम कर रहा है?"

"तब चलिए, मनोरंजन बाबू के यहाँ। देखते हैं वह क्या कहते हैं?" सुरेन्द्र यादव खाली गिलास राजकिशोर को थमाते हुए बोला, "राजकिशोर भाई, गिलास सब उठा के दरवाज़ा के बाहर रख दो। हम जब तक रूम में ताला मारते हैं।"

दरवाज़े से सटी मोटरसाइकिल राजकिशोर की थी। उसने मोटरसाइकिल आगे-पीछे कर जगह बनाई। सुरेन्द्र यादव ने रूम में ताला लगाया। राजकिशोर की मोटरसाइकिल के पीछे सुरेन्द्र यादव बैठा। जीवकान्त ने अपनी मोटरसाइकिल स्टार्ट की। मोटरसाइकिल के इंजन के साथ ही उसका दिल धाड़-धाड़ बजने लगा।

राजेन्द्रनगर रोड नम्बर दो के मुहाने पर पहुँचते ही जीवकान्त को एक पुड़िया तिरंगा खाने की तलब हुई। तलब क्या, ख़ुद पर काबू पाने की ज़रूरत महसूस हुई। पान की दुकान पर जैसे ही मोटरसाइकिल रोकने को हुआ कि पीछे से पहुँचे सुरेन्द्र यादव ने आवाज़ दी, "जीवकान्त भाई, जल्दी चलिए, नहीं तो मिलना मुश्किल हो जाएगा।"

राजकिशोर की मोटरसाइकिल रुकी नहीं। मज़बूरन जीवकान्त को तिरंगे का मोह त्यागना पड़ा।

प्रो. मनोरंजन प्रसाद के आवास के सामने अन्य दिनों की तरह भीड़ तो नहीं थी, लेकिन दो-तीन लोग प्रतीक्षा की मुद्रा में बरामदे में कुर्सियों पर जमे थे। सुरेन्द्र यादव और राजकिशोर आगे बढ़े। जीवकान्त उनके पीछे-पीछे चल पड़ा। ड्राइंगरूम के बाहर बेचू जी खड़े दिखे। प्रो. मनोरंजन प्रसाद के खास सेवक। सुरेन्द्र यादव और राजकिशोर पर नज़र पड़ते ही उन्होंने खैनी मलना छोड़कर प्रणाम किया और अन्दर की ओर इशारा करके सूचना दी, "जाइए, लाइब्रेरी में बैठल अख़बार पढ़ रहे हैं।"

ड्राइंगरूम के बायें वाला कमरा लाइब्रेरी था। एक तरह से ऐसा निजी कक्ष भी, जहाँ प्रो. मनोरंजन प्रसाद ख़ास लोगों से ख़ास वक़्तों पर मिलते, मंत्रणा करते, डील करते, फ़ैसला सुनाते हैं। सुबह के इस वक़्त वह वहीं अख़बार पढ़ते और ज़रूरी टेलीफ़ोन करते हैं।

लाइब्रेरी के दरवाज़े पर पहुँचकर सुरेन्द्र यादव ने बेहद अदब से अन्दर झाँककर प्रो. मनोरंजन प्रसाद को प्रणाम किया। राजकिशोर और जीवकान्त के आने की

सूचना दी। फिर पीछे मुड़कर राजकिशोर और जीवकान्त को अन्दर आने का इशारा किया। सुरेन्द्र यादव के पीछे दोनों लाइब्रेरी में दाखिल हुए। झुककर प्रो. मनोरंजन प्रसाद को प्रणाम किया। प्रो. मनोरंजन प्रसाद ने प्रणाम का जवाब देने के बजाय हल्के से गर्दन हिलाई। वह बग़ैर कुछ बोले अभी भी सोफ़े पर बैठे अख़बार पढ़ने में जुटे थे।

धोती को लुंगी की तरह लपेटे प्रो. मनोरंजन प्रसाद ने ऊपर सिली हुई आधी बाँह की बंडी पहन रखी थी। आलथी-पालथी मारकर बैठे होने के कारण उनकी तोंद और अख़बार के बीच इतनी दूरी थी कि उन्हें झुककर पढ़ना पढ़ रहा था। लाइब्रेरी में दो बड़ी-बड़ी बुकशेल्फ दीवारों के सहारे खड़ी थीं, जिनमें ज़्यादातर राजनीतिक किताबें थीं। ख़ासतौर पर लोहिया और जेपी की किताबों का अच्छा कलेक्शन था। किताबों पर उचटती नज़र डालने के साथ ही जीवकान्त ने महसूस किया कि प्रो. मनोरंजन प्रसाद आज कुछ ज़्यादा ही गम्भीर हैं। उनकी यह गम्भीर चुप्पी उसे बैचेन किए जा रही थी।

अचानक प्रो. मनोरंजन प्रसाद टेलीफ़ोन पर कोई नम्बर डायल करने लगे। फिर आँखें मूँदकर दूसरी ओर से जवाब मिलने की प्रतीक्षा करते रहे।

''हलो, प्रसाद बाबू!'' प्रो. मनोरंजन प्रसाद ने दूसरी ओर से जवाब मिलते ही जोर-जोर से बोलना शुरू कर दिया, ''हम प्रो. मनोरंजन प्रसाद बोल रहे हैं। प्रणाम! क्या हालचाल है, भाई?''

प्रसाद बाबू! जीवकान्त को समझते देर नहीं लगी कि फ़ोन पर दूसरी ओर विश्वविद्यालय शिक्षक संघ के महासचिव डॉ. जगत प्रसाद हैं। वह सजग हो गया।

प्रो. मनोरंजन प्रसाद दूसरी ओर की बात ध्यान से सुन रहे थे, फिर रिसीवर दूसरे कान पर ले जाकर बोले, ''देखिए प्रसाद बाबू, हम भी मानते हैं कि कल प्रो. डी. सिंह के साथ जो हुआ, वह ठीक नहीं हुआ। हम तो डी. सिंह से भी बात किए। बोले कि जिन लड़कों ने यह हरकत की है, एफआईआर में बजापप्ता उनके नाम दीजिए। यूनिवर्सिटी भी एक्शन लेगी। लेकिन वह तो नाम देने को तैयार ही नहीं हैं।''

प्रो. मनोरंजन प्रसाद अपनी बात खत्म करके रुके। दूसरी ओर से प्रो. प्रसाद जारी थे। प्रो. मनोरंजन प्रसाद बीच-बीच में हाँ-हूँ करते। अचानक ही जैसे प्रो. प्रसाद की बात काटने के अन्दाज़ में बोल पड़े, ''नहीं...नहीं...मेरी बात सुनिए, टीचर्स यूनियन विरोध करे, इसमें कुछ ग़लत नहीं है। लेकिन टीचर लोग प्राइवेट कोचिंग करे यह शोभा देता है क्या?''

पता नहीं प्रो. प्रसाद ने क्या जवाब दिया कि प्रो. मनोरंजन प्रसाद भड़क गए, ''हवा में लाठी भाँजने से कुछ नहीं न होगा, प्रसाद बाबू। यूनिवर्सिटी किसके ख़िलाफ़ एक्शन लेगी? विरोध कीजिए, स्ट्राइक कीजिए लेकिन एजेंडा तो क्लियर होना चाहिए न!''

दूसरी ओर से प्रो. प्रसाद ने कुछ कहा, शायद उसका असर हुआ, प्रो. मनोरंजन प्रसाद नरम पड़ गए, ''नहीं, प्रसाद बाबू, हम हाथ पर हाथ धर कर बैठने को नहीं कह रहे हैं। हमरा तो बस यही कहना है कि प्रो. डी. सिंह लड़कों का नाम दें, तो एक्शन लेने में कोई दिक्कत नहीं होगी। यूनियन बैठक में यह मुद्दा उठाना चाहिए।''

प्रो. प्रसाद ने शायद कोई आश्वासन दिया। प्रो. मनोरंजन प्रसाद सिर हिलाते हुए हँस पड़े, ''अरे भाई आप लोग से अलग हम थोड़े हैं। हमरा लायक जो सेवा हो, बेहिचक बोलिएगा। ठीक है, फिर रखते हैं।''

प्रो. मनोरंजन प्रसाद अपने-आप में मुस्कराए। रिसीवर रखकर सरसरी निगाह से जीवकान्त, सुरेन्द्र यादव और राजकिशोर को देखा। उनके चेहरे पर स्निग्धता लौट आई थी। जीवकान्त ने मन ही मन राहत की साँस ली।

''कौन लोग की करतूत है, जी?'' प्रो. मनोरंजन प्रसाद ने सीधे जीवकान्त से सवाल किया, ''प्रो. डी. सिंह के चेहरे पर सियाही कौन फेंका?''

जीवकान्त का कलेजा कंठ को आ लगा। गला सूखता जान पड़ा। प्रो. मनोरंजन प्रसाद उसे एकटक देख रहे थे।

''जी...जी...!'' घबराहट के मारे जीवकान्त हकला पड़ा, ''प...प...पता नहीं कौन था, सर!''

''काहे? आप नहीं थे क्या वहाँ?'' दो टूक सवाल।

''थे सर! लेकिन जब ई घटना हुआ हम वहाँ नहीं थे।'' जीवकान्त ने बड़ी कठिनाई से सफ़ाई दी।

''सियाही अपने-आप तो पड़ी नहीं। कोई तो फेंका ही है?'' तफ़तीश की मुद्रा में प्रो. मनोरंजन प्रसाद ने जिरह की, ''कोई तो देखा ही होगा। बिना किसी शह के यह करतूत कोई नहीं कर सकता। आपको क्या लगता है?''

जीवकान्त को शक क्या, पूरा भरोसा था कि इस करतूत के पीछे दिवाकर जी का ही हाथ है। जी में आया कि अपना शक जाहिर कर दे। लेकिन पता नहीं क्या सोचकर चुप रह गया।

''आप लोग का यह कोचिंग वाला आन्दोलन ग़लत दिशा ले चुका है। हमको लगता है, अब यह मामला अगड़ा-पिछड़ा की लड़ाई का रूप ले लेगा।'' प्रो. मनोरंजन प्रसाद के माथे पर बल पड़ गए थे, ''इससे सरकार कितनी मुश्किल में आ जाएगी, पता है कुछ?''

प्रो. मनोरंजन प्रसाद का सवाल और उनकी सवलिया मुद्रा दोनों का सामना करना सम्भव नहीं था। सुरेन्द्र यादव, राजकिशोर सिर झुकाए बैठे थे। जीवकान्त भी आँखें चुराए आगत की प्रतीक्षा करने लगा।

''यह सब सन्तू यादव की साजिश है। वही सरकार पर प्रेशर बनाने के लिए ऐसे हथकंडे आजमा रहा है।'' प्रो. मनोरंजन प्रसाद की चिढ़ छुपाए नहीं छुपी,

"सन्तुआ आप लोगों का इस्तेमाल कर रहा है। यह आन्दोलन नहीं पोलटिक्स है, पोलटिक्स है।"

जीवकान्त ने सिर उठाया। प्रो. मनोरंजन प्रसाद ने उसके चेहरे पर सवालिया आँखें टिका दीं थीं, "यूनिवर्सिटी टीचर तो स्ट्राइक करने पर उतारू हैं। अब बताइए, सरकार क्या करे? आप लोगों का खेल तो सरकार के लिए मुसीबत बन गया न?"

जीवकान्त का तो दिमाग ही सुन्न हो गया। बाप रे बाप, हर क़दम पर पोलिटिक्स! स्साला दिवाकर जी का लड़कभुड़भुड़, सरकार के गले की फँसरी। इतनी दूर तक उसने कल्पना भी नहीं की थी।

प्रो. मनोरंजन प्रसाद की आँखें अभी तक उसी पर ठहरी हुई थीं। सूखे गले में थूक घोटने की कोशिश करता वह रुआँसा हो आया था।

"कुछ तो करना ही पड़ेगा!" उसे निरुत्तर-निरुपाय देख प्रो. मनोरंजन प्रसाद गम्भीर स्वर में बोले, "आप एक काम कीजिए। छात्र एकता मंच की एक-एक गतिविधि पर नज़र रखिए। सारी रिपोर्ट हमको दीजिए।"

यह एक तरह से आदेश था। जीवकान्त इस आदेश की अवहेलना नहीं कर सकता था। उसने सहमति में सिर हिलाया। इसी बीच बेचू जी ट्रे में चाय लिए कमरे में दाखिल हुए। प्रो. मनोरंजन प्रसाद ने चाय लेने का इशारा करते हुए, ख़ुद भी चाय का कप उठाया कि टेलीफ़ोन की घंटी बज उठी। प्रो. मनोरंजन प्रसाद ने रिसीवर उठाकर 'हलो ऽऽऽ' कहा। फिर चुपचाप दूसरी ओर की बात सुनते रहे। इस दौरान उनके चेहरे के भाव कई बार बदले। आख़िरकार, वह फट-से पड़े, "सुनिए मंडल जी, आपको भी-सी-काहे बनाए हैं, इसीलिए कि आप हाथ पर हाथ धरके बैठे रहिए? स्टूडेंट सँभलता नहीं, टीचर सँभलता नहीं, कर्मचारी पर कन्ट्रोल नहीं, तो आप कर क्या रहे हैं? नहीं सँभलता तो रिजाइन काहे नहीं कर देते हैं?"

चाय के कप टेबल पर ही पड़े थे। किसी की हिम्मत नहीं हुई कि कप उठाए। प्रो. मनोरंजन प्रसाद का वी.सी. डॉ. मंडल पर बरसना जारी था, 'जब सब हमी को कन्ट्रोल करना है, तो बेकारे न आपको भी.सी. बनाए हैं। अच्छा...आप कहते हैं, कि सबका नौ महीना से वेतन बाकी है। सबमें अनरेस्ट है। तो ई बताइए, इसके लिए कौन ज़िम्मेदार है? आप पिछला आवंटन का उपयोगिता प्रमाण पत्रा दिए हैं? काहे नहीं दिए? सब चीज़ के लिए सरकार को ही दोषी ठहराइएगा तो हो चुका। ई सरकार न रही, तो आप भी न रहिएगा। फिर बैठ के झाल बजाइएगा।"

जीवकान्त को लगा, दूसरी ओर प्रो. मंडल ज़रूर रिरिया रहे होंगे। स्साला, कितना ईमानदार और अकड़ू बनता है। लोग कहते हैं, एकेडमिक वर्ल्ड में प्रो. मंडल की बड़ी धाक है। सहसा उसके मन में इच्छा जागी—इस वक़्त प्रो. मंडल का चेहरा कैसा लग रहा होगा? ज़रूर वह कुर्सी बचाने के लिए प्रो. मनोरंजन प्रसाद से चिरौरी कर रहे होंगे।

''ठीक है, हम देखते हैं।'' प्रो. मनोरंजन प्रसाद उधर की बात सुनते-सुनते थोड़ा सँभले, ''आप टीचर एसोसिएशन के लोगों को समझाइए। कहिए कि सरकार अगर अपनी पर आ गई तो बहुत मुश्किल होगा।''

अपनी बात खत्मकर प्रो. मनोरंजन प्रसाद ने रिसीवर रखा। बेमन से कप उठाया और ठंडी हो आई चाय एक ही घूँट में सुड़क गए।

सुरेन्द्र यादव, राजकिशोर और जीवकान्त ने भी चाय खत्म की। इस दौरान कमरे में एक दहशतज़दा चुप्पी तनी रही। जीवकान्त ऐसे सख़्त अनुशासन का अभ्यस्त नहीं था। वह बैठे-बैठे उकताने लगा था।

अचानक प्रो. मनोरंजन प्रसाद की आवाज़ गूँजी। वह निहायत ठंडे स्वर में उसे ही सम्बोधित थे, ''जीवकान्त बाबू, राजनीति सीखिए, राजनीति। दूर तक जाना है, तो एक-एक क़दम सोच-समझकर उठाइए। हमको पता है कि आपके भीतर बहुत आग है। लेकिन इस आग से अपना हाथ मत जलाइए। सन्तू यादव एंड कम्पनी से बच के रहिए। ऊ कौनो काम न आएगा।''

यह चेतावनी थी या नसीहत जीवकान्त के लिए ठीक-ठीक समझना मुश्किल था। लेकिन प्रो. मनोरंजन प्रसाद की मुद्रा कुछ ऐसी थी कि जीवकान्त को अपनी रीढ़ में सनसनी-सी महसूस हुई। उसका चेहरा फक पड़ गया था। वह प्रो. मनोरंजन प्रसाद की आँखों से बचने के लिए इधर-उधर देखने का उपक्रम करने लगाा।

प्रो. मनोरंजन प्रसाद ने जैसे उसकी मन:स्थिति भाँप ली हो। अगले ही क्षण उनकी मुख-मुद्रा में आश्चर्यजनक बदलाव दिखा। उनकी आवाज़ भी स्नेहसिक्त हो गई थी, ''ठीक है, जाइए आप लोग! हमको भी सीएम हाउस निकलना है।''

जीवकान्त चकित था प्रो. मनोरंजन प्रसाद के इस पल-पल बदलते रूप को देखकर। उसे लगा कि उनकी महिमा अपरम्पार है। वह मन ही मन मुग्ध रह गया। चलने के लिए उठा कि उन्होंने उसकी ओर इशारा करते हुए उसे वाकई चकित कर दिया, ''शाम में मिलिए!''

''जी!'' जीवकान्त ने झट से झुककर प्रो. मनोरंजन प्रसाद के पाँव छुए। उसे महसूस हुआ जैसे वह किसी सम्मोहन के वशीभूत हो। प्रो. मनोरंजन प्रसाद निर्विकार भाव से चश्मा पोछने में व्यस्त थे।

चौबीस

रमेश जी और दिवाकर जी विधायक सन्तू यादव के आवास जाने के लिए तैयार थे। लेकिन जीवकान्त नदारद था। सुबह-सुबह कहाँ चला गया? यह सवाल दोनों को परेशान किए हुए था। तरह-तरह की आशंका, आरोप के बीच दिवाकर जी

कई बार रमेश जी को टोक चुके थे, ''छोड़िए जीवकान्ता का आस। हम लोग चलते हैं।''

रमेश जी '' 'पाँच मिनट और देखते हैं' कहकर दिवाकर जी को शान्त कराते रहे थे। और यह पाँच मिनट घंटा भर में बदल चुका था, जब जीवकान्त की मोटरसाइकिल 'गोप आवास' के नीचे आकर रुकी। बरामदे से ही नीचे झाँककर रमेश जी ने देखा और पलटकर दिवाकर जी को सूचना दी, 'लीजिए आ गया।''

दिवाकर जी का चेहरा तन गया। अब तक ज़ब्त किया गुस्सा उफान मारने लगा। सीढ़ियाँ चढ़कर ऊपर आए जीवकान्त पर जैसे ही नज़र पड़ी वह फट पड़े, 'तोर इरादा क्या है, जीवकान्त? हम लोग को फ़ालतू बूझ लिया है क्या?''

जीवकान्त की साँसें थिर भी नहीं हुई थीं कि दिवाकर जी का आक्रामक रुख देखकर वह बुरी तरह तिलमिला गया। जी में आया कि वह भी उनका जवाब कसकर दे। लेकिन रमेश जी नहीं चाहते थे कि बात बिगड़े। स्थिति की नज़ाकत भाँपकर उन्होंने तुरन्त बीच-बचाव किया, ''विधायक जी के यहाँ चौर देरी करे की ज़रूरत न है।''

रमेश जी के नरम रुख और अपनी ग़लती के अहसास से वह सहज हुआ। बग़लें झाँकते हुए बात बनाने की कोशिश की, ''इसीलिए तो भागे-भागे आ रहे हैं। कुछ ज़रूरी काम था, इसी से निकले थे।''

किसी को कोई मौका दिए बग़ैर रमेश जी ने सीढ़ियों की ओर बढ़ते हुए हाँक लगाई, ''चलो, भाई लोग, चलो। देरी होने से विधायको जी से भेंट न हो पाएगी।''

जीवकान्त सीढ़ियों के पास ही था। उल्टे पाँव पलटा। पीछे-पीछे रमेश जी और दिवाकर जी भी उतरे। मोटरसाइकिलें स्टार्ट करते ही दिवाकर जी ने रमेश जी को आवाज़ लगाई, ''गर्ल्स हॉस्टल चलते हैं। विद्या को भी लेना है।''

रमेश जी मुस्कराए, ''ठीक है। तो अनीता को भी ले लेते हैं।''

दिवाकर जी के होठों पर मुस्कराहट दोनों किनारों तक फैल गई। दोनों की बातों और मुस्कराहटों के बीच जीवकान्त का जी जल-भुन गया-स्साला सब पक्का छोकरीबाज़ है। अन्यमनस्क-सा उन दोनों के पीछे चलते हुए अचानक उसे प्रो. मनोरंजन प्रसाद का कहा याद आ गया-छात्र एकता मंच की एक-एक गतिविधि पर नज़र रखिए। इस ख़याल के साथ ही, उसे उन दोनों के साथ लगे रहना ज़रूरी लगा।

तीनों मोटरसाइकिलें गर्ल्स हॉस्टल के गेट पर जैसे ही रुकीं, गेट पर ही प्रतीक्षारत विद्या दिवाकर जी पर झुँझला पड़ी, ''पता है, विधायक जी का तीन-तीन ठो फ़ोन आ गया। ऊ हम लोगों का कब्बे से रस्ता देख रहे हैं।''

दिवाकर जी ने पलटकर जीवकान्त की ओर खा जाती निगाहों से घूरा। लेकिन जीवकान्त हॉस्टल के बरामदे में खड़ी लड़कियों को ताकने में मशगूल था। वह बस ज़ब्त करके रह गए।

इसी बीच रमेश जी ने विद्या से इसरार-सा किया, "ए विद्या, अनीता को बुला लो। उसको भी साथ लेते चलते हैं।"

रमेश जी की इस रिरियाहट से विद्या को हँसी आ गई। लेकिन आवाज़ में उलाहना छुपाए नहीं छुपी, "काहे? उसका क्या काम है?"

"सुनो, बहस का टाइम नहीं है। अध्यक्ष जी कह रहे हैं, तो उसको भी ले लो। बुलाओ जल्दी।" दिवाकर जी ने जोर देकर विद्या को हिदायत थी।

विद्या बग़ैर कोई हुज्जत किए मुड़ी और दनदनाती हुई अन्दर चली गई। हॉस्टल बाउंड्री के भीतर, ग्राउंड फ्लोर के बरामदे में कई लड़कियाँ गपियाते हुए खिलखिला रही थीं, तो पहले-दूसरे फ्लोर पर छज्जे की टेक लेकर कई लड़कियाँ नीचे की ओर देख रही थीं। उनकी आँखें लॉन पर थीं या बाहर खड़े रमेश जी, दिवाकर जी और जीवकान्त पर, यह तय कर पाना किसी के लिए सम्भव नहीं था। लेकिन रमेश जी, दिवाकर जी और जीवकान्त को यक़ीन था कि वे उन्हें ही देख रही हैं। इस यक़ीन की वजह से ही दिवाकर जी ने मुस्कराते हुए अपना दाहिना हाथ ऊपर उठाकर हवा में हिलाया। ऊपर से कोई जवाब न पाकर, वह थोड़े निराश हुए। इससे पहले कि वह दुबारा कोशिश करते, रमेश जी ने चेताया, "दिवाकर जी, विद्या आ रही है।"

गेट से बाहर आती विद्या के पीछे सकुचाई-सी अनीता को देखते ही रमेश जी का दिल धड़का। पीले रंग के सूट में उसकी खिलती गोराई से आँखें चुंधिया गईं। रमेश जी को तो लगा जैसे मौसम अचानक बासन्ती हो गया हो। मन ही मन 'जतरा' बन जाने की खुशी दबाए भर निगाह अनीता को देखा। अनीता के होठों पर इतनी बारीक मुस्कान दबी हुई थी कि, उसे सिर्फ़ और सिर्फ़ वही महसूस कर पा रहे थे। उसके क़रीब आते ही उछाह से भर उठे, 'क्या हालचाल है, जी?'

अनीता के जवाब से पहले ही, विद्या बोल पड़ी, "हालचाल रस्ता में बतियाइएगा। देरी हो रही है, जल्दी चलिए।"

विद्या के इस तेवर से रमेश जी ऐंठकर रह गए। लेकिन जतरा खराब नहीं करना है, सोचकर मन मार लिया। इस बीच उनकी मोटरसाइकिल पर अनीता बैठ चुकी थी। किक मारकर जैसे ही गियर डाला कि अनीता उनकी पीठ से सट गई। लगा कि स्साला एक्के बार फुल एक्सीलेटर दबा दें, लेकिन अनीता कहीं डर न जाए, इसलिए ख़ुद को काबू कर लिया।

अनीता और रमेश जी के बीच कितनी दूरी थी, यह देखने के लिए जीवकान्त ने अपनी मोटरसाइकिल उनके पीछे लगा दी। कनखियों से देखा तो मिज़ाज गनगना गया-स्साला, हवा आने भर भी जगह न बची है।

अपने बग़ल में आ चुके जीवकान्त को देखकर रमेश जी ने आवाज़ लगाई, "काहे हड़बड़ाए हो, जीवकान्त?"

"हम न हड़बड़ाए हैं! आप ही की स्पीड कम है।" जीवकान्त स्पीड बढ़ाकर आगे बढ़ गया।

रमेश जी ने एक्सीलेटर पर दबाव बढ़ाते हुए अनीता को चेताया, "कसकर पकड़ लो!"

अनीता जैसे इसी इन्तज़ार में थी। उसने अपना दाहिना हाथ रमेश जी की कमर में डाला और ठोढ़ी उनके कन्धे पर टिका दी। दो जिस्मों के बीच हवा कसमसाने लगी। रमेश जी को अपनी कनपट्टी पर गर्माहट महसूस हुई। अनीता उनके कान में फुसफुसा रही थी, "सुने कि कल आप हमको खोज रहे थे?"

रमेश जी ने चेहरा हल्का-सा घुमाया, "हाँ, विद्या बताई कि तुम अंकल के साथ कहीं गई हो।"

"हाँ अंकल आए थे। उनका कुछ काम फँसा था। उसी में परेशान थे।"

"क्या परेशानी थी? बताना चाहिए था न?"

अनीता ने रमेश जी को थोड़ा और कसकर पकड़ा। आवाज़ कुछ और मादक हो आयी, "आपको नहीं, तो किसको बताएँगे!"

रमेश जी के कानों की लौ से उठी सुरसुरी जिस्मोजान में पैबस्त हो गई। इच्छा तो हुई कि अनीता को मुसल्लम दबोच लें। लेकिन यह मुमकिन न था, लिहाजा उसका मन थाहने के लिए धीरे से पूछा, "अनीता, क्या इरादा है?"

"जो आप कहिए!" एक सरगोशी-सी हुई।

अनीता का इरादा जाहिर होते ही रमेश जी बेली रोड पर सरपट भागती अपनी मोटरसाइकिल किसी से भी टकरा देने को उतावले हो उठे। वह तो भला हो, अनीता का जो उसने ब्रेक मारने की याद दिला दी, "रुकिए, रुकिए! देखिए दिवाकर जी आवाज़ दे रहे हैं।"

ब्रेक लगाने के साथ ही रमेश जी ने पीछे मुड़कर देखा। बेख़्याली में वह विधायक सन्तू यादव के आवास से काफ़ी आगे निकल चुके थे। अपनी इस बेखुदी पर मन ही मन झेंपे और दोनों पैरों के धक्के से मोटरसाइकिल पीछे करने लगे। इस बीच, अनीता सजग होकर दूरी बना चुकी थी। दोनों के बीच कसमसाती हवा ने राहत की साँस ली।

जीवकान्त और दिवाकर जी अपनी मोटरसाइकिलें खड़ी कर विधायक सन्तू यादव के गेट के सामने खड़े रमेश जी को एकटक देखते मुस्कराए जा रहे थे। रमेश जी के मोटरसाइकिल से उतरते ही दिवाकर जी ने छेड़ा, "क्या रमेश जी, कहाँ धेयान है कि विधायक जी का अवासो भुला गए?"

"अनीतवा से बतियावे में सब भुला गए होंगे!" रमेश जी के जवाब देने से पहले ही विद्या ने ताना मारा, "अनीतवा कम जादूगरनी न है।"

"ए विद्या दी, आप भी न!" अनीता बनावटी विरोध में मिमियाई, "चुप रहती हैं कि ना?"

''हमरा चुप रहे से क्या होता है? रमेश जी से पूछो कि हम झूठ बोल रहे हैं!'' विद्या की शैतानी से चमकती आँखें रमेश जी पर जम गई थीं।

''ए विद्या, झूठ-सांच का फ़ैसला बाद में करना।'' जीवकान्त नज़दीक आकर बोला, ''पहिलही बहुत देरी हो गई है। तुम्ही न कह रही थी विधायक जी इन्तज़ार कर रहे हैं। तो यहाँ बतकुच्चन में टाइम काहे वेस्ट कर रही हो?''

दिवाकर जी ने जीवकान्त को घूरा। जीवकान्त मुँह घुमाकर दूसरी ओर देखने लगा। दिवाकर जी कसमसाकर रह गए। बिना कुछ बोले गेट की ओर बढ़ गए।

लॉन में घुसते ही विधायक जी के खासुलखास सेवक सुदय जी मिल गए। छूटते ही उन्होंने सूचना दी, ''विधायक जी आप लोगों का रस्ता देखते-देखते सीएम हाउस चले गए। बोल के गए है, आप लोगों को बैठने के लिए।''

बरामदे में मुलाकातियों के लिए क़तार से लगी कुर्सियाँ थीं। दिवाकर जी एक कुर्सी खींचकर बैठने को हुए कि सुदय राय बोल पड़े, ''अेदर बैठिए न सर, ड्राइंगरूम में।''

दिवाकर जी ने रमेश जी को देखा। रमेश जी ने कहा, ''चलिए, वहीं बैठकर इन्तज़ार करते हैं।''

सभी ड्राइंगरूम में दाखिल हुए। फ़र्श पर बिछी शानदार कालीन। दीवारों से लगे बड़े-बड़े सोफ़े। बीच में सेंट्रल टेबल। हर दीवार पर मुख्यमंत्री के साथ विधायक सन्तू यादव की विभिन्न मुद्राओं और अवसरों की फ्रेम जड़ित तस्वीरें। एक तस्वीर तो ऐसी थी, जिसमें मुख्यमंत्री, विधायक जी के कान के पास मुँह किए कुछ बतियाते जान पड़ रहे थे। बेहद आत्मीय क्षण का दृश्य था यह।

अनीता विधायक जी के आवास में पहली बार आई थी। उसके लिए किसी विधायक के आवास का यह पहला दर्शन था। वह इन तस्वीरों से जितनी प्रभावित हुई, उससे ज़्यादा ड्राइंगरूम की भव्यता पर मुग्ध दिखी। अपने बग़ल में बैठी विद्या के कान में फुसफसाई, ''विद्या दी, बड़ा ठाठ है विधायक जी का न?''

''अभी क्या देखी हो! विधायक जी का बेडरूम देखोगी तो अँखिये चौंधिया जाएगी।'' उतनी ही धीमी आवाज़ में बताती विद्या की मुस्कान कुछ ज़्यादा ही चौड़ी हो गई।

अनीता ने चमत्कृत-सा विद्या को देखा। इतराती विद्या अपनी तवज्जो अनीता से हटाकर दिवाकर जी की ओर मुखातिब हो गई, ''पता न कितनी देर लगाएँगे, विधायक जी?''

दिवाकर जी ने एक नज़र कलाई घड़ी पर डाली, तो दूसरी जीवकान्त पर। जीवकान्त लापरवाही से बैठा तिरंगा चबा रहा था।

इसी बीच सुदय यादव एक ट्रे में चाय का ट्रे टेबल पर रखकर बोले, ''विधायक जी का फ़ोन आया था। वह आ ही रहे हैं। जब तक आप लोग चाय पीजिए।''

जीवकान्त उठा। मुँह में घुल रहे तिरंगे की पीक थूकने के लिए ड्राइंगरूम से बाहर निकला, तो रमेश जी ने टहोका लिया, ''जीवकान्ता का मुँह हमेशा गुटके से भरा रहता है।''

''एही से उसका माथा खराब रहता है।'' दिवाकर जी ने भड़ास निकाली, ''जानते हैं कि न गुटका का तासीर सीधे माथे पर अटैक करता है।''

रमेश जी के जवाब देने से पहले ही जीवकान्त अन्दर आ गया। सोफ़े पर बैठते हुए दिवाकर जी से बोला, ''दिवाकर जी, नशा कोई हो, पचावे की ताकत चाहिए।''

दिवाकर जी कट कर रह गए। विद्या टपक पड़ी, ''अच्छा, ई नशा-पुरान छोड़िए। चाय पीजिए, नहीं तो बरफ़ हो जाएगी।''

चाय की पहली घूँट लेते ही अनीता चहकी, ''क्या मस्त चाय है। लगता है ग्रीन लीफ है!''

''तोरा कैसे पता चला कि ग्रीन लीफ है कि रेड लेबल?'' विद्या ने छेड़ा।

''ऐसा चाय मौर्या होटल में पिये हैं।'' अनीता पूरे ठसक से बोली, ''बहुत महँगा होता है।''

''एक कप का कितना रेट पड़ता है?'' रमेश जी की उत्सुकता देखने लायक थी।

''हमको रेट नहीं पता। पेमेंट तो अंकल किए थे।'' अनीता मुस्कराई।

रमेश जी तो अनीता की मुस्कराहट में ही उलझकर रह गए। कोई प्रतिक्रिया देते नहीं बना। चुपचाप उसे गहरी नज़र से देखते हुए मुस्कराते रहे। अनीता उनकी इस हरकत से झेंपकर दीवारों पर टँगी तस्वीरों को देखने लगी।

पच्चीस

बाहर लॉन में किसी गाड़ी के रुकने की आवाज़ आई। फिर दरवाज़े खुलने की आहट हुई। चलकर आते पैरों की धमक के क़रीब आते ही विधायक सन्तू यादव की आवाज़ गूँजी, ''सुदय, छात्र नेता लोग कहाँ है? चाय-वाय पिलाए कि नहीं?''

सुदय ने शायद सिर और आँखों के इशारे से जवाब दिया होगा, क्योंकि उनकी कोई प्रतिक्रिया सुनाई नहीं पड़ी।

विधायक जी के स्वागत की चौकस मुद्रा में रमेश जी, दिवाकर जी, जीवकान्त, विद्या और अनीता सबके सब उनके ड्राइंगरूम में दाखिल होने से पहले ही खड़े हो गए थे। सफारी सूट में अँटे विधायक जी की देह अन्दर पहले पहुँची कि आवाज़, कहना मुश्किल। एक-एककर सबका मुआयना करने के बाद वह बोले, ''अरे, खड़े काहे हो तुम लोग? बैठो! बैठो!!''

विधायक जी के सिंगल सोफ़े पर पसरने के बाद ही, सभी अपनी जगह पर बैठे।

विधायक जी ड्राइंगरूम में सरसरी नज़र डालते हुए बोले, "तुमरे लोग के मसला पर मुख्यमंत्री जी से बात करे गए थे।"

सबके-सब सतर्क। एकाएक विधायक जी की आँखें अनीता पर जा टिकीं। उसकी ओर इशाराकर पूछा, "ई कौन है हो? पहचाने नहीं।"

"अनीता है, सर! छात्र एकता मंच में नया-नया ज्वाइन की है।" विद्या ने अनीता का परिचय कराया।

अनीता विधायक जी को सीधे देखने का साहस नहीं जुटा पाई। लेकिन उनकी आवाज़ से भाव समझने में मुश्किल नहीं हुई। विधायक जी हहास बाँधकर बोले, "अनीता, अच्छा नाम है। कहाँ की रहने वाली हो, अनीता?"

रमेश जी की साँस अटक गयी। अनीता के गले में सरसराहट-सी हुई। बड़ी मुश्किल से जवाब दे पाई, "गोपालगंज, सर!"

"अच्छा-अच्छा...! गोपालगंज तो अपने लोग का क्षेत्र है।" विधायक जी ने पहलू बदला, "कौनो दिक्कत हो तो बताना।"

अनीता ने कुछ कहा तो नहीं, लेकिन उसने अपने भीतर अपना भाव थोड़ा बढ़ जाने जैसा महसूस किया।

"क्या जीवकान्त बाबू, क्या हालचाल है?" विधायक जी ने एंगिल बदल दिया।

"आपसे क्या छुपा है, सर? सब देखिए रहे हैं!" जीवकान्त मिमियाया।

"हमरा देखे से क्या होता है, जी? देखना-करना तो सब तुम लोगों को है।" विधायक जी जूतों समेत अपने पैर सेंट्रल टेबुल पर फैलाते हुए बोले, "कल पोरफेसर डी. सिंह के साथ जो हुआ, उसके बाद, आप लोग सोचे हैं कि क्या करना है? अपने आन्दोलन को कौन दिशा देना है?"

सभी एक-दूसरे का मुँह देखने लगे। दिवाकर जी दाँत चियार कर बोले, "सर, उसी पर तो आपका मार्गदर्शन लेने आए हैं।"

"देखिए, हम छात्र आन्दोलन से ही राजनीति में आए हैं। आन्दोलन का मतलब होता है, अपनी ताकत दिखाना। कमजोर को कोई नहीं पूछता। राजनीति में अपनी पूछ बढ़ानी है तो अपनी ताकत दिखाओ। सामने जो आए, उसे उसकी औकात बताओ, तभिए जीतोगे।" विधायक जी ने आक्रामक लहजे में अपनी रणनीति समझायी।

दिवाकर जी सहमति में जोर-जोर से अपनी गर्दन हिलाते हुए बोले, "सर, पीछे हटेवाला तो हम लोग भी न हैं।"

"रमेश, तुम कुछ न बोल रहे हो?" विधायक जी रमेश जी की ओर घूमे।

रमेश जी के मन में उमड़-घुमड़ चल रही थी। उन्होंने सही मौका देखकर अपनी आशंका रख दी, "सर, कल जो हुआ, उसके बाद तो लगता है मामला अगड़ा-पिछड़ा का हो गया है।"

"यह तो होना ही था।" विधायक जी ने नीचे सरक आई अपनी देह सोफ़े पर ऊपर की ओर खींची, "अगड़ा सब तो चाहता ही है कि पिछड़ा वर्ग को कैसेहू दबाया जाए। सब तो मौके खोजता रहता है। पिछड़ा का राज आया है, यही अगड़ा सबको पच नहीं रहा है।"

"ई बात तो है, सर!" विद्या ने भी हाँ में हाँ मिलाई, "अगड़ा सबका मिज़ाज अभियो ठिकाने न आया है।"

"ठीक बोली विद्या।" विधायक जी मुस्कराए, "अगड़ा सबका मिज़ाज ठिकाने न आया है, काहे से कि सब जगह, वही काबिज है। जब तक सबका सफाया न होगा, पिछड़ा वर्ग का असलीराज कायम न होगा।"

"सर, अब आप ही बताइए न, हम लोग को क्या करना होगा?" दिवाकर जी उतावले दिखे।

"दिवाकर, हम मुख्यमंत्री जी से बात किए हैं। वह बोले हैं कि टीचर लोग हड़ताल करना चाहता है, तो करे। सरकार झुकेवाली न है।"

विधायक जी के मुँह से सीधे मुख्यमंत्री का मन-मिज़ाज जानना किसी परम रहस्य को जानने से कम नहीं था। सभी उन्हें मुग्ध भाव से देखने लगे थे। वह स्वयं सभी के चेहरे को ग़ौर से देखते हुए मसीहाई अन्दाज़ में आ गए, आन्दोलन तेज कीजिए! कोचिंग सब पर दबाव बढ़ेगा, तभी सबका मिज़ाज दुरुस्त होगा। राजनीति में बीच का कुछो न होता है। आर चाहे पार। क्यों रमेश जी?"

विधायक जी कब, किससे मुखातिब हो जाएँ, नहीं मालूम। लेकिन यह उनकी आदत थी और इस बार रमेश जी निशाने पर थे।

"जी!" रमेश जी ने ख़ुद को सँभाला। गला साफकर सहमति जताई, "आपका आशीर्वाद रहे, तो हम लोग पीछे हटने वाले न हैं।"

"देखिए, हम स्टूडेंट टाइम से ही ग़लत बात का विरोध करना शुरू कर दिए थे। जो आड़े आया, उसको औकात बताए। इसी के चलते हम पर कई ठो मुकदमा हो गया। चुनाव जेल में रहके ही लड़े और रिकॉर्ड भोट से जीते।" विधायक जी के चेहरे पर अब दर्प दप-दप करने लगा था।

जीवकान्त के भीतर विधायक जी के बारे में सुने गए कई किस्से जोर मारने लगे। पिछली बार उसके बाबू जी उन्हीं के क्षेत्र में चुनाव ड्यूटी पर थे। लौटने के बाद भी उनके भीतर से दहशत निकली नहीं थी। बस गहरी साँस छोड़ते एक ही रट, 'जान बच गई, बाबू। सन्तू के ख़ौफ़ से पूरा इलाका थरथर काँप रहा था। सब बूथ पर उसी का आदमी। बम-बन्दूक ले के खुलेआम घूम रहा था। चुनाव कर्मचारी

लोग को फ़रमान सुना दिया गया था कि बाल-बच्चा का मुँह देखना चाहते हैं, तो अपना मुँह बन्द ही रखिए।''

यह सब सुनकर तब वह रोमांच से भर उठा था। सन्तू यादव की दबंगई के किस्से किंवदंती की तरह मशहूर हो रहे थे। वह अपनी जाति में किसी हीरो की तरह उभरा था और इतनी कम उम्र में उसके चुनाव लड़ने से युवाओं में ग़ज़ब का उत्साह था। बाबू जी के मुँह से सन्तू यादव के रुतबे को जानकर उसका सीना चौड़ा हो गया था। बाबू जी की दहशत की परवाह किए बिना बोल पड़ा था, ''पोलटिक्स में तो ई सब करने पड़ता है!''

बाबू जी उसे देखते रह गए थे। उसे लगा था, बाबू जी उसे आड़े हाथों लेंगे। लेकिन नहीं, वह तो बस आह भर कर रह गए थे। हवा में हाथ उठाकर जैसे ख़ुद में बडबड़ाए थे, ''भगवाने मालिक है, ई देश का! अब गुंडा, हत्यारा देश चलाएगा!''

''कुछो कहिए। है तो अपने जात का आदमी!'' वह सन्तू यादव के प्रभाव में था।

''जात खाने को देता है क्या? जात से पेट भरता है?'' बाबू जी चिढ़ गए थे।

''जात से ताकत बढ़ती है। ताकते से चुनाव जीता जाता है।'' बाबू जी को निरस्त करने के लिए उसका स्वर तेज़ हो आया था।

''ऐसी ताकत कौन काम की जो ख़ौफ़ से हासिल हो?'' बाबू जी का शिक्षक अपनी जगह से हिलने को तैयार नहीं था।

''क्या सोच रहे हो, जीवकान्त?'' अचानक विधायक जी ने जैसे उसकी सोच में सेंध लगा दी, ''एतना सोचे से काम न चलेवाला है। एक्शन में आने का टाइम है। पोलटिक्स में एक्शने का महत्त्व है।''

''जी!'' जीवकान्त ने सिर हिलाया। हालाँकि वह अभी भी असमंजस में था।

''रमेश जी, गरम लोहा पर चोट करिए। ईहे सही टाइम है। दू-चार ठो कोचिंग वाला सबको हड़काइए। देखिए, सब कैसे घिघियाने लगता है। हम आप लोगों की पीठ पर हैं। घबड़ाए वाली कोई बात न है। जो होगा, हम देख लेंगे।'' विधायक जी की देह हिली और वह सोफ़े के दोनों पुश्तों का सहारा लेकर खड़े हो गए।

उनके इस तरह अचानक उठ खड़े होने से सभी हड़बड़ाकर खड़े हो गए। विधायक जी रमेश जी और दिवाकर जी के क़रीब आए और अपने आजू-बाजू दोनों के कन्धों पर हाथ रखकर आत्मीयता से हिदायत देने लगे, ''यह लड़ाई ग़रीब स्टूडेंट की भलाई के लिए है। इसलिए इस आन्दोलन को और तेज़ करने की ज़रूरत है।''

''जी, हम लोग कल्हे से ई आन्दोलन तेज कर देंगे।'' विधायक जी को आश्वस्त करने के लिए लगे हाथ दिवाकर जी ने रमेश जी से पूछा, ''क्या रमेश जी?''

''मुसल्लहपुर में लाइने से कोचिंग है। वहीं से शुरू करते हैं।'' रमेश जी ने गर्मजोशी से प्रस्ताव ही रख दिया।

"एक बात ध्यान रखिएगा!" विधायक जी विद्या की ओर अर्थपूर्ण ढंग से देखकर मुस्कराए, "पोरफेसर गांगुली अच्छा आदमी है। उसको कुछ नहीं होना चाहिए।"

रमेश जी और जीवकान्त की समझ में कुछ नहीं आया। लेकिन विधायक जी 'हो-हो-हो' कर हँस पड़े, "अरे भाई, डाइनो दू घर छोड़ देती है। बूझे कि नहीं?"

विधायक जी अपनी बात पर हँसे या उन दोनों की नासमझी पर, रमेश जी, जीवकान्त के लिए यह जितना अबूझ था, दिवाकर जी और विद्या के लिए उतना ही अर्थपूर्ण। सभी को उनके हाल पर छोड़ विधायक जी दोनों हाथ जोड़कर विदा की मुद्रा में आ गए। सभी प्रणाम कर ड्राइंगरूम से निकलने को हुए कि विधायक जी ने विद्या को आवाज़ दी, "ए विद्या, ई अनीता को साथ लेके फिर आना!"

"जी!" विद्या पलटकर मुस्कराई।

अनीता विद्या की ओट लेकर दबे पाँव दरवाज़े से बाहर हुई। बरामदे में एक खम्भे से पीठ टिकाए सुदय खड़े थे। उन दोनों पर नज़र पड़ते ही वह लपककर क़रीब आए और विद्या को इंगितकर बोले, "विधायक जी आपको महिला प्रकोष्ठ में सचिव बनावे ला जोर लगवले हैं।"

"सच्चो सुदय जी?" विद्या चहक पड़ी। लेकिन आवाज़ इतनी धीमी कि गेट की ओर बढ़ रहे रमेश जी, दिवाकर जी और जीवकान्त को सुनाई न पड़े।

"हम झूठ काहे बोलेंगे, बताइए तो?" सुदय ने भी सायास आवाज़ धीमी रखी, "जल्दिए कुछ न कुछ होगा, देखिएगा!"

विद्या ने न दबाई जा सकने वाली खुशी के मारे अनीता की हथेली कसकर भींच ली।

छब्बीस

यूनिवर्सिटी टीचर्स यूनियन की आपात् बैठक में अनिश्चितकालीन धरना का सर्वसम्मत फ़ैसला ले लिया गया। हालाँकि एक-दो सुझाव भी आए। डॉ. सिंहासन सिंह ने जोर देकर कहा, "प्रो. डी. सिंह को नामजद एफआईआर करनी चाहिए, नहीं तो पुलिस हवा में ही लाठी भाँजती रहेगी।"

डॉ. सिंहासन सिंह गुट के ही एक्जक्यूटिव मेम्बर डॉ. एजाज ख़ान ने हाँ में हाँ मिलाई, "बात बिल्कुल सही है। गुंडे लड़कों की शिनाख़्त ज़रूरी है। प्रो. डी. सिंह नाम देना चाहिए।"

मामला तूल पकड़े, इससे पहले ही अध्यक्ष डॉ. सिन्हा ने हस्तक्षेप किया, "देखिए, यह तकनीकी बहस है। हमें इस पचड़े में पड़ने के बजाय यह देखना ज़रूरी

है कि टीचर्स के ख़िलाफ़ गुंडागर्दी की ग़लत प्रवृत्ति जन्म ले रही है।। वह भी संगठित गुंडागर्दी। हमें इसका एकजुट विरोध करना होगा। यह न एक टीचर का मामला है, न ही एक स्टूडेंट का। यह मामला यूनिवर्सिटी टीचर्स के भयादोहन का है। हम चुप बैठे तो ऐसे तत्त्वों का मनोबल बढ़ेगा। आज यह प्रो. डी. सिंह के साथ हुआ है। कल किसी और के भी साथ हो सकता है।''

डॉ. सिन्हा की अपील का अधिकांश सदस्यों ने समवेत् स्वर से समर्थन किया। इसके साथ ही अनिश्चितकालीन धरना प्रस्ताव पास हो गया। दोपहर होते-होते वाइसचांसलर ऑफिस के बाहर यूनिवर्सिटी टीचर्स का बैनर लग गया। अध्यक्ष डॉ. सिन्हा समेत तमाम पदाधिकारी धरने पर बैठ गए। प्रो. डी. सिंह स्वयं इस धरना में शामिल हुए। उनके गले में गेंदे की माला पहनाई गई। उन्होंने दोनों हाथ जोड़कर सभी का अभिवादन किया और माइक लेकर अपने साथियों को सम्बोधित किया।

''मित्रों, कल जो मेरे साथ हुआ, वह सुनियोजित साजिश थी। अगर मेरे अंगरक्षकों ने मुझे बचाया नहीं होता, तो हो सकता था, मेरी हत्या भी हो जाती। भगवान की कृपा से मैं बच गया। लेकिन प्रश्न यह है कि यूनिवर्सिटी में अराजकता पैदा करने का ज़िम्मेदार कौन है? यूनिवर्सिटी प्रशासन हाथ पर हाथ धरे बैठा है। टीचर्स का आए दिन अपमान हो रहा है। कोचिंग की आड़ में टीचर्स से रंगदारी वसूली...शैक्षणिक महौल बिगाड़ने की साजिश और अब खुलेआम डराने-धमकाने पर उतारू कुछ असामाजिक तत्त्वों की यह कोशिश, हम सबके लिए चेतावनी है। हम नहीं सँभले, हमारे जान-माल की सुरक्षा की गारंटी नहीं होगी, यूनिवर्सिटी का माहौल नहीं सुधरा, अनुशासनहीनता पर अंकुश नहीं लगा, तो पठन-पाठन तो प्रभावित होगा ही, जो छात्र पढ़ना चाहते हैं, उनका भविष्य भी चौपट होगा। यह संघर्ष सिर्फ़ मेरी, आपकी प्रतिष्ठा का नहीं है। यह राज्य भर के मेधावी छात्रों के भविष्य का भी है। हम शिक्षक हैं और छात्र ही हमारी प्राथिमकता हैं। इसलिए ज़रूरी है कि सरकार चेते, यूनिवर्सिटी प्रशासन चेते और असामाजिक तत्त्वों को चिह्नित कर सख़्त कार्रवाई करे। यह धरना हम सब की एकजुटता से सम्भव हुआ है, इसके लिए मै व्यक्तिगत तौर पर आप सबके प्रति आभार प्रकट करता हूँ। हृदय से धन्यवाद व्यक्त करता हूँ!''

प्रो. डी. सिंह की इस गम्भीर और मार्मिक अपील का माहौल पर जबर्दस्त प्रभाव पड़ा। उनके चुप होते ही वाइस चांसलर परिसर तालियों से गूँज उठा। महासचिव डॉ. जगत प्रसाद ने प्रो. डी. सिंह के हाथ से माइक लेकर नारा लगाया।

''शिक्षक एकता!''

''ज़िन्दाबाद! ज़िन्दाबाद!!''

लेक्चरर, असिस्टेंट प्रोफेसर, एसोसिएट प्रोफेसर रीडर से लेकर कई विभागों के अध्यक्षों ने इस नारे में एक साथ अपना स्वर मिलाया। उनके हवा में हिलते हाथों

को देखकर, तय कर पाना मुश्किल था, कि वे अपने-अपने विषयों के ऐसे विद्वान् हैं, जिनका राज्य ही नहीं, राज्य के बाहर भी लोहा माना जाता है। जो, शोध, सम्मेलनों और सेमिनारों में अपनी विद्वता के लिए जाने जाते हैं, इस वक़्त वे अपने मान-अपमान के लिए नारेबाजी कर रहे थे।

"बिहार सरकार! होश में आओ!"

"होश में आओ! होश में आओ!!"

नारों का घोष तेज होता जा रहा था।

"वाइस चांसलर! मुर्दाबाद!"

"मुर्दाबाद! मुर्दाबाद!!"

वाइस चांसलर अभी तक कार्यालय नहीं पहुँचे थे। उनके कार्यालय के कर्मचारी भी धरनास्थल के इर्द-गिर्द मँडरा रहे थे और उनके विरोध में लग रहे नारों में, अपनी आवाज़ मिला रहे थे। कई कर्मचारियों की राय थी कि इस संकट की घड़ी में कर्मचारी यूनियन को भी टीचर्स का साथ देना चाहिए। कुछ लोगों को उम्मीद थी कि देर-सबेरे कर्मचारी यूनियन भी अपने समर्थन की घोषणा कर देगी।

नारों का स्वर जैसे-जैसे बुलन्द होता जा रहा था, यूनिवर्सिटी गेट के सामने, अशोक राजपथ पर पुलिस की कवायद बढ़ती जा रही थी। सबसे पहले पीरबहोर और सुल्तानगंज थानों की गश्ती जीपें पहुँचीं। जब तक पुलिस जवान सड़क पर उतरकर लाठी, राइफ़ल सँभालते, वज्रवाहन और रैफ़ (रैपिड एक्शन फोर्स) जवान भी पहुँच गए। वज्रवाहन से उतरे जवान थानों के सिपाहियों के मुक़ाबले कहीं ज़्यादा चुस्त और चौकन्ने थे। उनके सड़क पर उतरते ही अशोक राजपथ पर सनसनी फैल गई।

पीरबहोर थाने की जीप में लगा वायरलेस लगातार बज रहा था और थानेदार तसलीमुद्दीन सन्देश सुनने और जवाब देने में हलकान हो रहा था।

सिटी एसपी : हैलो, क्या पोजिशन है?

तसलीमुद्दीन : सर, टीचर्स नारेबाजी कर रहे हैं।

सिटी एसपी : ठीक है। धरनास्थल पर जवानों की तैनाती करो।

तसलीमुद्दीन : सर!

सिटी एसपी : यूनिवर्सिटी गेट पर रैफ़ के जवानों को लगाओ।

तसलीमुद्दीन : सर!

सिटी एसपी : अशोक राजपथ पर कड़ी नज़र रखो। कोई चूक नहीं होनी चाहिए।

तसलीमुद्दीन : सर!

सिटी एसपी : कोई डाउट?

तसलीमुद्दीन : नो सर!

थानेदार वायरलेस से फारिग होकर जवानो के पास आया और उन्हें धरनास्थल पर पोजिशन लेने का निर्देश देने लगा।। सिपाही यूनिवर्सिटी गेट से अन्दर कूच कर गए। रैफ़ के जवानों को अशोक राजपथ पर नज़र रखने का निर्देश देकर थानेदार तसलीमुद्दीन सुल्तानगंज के थानेदार रामलखन प्रसाद से मुखातिब हुआ, 'रामलखन बाबू, क्या हालचाल है?'

"हाल क्या पूछते हैं, तसलीमुद्दीन भाई!" रामलखन प्रसाद मुस्कराए, "जो गति तोरी, सो गति मोरी। सारी रात तो लॉजे लॉज टोह लेते कटी है। दिनों में आराम कहाँ?"

"कुछ टिप मिला?" तसलीमुद्दीन, रामलखन प्रसाद के थोड़ा और क़रीब आए।

"मामला थमे वाला न है। सबका पीछे पोलटिक्स चल रहा है।" रामलखन प्रसाद ने धीमे स्वर में कहा, "ई सब हम लोग के बस की बात न है।"

"ठीके है। तब तमाशा देखा जाए!" फीकी हँसी के साथ तसलीमुद्दीन यूनिवर्सिटी गेट के सामने जीप की ओर बढ़े, "अन्दर देखते हैं, कैसा सीन चल रहा है। आप इधर देखिएगा।"

तसलीमुद्दीन के बैठते ही जीप यूनिवर्सिटी गेट में दाखिल हो गई। धरना स्थल पर स्थिति सामान्य थी। बीच-बीच में नारों का शोर उठता। थोड़ी हलचल होती और फिर चुप्पी छा जाती। टीचर्स आपस में बतियाते हुए किसी-किसी बात पर ठहाके भी लगा पड़ते। इन्स्पेक्टर तसलीमुद्दीन ने राहत की साँस ली।

सत्ताइस

अशोक राजपथ पर वज्र वाहन और रैफ़ जवानों की मौजूदगी से कौतुहल और सतर्कता का मिला-जुला वातावरण बना हुआ था। इक्के-दुक्के छात्र यूनिवर्सिटी गेट तक आते और जवानो को देखकर चुपचाप लौट जाते। वे लौटकर कहाँ जाते, किसी को पता नहीं था। इसी आवाजाही के बीच अचानक छात्रों का एक जत्था अशोक राजपथ पर नामूदार हुआ। जत्था पटना कॉलेज की ओर से आ रहा था। उनके हाथों में डेमाक्रेटिक स्टूडेंट फ्रंट के बैनर और प्लेकार्ड्स थे।

—यूनिवर्सिटी में गुंडागर्दी बन्द करो!

—एकेडमिक माहौल बहाल करो!!

—छात्र संघ चुनाव की घोषणा शीघ्र करो!!!

इस जत्थे में छात्रों की संख्या बमुश्किल बीस थी। इनमें चार लड़कियाँ थीं, जिनमें एक रीता अधिकारी भी थी। रीता अधिकारी के साथ अंशुमन और सचिन शर्मा जत्थे का नेतृत्व कर रहे थे। वे नारे लगाते और उनके साथ चल रहे उनके साथी

उनका साथ दे रहे थे। पूरी ताकत से गूँज रही आवाज़ के बावजूद, अशोक राजपथ पर शोर नहीं, संगीत जैसी लय तैर रही थी। रैफ़ जवान सावधान हो गए।

जत्थे के क़रीब आते ही, जवानों ने उन्हें रोक लिया। रीता अधिकारी ने आपत्ति की, 'क्यों रोक रहे हैं हमे?'

'आगे जाने की इजाज़त नहीं है।' एक जवान ने बताया। अंशुमन ने उसे समझाने की कोशिश की, 'हम सिर्फ़ वाइस चांसलर को ज्ञापन देंगे।'

जवानों को उसकी बात समझ में नहीं आई। वे जत्थे को रोकने पर अड़ गए। अचानक सचिन शर्मा दो क़दम आगे बढ़ा। फिर अपने साथियों की तरफ़ मुड़ा और दोनों हाथ हवा में लहराकर चिल्लाया—

"छात्र एकता!"

जत्थे के साथियोंने आवाज़ मिलाई—

"ज़िन्दाबाद! ज़िन्दाबाद!!"

मुस्तैद जवान जत्थे को बढ़ने से रोकने की कोशिश करने लगे और जत्था आगे बढ़ने के लिए जोर लगाने लगा। यह एक लहर को पीछे धकेलने और उस लहर के फिर-फिर उमड़ने जैसा दृश्य था। लहर पूरी ताकत से उफान मारती। बाँध की तरह अड़े जवानों से टकराती और नारे गूँजते।

"हर जोर-जुल्म के टक्कर में!"

"संघर्ष हमारा नारा है!!"

अशोक राजपथ जाम हो गया था। पूरी सड़क पर रैफ़ जवानों की मोर्चाबन्दी और छात्रों की जद्दोजहद से आवागमन ठप हो गया था। गाँधी मैदान की ओर से आ रहे लोग छात्रों के जत्थे की ओर थम गए थे, तो पटनासिटी की ओर से आ रहे लोग रैफ़ जवानों की पीठ पीछे। इस जाम और इसकी परिणति से वाकिफ़ टेम्पो वाले जहाँ थे, वहीं रोककर सवारियों को उतारने लगे। सवारियाँ गंतव्य से पहले उतार दिए जाने के एवज़ में किराया लेने-देने के नाम पर तू-तू-मैं-मैं पर उतर आई थीं। सड़क धुएँ और हॉर्न के शोर से इस क़दर भर गई थी कि छात्रों के जत्थे की नारेबाजी साफ़-साफ़ सुन पाना सम्भव नहीं हो रहा था।

पुलिस जवान बीस छात्रों के जत्थे से जूझ रहे थे और पटना शहर के दो छोरों के बीच आवगमन ठप हो गया था। अशोक राजपथ के किनारे की दुकानें राहगीरों से ढक गई थीं और दुकानदार हाथ पर हाथ धरे बैठे आशंकाओं में घिरे थे। गाँधी मैदान पारकर सचिवालय और सत्ता प्रतिष्ठानों की ओर जानेवाले लोग मायूस थे, तो पुराने पटना की मंडियों में कारोबार निपटाने जाने वाले झुंझलाएँ हुए थे। पटना की लाइफलाइन सांसत में थी।

अशोक राजपथ पर घटित-अघटित में फँसे लोग अचानक यह देखकर दंग रह गए कि फटे-चीकट पाजामे और बाँहों से नीचे झूलते कुर्ते में बढ़ी दाढ़ी और

जटाजूट बालों वाला एक शख़्स पता नहीं कहाँ से बीच सड़क पर आ गया और गला फाड़-फाड़कर चिल्लाने लगा, "सम्पूर्ण क्रान्ति! ज़िन्दाबाद! ज़िन्दाबाद!!"

यह इतना अप्रत्याशित था कि पुलिस जवान भौंचक रह गए। दो सिपाही उस शख़्स को दबोचने के लिए झपटे कि वह जहाँ खड़ा था, वहीं उछल-उछलकर हवा में हाथ भाँजने लगा, "सम्पूर्ण क्रान्ति! ज़िन्दाबाद! ज़िन्दाबाद!!"

दोनों सिपाहियो ने उस विक्षिप्त लगते शख़्स को जैसे ही गर्दन से दबोचा कि उसने और गला फाड़-फाड़कर चीखना शुरू कर दिया, "सम्पूर्ण क्रान्ति! ज़िन्दाबाद! ज़िन्दाबाद!!"

अशोक राजपथ पर जाम में फँसी भीड़ तमाशबीन बन गई थी! उस पागल और सिपाहियों में हो रही धमाचौकड़ी का मज़ा लेते लोगों के बीच से 'हो-हो-हो' का शोर उठा। खिसियाए सिपाहियों ने उस विक्षिप्त को गरदनिया देकर भीड़ के अन्दर ठेल दिया। विक्षिप्त भीड़ पर भहराकर गिरा और भीड़ तालियाँ बजाती, 'हो-हो-हो' करती हिलोरें लेने लगी।

इस बीच नारे लगा रहे जत्थे के सभी छात्रों को जवानों ने पकड़कर वज्रवाहन में ठूँस दिया।

थानेदार रामलखन प्रसाद ने राहत की साँस ली और जाम हटाने की क़वायद में जुट गए।

अट्ठाइस

जीवकान्त अभी तक प्रो. मनोरंजन प्रसाद के डेरे पर अकेले जाने का साहस नहीं जुटा पाया था। सुरेन्द्र यादव को साथ लेने के लिए उसके रूम पर पहुँचा तो ताला लटका देखकर गहरी निराशा हुई। पाँच मिनट तक मोटरसाइकिल पर बैठे-बैठे कुछ सोचता रहा। तिरंगा की पुड़िया ज़ेब से निकालकर, एक सिरे से फाड़ा, मुँह ऊपर की ओर उठाकर तंबाकू मुँह में डाला और जैसे ख़ुद की हौसलाआफ़जाई की, चलो जीवकान्त, आज अकेले ही मोर्चा सँभालो!

मोटरसाइकिल को गियर में डाला। भीतर की धुकधुकी पर काबू पाने के लिए, मन ही मन सुरेन्द्र यादव को कोसा। दायें-बायें गरदन घुमाता, आँखें सुरेन्द्र यादव को इस उम्मीद में खोजती रहीं कि शायद वह रास्ते में ही कहीं मिल जाए। लेकिन जब उसके मिलने की कोई उमीद नज़र नहीं आई तो आख़िरकार, वह अकेले ही—प्रो. मनोरंजन प्रसाद के डेरे पर जा पहुँचा।

गेट के बाहर, सड़क के दोनों ओर कई गाड़ियाँ खड़ी थीं। जीवकान्त के माथे पर बल उभरे—लगता है, अन्दर वीआईपी जमावड़ा है। तो, क्या करे वह? लौट जाना

ही ठीक रहेगा। एक तो वैसे ही अकेले आने का मन नहीं था, ऊपर से यह जमावड़ा? मन हिचका। उल्टे पाँव लौटने के लिए मोटरसाइकिल तक पहुँचा ही था कि सामने से बेचू जी आते दिख गए। बेचू जी की नज़र भी उस पर पड़ गई थी। उसकी ओर लपकते हुए बेचू जी ने जोर से आवाज़ लगाई, 'जीवकान्त जी, वापस काहे जा रहे हैं?'

प्रो. मनोरंजन प्रसाद के खास सेवक, उसे नाम से पहचानने लगे हैं। उनके चेहरे पर आत्मीय होने का-सा भाव था। जीवकान्त को ढाढ़स मिला। मुँह में जमा पीक पिच्च से सड़क पर फेंककर पूछ बैठा, "बेचू जी, अन्दर वीआईपी लोग आया है, क्या?"

"कहाँ का वीआईपी, सर?" बेचू जी उपेक्षा भाव से हँस पड़े, "पोरफेसर लोग आया है, साहेब से भेंट करे।"

बेचू जी के लिए सारे टीचर प्रोफेसर ही थे। लेकिन आँख से लेकर होंठ तक फैला उपेक्षा भाव ऐसा जैसे प्रोफेसर नहीं, चपरासी हों। यह प्रो. मनोरंजन प्रसाद की सोहबत का असर तो नहीं? स्साला, साहेब के नौकर की नाक भी नौ हाथ! जीवकान्त मुस्कराया, "बेचू जी आप इधर क्या कर रहे हैं?"

"पान लेने गए थे।" बेचू जी ने दाहिने हाथ में झूल रहा पॉलिथिन बैग दिखाया, "प्रोफेसर लोग पान बहुत कचरता है। साहेब हुकुम किए, सब लोग को पान खिलाओ, नहीं तो मुखशुद्धि नहीं होगी। हमरा मिथिला में तो पान का बहुते महातिम है। घर आए मेहमान को पान खिलाने का रिवाज है।"

जीवकान्त ने बेचू जी को याद दिलाया, "जाइए फिर, सब लोग आपका इन्तज़ार कर रहा होगा।"

"आप भी आइए न।" बेचू जी ने जोर देकर कहा, "देखिए चलके, अन्दर क्या तमाशा चल रहा है!"

"अरे जाने दीजिए। ऊ लोग के बीच हम क्या करेंगे?" जीवकान्त ने जान छुड़ाने की जल्दबाजी दिखाई।

"सुरेन्दर तो अन्दरे हैं।" बेचू जी ने सूचना दी, 'मीटिंग तो ड्राइंगरूम में चल रहा है। सुरेन्दर लाइब्रेरी में बैठल हैं। पीछे के रास्ता से ढुक जाइए!'

सुरेन्द्र यादव अन्दर उपस्थित है, यह जानकर जीवकान्त की हिम्मत बढ़ी। मोटरसाइकिल किनारे लगाकर बेचू जी के साथ हो लिया।

बरामदे में कोई नहीं था। शायद आज मिलने वालों को मनाकर दिया गया होगा। ड्राइंगरूम का दरवाज़ा बन्द था। लेकिन अन्दर हलचल थी। बरामदे से एक गैलरीनुमा रास्ता अन्दर जाता था। बेचू जी जीवकान्त को लेकर उसी रास्ते से आगे बढ़े।

लाइब्रेरी में सोफ़े पर बैठा सुरेन्द्र यादव अख़बार देख रहा था। जीवकान्त पर नज़र पड़ते ही उसकी आँखें फैलीं और चेहरा खिल गया। उठकर क़रीब आया और जीवकान्त का हाथ पकड़कर बोला, "आव भयवा, आव। बड़ा मौके पर पहुँचे। अकेले हम बोर हो रहे थे।"

"क्या चल रहा है, सुरेन्दर? सुने कि टीचर लोग आया है?" जीवकान्त ने ड्राइंगरूम में चल रही मीटिंग के बारे में उत्सुकता जताई।

सुरेन्द्र यादव रहस्यमय स्वर में फुसफुसाया, "टीचर लोग हड़ताल जारी रखे पर अड़ा है। मनोरंजन बाबू समझा रहे हैं कि हड़ताल समस्या का समाधान न है।"

"फिर?" जीवकान्त ने भी आवाज़ भरसक मद्दिम रखने की कोशिश की।

"फिर क्या? बस, बहसा-बहसी चल रही है। देखिए, क्या होता है?" सुरेन्द्र यादव ने ड्राइंगरूम की ओर खुलने वाले दरवाज़े की तरफ़ इशारा किया।

जीवकान्त ने ड्राइंगरूम की तरफ़ वाले दरवाज़े को देखा। दूसरी ओर से आवाज़ों का आना जारी था। कौन, किसकी आवाज़ थी, अन्दाज़ लगाना सम्भव नहीं था। लेकिन ध्यान से सुनने पर लग रहा था कि आवाज़ समर्पण की मुद्रा में थी, "देखिए मनोरंजन बाबू, हम लोग आपसे बाहर नहीं हैं। आप सम्मानजनक रास्ता निकालेंगे, इतना विश्वास है। जैसा कहिएगा, उसी के आलोक में आगे का फ़ैसला लिया जाएगा।"

"प्रसाद जी, हमको तो लगता है, इस हड़ताल के पीछे राजनीति काम कर रही है। आप बताइए, आप तो स्वयं पिछड़ा वर्ग से हैं, आपके साथ कुछ होता तो क्या टीचर एसोसिएशन ऐसे ही आपका भी साथ देता?" यह प्रो. मनोरंजन प्रसाद थे।

"मनोरंजन बाबू, यहाँ अगड़ा-पिछड़ा वाला मामला नहीं है। मामला टीचर के मान-सम्मान का है। कितनी डिमांड सब पेंडिंग पड़ी है। उसके पूरा होने से तो सभी का भला होगा।" यह प्रो. प्रसाद थे। क्षण भर की चुप्पी के बाद उनकी आवाज़ फिर उभरी, "नौ महीना से वेतन भुगतान बाकी है। टीचर लोग के बाल-बच्चा की पढ़ाई पर असर पड़ रहा है। उधार देने वाला दुकानदार सब भी उधारी देने से मना कर रहा है। कई-कई महीना से लोगों के मकान का किराया बाकी है। मकान मालिक भी धमकी दे रहा है, सो अलग। आपको क्या लगता है, हम लोग शौकिया हड़ताल कर रहे हैं?"

जीवकान्त ने सुरेन्द्र यादव को देखा। सुरेन्द्र यादव फुसफुसाया, "बात तो सहिए कह रहे हैं।"

"प्रसाद जी, आपको तो पता ही है कि सरकार की आर्थिक स्थिति ठीक न चल रही है। केन्द्र सरकार कोऑपरेट न कर रही है। जैसे-तैसे ओवर ड्राफ्ट से काम चल रहा है।" प्रो. मनोरंजन प्रसाद ने लाचारी-सी प्रकट की, "थोड़ा धीरज तो रखना ही पड़ेगा।"

"मनोरंजन बाबू, सरकार का कौन काम रुका है? मंत्री-अफसर वेतन पा रहा है। टीए, डीए उठा रहा है। टेंडर हो रहा है। ठेकेदारी चल रही है। बस, टीचर को दरमाहा देने के लिए पैसा नही है।" यह प्रो. प्रसाद नहीं, किसी दूसरे की आवाज़ थी, "इसीलिए न कि सरकार मानती है कि टीचर लोग जाएगा कहाँ? रो के, चाहे गा के नौकरी करेगा ही।"

"ए एजाज साहेब, हम लोग मुद्दा से भटक रहे हैं।" प्रो. मनोरंजन प्रसाद ने टोका, "मुद्दा हड़ताल का है। पिछलीबार की हड़ताल का क्या हुआ था, बताइए? तीन महीना हड़ताल चली थी। सरकार तो न झुकी। झुकना तो आप ही लोगों को पड़ा न? इस बार भी ऐसा ही हुआ, तो बताइए, क्या इज़्ज़त रहेगी?"

"हुजूर, न सरकार इज़्ज़त करती है, न स्टूडेंट इज़्ज़त करता है। टीचर लोग तो ग़रीब की जोरू होकर रह गया है।" यह कोई तीसरी आवाज़ थी।

"हम भी टीचर हैं।" प्रो. मनोरंजन प्रसाद ने जैसे स्वभाव के विरुद्ध स्वयं को संयत कर रखा हो, बड़ी विनम्रता से समझाने में लगे थे, "एमएलसी आज हुए हैं। आप ही लोग का प्रतिनिधित्व करते हैं। लेकिन राजनीति का रास्ता आसान नहीं है। टीचर एसोसिएशन में जब तक अगड़ा लोग हावी रहेगा, हालत सुधरे वाली न है। हम कहते हैं, आप लोग मामला सँभालिए। सब ठीक हो जाएगा। सीएम भी यही चाहते हैं।"

प्रो. मनोरंजन प्रसाद की इस दलील का शायद असर पड़ा था। प्रो. प्रसाद ने सहमति जताते हुए कहा, "आप से अलग नहीं हैं हम। बस, सम्मानजनक रास्ता निकल जाए। आगे आप जैसा चाहेंगे, वैसा ही होगा!"

"ठीक है। देखते हैं।" प्रो. मनोरंजन प्रसाद ने आश्वस्त करने की कोशिश की, "आज रात सीएम से बात होगी। उम्मीद है, कोई रास्ता निकल जाए!"

"अच्छा तो इजाज़त दीजिए!"

"अरे एजाज साहेब, पनवा तो खा लीजिए!" प्रो. मनोरंजन प्रसाद ने इसरार किया।

"लाइए सर, रख लेते हैं। रास्ता में खा लेंगे।" प्रो. एजाज़ हँसे।

पता नहीं उनकी इस हँसी में झेंप थी या खुशी कि ड्राइंगरूम का माहौल सहज हो आया था।

उनतीस

प्रो. मनोरंजन प्रसाद के डेरे से निकलते-निकलते रात को आठ बज गए। रास्ते में रोककर सुरेन्द्र यादव ने इसरार किया, "जीवकान्त भाई, खाना खाकर जाइए!"

"सर के यहाँ एतना नाश्ता हो गया। अब कौन पेट में खाना खाएँगे?" सुरेन्द्र यादव के अनुरोध को टालता जीवकान्त हड़बड़ी में बोला, "अब हमको चलने दो। 'गोप आवास' में हमको नहीं पाकर सब तरह-तरह का बात बनाएगा।"

"ठीक है, जाइए! हम भी देखते हैं, राजकिशोर को। सुबहे से उसका पता न चला है कि कहाँ है?" सुरेन्द्र यादव विदा में हाथ उठा कर बोला, "कल मिलते हैं।"

जीवकान्त सुरेन्द्र यादव से विदा लेकर सीधे 'गोप आवास' पहुँचा। आवास के नीचे ही पता चल गया कि रमेश जी, दिवाकर जी समेत आवास के सारे लड़के पीजी हॉस्टल गए हैं। जीवकान्त उल्टे पाँव पीजी हॉस्टल भागा।

पीजी हॉस्टल के बाहर कई मोटरसाइकिलें खड़ी थीं। बरामदे में लड़कों की भीड़ थी। कॉमन रूम में मीटिंग चल रही थी। भीड़ में जगह बनाता वह कॉमन रूम में पहुँचा। उस पर नज़र पड़ते ही रमेश जी ने आवाज़ दी, "आओ। आओ जीवकान्त! सही समय पर आए हो!"

भीड़ में लड़कों ने पलटकर उसकी तरफ़ देखा और ख़ुद-ब-ख़ुद सिमटकर उसे आगे आने के लिए रास्ता देने लगे। रमेश जी, दिवाकर जी के बग़ल में खड़े थे। उन्होंने दाहिने हाथ के इशारे से क़रीब आने का इशारा किया। उसने हाथ के इशारे से ही मना किया। लेकिन दिवाकर जी कहाँ मानने वाले थे। अपनी जगह से ही शोर मचाने लगे, "ए जीवकान्त, ई कौनो बात हुआ? मोर्चा सँभालो, मोर्चा। पीछे रहे से काम न चले वाला है।"

दिवाकर जी की इस ललकार के साथ ही जोर-जोर से तालियाँ बजने लगीं। जीवकान्त को समझते देर नहीं लगी कि अब दिवाकर जी को उसकी ज़रूरत महसूस होने लगी है, तभी इतना भाव दे रहे हैं। स्साला, ई सबका हमरा बिना कामो न चले वाला है। मन ही मन मज़ा लेता जीवकान्त रमेश जी के बग़ल में जाकर खड़ा हो गया।

रमेश जी ने सामने खड़े लड़कों की ओर निगाह जमाते हुए अपनी बात रखी, "हम लोग ग़रीब-गुरबा छात्र की लड़ाई लड़ रहे हैं। इससे यूनिवर्सिटी टीचर लोग को अपना धन्धा खतरा में बुझा रहा है। ऊ लोग एक ठो बहाना खोजकर हड़ताल कर दिया है। इसका मतलब साफ़ है कि ऊ लोग हम लोग का आन्दोलन कमजोर करना चाहता है। अब बताओ, ई कहाँ का इंसाफ़ है कि टीचर लोग ग़लत करे, तभियो सही और हम लोग सही करें, तभियो ग़लत?"

रमेश जी क्षण भर को रुके। गला थूक से तर किया। इसी बीच पीजी हॉस्टल का रवीन्दर बोल पड़ा, "ए नेता जी, जो करना है, ऊ न बताइए! हम लोग कोई से कमजोर हैं क्या?"

"बताना क्या है, जी? दिवाकर जी तो बता ही दिए हैं कि अब आन्दोलन तेज़ करना होगा। चुप बैठे से काम न चले वाला है। कल भोरे ही जुलूस लेके मुसल्लहपुर चलना है। वहाँ जितना कोचिंग वाला है, सबको चेता देना है। साफ़-साफ़ बता देना है कि जिस कोचिंग में यूनिवर्सिटी-कॉलेज का टीचर पढ़ाएगा, ऊ कोचिंग बन्द!" रमेश जी ने दाहिने हाथ से कुर्ते के बायें बाजू को चढ़ाते हुए एलाने जंग-सा किया।

रमेश जी के चुप होते ही, दिवाकर जी ने कल के कार्यक्रम की रूपरेखा समझानी शुरू की, "कल भोरे-भोरे लॉ कॉलेज के सामने सब लोग जुट जाओ। वहीं से इंजीनियरिंग कॉलेज होते मुसल्लहपुर चलेंगे। उधरे से गोनू लॉज और गायत्री

लॉज का लड़का लोग भी पहुँच जाएगा। कल सब को मिलकर दिखा देना है कि हम लोग की ताकत क्या है?''

''छात्र एकता!''

''ज़िन्दाबाद! ज़िन्दाबाद!!''

कमलेश ने दाहिने हाथ की मुट्ठी बाँधकर हवा में उछाली और कॉमन रूम नारों के शोर से भर गया।

नारों की इस अनुगूँज में ही जीवकान्त को मनोरंजन बाबू की चेतावनी याद आई, ''यह आन्दोलन नहीं, आग है। इससे किसी का भला नहीं होने वाला है।''

तो रास्ता क्या है? क्या करे वह? इस आन्दोलन से ख़ुद को अलग कर ले? लेकिन अलग होकर अकेला वह क्या करेगा? ऐसे कई सवाल उठ रहे थे और वह अपने आप से जूझ रहा था। बाहर शोर था, भीतर सन्नाटा।

एकजुटता का भरोसा और आक्रामकता का उन्माद लिए रमेश जी की बाँह थामे दिवाकर जी पीजी हॉस्टल से बाहर आए। पीछे-पीछे साथ चलता हुआ लड़कों का हुजूम लॉ कॉलेज गेट तक चला आया। माहौल में गहमा-गहमी थी। लड़के कुछ कर गुज़रने के रोमांच से भरे हुए थे। इस उत्साह को देखकर गद्‌गद रमेश जी ने पीजी हॉस्टल के छात्रों से विदा लेते हुए याद दिलाया, ''कल सबेरे मिलो सब लोग। एक्को लड़का छूटना नहीं चाहिए।''

''भइया की बात!'' पीजी हॉस्टल के विशाल साव ने आश्वस्त किया, ''आप निफिकिर रहिए न!''

रमेश जी और दिवाकर जी 'गोप आवास' जाने के लिए मुड़े। तभी कमलेश ठुनका, ''भइया हो, आजो रात सुखले बीतेगा क्या?''

''स्साला तोरा तो मौका मिलना चाहिए!'' दिवाकर जी एक क्षण को ठिठके। फिर कुर्ते की ज़ेब में हाथ डालते हुए बोले, ''ले तुहो क्या याद करेगा!''

दिवाकर जी आज कुछ ज़्यादा ही उदार दिख रहे थे। कुर्ते की ज़ेब से पाँच सौ का नोट बाहर निकालते हुए जीवकान्त की ओर मुड़कर पूछा, ''जीवकान्त, क्या पियेगा रम कि भिस्की?''

जीवकान्त का मन कुलबुलाया तो ज़रूर। लेकिन इच्छा दबा गया। बेमन से ही सही मनाकर दिया, ''न दिवाकर जी, कुच्छो मन न है। एसिडटी बुझा रहा है। आज रहने दीजिए!''

जीवकान्त दारू मना करे, यह किसी आश्चर्य से कम न था। दिवाकर जी को न विश्वास होना था न हुआ। वह रमेश जी की ओर मुड़कर हँसे, ''देख रहे हैं न, अध्यक्ष जी। जीवकान्ता कंठी धारण कर लिया है।''

''ज़्यादा देर कंठी टिकेवाला न है।'' रमेश जी ने चुटकी ली, ''भिस्की आने दीजिए, फिर देखते हैं।''

अब तक चुपचाप नज़ारा ले रहा केशर मुस्की छाँटते हुए टपका, "ए भइया, पाँच सौ रुपया में क्या होगा? एतना में पिएँगे तो खाएँगे क्या और खाएँगे तो पिएँगे क्या?"

दिवाकर जी ने कसकर झिड़की दी, "स्साला, तू लोग बड़का शोषक हो गया है। अध्यक्ष जी, दीजिए बच्चा सबको कुछ और!"

रमेश जी ने बग़ैर ना-नुकुर के जैसे ही ज़ेब में हाथ डाला चुटरी जयकारा लगाने लगा, "जय हो! अध्यक्ष जी की जय हो।"

रमेश जी ने कुर्ते की ज़ेब में हाथ डालकर जतन से पाँच सौ के एक नोट को बाहर खींचा और कमलेश की ओर बढ़ाकर बोले, "जल्दी लौटना। सबेरे ढेर काम है।"

कमलेश भी रुका नहीं। केशर और चुटरी कमलेश के साथ ही महेन्द्रू की ओर चल दिए।

रमेश जी, दिवाकर जी और जीवकान्त सीधे 'गोप आवास' पहुँचे। सारी राह जीवकान्त को चुप्पी साधे देख दिवाकर जी से रहा नहीं गया। एकदम से छेड़ बैठे, "जीवकान्त, काहे एतना मुरझाया है? बुझाता है, स्साला दिने में झड़ गया है।"

रमेश जी भी हँस पड़े। जीवकान्त लगे हाथ दिवाकर जी के साथ-साथ रमेश जी पर भी निशाना साध गया, "झड़ेवाला समान तो लेके आप लोग घूमते हैं। हम किसके नाम पर झड़ेंगे?"

"देख रहे हैं न रमेश जी! देखिए, जीवकान्ता को, स्साला भिगा के दिया है।" दिवाकर जी ने रमेश जी से टहोका लिया।

जीवकान्त ने ठंडी पड़ी राख पर ऐसी फूँक मारी थी कि रमेश जी के अन्दर दबी चिंगारी दहक उठी। आँखों में अनीता का चेहरा उभरा और पूरी देह गनगना गई। मस्ती की लहर पर सवार उन्होंने जीवकान्त को छेड़ा, "बच्चा है हो! अभी स्साला का दूध का दाँत न टूटा है।"

दिवाकर जी ठहाका लगाकर हँस पड़े।। हँसी आसपास की दीवारों से टकराती, जीवकान्त के भीतर पछाड़ खाने लगी। स्साला, दिवाकरा आज कुछ ज़्यादे खुश हो रहा है! बात क्या है? ई इसकी कोई चाल है कि चमत्कार? जो भी हो नहीं फँसनेवाला वह।

तीस

लाख इसरार के बावजूद जीवकान्त उस रात दारू पीने पर राजी नहीं हुआ। तबीयत खराब होने और सुबह जल्दी तैयार होने का बहाना बनाकर जान छुड़ाई और सीधे अपने रूम में आकर लाइट ऑफ की और चौकी पर पसर गया। आँखें मूँदते ही

दिनभर का घटनाक्रम एक के बाद एक उमड़ने लगे। कभी सन्तू यादव की बातें सही लगतीं, तो कभी प्रो. मनोरंजन प्रसाद के तर्क ठीक लगते। दोनों अगर सही हैं तो ग़लत कौन है? यह वह उलझन थी, जिसमें फँसा वह तय नहीं कर पा रहा था, कि करे तो क्या करे?

"जीवकान्त भाई, ई पोलटिक्स है, पोलटिक्स। इसमें ग़लत और सही न होता है। जिसका दाँव लग गया, वही सही।" प्रो. मनोरंजन प्रसाद के डेरे से निकलते ही सुरेन्द्र यादव ने जब यह गूढ़ बात कही थी, तो वह फटी आँखों से सुरेन्द्र यादव को देखता रह गया था।

"ऐसे क्या देख रहे हैं, हमको?" सुरेन्द्र यादव ने जीवकान्त को चकित देखकर टोका था, "हम कुछ ग़लत कहे क्या?"

"स्साला, पोलटिक्स का एक्सपर्ट हो गया है तुम!" जीवकान्त नें चुटकी ली थी, "मनोरंजन बाबू, तोरा ऐसे ही न सटइले हैं।"

"भइया की बात!" अपने चिरपरिचित लहजे में सुरेन्द्र यादव फिस्स से हँस पड़ा था, "हम तो बस, एतने जानते हैं, एक ठो मज़बूत खूँटा से सटल रहो।"

जीवकान्त को भी तो ऐसे ही एक मज़बूत खूँटे की तलाश थी। एक मन कहता कि प्रो. मनोरंजन प्रसाद का खूँटा मज़बूत है। लेकिन दूसरा मन सन्तू यादव का खूँटा मज़बूत पाता। सन्तू यादव खुल के सामने थे। प्रो. मनोरंजन प्रसाद पर्दे के पीछे थे।

पर्दा हटाकर प्रो. मनोरंजन प्रसाद जैसे ही लाइब्रेरी रूम में घुसे थे कि वह हडबड़ा कर खड़ा हो गया था। टीचर लोगों के जाने के बाद प्रो. मनोरंजन प्रसाद कहीं ज़्यादा परेशानहाल दिख रहे थे। उनकी बेचैनी से लग रहा था कि वह अपने भीतर सन्तुलन नहीं साध पा रहे हैं। उस पर नज़र पड़ते ही बरस पड़े थे, "ई सब के पीछे सन्तू यादव का हाथ है। पहले तो प्रो. डी. सिंह पर सियाही फेंकवाकर आग लगवाया। अब टीचर लोग हड़ताल पर गया है, तो कोचिंग पर बैन लगवाने के लिए जोर मार रहा है। सीएम को पट्टी पढ़ा रहा है। क्या तो बैन न लगा तो स्टूडेंट आन्दोलन भड़क जाएगा।"

पता नहीं प्रो. मनोरंजन प्रसाद जानबूझकर उसे सुना रहे थे या ख़ुद को समझा रहे थे। लेकिन उस वक़्त उनके नथुने फूल-पिचक रहे थे। वह सिंगल सोफ़े पर पसर कर जोर-जोर से साँस लेने लगे थे। साँसों की आवाज़ कमरे में फन काढ़े फुँफकार रही थी।

साँसें जब सम हुईं तो वह जीवकान्त से मुखातिब हुए थे, "कब आए?"

"अभिये आए हैं, सर!" हड़बड़ा गया था जीवकान्त, "दस मिनट हुआ होगा।"

सुरेन्द्र यादव हमेशा की तरह गुम्मी साधे हुए था।

"सुने हैं, छात्र एकता मंच के लोग सन्तू यादव से मिलने गया था? तूहू तो साथे में थे?"

प्रो. मनोरंजन प्रसाद की आँखें उसके चेहरे को बेध रही थीं। वह उनकी ताब सह नहीं पाया था। आँखें चुराते हुए उसने महसूस किया था कि प्रो. मनोरंजन प्रसाद

से कोई भेद छुपना सम्भव नहीं है। होंठों पर जीभ फेरता जवाब देने के लिए ख़ुद को तैयार करना चाहा था। लेकिन साहस नहीं जुटा पाया था। बकार तक नहीं फूटा था।

"सुरेन्दर, बेचू को बोलो, पानी-वानी पिलाए।" प्रो. मनोरंजन प्रसाद नाटकीय फुर्ती से सामान्य होते दिखे थे। जीवकान्त उनके क्षणे रुष्ठा, क्षणे तुष्ठा स्वभाव पर चकित-सा उन्हें देखता रह गया था।

सुरेन्द्र यादव लाइब्रेरी रूम से बाहर चला गया था।

यह एकान्त प्रो. मनोरंजन प्रसाद ने जान बूझकर रचा था। बेहद शान्त और अपेक्षाकृत सौम्य लहजे में उन्होंने जीवकान्त को कुरेदा था, "सन्तू यादव के साथ क्या बातचीत हुई?"

प्रो. मनोरंजन प्रसाद अपनी तोंद पर दाहिना हाथ फिराते हुए उसी की ओर देख रहे थे। उनकी आँखें उसके अन्दर तक टोहती जान पड़ी थीं। वह एकदम से बोल पड़ा था, "सर, कल मुसल्लहपुर में कोचिंग सब पर धावा बोलने की तैयारी है।"

प्रो. मनोरंजन प्रसाद के चेहरे पर कोई भाव नहीं था। उनके भीतर क्या चल रहा है, अन्दाज़ लगाना मुश्किल था। वह उनकी इस चुप्पी से और ज़्यादा आतंकित हो उठा था। अचानक वह सोफ़े पर दाहिनी ओर झुके थे। फिर बग़ल में रखे फ़ोन का रिसीवर उठाकर कोई नम्बर डायल करने लगे थे।

"हलो!" दूसरी ओर कोई था, जिसे उन्होंने सम्बोधित किया था, "मुख्यमंत्री जी को बता दीजिएगा, हम नौ बजे मिलना चाह रहे हैं।"

प्रो. मनोरंजन प्रसाद ने फ़ोन रख दिया था। उनके सपाट चेहरे पर इत्मीनान का भाव लौट आया था। वह मन्द-मन्द मुस्कराने लगे थे। जीवकान्त के लिए यह अद्‌भुत अनुभव था। वह प्रो. मनोरंजन प्रसाद की अगली कार्रवाई की प्रतीक्षा करता रहा था।

सुरेन्द्र यादव लौटा तो उसके पीछे-पीछे बेचू जी भी थे। दो गिलास पानी और दो प्लेट में मिठाई टेबल पर रखकर बेचू जी जाने को हुए कि प्रो. मनोरंजन प्रसाद ने आदेश किया, "अरे कुछ डोसा-वोसा खिलाओ। भूख बुझा रहा है।"

प्रो. मनोरंजन प्रसाद कब गुस्सा, कब खुश, कब हँसेंगे, कब हत्थे से उखड़ जाएँगे, उनके अलावा कोई नहीं जानता। जीवकान्त के मन में प्रश्न उठा था, "यह सब कुछ कैसे कर लेते हैं?"

"कुछ तो करना ही होगा, जीवकान्त बाबू!" प्रो. मनोरंजन प्रसाद पानी का गिलास उठाते हुए बोले थे, "आप लोग जो आग लगाए हैं, उस पर पानी तो डालना ही पड़ेगा।"

प्रो. मनोरंजन प्रसाद की इस वक्रोक्ति से जीवकान्त धक्क् रह गया था। अपने आप में सिमटा पानी का गिलास उठाकर गटगट पानी पीने लगा था।

"यह आन्दोलन नहीं, आग है। इससे किसी का भला नहीं होने वाला!" उसाँस लेते प्रो. मनोरंजन प्रसाद ने चेतावनी-सी दी थी।

जीवकान्त को लगा, इस तरह सोचता रहा, तो दिमाग की नसें फट जाएँगी। मिचमिचाकर आँखें खोल दीं। रूम की छत पर चकत्ते-सा चिपका अँधेरा हिलता जान पड़ा। यह खामख़्याली थी। लेकिन बेहद भयावह। वह घबराकर उठ बैठा। पीछे दीवार में बनी आलमारी के पास जाकर सबसे ऊपर रखी सीएम की तस्वीर के पीछे कुछ ढूँढने लगा। उसकी आँखें आश्चर्य में फैलती चली गईं कि दो पेग भर बचाकर रखी ह्विस्की की बोतल गई कहाँ? आलमारी के सारे खाने खँगाल गया। लेकिन मुराद पूरी नहीं हुई। झुक कर चौकी के नीचे झाँका, तो बोतल लुढ़की पड़ी दिखी। हाथ बढ़ाकर बोतल बाहर खींची। बोतल खाली थी। बोतल को ऊपर-नीचे हिलाकर देखा। एक बूँद भी नज़र नहीं आई। गहरी निराशा के साथ पीने की तलब और जोर मारने लगी। जी में आया कि रमेश जी के रूम में जाए और दो घूँट मार आए। लेकिन, रमेश जी, दिवाकर जी का सामना करने की हिम्मत नही हुई। मन डूबने लगा। समझ नहीं पा रहा था कि उसके साथ यह क्या हो रहा है? वह इतना सोच-विचार क्यों करने लगा है?

''तुम्हारी सबसे बड़ी दिक्कत यही है। तुम आगा-पीछा कुछ नहीं सोचते।'' बाबू जी उसकी हरकत से तंग आकर बिफर पड़ते थे, ''होश ठिकाने न हो तो एक दिन बड़ी ठोकर खाओगे!''

तब वह पैर पटकता घर से बाहर निकल जाता था। माँ पीछे-पीछे आती थी। हाथ पकड़कर समझाती थी, ''बाबू जी तोरे भलाई के लिए बोलते हैं। उनकी बात का मरम समझ।''

''उनकी बात का मरम क्या समझें? हाथ में चूड़ी पहन के बैठें? हमको बाबू जी की तरह मास्टरी नहीं करना है।'' वह गरम खोपड़ी कितनी ही देर तक फनफनाता रहता था और माँ माथे पर हाथ फेरती पुचकारती रहती थी। आज माँ की पुचकार और बाबू जी का बिफरना उसे बेतरह याद आ रहा था। वह थके मन से चौकी पर लौटकर एक बार फिर सोने की कोशिश करने लगा।

नींद और जाग के बीच कोई आहट होती, तो आँख खुल जाती। करवट बदलते ही आँख लग जाती। सुबह दूर थी या रात लम्बी, घड़ी देखने की फ़ुरसत किसे थी?

इकतीस

जुलूस इंजीनियरिंग कॉलेज मोड़ पर पहुँच चुका था। दिवाकर जी ने तेज़ी से आगे बढ़कर सबको रुकने का इशारा किया। जुलूस के रुकते ही कमलेश ने नारा लगाया।

''छात्र एकता!''

''ज़िन्दाबाद! ज़िन्दाबाद!!''

समवेत् स्वर में लड़कों ने दुहराया।

अशोक राजपथ की दुकानें खुल रही थीं। नारों का शोर सुनकर दुकानदार ठिठककर खड़े हो गए।

''जो हम से टकराएगा!''

''चूर-चूर हो जाएगा!!''

दुकानदारों ने तालों में लगी चाभियाँ बाहर निकाल लीं।

''प्राइवेट कोचिंग!''

''बन्द करो!, बन्द करो!!''

अशोक राजपथ पर आवागमन थम गया।

रमेश जी ने जुलूस को आगे बढ़ने का इशारा किया। रमेश जी के साथ ही दिवाकर जी भी आगे बढ़े। कमलेश जीवकान्त को धकियाते हुए बोला, ''जीवकान्त भाई, जनवासा का चाल चलिएगा तो पिछुआ जाइएगा!''

''तोरा बहुत जल्दी है, बेट्टा, तो उड़ान थाम ले।'' कमलेश के अलबलाने पर जीवकान्त ने उसे आड़े हाथों लिया, ''पंख उगा नहीं, लगे फड़फड़ाए!''

कमलेश ठसुआकर रह गया।

''यूनिवर्सिटी टीचर!'' यह रमेश जी थे। वह पूरा जोर लगाकर चीख रहे थे।

जीवकान्त ने हवा में हाथ लहराकर आवाज़ दी, ''होश में आओ! होश में आओ!!''

जुलूस कुनकुन लेन में मुड़ गया।

धीरे-धीरे जुलूस लम्बा होता जा रहा था। गोप आवास, पीजी हॉस्टल और लॉ कॉलेज हॉस्टल के अलावा कई लॉजों के लड़के भी आ जुड़े थे। मुसल्लहपुर पहुँचते-पहुँचते गोनू लॉज और गायत्री लॉज के लड़के भी आ मिले। गोनू लॉज के लड़कों के हाथों में तो हॉकी स्टिक भी थे। राजकमल को स्टिक भाँजते देख रमेश जी जी ने टोका, ''बेट्टा, ई स्टिक काहे लेके आए हो?''

''भइया, कौनो कुछ बोला तो स्साला का माथा फोड़ देंगे!'' राजकमल से पहले आशीष की पिपिहरी बज उठी।

''वाह ज्वान, वाह!'' दिवाकर जी ने आशीष की पीठ थपथपाई, ''तोरा जोश देख के हमरा सीना फूल गया। रमेश जी, देखते हैं, छपरा ज़िला का मर्द। स्साला, ऐसे ही सील तोड़े में माहिर न है।''

रमेश जी ने बेतरतीब हो रहे जुलूस की ओर इंगित कर कहा, ''दिवाकर जी, सँभालिए। देख रहे हैं, सब बेकाबू हो रहा है।''

''जीवकान्ता कहाँ है? बुलाइए उसको। ऊ मोर्चा सँभाले में माहिर है।'' दिवाकर जी की आँखें जीवकान्त को खोजती भीड़ को चीरने लगीं।

केशर नारे लगा रहा था।

''प्राइवेट कोचिंग!''

"बन्द करो! बन्द करो!!"

कमलेश पर नज़र पड़ते ही रमेश जी ने चिल्लाकर आवाज़ लगाई, "जीवकान्त कहाँ है हो?"

जीवकान्त दूर-दूर तक नज़र नहीं आ रहा था। रमेश जी की बेचैनी बढ़ गई। एकबारगी सुबह का वाकया कौंध गया। जुलूस में चलने से पहले जीवकान्त उनके रूम में आया था। वह उस वक़्त बाथरूम से लौटे ही थे। बिना किसी भूमिका के उसने चेताया था, "रमेश जी, हम आपको बहुत अपना मानते हैं, इसीलिए कह रहे हैं, दिवाकर जी से सावधान रहिए!"

रमेश जी हँस पड़े थे। पायजामा हवा में फटकारते हुए झिड़की दी थी, "लगता है, तुमरा दिवाकर जी से खुंदक अब तक खतम न हुआ है?"

"ऐसी बात न है। बस, हमको उनका लच्छन ठीक न बुझाता है। इसी से यह बात बोले।" जीवकान्त ने सफ़ाई दी थी।

"तुम आजकल कुछ ज़्यादा सोच-विचार करे लगे हो।" पायजामा पहनते रमेश जी ने उलाहना दिया था, 'देख रहे हैं, कुछ ज़्यादे छिटकल चल रहे हो?'

"ऐसा कुछ नहीं है, रमेश जी, हम आपसे अलग नहीं हैं। लेकिन दिवाकर जी ज़्यादा हड़बड़ाए हैं। उनके चलते सब भंडोल हो रहा है।"

"छोड़, अब ई सोचे का टाइम न है।" कुर्ता पहनते हुए रमेश जी ने हिदायत थी, "अभी चल। बाद में मिल-बैठ के बतियाएँगे।"

जीवकान्त उल्टे पाँव रूम से निकल गया था। रमेश जी उसके पीछे खाली दरवाज़े को देखते रहे थे। बरामदे के बाहर दूर जाते पाँवों की धमक धीमी होती गई थी।

जीवकान्त के यूँ भीड़ में अचानक लोप हो जाने से उनको कोफ्त हुई। लेकिन यह वक़्त उसके लिए हलकान होने का नहीं था। सामने एक कामयाब प्रदर्शन था और उसके नेतृत्व की ज़िम्मेदारी उन पर थी। वह सिर झटककर नारों में अपनी आवाज़ मिलाने लगे।

छात्रों का जुलूस देखकर मुसल्लहपुर की तमाम दुकानों के शटर गिर गए थे। आवागमन ठहर गया था। सड़क पर सिर्फ़ छात्रों का हुजूम था और नारों का हहराता शोर। फुटपाथों पर खड़े लोग तमाशा देखने की उत्सुकता में हुलक रहे थे।

अचानक दिवाकर जी ने 'ब्राइट फ्यूचर' कोचिंग के सामने जुलूस को रोका। 'ब्राइट फ्यूचर' का मेन गेट बन्द था। गेट पर एक-दो नहीं, पूरे पाँच राइफ़लधारी गार्ड खड़े थे। केशर ने दोनों हाथ लहराकर नारा लगाया।

"जो हमसे टकराएगा!"

"चूर-चूर हो जाएगा!!"

रमेश जी ने आगे बढ़कर गेट पर खड़े एक गार्ड से पूछा, "कहाँ है हो, प्रो. विनोद सिंह? बुलाओ, बात करना है।"

"यहाँ कोई नहीं है, सर। अभी कोई नहीं आया है।" गार्ड ने जवाब दिया।

"अरे मादरचो...झूठ काहे बोलता है? बुला नहीं तो गेट उखाड़ते हैं।" दिवाकर जी आग बबूला हो चीखे।

दिवाकर जी का तेवर देख 'हो-हो-हो' का शोर उठा और कई लड़के 'ब्राइट फ्यूचर' का गेट झिंझोड़ने लगे। गेट के पीछे खड़े गार्ड ने हाथ जोड़कर अनुरोध किया, "सर, बात मानिए, अन्दर कोई नहीं है।"

गार्ड की गिड़गिड़ाहट ने लड़कों का हौसला बढ़ा दिया। भीड़ का रेला मेन गेट को तोड़ता हुआ, 'ब्राइट फ्यूचर' के परिसर में जा घुसा। एक गार्ड ने राइफ़ल की नाल हवा में उठाकर फायर करना चाहा कि कई लड़के उस पर टूट पड़े। गार्ड भीड़ के धक्के से गिरते-पड़ते भीड़ में गुम हो गया। इस आक्रामक तेवर के आगे बाकी गार्डों के हौसले पस्त हो गए।

उधर राजकमल ने हॉकी स्टिक से खिड़कियों के शीशे तोड़ना शुरू कर दिया। आशीष दौड़-दौड़कर पोस्टर, बैनर, होर्डिंग उखाड़ने लगा। कई लड़के तो तोड़-फोड़ करते हुए नाचने लगे। बीच-बीच में नारे गूंज रहे थे।

"प्राइवेट कोचिंग!"

"बन्द करो! बन्द करो!।"

जुलूस अब 'श्योर शॉट' कोचिंग के पास पहुँच गया था। 'श्योर शॉट' के गेट पर भी ताला लटका था। यहाँ कोई गार्ड नज़र नहीं आ रहा था। जुलूस में से कुछ लड़के हल्ला बोलते हुए निकले और 'श्योर शॉट' का गेट पीटने लगे। गेट मज़बूत था। ढक-ढक-ढक की आवाज़ के साथ गेट पर हॉकी स्टिक की ढाँय-ढाँय होने लगी। यह मज़बूत गेट और मज़बूत इरादों के बीच जंग की ज़िद थी। कुछ लड़के ईंट के टुकड़ों से गेट के ताले तोड़ने लगे। एक ताला 'ठक' से खुल गया। उत्साह से भरे लड़कों ने मुट्ठी में ईंट लिए हवा में उछल कर नारा लगाया।

"जो हमसे टकराएगा!"

"चूर-चूर हो जाएगा!"

मुसल्लहपुर की सड़क सकते में थी। किनारे खड़े बिल्डिंगों से टकराता लड़कों का शोर विजय के उन्माद में 'श्योर शॉट' के गेट को तोड़ देने पर आमादा था। हो-हल्ला, उत्पात और आक्रमकता के इस आलम में लड़के सामने पड़ने वाली हर चीज़ को तोड़ने-फोड़ने पर उतारू थे। जिसके हाथ जो आया, वह उसे ही निशाना बनाने लगा। इसी अफरा-तफरी में अचानक कहीं से गोली चलने की आवाज़ गूँजी-धाँय! फिर तो एक के बाद एक धाँय! धाँय!! धाँय!!!

गोलियाँ किधर से चल रही थीं, यह देखने की न तो किसी को फ़ुरसत थी, न ही हिम्मत। देखते ही देखते भीड़ में भगदड़ मच गई। अभी-अभी जो लड़के चरम

उन्माद में तांडव कर रहे थे, जान बचाने की फ़िक्र में इधर-उधर भागने लगे। जिसे जहाँ जगह मिली, उधर भागा। जिसे जहाँ मौका मिला, वहीं छिपने लगा। सड़क पर भागमभाग थी। एक-दूसरे को धकियाते। एक-दूसरे पर गिरते-पड़ते, लड़कों की बदहवासी मुसल्लहपुर ने पहली बार देखी।

गोलियाँ चलनी बन्द हुईं। लेकिन इलाक़े में हर ओर दहशत कायम हो चुकी थी। इस दहशत को तार-तार करती अचानक एक साथ कई पुलिस जीपें आ पहुँचीं। ये कदमकुआँ, कंकड़बाग़ और सुलतानगंज की मोबाइल टीमें थीं। पुलिस जवान जीपों से धड़ाधड़ उतरे और सड़क पर फैल गए।

बत्तीस

"कमलेश को गोली चलावे की क्या ज़रूरत थी?" तमतमाए जीवकान्त ने रमेश जी से दो टूक पूछा, "किसी को लग जाती तब?"

"तुमसे कौन बोला कि गोली कमलेश चलाया था?" सवाल का जवाब देने के बदले रमेश जी ने सवाल किया।

"हम देखे थे!"

"बाकी कोई देखा? बोलो, कोई की हिम्मत है, जो कह दे कि कमलेश गोली चलाया था?" दिवाकर जी ने सख़्त लहजे में प्रतिवाद किया, "और भलाई इसी में है कि तुम भी मुँह बन्द ही रखो!"

यह धमकी थी। जीवकान्त भड़क उठा, "दिवाकर जी, अगर ई बात है, तो हम आप लोग के साथ नहीं रहेंगे!"

"हम जानते थे, तुम ऊपरे से बोल्ड बनते हो। भीतर से हो डरपोक। ई बात हम रमेश जी को पहले ही बताए थे।" दिवाकर जी ने खिल्ली उड़ाते हुए रमेश जी की तरफ़ देखा, "क्या रमेश जी, बोले थे न हम?"

"ए जीवकान्त, ई लड़ाई है। लड़ाई में सब कला अपनाना पड़ता है।" रमेश जी बग़ैर उत्तेजित हुए, जीवकान्त को समझाने लगे, "कमलेश की गोली चलावे से एक तीर से दो निशाना सधा।"

जीवकान्त ने फटी आँखों से रमेश जी को देखा। उनके होठों पर मुस्कान गहरा गई थी।

"गोली चले से कोचिंग वाला सब दहशत में रहेगा और हम लोग कहेंगे कि कोचिंगवाला गोली चलाया है। इससे सरकार हम लोग के दबाव में रहेगी। ऐसे हम लोग के दोनों हाथ में लड्डू है।"

रमेश जी का तर्क सुनकर जीवकान्त की बुद्धि चकरा गई। स्साला, ई लोग तो बड़का राजनीति खेल रहा है। रमेश जी ऊपर से जितना शान्त दिखते हैं, भीतर से उतने ही शातिर हैं। और ये दिवाकर! स्साला, ई तो सब खेल का मास्टर माइंड है। इसकी थाह लेना आसान नहीं।

जुलूस में भगदड़ के बाद जीवकान्त सीधे 'गोप आवास' लौटा था। रमेश जी के कमरे में जैसे ही घुसा था दिवाकर जी दारू का गिलास लिए बैठे कुछ खुसुर-फुसर कर रहे थे। रमेश जी के सामने खाली गिलास पड़ा था। दोनों को इस तरह इत्मीनान से दारू पीते देख उसका दिमाग भन्ना गया था। छूटते ही वह भड़क गया था, "कमलेश को आप लोग कुछ ज़्यादा सिर पर चढ़ा रहे हैं। ऊ बेहाथ होता जा रहा है।"

"ऊ तुमरी तरह नक़ली फायर ब्रांड न है।" दिवाकर जी भी तैश में आ गए थे, "वह आन्दोलन के लिए कुछ भी कर सकता है।"

"कुछ भी का मतलब क्या है? गोली किसी को लग जाती तो?" जीवकान्त की तुर्शी बरकरार थी।

रमेश जी ने जीवकान्त का हाथ पकड़कर खींचा, "बैठ। आराम से बैठ। एक पैग ले। सब समझ आ जाएगा!"

जीवकान्त का दिमाग सचमुच भन्नाया हुआ था। लगा, एकाध पैग लिए बग़ैर मिज़ाज दुरुस्त नहीं होगा। बिना हील-हुज्जत रमेश जी के बग़ल में बैठ गया।

रमेश जी ने एक गिलास निकाला और अपने हाथ से पैग बनाकर जीवकान्त की ओर बढ़ा दिया। जीवकान्त ने चुपचाप गिलास पकड़ा और एक लम्बा घूँट खींचकर आधा खली गिलास टेबल पर रख दिया।

इस बीच रूम में छाई चुप्पी के बीच दिवाकर जी मूँगफली कुतर रहे थे।

रमेश जी ने एक घूँट गले के नीचे उतारकर बारी-बारी से दिवाकर जी और जीवकान्त को देखा, फिर जीवकान्त को लक्ष्यकर बोले, "जीवकान्त सुने हैं, आजकल तू मनोरंजन बाबू के डेरा का बड़ा चक्कर लगा रहा है?"

जीवकान्त का नशा तो चढ़ने से पहले ही फट गया। कैसे पता चला इन लोगों को? भीतर खलबली मची। बाहर से संयत रहने की कोशिश करता बोला, "काहे प्रो. मनोरंजन प्रसाद से मिले में कोई हरज है क्या?"

जीवकान्त उल्टा सवाल दाग देगा, शायद यह उम्मीद किसी को नहीं थी। दोनों असहज हो गए थे। दिवाकर जी ने अपनी असहजता छुपाने की कोशिश में खिल्ली उड़ाई, "तुम नहीं जानते हो, मनोरंजन बाबू का औकात! ऊ सुअर का गू हैं। न लीपे के काम आए न पूजे के।"

स्साला दिवाकर जब बोलता है, ज़हरे बोलता है। भीतर से जले-भुने जीवकान्त ने प्रतिवाद करना चाहा। लेकिन उसके कुछ बोलने से पहले रमेश जी टपक पड़े,

"मनोरंजन बाबू ख़ाली यूनिवर्सिटी पोलटिक्स भर सिमटे हैं। उससे आगे उनकी कोई चलती न है।"

"तो?" जीवकान्त ने तमतमाकर सवाल किया, "इसीलिए मनोरंजन बाबू से मिलना ग़लत है?"

"मिले से कौन मना कर रहा है?" रमेश जी ने पैंतरा बदला, "लेकिन पोलटिक्स तो समझना पड़ता है न! तुम जानबे करते हो, वह कोचिंग के ख़िलाफ़ कभी कुछ न बोलते हैं। बोलेंगे भी नहीं, काहे से कि टीचर लोग के ख़िलाफ़ जाइए न सकते हैं।"

'कैसे जाएँगे?' दिवाकर जी ने बात लपक ली, 'ख़िलाफ़ कैसे जाएँगे? कोचिंग वाला टीचर सबसे ऊ खुदे पैसा खाते हैं।'

दिवाकर जी के इस आरोप से जीवकान्त तिलमिला गया। प्रो. मनोरंजन प्रसाद पर यह हमला उसे नागवार गुज़रा। उसने पलटवार किया, "पैसा कौन नहीं खा रहा? आप लोग भी तो वही कर रहे हैं?"

यह सीधी चोट थी। खुलेआम आरोप। रमेश जी अवाक्, तो दिवाकर जी आहत। फट ही तो पड़े, "तुम क्या साधू हो! तुमको हिस्सा न मिलता है क्या? बोलो कि इतना फुटानी कैसे छाँटते हो? बाबू जी के माल पर?"

"ए दिवाकर जी, बाबू जी पर मत जाइए!" जीवकान्त उठ खड़ा हुआ, "ढेर उघटा-पइंचा मत कीजिए, न तो ठीक न होगा।"

रमेश जी स्थिति बिगड़ते देख जल्दी से उठे और जीवकान्त को कन्धे से थामकर रूम के बहार ले आए। दरवाज़े से दूर ले जाकर समझाया, "जीवकान्त, अभी तुमरा मिज़ाज गरमाया हुआ है। जाओ, आराम करो। फिर ठंडा मन से बात करेंगे।'

"अरे ऊ क्या बात करेगा, रमेश जी!" दिवाकर जी ने रूम में बैठे-बैठे तीर छोड़ा, "मनोरंजन बाबू उसको पोरफेसर बनावे का चारा डाले होंगे। इससे ज़्यादा उनका औकाते क्या है?"

जीवकान्त की इच्छा तो हुई कि पलटकर करारा जवाब दे। लेकिन रमेश जी ने आँख के इशारे से चुप रहने को कहा तो वह ज़हर का घूँट पीकर रह गया।

तैश में अपने रूम को जाने वाली सीढ़ियाँ फलाँगता जैसे ही ऊपरी मंजिल पर पहुँचा कमलेश से सामना हो गया। कमलेश उसे देखकर मुस्करा रहा था। उसकी मुस्कराहट में साफ़ ऐंठ थी। पता नहीं क्यों उसे कमलेश की यह मुस्कराहट खली नहीं। उल्टे उसने सहज भाव से कमलेश को टोका, 'कमलेश, तुमसे कुछ बात करनी है।"

कमलेश की फैली आँखों में कोई सवाल उभरा। जीवकान्त उसे वैसे ही हठात् छोड़कर अपने रूम की ओर बढ़ गया। जब तक रूम का दरवाज़ा खोलता कमलेश उसके पीछे आ खड़ा हुआ।

रूम में घुसकर स्विच ऑन करने के साथ ही जीवकान्त पलटा, "आओ कमलेश, बैठो!"

कमलेश ने रूखे स्वर में पूछा, "क्या बात है?"

"बैठोगे तब न बताएँगे!" अपनी चौकी पर बैठने के साथ ही जीवकान्त ने कमलेश को कुर्सी की ओर इशारा किया।

टेबल के साथ लगी कुर्सी पर कमलेश अनमना-सा बैठा। उसका चेहरा निहायत भावहीन था। वह जुलूस में जीवकान्त द्वारा उड़ाए गए मज़ाक़ को अभी तक भूला नहीं था। सपाट लहजे में बोला, "कहिए!"

जीवकान्त ने कमलेश का रुख भाँपकर बिना लाग-लपेट के पूछा, "जुलूस में गोली काहे चलाए तुम?"

कमलेश को इस सवाल की उम्मीद नहीं थी। उसके चेहरे का रंग फीका पड़ गया। हड़बड़ी में बोल गया, "ग़लती से चल गई।"

'कोई की जान चली जाती तो?'

जीवकान्त के प्रश्न का कमलेश से जवाब देते न बना। वह होंठ भींचे रहा।

जीवकान्त संयत स्वर में बोला, "तुम पढ़े-लिखे वाला लड़का हो, ई सब लफड़ा में काहे पड़ते हो?"

हकबकाया-सा कमलेश आँखें फाड़े जीवकान्त को ताकता रह गया। ख़ुद लंठई करने वाला यह जीवकान्त, आज सन्त-वचन काहे बोल रहा है? कहीं कौनो चाल तो नहीं चल रहा? मन की आशंका ज़ब्त किए हुए दबी ज़ुबान से पूछा, "जीवकान्त भाई, ई आप कह रहे हैं?"

"कमलेश, बूझो बात! अपना गोटी लाल करे के फेरा में सब लोग तुमको इस्तेमाल कर रहा है। कल को तुमरे साथ कुछ हुआ तो कोई आगे न आएगा।"

कमलेश पर उसकी बात का असर नहीं हुआ। उल्टे सवाल किया, "काहे? एक-दूसरे का साथ देने के लिए ही न 'छात्र एकता मंच' बना है?"

"कमलेश, जहाँ पोलटिक्स होती है, वहाँ कोई साथ न देता है। ख़ाली सबका साथ लेता है।"

जीवकान्त को ख़ुद यक़ीन नहीं आया कि वह इतनी बड़ी बात बोल गया है! उसके अन्दर पोलटिक्स को समझने की यह अन्तर्दृष्टि कहाँ से आ गई? कमलेश एकटक उसी को देखे जा रहा था। जीवकान्त के होंठों पर मुस्कराहट उभरी। कमलेश ने आँखें झपकाईं।

"जो ग़लती किए, सो किए। बस बाबू, आगे ध्यान रखना।" जीवकान्त जैसे कमलेश को नहीं, ख़ुद को ही समझा रहा हो, "यहाँ कोई किसी का न होता है। सब स्वारथ है। स्वारथ!"

"जीवकान्त भाई! आप सहिए कह रहे हैं। हमको गोली नहीं चलाना चाहिए था।" कमलेश के स्वर में अफ़सोस था, "हम तो नया हैं। जोश में होश न रहता है। आगे से सावधान रहेंगे।"

''ठीक है, जाओ!'' कमलेश के कन्धे पर आश्वस्ति भरा रखकर जीवकान्त बोला, ''सबेरे मिलना तो डिटेल में बात होगी।''

कमलेश चुपचाप उठा और 'गुडनाइट' रूम से बाहर निकल गया। जीवकान्त दरवाज़े पर खड़ा उसे सीढ़ियाँ उतरते देखता रहा।

तैंतीस

सुबह-सुबह 'गोप आवास' में कोहराम मचा हुआ था। हर ओर अफरा-तफरी। बदहवासी। जैसे कोई भूचाल आया हो। चुटरी जीवकान्त के रूम का दरवाज़ा पीटते हुए चीख रहा था, ''जीवकान्त भाई, कमलेश को कोई गोली मार दिया है। चलिए, जल्दी चलिए।''

जीवकान्त को अपने कानों पर विश्वास नहीं हुआ। इस ख़बर से सन्न उसका दिल धक्क् कर गया। चेहरे पर हवाइयाँ उड़ने लगीं। कमलेश की सूरत आँखों में नाच गयी। रात में हुई उससे बात, मुलाकात याद आते ही कलेजा मुँह को आ लगा। हकबकाया हुआ दरवाज़ा खोलकर बाहर आया। सामने चुटरी रुआँसा खड़ा था। उस पर नज़र पड़ते ही जैसे उसका धीरज टूट गया, ''कमलेश की हालत बहुते खराब है। उसको पीएमसीएच ले गया है सब।''

आगे कुछ सुनने-जानने का धैर्य नहीं रह गया था। तेज़ी से सीढ़ियाँ फलाँगता नीचे पहुँचा। मोटरसाइकिलों के चिंघाड़ने की आवाज़ें गूँज रही थीं। उसने भी अपनी मोटरसाइकिल स्टार्ट की। चुटरी उछलकर उसके पीछे सवार हो गया।

रानीघाट गली पार करते ही जीवकान्त ने पूछा, ''चुटरी, ई सब कैसे हुआ रे?''

''कमलेश दिवाकर जी के साथ चाय पिये निकला था। चाय की दुकानों पर एक ठो मोटरसाइकिल पर दू ठो लड़का आया और गोली चला दिया।'' चुटरी का गला भर्रा गया था। वह एकदम से चुप हो गया।

पीजी हॉस्टल, हथुआ हॉस्टल के लड़के झुंड के झुंड सड़क पर निकल आए थे। चाय-पान, लिट्टी-चोखा की दुकानें बन्द हो चुकी थीं। लेकिन इन दुकानों के इर्द-गिर्द भीड़ जमा थी। चेहरों पर तनाव, बेचैनी और दहशत थी। इस दहशत को 'गोप आवास' के लड़कों की मोटरसाइकिलों का शोर और बढ़ा रहा था। भयावह आगत की सिहरन से पूरा इलाक़ा सहमा हुआ था।

पीएमसीएच इमरजेंसी वार्ड के बाहर दो पुलिस जीपें खड़ी थीं। एक जीप के बाहर खड़ा पीरबहोर थाने का इंचार्ज इन्स्पेक्टर तसलीमुद्दीन बार-बार माथे का पसीना पोंछता हुआ वायरलेस पर व्यस्त था। गेट के आसपास पुलिस जवान मुस्तैद

थे। गेट की सीढ़ियों की मुंडेर पर रमेश जी, दिवाकर जी, केशर और भानू बैठे थे। उनकी गमज़दा खामोशी के भीतर बेचैनी पछाड़ें खा रही थीं। दिवाकर जी का चेहरा तो इस क़दर सफ़ेद पड़ा हुआ था मानो देह का सारा रक्त निचुड़ गया हो।

जीवकान्त जल्दी से मोटरसाइकिल स्टैंड पर खड़ा कर लपकता हुआ सीढ़ियों के पास पहुँचा। रमेश जी ने उसपर उचटती नज़र डाली। उनकी गीली आँखें जीवकान्त ने लक्ष्य कीं। अपने भीतर साहस जुटाकर पूछा, ''कैसा है कमलेश?''

रमेश जी ने सर उठाया। होंठ फड़के। बोल नहीं पाए। गला भर गया था।

रमेश जी की हालत देख भानू धीरे से बोला, ''खून बहुत बह गया है।''

भारी मन से सब पर उचटती नज़र डालता जीवकान्त वापस चुटरी के पास आकर खड़ा हो गया। इस बीच 'गोप आवास' के लड़के जुटने लगे थे। सबके चेहरे पर बदहवासी थी। गम और गुस्सा उबल रहा था। वे घटना के बारे में अटकलें लगा रहे थे। आक्रोश जता रहे थे। उनके बीच फुसफुसाहटें तेज़ हो गई थी।

''कौन गोली मारे का हिम्मत किया होगा, रे?'' किसी ने जिज्ञासा जाहिर की थी।

''हमको तो बुझाता है, ई गोनू लॉज का मलिकवा का काम होगा!'' केशर ने आशंका व्यक्त की।

''काहे? प्रो. डी-सिंह का गुंडा सब भी तो कर सकता है?'' चुटरी ने दलील दी।

तभी अचानक एक के पीछे—एक तीन पुलिस जीपें इमरजेंसी गेट पर आकर रुकीं। सबसे आगे सिटी एसपी की जिप्सी थी। उसके पीछे खड़ी हुई जीपों में से धड़धड़ कर जवान उतरे और सिटी एसपी के ईर्द-गिर्द घेरा बना लिया।

सिटी एसपी जिप्सी से उतरकर इमरजेंसी वार्ड के गेट के पास पहुँचा। दौड़ते हुए आए इन्स्पेक्टर तसलीमुद्दीन ने सैल्यूट ठोंका। अस्पताल के गार्ड ने जैसे ही गेट खोला, लड़कों के झुंड से आवाज़ आई, ''पटना पुलिस!''

''मुर्दाबाद! मुर्दाबाद!!''

नारे के शोर से पूरा कैम्पस गूँज गया।

सिटी एसपी ने गेट में दाखिल होने के साथ ही अपने पीछे जीप में आए एक इन्स्पेक्टर को कुछ निर्देश दिया। इन्स्पेक्टर ने सिर हिलाया। सिटी एसपी दो सिक्योरिटी गार्डों के साथ गलियारे में बढ़ गया। इन्स्पेक्टर तसलीमुद्दीन पीछे-पीछे दौड़ा।

सिटी एसपी के निर्देश पर अमल के लिए वह इन्स्पेक्टर रमेश जी और दिवाकर जी के पास आकर खड़ा हो गया। फिर समझाने के लहजे में बोला, ''अस्पताल में शोर मचाने से क्या होगा? धैर्य रखिए आप लोग, धैर्य!''

''और आप लोग हाथ पर हाथ धर कर बैठे रहिए!'' अब तक खामोश बैठे दिवाकर जी उबल पड़े।

"नहीं, हम लोग बैठे नहीं हैं। चारों तरफ़ नाकाबन्दी हो गई है। पुलिस छापामारी कर रही है। अपराधी सब जल्दिये पकड़ा जाएगा।" इन्स्पेक्टर ने पूर्ववत् संयत स्वर में आश्वस्त करना चाहा।

दिवाकर जी के माथे पर बल पड़ गए।

"आप लोगों को किसी पर शक है?" इन्स्पेक्टर ने दिवाकर जी से पूछा।

"हाँ है।" दिवाकर जी तीखे स्वर में बोले।

सब की आँखें दिवाकर जी पर जा टिकीं।

इन्स्पेक्टर ने एक हवलदार को आवाज़ दी, "राय जी, इनका बयान लिखिए तो!"

कड़क मूंछों वाले हवलदार राय जी जीप में रखे काग़ज़ और पेन समेटकर क़रीब आए।

इन्स्पेक्टर ने दिवाकर जी को समझाया, "पूरी घटना विस्तार से बताइए। कब, कैसे, क्या हुआ?"

दिवाकर जी ने खंखारकर गला साफ़ किया। फिर एक-एक कर लड़कों पर नज़र डाली। सभी उनकी बात सुनने को उत्सुक दिखे। जीवकान्त स्वयं घटना के बारे में जानने के लिए अतिरिक्त सतर्क हो गया।

'हम और कमलेश दोनों यादव आवास से चाय पीने के लिए चिंटुआ की दुकान पर गए थे। चिंटुआ चाय बना रहा था। हम अख़बार पढ़ रहे थे। कमलेश हमसे अख़बार में छपे समाचार के बारे में पूछ रहा था। हम उसको समाचार के बारे कुछ बता ही रहे थे कि पच्छिम ओर से एक ठो मोटरसाइकिल आई। हम लोग उस पर कोई ध्यान नहीं दिए। इतने में मोटरसाइकिल पर पीछे बैठा एक लड़का फायर कर दिया। जब तक हमको कुछ समझ में आता देखे कि कमलेश ज़मीन पर गिर पड़ा है।"

दिवाकर जी के माथे पर पसीना आ गया था। वह एकदम से चुप हो गए। उनकी आँखों में पूरा दृश्य नाच रहा था। हवलदार दिवाकर जी के आगे बोलने की प्रतीक्षा में एकटक उनकी ओर देखने लगा।

इन्स्पेक्टर ने दिवाकर जी से पूछा, "आप पहचाने कि वो सब कौन था?"

"नहीं।" खोये-खोये स्वर में दिवाकर जी बोले, 'हम तो ज़मीन पर गिरे कमलेश को सँभालने में लग गए थे। हमरा गाथा काम नहीं कर रहा था कि क्या करें। बड़ी मुश्किल से लाद-फांदकर कमलेश को यहाँ लेकर आए। गोली उसकी छाती में लगी है। बहुते खून बह रहा था।"

"आपको किस पर शक है?"

"ई काम प्रो. डी. सिंह का गुंडा सब किया है। और किसी में हिम्मत नहीं है।" दिवाकर जी ने दो टूक आरोप लगाया।

"आप ऊ लड़का सबको पहचान सकते हैं?" इन्स्पेक्टर ने फिर सवाल किया।

"क़द-काठी से पहचान लेंगे।" दिवाकर जी ने असमंजस के बावजूद जोर देकर कहा, "जो मोटरसाइकिल चला रहा था, उसका एक झलक देखे थे।"

इन्स्पेक्टर कोई और सवाल करता, कि इमरजेंसी का गेट खुला और सिटी एसपी बाहर निकला। इन्स्पेक्टर और पुलिस जवान सावधान हो गए। सिटी एसपी ने इन्स्पेक्टर से पूछा, "बयान हुआ?"

"सर!" इन्स्पेक्टर ने जवाब के साथ ही दिवाकर जी की ओर इशारा करके कहा, "ये हैं चश्मदीद।"

सिटी एसपी दिवाकर जी के कन्धे पर हाथ रखकर गम्भीर लहजे में बोला, "कुछ लोग पकड़े गए हैं। आप आइए हमारे साथ। आपको उनकी पहचान करनी होगी।"

दिवाकर जी के चेहरे पर उलझन दिखी। रमेश जी ने सिर हिला कर दिवाकर जी को चलने का संकेत दिया।

दिवाकर जी को ठिठका देख सिटी एसपी ने रमेश जी को इशारा किया, "आइए, आप भी साथ चलिए!"

"लेकिन सर... !" रमेश जी हिचके, "वो कमलेश... ।"

"कुछ नहीं होगा। डॉक्टर देख रहे हैं।" सिटी एसपी ने आश्वस्त किया, "अपराधियों की शिनाख़्त के बाद आप लोग आ जाइएगा।"

रमेश जी निरुत्तर हो गए। सिटी एसपी के साथ दिवाकर जी और रमेश जी आगे बढ़े, तो लड़के मोटरसाइकिलें स्टार्ट करने लगे।

एक पुलिस जीप पर रमेश जी, दिवाकर जी सवार हुए। जीप बैक होने लगी। जब तक जीप बैक होती सिटी एसपी की गाड़ी सर्र से मेन गेट की ओर बढ़ गई। बाकी पुलिस जीपें भी एक के बाद एक मेन गेट की ओर बढ़ीं।

'गोप आवास' के लड़कों की मोटरसाइकिलों का झुंड इन जीपों के पीछे चल पड़ा।

चौंतीस

सब कुछ रातों-रात हो गया।

आनन-फानन कमलेश की लाश का पोस्टमार्टम करा दिया गया! देर रात कमलेश के पिता को पीएमसीएच लाया गया और पुलिस के घेरे में कमलेश की लाश के साथ उन्हें वापस गाँव भेज दिया गया।

थाने में पकड़कर लाए गए अपराधियों को दिवाकर जी नहीं पहचान पाए, तो पुलिस ने दिवाकर जी और रमेश जी को साथ लेकर शहर में छापेमारी शुरू कर दी। छापेमारी देर रात तक चलती रही। दिवाकर जी छापेमारी के दौरान भी उठाए गए लोगों को नहीं पहचान पाए। आख़िरकार, थके-हारे पुलिसवालों ने रमेश जी और दिवाकर जी को उजास फूटते न फूटते 'गोप आवास' पहुँचा दिया। इसके साथ ही 'गोप आवास' के नीचे दो सशस्त्र पुलिस जवान तैनात दिखे।

'गोप आवास' रात भर सोया नहीं था। सभी रमेश जी और दिवाकर जी की प्रतीक्षा करते रहे थे। कमलेश की मृत्यु पर अफ़सोस करते, एक-दूसरे को दिलासा देते रात आँखों में कटी थी। सुबह-सुबह रमेश जी, दिवाकर जी को लौटा देखकर आवास के लड़कों ने उन्हें घेर लिया। जितने मुँह, उतने सवाल, उतनी उत्सुकताएँ।

थके, टूटे, हैरान, परेशान दोनों किसी सवाल का जवाब देने की स्थिति में नहीं थे। किसी तरह ख़ुद को समेटते हुए रमेश जी ने भारी मन से कहा, "ई सब हम लोगों को डराने के लिए हुआ है। हम लोगों की एकता तोड़े की चाल है।"

भीतर ही भीतर ख़ुद से जूझ रहे दिवाकर जी ने जीवकान्त पर नज़र पड़ते ही गहरे हताश स्वर में पूछा, "अब क्या कहते हो, जीवकान्त?"

जीवकान्त तो स्वयं ही अवसन्न था। कमलेश से हुई आख़िरी बात, उसका मासूम चेहरा और कुछ करने गुज़रने की मंशा से भरा उसका स्वभाव स्मृति से एक पल के लिए भी नहीं उतरा था। वह कमलेश को बचाना चाहता था। लेकिन उसे नहीं बचा पाया था, यह कचोट उसे खाए जा रही थी। ठंडी साँस छोड़ते हुए जवाब दिया, "कमलेश को न्याय दिलाने के लिए जो करना हो करिए, हम साथ हैं।"

रमेश जी ने दिवाकर जी को देखा। दिवाकर जी गहरे अवसाद में थे। उन्होंने कोई प्रतिक्रिया देने के बजाय अपनी उदास आँखें छत पर गड़ा दीं।

रमेश जी ने सामने खड़े लड़कों की मन:स्थिति का जायज़ा लेते हुए फ़ैसला सुनाया, "जीवकान्त ठीक कहता है, कमलेश को न्याय दिलाना होगा। इसके लिए सरकार पर दबाव बनाना ज़रूरी है। जब तक हत्यारा न पकड़ाएगा हम लोग चैन से न बैठेंगे! चलो, सब लोग इंजीनियरिंग कॉलेज मोड़ पर चलते हैं। वहीं सड़क जाम और प्रदर्शन होगा!"

रमेश जी के एलान ने जैसे दिवाकर जी के अन्दर जमे अवसाद को छँटने की राह मिली हो उन्होंने जोर से हुंकार भरी, 'कोचिंग के ख़िलाफ़ लड़ाई में ही हमारा साथी कमलेश शहीद हुआ है। हम उसका बलिदान बेकार नहीं जाने देंगे। यह ग़रीब, पिछड़े छात्रा-युवा के लिए न्याय का संघर्ष है। चलो भाई लोग, आज अपनी एकता की ताकत दिखा दो।"

दिवाकर जी के इस आह्वान के साथ ही बग़ैर किसी तर्क-वितर्क के लड़के हाथों में हॉकी स्टिक लेकर 'गोप आवास' से बाहर निकले और गली में जमा होकर रमेश

जी, दिवाकर जी और जीवकान्त के आने की प्रतीक्षा करने लगे। गली में मनहूस सन्नाटा भाँय-भाँय कर रहा था। आसन्न आगत की कल्पना से सहमा हुआ मुहल्ला दहशत में डूबा था।

रमेश जी और दिवाकर जी को नीचे 'गोप आवास' से बाहर देखकर पुलिस के एक जवान ने टोका, "आप लोग ऐसे बाहर नहीं जा सकते!"

रमेश जी चकराए। दिवाकर जी ने तीखे स्वर में पूछा, "काहे? काहे नहीं जा सकते?"

"आप लोगों की जान को खतरा है।" एक जवान, जो सीनियर जान पड़ता था, बोला, "हम लोगों को ऊपर से आदेश है।"

"जान का खतरा है" सुनकर रमेश जी सकपकाए। लेकिन दिवाकर जी तो उलटे उखड़ गए, "जान को खतरा है तो हम लोग साड़ी पहिन के घर में बैठ जाएँ? हदे करते हैं, महराज आप लोग।"

"जो आदेश है, वो आपको बताए। बाकी आप लोग जैसा सोचिए।" वही सीनियर जवान अपनी ड्यूटी बताकर जैसे ज़िम्मेदारी से फारिग हुआ।

"जान रहे चाहे जाए। हम लोग डरे वाला न हैं।" निर्णायक स्वर में जवाब देते दिवाकर जी आगे बढ गए।

रमेश जी, जीवकान्त भी साथ चल पड़े। रानीघाट मोड़ पर पहुँचकर केशर ने नारा लगाया।

"छात्र एकता!"

"ज़िन्दाबाद! ज़िन्दाबाद!!"

लॉ कॉलेज के क़रीब पहुँचकर रमेश जी ने लड़कों को हाथ के इशारे से रोका। सबके रुकते ही उन्होंने नारेबाजी की कमान अपने हाथ में ले ली।

"शहीद कमलेशः अमर रह!, अमर रहे!!"

लड़कों ने दूने जोश से नारा बुलन्द किया।

कमलेश को इंसाफ़ दो!

इंसाफ़ दो! इंसाफ़ दो!

नारा जैसे-जैसे तेज़ होता गया, पीजी हॉस्टल, लॉ हॉस्टल से लड़कों का आना शुरू हो गया। देखते-देखते छात्रों की भीड़ जमा हो गई। रमेश जी ने मन्द-मन्द मुस्कराते हुए दिवाकर जी को देखा जैसे कह रहे हों-देखा न हमरा कमाल! ठसे जीवकान्त ने कनखियों से लक्ष्य किया और भीतर ही भीतर तड़प उठा।

दिवाकर जी धीरे से रमेश जी से सटे और फुसफुाकर बोले, "प्रशासन कमलेश का लाश उसके गाँव भेजकर सब गड़बड़ कर दिया।"

रमेश जी ने आश्चर्य से दिवाकर जी को देखा। दिवाकर जी ने उनका मनोभाव भाँप लिया। बोले, 'लाश होती तो उसी को सड़क पर रखकर प्रदर्शन करते। देखते आप, तब कितना ज़्यादा असर होता!'

रमेश जी होंठ भींचकर रह गए। दिवाकर जी ने अपनी रमेश जी के मन की टोह लेने की कोशिश की, "क्या बात है, आप कुछ बोल नहीं रहे?"

"कमलेश का चेहरा याद आ जा रहा है। बेचारा बहुते अच्छा लड़का था!" रमेश जी के स्वर में सहानुभूति थी।

"लड़का तो अच्छा था ही। लेकिन क्या करिएगा, मौत पर कोई का बस तो है ना। सोचिए, गोली हमको भी लग सकती थी!"

दिवाकर जी की बात में सच्चाई थी। होने को कुछ भी हो सकता था। रमेश जी अन्दर तक हिल गए। उन्होंने ख़ुद सँभालकर जुलूस को आगे बढ़ने का इशारा किया।

जीवकान्त रमेश जी और दिवाकर जी के ठीक पीछे था। लेकिन वह इस वक़्त तय नहीं कर पा रहा था कि वह इस जुलूस के साथ है या नहीं। वह बस यंत्रवत् चला जा रहा था।

"दिवाकर जी, इतनी बड़ी बात हो गई। फिर भी विधायक जी की ओर से कौनो खोज-ख़बर नहीं लिया गया?" रमेश जी ने चिन्तातुर हो पूछा।

"अरे आपको पता नहीं है क्या, कि विधायक जी क्षेत्र में गए हैं?" दिवाकर जी ने विधायक सन्तू यादव का बचाव किया, "आज साँझ तक आ जाना चाहिए। देखिएगा, वो चुप न बैठेंगे!"

रमेश जी सिर हिलाकर रह गए। जीवकान्त को ख़याल आया, मनोरंजन बाबू की इस घटना पर क्या प्रतिक्रिया होगी? क्या वह चुप बैठेंगे? नहीं, तो फिर क्या करेंगे?

"करेंगे क्या?" रमेश जी ने पूछा और दिवाकर जो ने पूरा का पूरा एजेंडा समझाना शुरू कर दिया, "देखिए, यही मौका है, जब हम सरकार पर दबाव डाल सकते हैं। कोचिंग के आन्दोलन में कमलेश की जान गई है। इसलिए कोचिंग को बैन कराने का यही सही समय है। कमलेश का हत्यारा पकड़ाए और उसके घर वालों को मुआवजा मिले यह भी माँग में जोड़ना होगा!"

रमेश जी ने सहमति में सिर हिलाया, "हाँ, ठीक कहते हैं आप?"

"स्साला दिवाकरा।" जीवकान्त ने मन ही मन दिवाकर जी को लानत दी, "बड़का विषखोपड़ा है।"

इंजीनियरिंग कॉलेज मोड़ के क़रीब पहुँचते-पहुँचते नारों का शोर और तेज़ हो गया।

"जब तक सूरज-चांद रहेगा!"

"कमलेश तेरा नाम रहेगा!!"

"शहीद कमलेश!"

"अमर रहे! अमर रहे!!"

इंजीनियरिंग कॉलेज मोड़ पर पीरबहोर थाने की जिप्सी खड़ी थी और पुलिस जवान कन्धे पर राइफ़लें टाँगे सड़क पर चौकस थे। इन्स्पेक्टर तसलीमुद्दीन वाकी-टॉकी पर बात कर रहा था। लड़कों के हुजूम को आते देख, वाकी-टॉकी पर बतियाना छोड़, जवानों से मुखातिब हो गया, ''सब लोग एलर्ट रहिए। सिटी एसपी साब आ रहे हैं।''

जवान थोड़ा और सजग हो गए। अशोक राजपथ के दोनों किनारे खड़े होकर, सड़क से गुज़रने वालों को तेज़ी से हाँक कर बढ़ने का इशारा करने लगे।

अशोक राजपथ का इंजीनियरिंग कॉलेज मोड़ किसी अनहोनी की गिरफ़्त में कसने लगा था। आसपास की दुकानें खुली नहीं थीं। लेकिन दुकानों के ऊपर की रिहाइश और दुकानों के आगे की फुटपाथ पर उत्सुक तमाशबीन औचक-भौंचक खड़े थे।

जब तक जुलूस इंजीनियरिंग कॉलेज मोड़ पर पहुँचता, महेन्द्रू की ओर से सुलतानगंज थाने की जिप्सी आ खड़ी हुई। इन्स्पेक्टर रामलखन प्रसाद जिप्सी की अगली सीट से उछलकर इन्स्पेक्टर तसलीमुद्दीन के पास पहुँचे। इन्स्पेक्टर तसलीमुद्दीन ने इन्स्पेक्टर रामलखन प्रसाद को देखकर अभिवादन किया। जवाब में इन्स्पेक्टर रामलखन प्रसाद ने आशंका व्यक्त की, ''पता न आज क्या बवाल करेगा सब!''

''देखिए क्या होता है!'' इन्स्पेक्टर तसलीमुद्दीन मोड़ की ओर आते जुलूस को एकटक देखते हुए बोला, ''बिना फोर्स मामला सँभलने वाला न है।''

''सैप पहुँच ही रहा होगा।'' इन्स्पेक्टर रामलखन प्रसाद ने आश्वस्त किया।

नारों का शोर और तेज़ हो गया था। जुलूस के आगे रमेश जी और दिवाकर जी थे, तो उनके अगल-बग़ल केशर और चुटरी। जीवकान्त रमेश जी के पीछे था। अचानक दिवाकर जी मुड़े और जीवकान्त को आगे खींचते हुए बोले, ''पीछे काहे हो जीवकान्त, आगे आओ, आगे!''

जीवकान्त को सँभलने का भी मौका नहीं मिला। दिवाकर जी ने अपने और रमेश जी के बीच में उसे खींचकर ललकारा, ''जीवकान्त भयवा, आज तोरे मोर्चा सँभालना है।''

जीवकान्त पगहा तुड़ाने के अन्दाज़ में अड़ गया, ''दिवाकर जी, मन ठीक न है। आज हमसे न हो पाएगा।''

''मन तो कोई का ठीक न है, भाय!'' रमेश जी ने उत्साहित करने की कोशिश की, ''लेकिन भागे से काम न चलेगा! ई लड़ाई तो हम लोग को लड़ने पड़ेगा!''

जीवकान्त को कुछ बोलने का अवसर दिए बिना दिवाकर जी बोले, ''समझ लो, आज तुमरी परीच्छा है। आजे तय हो जाएगा आर कि पार!''

जीवकान्त की पूरी देह लहर गई। इच्छा हुई कि दिवाकर जी का कॉलर पकड़कर चीख पड़े, ''अरे, कमलेश का असली हत्यारा तो तुम ही हो। तुमरे चक्कर में बेचारा मारा गया!''

पता नहीं, उसके चेहरे का भाव रमेश जी ने भाँप लिया या हालात की नज़ाकत समझ में आ गई। वह जीवकान्त के कन्धे पर हाथ रखकर मनुहार पर उतर आए, "जीवकान्त, तोरा हाथ जोड़ते हैं। अभी चुप रह। अभी अपना एकता दिखाना ज़्यादा ज़रूरी है, बाबू!"

जीवकान्त ने बेबसी में होंठ भींच लिए।

जुलूस के क़रीब पहुँचते ही इन्स्पेक्टर तसलीमुद्दीन और इन्स्पेक्टर रामलखन प्रसाद ने जवानो को निर्देश देना शुरू कर दिया। जवान फुर्ती से सड़क पर फैलने लगे। पुलिस को देखकर लड़कों का जोश उबाल में आ गया। नारों का शोर हहराता हुआ आसमान तक गूँजने लगा। जुलूस की शक़्ल में आता हुजूम अशोक राजपथ पर सैलाब-सा फैल गया। देखते ही देखते अशोक राजपथ जाम हो गया।

"शहीद कमलेश!"

"अमर रहे! अमर रहे!!"

"पटना पुलिस!"

"हाय-हाय! हाय-हाय!!"

इस शोर के बीच भी जीवकान्त ख़ुद को अकेला पा रहा था। उसे आश्चर्य हुआ कि कभी इसी मोड़ पर, इसी तरह हंगामा करते हुए वह कितना रोमांच से भरा होता था। लेकिन आज? आज वह भीतर तक सन्नाटे में डूबा हुआ था। बाहर का सारा कोलाहल भी उसमें कोई रोमांच पैदा नहीं कर पा रहा था। कमलेश की हत्या, दिवाकर जी की चालाकी, रमेश जी का ढुलमुलपन, सबके बीच वह ख़ुद को सहज नहीं कर पा रहा था।

पैंतीस

देखते ही देखते पीरबहोर, सुलतानगंज के अलावा, कदमकुआँ, गाँधी मैदान और आलमगंज की पुलिस जिप्सियों में भरकर आए पुलिस जवानों ने प्रदर्शनकारी लड़कों के जुलूस को चारों ओर से घेर लिया था।

इन्स्पेक्टर तसलीमुद्दीन ने रमेश जी और दिवाकर जी को समझाने की पहल शुरू कर दी थी, "आप लोगों की बात सुनने के लिए सिटी एसपी साहब ख़ुद आ रहे हैं। जो ग्रीवांस हो उनसे कहिएगा। तब तक शान्ति बनाए रखिए।"

"क्या शान्ति बनाए रखें, इन्स्पेक्टर साहब!" दिवाकर जी का गुस्सा फटा, "हमरा साथी मारा गया और आप कहते हैं हम शान्ति बनाए रखें।"

''देखिए, पुलिस अपना काम कर रही है। सिटी एसपी साहब ख़ुद छापामारी का कमान सँभाले हुए हैं। कुछ सुराग मिला है। कातिल सब जल्दिये पकड़ाएगा!''

रमेश जी ने अधीरता से हस्तक्षेप किया, ''लेकिन हम लोग की माँग का क्या होगा? कमलेश की मौत का मुआवजा मिलना चाहिए कि नहीं? छात्रों को सुरक्षा मिलना चाहिए कि नहीं?''

''सिटी एसपी साहब से बात कीजिएगा आप लोग! वही सब बता पाएँगे!'' इन्स्पेक्टर तसलीमुद्दीन ने तसल्ली देने के साथ ही वाकी-टॉकी को कान पर सटाया।

नारों का शोर जारी था। लड़के हवा में हाथ लहराते, किसी भी हद तक गुज़र जाने को उतावले दिख रहे थे। इसी शोर के बीच केशर क़रीब आया और दिवाकर जी से पूछने लगा, ''भइया, क्या कहते हैं आप? क्या करना है अब?''

इसी वक़्त सिटी एसपी की गाड़ी आकर रुकी। सिटी एसपी के गाड़ी से उतरने के पहले ही कई पुलिस जवानों ने उनको घेरे में ले लिया। सिटी एसपी रमेश जी, दिवाकर जी की ओर बढ़ ही रहा था कि एक बार फिर नारों का शोर आकाश भेदने लगा। सिटी एसपी इस शोर की परवाह किए बग़ैर रमेश जी के क़रीब पहुँचा और बिना किसी भूमिका के बोलना शुरू कर दिया, 'कमलेश के हत्यारों को अगले चौबीस घंटे के अन्दर गिरफ़्तार कर लिया जाएगा। इसके अलावा कमलेश के परिजनो को दस लाख मुआवजा देने का सरकार ने फ़ैसला लिया है।''

''हमारी बाकी माँगों का क्या होगा?'' दिवाकर जी ने तल्खी से पूछा, ''कोचिंग पर बैन का क्या होगा?''

''देखिए, यह लॉ एंड ऑर्डर का मामला नहीं है। यह सरकार की नीति का मामला है। आपकी इस माँग का फ़ैसला सरकार ही ले सकती है। हम आपकी माँग सरकार तक पहुँचा सकते हैं।'' सिटी एसपी ने अपनी भूमिका और सीमा दोनों बता दी।

''जब तक कोचिंग पर बैन लगाने की हमारी माँग नहीं मानी जाएगी, हम आन्दोलन जारी रखेंगे।'' रमेश जी ने दृढ़ स्वर में प्रतिवाद किया।

''इस सम्बन्ध में मैं कुछ नहीं कह सकता।'' सिटी एसपी ने विवशता जाहिर करने के साथ ही अनुरोध किया, ''मेरा रिक्वेस्ट है, आप लोग यह प्रदर्शन समाप्त कीजिए। लॉ एंड ऑर्डर बनाए रखने में हमें कोऑपरेट कीजिए।''

''नहीं, प्रदर्शन समाप्त नहीं होगा। जब तक सरकार हमारी माँग नहीं मानती हम प्रदर्शन वापस नहीं लेंगे।'' दिवाकर जी ने फ़ैसला-सा सुना दिया।

सिटी एसपी ने भी सख़्त लहजे में चेतावनी दे डाली, ''फिर हमें आप लोगो को गिरफ़्तार करने पर मजबूर होना पड़ेगा!''

अभी-अभी सिटी एसपी जिस शालीनता से बात कर रहा था, उसका वह तेवर आश्चर्यजनक रूप से बदल गया था। वह कहीं ज़्यादा कठोर और चौकन्ना हो गया था। इससे पहले कि स्थिति बेकाबू हो, जीवकान्त को पता नहीं क्या सूझा कि वह बेसाख़्ता बोल पड़ा, "रमेश जी, एसपी साहब ठीक कह रहे हैं। हमें प्रदर्शन समाप्त करके कमलेश की याद में शोक सभा करना चाहिए। आन्दोलन तो चलबे करेगा। लेकिन आज हमें कमलेश को श्रद्धांजलि देना चाहिए। कमलेश के बलिदान का मान रखना चाहिए!"

यह प्रस्ताव इतना अप्रत्याशित था कि दिवाकर जी अवाक् रह गए। लेकिन रमेश जी को स्थिति समझते देर न लगी। उन्हें जीवकान्त के तर्क में दम नज़र आया। उन्होंने भी सिर हिलाते हुए सहमति जताई, "जीवकान्त, कहते तो तुम ठीक हो।" फिर बग़ैर देरी किए उन्होंने सिटी एसपी से निवेदन किया, "सर, दो मिनट शोकसभा करके, हम प्रदर्शन समाप्त कर देंगे।"

सिटी एसपी ने चारों ओर सरसरी नज़र घुमाई। सड़क पर पूरी फोर्स मुस्तैद थी। इत्मीनान हो जाने के बाद उसने शोकसभा की अनुमति दे दी।

रमेश जी पीछे खिसके। एक बन्द दुकान की बेंच पर खड़े हुए और नारे लगाते लड़कों की भीड़ को दोनों हाथों से चुप कराते हुए बोले, "भाइयों, मेरी बात सुनिए। शान्त हो जाइए और ध्यान से मेरी बात सुनिए!"

केशर, चुटरी और जीवकान्त भी दोनों हाथ ऊपर उठाकर, लड़कों को चुप कराने की कोशिश में लग गए। लड़कों का शोर धीरे-धीरे थमने लगा। जीवकान्त ने चोर नज़र से देखा, दिवाकर जी, अचानक किसी लुटे हुए मुसाफ़िर की तरह भीड़ में ठसुआए खड़े थे।

"भाइयों, सिटी एसपी साहब हमारे साथी शहीद कमलेश के हत्यारों को चौबीस घंटे के अन्दर गिरफ़्तार करने का वादा किए हैं और उनके परिवार को सरकार की ओर से दस लाख का मुआवजा देने की घोषणा किए हैं।"

रमेश जी की इस सूचना के साथ ही नारा गूँजा।

"शहीद कमलेश!"

"अमर रहे! अमर रहे!!"

रमेश जी ने हाथ हिलाकर बात जारी रखी, "हम सिटी एसपी साहब से रिक्वेस्ट करते हैं कि यह घोषणा वह स्वयं सब लोग के सामने करें।"

सिटी एसपी मुस्कराया। वह जहाँ खड़ा था, वहीं से बोला, "पुलिस अपना काम कर रही है। कमलेश के हत्यारे चौबीस घंटे के अन्दर पकड़ लिए जाएँगे। सरकार ने मृतक कमलेश के परिजनों को दस लाख मुआवज़ा देने का निर्णय लिया है। यह चेक आज ही उनके परिजनों तक पहुँचा दिया जाएगा। मेरा आप सबसे अनुरोध है, आप यह प्रदर्शन समाप्त कीजिए और हमें लॉ एंड ऑर्डर बनाए रखने में सहयोग कीजिए!"

सिटी एसपी की घोषणा के साथ ही पता नहीं किधर से एक पत्थर आया और सीधे उसके माथे पर आकर लगा। सिटी एसपी ने झटके से अपना माथा थाम लिया। हथेली के नीचे खून छलका। उसको अगल-बग़ल से घेरे सुरक्षा जवानों ने बन्दूकें तान लीं। सिटी एसपी ने बायें हाथ से सुरक्षा जवानों को बरजा। इन्स्पेक्टर तसलीमुद्दीन और इन्स्पेक्टर रामलखन प्रसाद ने सिटी एसपी को भीड़ से बाहर निकालने के लिए उसे अपने घेरे में ले लिया।

किसी और अनहोनी की आशंका को टालने के लिए पुलिस जवानों ने भीड़ पर लाठियाँ चलानी शुरू कर दीं। प्रदर्शनकारी लड़के, सड़क पर खड़े तमाशबीन सभी के सभी बदहवास इधर-उधर भागने लगे। रमेश जी, दिवाकर जी, जीवकान्त, केशर, चुटरी भागने की स्थिति में नहीं थे। पुलिस जवानों ने उनकी मुश्कें कसकर पकड़ ली थीं।

सिटी एसपी की गाड़ी सायरन बजाते जैसे ही निर्विघ्न निकली अशोक राजपथ पर सैफ़ जवान लोगों की धुनाई करने में जुट गए।

छत्तीस

घंटा भर बाद ही सिटी एसपी सिर पर पट्टी बाँधे पीरबहोर थाने में दाखिल हुआ। छूटते ही इन्स्पेक्टर तसलीमुद्दीन को हुक्म दनदना दिया, "इन लड़कों का चालान करिए!"

"सर!" इन्स्पेक्टर तसलीमुद्दीन की एड़ियाँ बजीं।

सिटी एसपी रुका नहीं। उसकी गाड़ी के थाना परिसर से निकलने तक इन्स्पेक्टर सावधान की मुद्रा में खड़ा रहा।

"हुज़ूर, क्या कहते हैं?" मुंशी जी ने इन्स्पेक्टर तसलीमुद्दीन को टोका, "लड़का लोग का चलान करना होगा?"

"सिटी साब का आदेश सुने नहीं क्या?" इन्स्पेक्टर तसलीमुद्दीन झुँझलाया हुआ पलटा, "पुलिस कप्तान का माथा फोड़ा है तो भुगते सब!"

मुंशी जी का चेहरा उतर गया। वह मरियल स्वर में बोला, "ठीक है, हम काग़ज़ तैयार करते हैं।"

"हड़बड़ाए की ज़रूरत नहीं है।" इन्स्पेक्टर तसलीमुद्दीन ने मुंशी जी को रोका, "थोड़ा इन्तज़ार कर लीजिए। देखते हैं, आगे क्या होता है!"

इन्तज़ार किसी चमत्कार की और आशंका किसी अनहोनी की इतनी कठिन थी कि इन्स्पेक्टर तसलीमुद्दीन की साँसें टँगी रहीं। दो बजे तक जब कोई उम्मीद नज़र

नहीं आई तो उन्होंने मुंशी जी को आवाज़ लगाई। लेकिन मुंशी जी न तो आए, न उनकी कोई सुगबुग मिली। वह बेचैन हो उठा। बाहर का जायज़ा लेने के लिए अपने कक्ष से निकलकर बरामदे में आया ही था कि ठीक सामने मेन गेट से विधायक सन्तू यादव की गाड़ी अन्दर आती दिखी। वह हड़बड़ाया हुआ सीढ़ियाँ फलाँगता विधायक जी की गाड़ी के पास पहुँचा और दोनों एड़ियाँ बजाकर सैल्यूट मारा।

गाड़ी से बाहर निकलते ही विधायक जी इन्स्पेक्टर तसलीमुद्दीन पर बरस पड़े, "क्या हो इन्स्पेक्टर साहब, अपना लड़का सब को अभी तक काहे रोक के रखे हैं?"

"हुजूर, सिटी एसपी का आदेश है चालान करने का!" इन्स्पेक्टर तसलीमुद्दीन के स्वर में सफ़ाई कम शिकायत ज़्यादा थी।

"स्साला सिटी एसपी! उसको तो हम बाद में देख लेंगे।" विधायक जी इन्स्पेक्टर तसलीमुद्दीन पर गरजे, "पहले अपना लड़का लोग को छोड़िये!"

"जी...जी...!" इन्स्पेक्टर तसलीमुद्दीन मिमियाया, "ऊ...ऊ क्या है कि...!"

"सुनिए, जो हम कहते हैं, ऊ करिए, न तो आप बूझते हैं न? एक्के झटका में तेलहंडा में चले जाइएगा!" विधायक जी अपने असली तेवर में आ गए थे।

इन्स्पेक्टर तसलीमुद्दीन की हिम्मत जवाब दे गई। वह बग़ैर एक क्षण की देरी किए, थाने के अन्दरूनी बरामदे की ओर भागा।

उसके लौटने से पहले ही रमेश जी, दिवाकर जी, जीवकान्त, केशर और चुटरी की आवाज़ें गूँजी, "पुलिस ज़्यादती! नहीं चलेगी! नहीं चलेगी!!"

विधायक जी के चेहरे पर दर्प ठाठें मार रहा था। उनके ठस्से को अगल-बग़ल स्टेनगन के साथ मुस्तैद खड़े बॉडीगार्ड कहीं ज़्यादा बढ़ा रहे थे। पूरा थाना सहमा-सा ठिठका हुआ था। नारों की गूँज तेज़ होती जा रही थी और पुलिस वाले चुपचाप सुन रहे थे।

दिवाकर जी के क़रीब आते ही विधायक जी ने उन्हें लक्ष्य कर कहा, "दिवाकर, हमको पता चला है कि ऊ सब तुमरा मर्डर करना चाहता था, ग़लती से गोली कमलेश को लग गई।"

धरती डोल गई। दिवाकर जी का तमतमाया चेहरा राख हो गया। दिल डूबता-सा जान पड़ा। रमेश जी भी सनाके में थे। उनका चेहरा भी फक् पड़ गया था। अलबत्ता, जीवकान्त के भीतर उठी एक तीखी हूक उसके मर्म को बेध गई।

विधायक जी से दिवाकर जी की हालत छुपी नहीं रही। उनके कन्धे पर हाथ रखकर बोले, "ई किसका काम है, जल्दिये पता चल जाएगा। हमरा आदमी सब लगा है। हाँ, तुम लोग को भी सावधान रहे की ज़रूरत है।"

रमेश जी ने बुझे मन से पूछा, "अब हम लोग को क्या करना चाहिए, सर?"

"यहाँ से चलो, फिर बताते हैं कि क्या करना चाहिए!" विधायक जी आदेश देकर सीढ़ियाँ उतरे और अपनी गाड़ी के पास पहुँच कर रुके।

रमेश जी और दिवाकर जी गाड़ी के क़रीब पहुँचे, तो विधायक जी ने दिवाकर जी से कहा, "तुम चलो हमरे साथ।"

आदेश देने के साथ ही विधायक जी गाड़ी की पिछली सीट पर जा बैठे। दिवाकर जी बिना किसी की परवाह किए तुरन्त दूसरे गेट से विधायक जी की गाड़ी में बैठ गए। सुरक्षा गार्ड्स के बैठते ही गाड़ी मेन गेट से बाहर निकल गई। रमेश जी पिटे-से विधायक जी की गाड़ी को जाते देखते रहे।

"रमेश जी चलें?" ठीक पीछे खड़े जीवकान्त ने पूछा।

"आं हाँ!" रमेश जी चिहुँके। जीवकान्त की तरफ़ पलटकर बोले, "हाँ, चलते हैं।"

पीरबहोर थाने के बाहर, अशोक राजपथ गुलजार था। लेकिन रमेश जी के भीतर गहरी उदासी घर कर गई थी। अचानक ही जैसे कोई सदमा बैठ गया था। थाने के बाहर सड़क के किनारे गुम-से थम गए थे। उनके साथ जीवकान्त, केशर और चुटरी भी थे, फिर भी वह स्वयं को अकेला महसूस कर रहे थे। इस अकेलेपन के गहराते अहसास के बीच उन्हें बेतरह अनीता की याद आ गई। उन्हें लगा, अभी, इसी वक़्त उन्हें अनीता से मिलना चाहिए!

"सुनो, तू लोग 'गोप आवास' पहुँचो। हमको कुछ काम है। आते हैं थोड़ी देर में।" रमेश जी जीवकान्त से मुखातिब हुए।

"ठीक है। थोड़ा सचेत रहिएगा!" जीवकान्त ने चेताया।

रमेश जी ने एक रिक्शा रुकवाया और उछल कर जा बैठे।

रिक्शा के आगे बढ़ते ही जीवकान्त ने पूछा, "तू लोग चाय पियोगे?"

केशर और चुटरी दोनों ने एक साथ सहमति में सिर हिलाया। जीवकान्त दोनों को लेकर सड़क के दूसरी ओर सब्जीबाग़ की ओर बढ़ा। फलों की दुकानों के पीछे चाय की दुकान थी। कहते हैं, कभी यह टमटम पड़ाव था। टमटम तो रहे नहीं, लेकिन अब यह चायखोरों का पड़ाव होकर रह गया है।

चाय की घूँट सुड़कते हुए जीवकान्त ने बात छेड़ी, "क्या कहते हो तुम लोग?"

दोनों ने इस अबूझ प्रश्न पर जीवकान्त को जिज्ञासा से देखा।

"अरे ईहे सब जो हो रहा है। कमलेश का मर्डर, हम लोग की गिरफ़्तारी। रमेश जी, दिवाकर जी की नेतागीरी!" टुकड़े-टुकड़े में सूत्र जोड़कर जीवकान्त ने बात स्पष्ट की।

"हमको तो बहुते खराब लग रहा है, जीवकान्त भाई।" चुटरी को जैसे मन में दबा भय व्यक्त करने का मौका मिल गया, "संजोग था, जो बच गए। न तो जेल जाने की नौबत आ ही गया था।"

"विधायक जी के आगे पुलिस का कुछ न चलता है।" केशर ने प्रतिवाद किया, "देखे न इन्स्पेक्टरवा का सिट्टी-पिट्टी गुम था!"

केशर विधायक जी के रौब में ऊभचूभ था।

"लेकिन, ई मत भूलो कि जो हुआ, सब ग़लत हुआ है। पुलिस जब चाहे गिरफ़्तार कर सकती है।" जीवकान्त ने वस्तुस्थिति समझाई, "पुलिस छोड़ी नहीं है। हम लोग को पुलिस कस्टडी से जबरन छुड़ाया गया है।"

केशर को जवाब देते नहीं बना। जीवकान्त भी चुपचाप चाय पीने लगा। अचानक पीछे से किसी का हाथ कन्धे पर आकर पड़ा। जीवकान्त मुड़ा। सामने अंशुमन और रीता अधिकारी थे।

"क्या साथी, अकेले-अकेले चाय पी रहे हैं?" अंशुमन ने छेड़ा।

"अकेले कहाँ यार, दू-दू ठो जवान साथ में है।" जीवकान्त ने भी चुहल की, "आओ, चाय पियो!"

दो चाय का ऑर्डर देकर जीवकान्त फिर अंशुमन की ओर घूमा, "कहाँ जा रहे हो तू लोग?"

"साथी, एक ठो प्रोग्राम है। उसी की तैयारी में भागा-दौड़ी चल रही है।" अंशुमन ने हाथ में लिये कार्ड को दिखाते हुए बताया, "परसों पटना कॉलेज सेमिनार हॉल में प्रोग्राम है। आओ न तुम भी!"

जीवकान्त ने कार्ड पढ़ने के बाद नज़र उठाकर देखा। खद्दर का कुर्ता और जींस में खड़ी रीता अधिकारी की आँखे कहीं खोई हुई थीं। साँवली-सी यह लड़की जैसे सब की उपस्थिति से असम्पृक्त-सी थी। सहसा, रीता अधिकारी ने उचटती नज़र से पहली बार जीवकान्त को देखा। जीवकान्त को रीता अधिकारी की आँखों में कैसी तो तरलता नज़र आई कि वह ठगा-सा रह गया।

"कमलेश की हत्या बहुत दुखद है।" अंशुमन ने अफ़सोस जताया।

कोई कुछ नहीं बोला। थोड़ी देर तक चुप्पी तिरती रही। इसी अनबोले में एकाएक रीता अधिकारी की आवाज़ गूँजी, "जिस आन्दोलन की कोई दिशा न हो, उसे तो अराजक होना ही है।"

जीवकान्त अवाक् रीता अधिकारी को देखता रह गया।

खाली गिलास रखकर अंशुमन बोला, "धन्यवाद साथी! चलते हैं। बहुत काम है।"

रीता अधिकारी एक कार्ड जीवकान्त की ओर बढ़ाते हुए बोली, "टाइम मिले तो आइएगा!"

कार्ड लेकर जीवकान्त ने सहमति में सिर हिलाया। रीता अधिकारी और अंशुमन के जाते ही केशर ने पूछा, "ई छौंड़ी कौन है, जीवकान्त भाई?"

जीवकान्त को केशर का यह लहजा नागवार गुजरा। चिढ़ा-सा जवाब दिया, "छौंड़ी ना, कॉमरेड है, कॉमरेड!"

"छौंड़ी और कॉमरेड में क्या फ़रक़ होता है?" ढीठ-सा मुस्कराया केशर।

"ऊहे फ़रक़ है, जो भैंस और बुद्धि में।" जीवकान्त ने कस कर एक धौल जमाई, "चल, अब चलते हैं।"

सैंतीस

इस वक़्त जब कि मन बेहद उदास था। हर ओर सारा कुछ उजाड़ ही उजाड़ लग रहा था। बाहर-भीतर बेथाम बवंडर हाँय-हाँय कर रहा था। कमलेश की हत्या और उसके बाद के तमाम घटनाक्रम से रमेश जी इस क़दर विचलित थे कि कहीं अकेले बैठकर ख़ुद को सँभालना चाहते थे। इसी वक़्त पता नहीं क्यों, उन्हें अनीता की शिद्‌दत से याद आई थी। पहली बार महसूस हुआ था कि उन्हें अनीता की ज़रूरत है और वह उसके साथ मन खोलकर बतियाना चाहते हैं।

रिक्शा जैसे ही गर्ल्स हॉस्टल की ओर मुड़ा उनके सीने में धक-धक बढ़ गई। अगर विद्या मिल गई तो? क्या जवाब देंगे उसे? हुँह! मन में उपेक्षा भाव उभरा-उसकी परवाह क्यों करें? रिक्शा गर्ल्स हॉस्टल गेट के पास पहुँच गया था। उन्होंने धड़कते दिल से गार्ड को आवाज़ दी, "अनीता को बुलाओ!"

गार्ड सूचना देने अन्दर जा चुका था।

अनीता की प्रतीक्षा के दौरान रमेश जी हॉस्टल बिल्डिंग के ऊपर बरामदे से झाँकती लड़कियों को निहारने की ताब नहीं ला पाए। अपने आप में खोये ख़ुद को संयत करने की कोशिश करते रहे।

अनीता दबे पाँव आई या वह ही बेख़्याली में गुम थे कि उसके आने का उन्हें अन्दाजा नहीं हुआ। अनीता पास आ खड़ी हुई थी। जींस और रेड टॉप में अनीता के जिस्म का हर कटाव साफ़ नज़र आ रहा था। खुले बाल की लटें चेहरे पर थीं, जिन्हें दाहिने हाथ की उँगली से कान के पीछे करते हुए अनीता ने हौले से पूछा, "क्या हुआ, तबीयत ठीक है न?"

"तबीयत ठीक न है, इसीलिए तो तुमसे मिलने चला आया!" रमेश जी ने बेसब्री पर काबू पाने की कोशिश की।

"कमलेश जी का सुनके बड़ा दुख हुआ!" अनीता की चहक में थोड़ी-सी सिमसिमाहट आ गई, "ई सब कैसे हो गया?"

"हमरो समझ में कुछ न आ रहा है, अनीता! मन बहुते अशान्त है।" रमेश जी की भावुकता में आकुल उदासी भी शामिल हो आई थी, 'ऐसा होगा सपनो में न सोचे थे!"

"आइए, घाट की ओर चलते हैं। वहीं बैठकर बात करते हैं।" अनीता जैसे उनकी उद्विग्नता को भाँप गई थी।

रमेश जी की सहमति की प्रतीक्षा किए बग़ैर अनीता घाट की ओर जाने वाले रस्ते पर बढ़ गई। रमेश जी चुपचाप अनीता के पीछे चलते रहे। घाट पर पहुँचकर लगा जैसे वह किसी दूसरी दुनिया में आ गए हैं। दूर तक फैला गंगा का प्रशान्त जल और नीचे तक जाती सीढ़ियों की मुंडेरों पर जगह-जगह बैठे लड़के-लड़कियाँ। वह

एकदम से ठिठके और फिर फेफड़ों में ढेर हवा खींची जैसे ख़ुद को ताज़ादम करने का उपक्रम कर रहे हों।

"क्या हुआ रुक क्यों गए?" अनीता बिल्कुल निकट आकर मुस्कराई।

अनीता की मुस्कराहट को साँसों में महसूसते हुए रमेश जी की आँखें मिचमिचाईं। प्रशस्त घाट, गंगा का फैलाव और लड़के-लड़कियों के इस प्रेमिल दृश्य के बीच अनीता को बिल्कुल अपने पास पाकर, वह ख़ुद को किसी मायालोक में पा रहे थे। जी में रह-रहकर एक ही ख़याल उठ रहा था, "रमेश यादव, कितने अभागे हो तुम! आजतक यह सब कभी काहे नहीं सूझा?"

"आइए, वहाँ बैठते हैं।" घाट की सीढ़ियाँ उतरती अनीता ने दाईं ओर के एक एकान्त की ओर इंगित किया।

रमेश जी इस वक़्त किसी सम्मोहन में बंधे अनीता के पीछे-पीछे उस एकान्त तक उतर आए। अनीता मुंडेर पर बैठते हुए बोली, "बैठिए न!"

अनीता के इस आग्रह में एक पुरकशिश पुकार थी। रमेश जी के सान्निध्य के लिए उसकी चिर प्रतीक्षित व्यग्रता छुपाए नहीं छुप रही थी। रमेश जी ने गर्दन घुमाकर चारों ओर देखा जैसे आश्वस्त होना वाहते हों, कोई देख तो नहीं रहा।

अचानक अनीता ने उनका दाहिना हाथ खींचकर झिड़की दी, "एतना डरिएगा तो कैसे काम चलेगा!"

रमेश जी झिझकते हुए सही अनीता के बग़ल में बैठ गए। अनीता खिसककर थोड़ा और पास आ गई। रमेश जी के शरीर में सिहरन-सी हुई। सामने वाली मुंडेर पर बैठे लड़के ने अपने साथ बैठी लड़की की गर्दन में बाँह डालकर लड़की को अपने से सटा लिया था। लड़की ख़ुद भी सिमटकर उस लड़के से चिपक गई थी। रमेश जी का दिल बल्लियों उछलने लगा। उन्हें आज पहली बार महसूस हो रहा था कि इस रोमानियत में कितना नशा है। ज़िन्दाबाद, मुर्दाबाद से परे यह दुनिया कितनी सुकूनदेह है। अनजाने ही उन्होंने अनीता का हाथ कसकर थाम लिया। अनीता ने चुपचाप अपना दूसरा हाथ उनके हाथ पर रख दिया। वह अनीता के इस स्पर्श को नसों में बजता महसूस करने लगे। अनीता चुप थी। वह भी चुप थे। गहराती चुप्पी में दोनों गहरे उतरते जा रहे थे।

इस बेख़्याली के बीच रमेश जी ने महसूस किया कि अनीता का सिर उनके कन्धे पर आ टिका है। उन्होंने दाहिने हाथ से अनीता के कन्धे को छुआ। अनीता ने सिर घुमाकर रमेश जी को देखा। दोनों की आँखें मिलीं। लजाई-सी अनीता की अर्थपूर्ण मुस्कान रमेश जी की आँखों के रास्ते दिल में समाती चली गई।

"अनीता, आज पहली बार मुझे लगा, कोई मेरे इतने पास है।" रमेश जी मन पर काबू नहीं रख पाए।

"कितने पास?" अनीता ने शोखी से पूछा।

रमेश जी चिंहुँके। ऐसे सवाल से कभी सामना नहीं हुआ था, इसलिए जवाब भी नहीं सूझा।

"इतना तो दूर बैठे हैं। कहते हैं कि पास हैं।"

अनीता के इस शिकायती लहजे पर रमेश जी निहाल हो गए। बेसब्री में अनीता को बाँहों में भर लिया। अनीता निढाल-सी हो गई। उसकी साँसें उनकी साँसों से टकरा रही थीं। वह बेखुदी में भूल गए कि घाट की मुंडेरों पर और भी लड़के-लड़कियाँ बैठे हैं।

साँझ ढल चुकी थी। जिस्म सायों में तब्दील हो चुके थे। अनीता का साया रमेश जी के साए से लिपटा हुआ था।

अनीता अपनी साँसों को काबू करते हुए फुसफुसाई, "अब बस!"

रमेश जी एक झटके में सम्मोहन से बाहर निकले। लेकिन पोर-पोर एक अनिर्वचनीय आनन्द की पुलक से भरा हुआ था। तमाम तनाव व तल्खियाँ तिरोहित हो चुकी थीं। सिर उठाकर देखा, घाट पर बैठे लड़के-लड़कियाँ सीढ़ियाँ चढ़ते लौट रहे थे।

"थोड़ी देर रुको न!" उनके सूखे गले से खरखराती आवाज़ निकली।

"विद्या आ जाएगी।" अनीता उठ खड़ी हुई, "आपके साथ यहाँ बैठे देखेगी तो जान ले लेगी।"

"विद्या से डरती हो क्या?"

"अंकल के साथ उसका बहुत पटने लगा है। डर लगता है कहीं उनसे लगाई-बुझाई न कर दे!" अनीता सचमुच सकुचाई-सी जान पड़ी।

रमेश जी बेमन से उठे। अनीता का दाहिना हाथ थामकर सशंकित हो पूछा, "विद्या का तुमरा अंकल से कैसे इतना पटने लगा? कौनो खास बात है क्या?"

"हाँ, खासे समझिए!" अनीता सीढ़ियाँ चढ़ने लगी।

"क्या खास है? हमको नहीं बताओगी?" रमेश जी ठिठके।

"अंकल ठेकेदार हैं।" अनीता मुड़ी, "विद्या विधायक जी से ठेका दिलाने को बोली है।"

"ओह! ई बात है।" रमेश जी का अहं आहत हुआ। ठिठककर चेताया, "बस एक्के बात कहेंगे। विद्या बहुते चालू है। उससे सावधान रहना!"

अनीता ने सहमति में सिर हिलाया तो रमेश जी को लगा जैसे गंगा के पानी में तरंगे उठी हों। उन्होंने अपनी पीठ पर ठंडी हवा की सरसराहट महसूस की।

"एक बात बोलें, बुरा नहीं न मानिएगा!" अनीता ने कुछ इस तरह आग्रह किया कि रमेश जी को लगा, उनकी कनपटी पर गर्म साँसें धधक रही हों।

अनीता के दाहिने कन्धे पर दबाव देकर रमेश जी ने आत्मीयता जताई, "बेलाग बोलो। तुमरी किसी बात का बुरा नहीं मानेंगे।"

"आप दिवाकर जी से सावधान रहिएगा। हमको उनका लच्छन ठीक नहीं बुझाता है।" अनीता की आवाज़ इतनी धीमी थी कि उसे सुनने के लिए रमेश जी को अनीता से कुछ ज़्यादा ही सटना पड़ा।

रमेश जी ने कोई जवाब नहीं दिया। लेकिन आश्वस्त करने के लिए अनीता का कन्धा एक बार फिर कसकर दबाया।अनीता के मुँह से सिसकारी निकल गई, "एतना कसकर दबाइएगा तो जाने निकल जाएगी!"

"तो कैसे दबाएँ?"

"प्यार से!"

"उहे तो न न आता है!"

"आ जाएगा धीरे-धीरे।"

"धीरे-धीरे में तो बहुते टाइम लग जाएगा!"

"काहे बहुत जल्दी है क्या?"

"हाँ! अब बर्दास्त न होता है।"

"सब काम टाइमे पर ठीक होता है।" अनीता हॉस्टल गेट के पास ठिठकी, "जल्दी का काम शैतान का।"

रमेश जी ने अनीता को शैतानी से निहारा। ठंडी साँस लेते हुए पूछा, "कल मिलोगी?"

"कल तो अंकल आ रहे हैं। पता न मौका मिलेगा कि नहीं।" अनीता की आवाज़ में असमंजस था, "फ़ोन करके पूछ लीजिएगा। जैसा होगा बता देंगे।"

अचानक किसी मोटरसाइकिल की हेडलाइट की रोशनी सीधे अनीता के चेहरे पर पड़ी। दमकता चेहरा रोशनी में कुछ ज़्यादा ही चमक उठा। बालों की लट को झटका देने के साथ अनीता बोली, "बाय!"

रमेश जी अनीता को गेट के अन्दर जाते हुए हसरत से देखते रहे जैसे एक सपना अपने पाँवों पर चलता हुआ उनसे दूर जा रहा हो।

अड़तीस

दिवाकार जी बरामदे की रेलिंग पर झुके बार-बार रानीघाट लेन में एक सिरे से दूसरे सिरे तक टोही नज़र डालते और फिर रमेश जी को आता न देखकर निराशा से टहलने लगते। इस वक़्त जब कि रात के नौ बज रहे थे और 'गोप आवास' के ज़्यादातर लड़के या तो खाना बनाने में जुटे थे या होटल से खाना खाकर लौट रहे थे, उन्हें बरामदे में बेकल देख ठिठकते और उनकी ओर से कोई प्रतिक्रिया न देख अपने कमरों में चले जाते।

प्रतीक्षा लम्बी होने लगी तो दिवाकर जी अपने रूम में लौटे और मूड बनाने के लिए एक गिलास में जैसे ही ह्विस्की उंड़ेलने को हुए कि दरवाज़े पर रमेश जी की आवाज़ सुनाई पड़ी, "क्या दिवाकर जी, अकेले-अकेले?"

दिवाकर जी रमेश जी को औचक सामने पाकर उछल पड़े, "क्या महराज, कहाँ गायब हैं? आपका रस्ता देखते-देखते बुढ़ा गए।"

रमेश जी पर तो अनीता से मिलने की खुमारी तारी थी। इस वक़्त उनका मन कर रहा था कि वह बाहें फैलाकर दिवाकर जी से लिपट जाएँ और अनीता से हुए मिलन का सारा ब्योरा सुना डालें। पहले जैसी बात होती तो वह दिल खोलकर दिखा भी देते। लेकिन दिन में जो कुछ हुआ था उसके बाद उनका मन सहज नहीं था। एक हिचक आड़े आ गई थी। किसी तरह स्वयं को सँभालकर जवाब दिया, "बस, ऐसे ही बौड़िया रहे थे। कहीं मने न लग रहा था।"

"हम तो आपको हॉट न्यूज़ सुनाने के लिए बेचैन हैं। सोचे आप आएँ तो छक के सेलिब्रेट करेंगे। देखिए, 'ऑफिसर च्वॉइस' का बड़का बोतल साथे लेके आए हैं।" दिवाकर जी ने ह्विस्की की बोतल रमेश जी के आगे लहराई, "आइए। बैठिए, आराम से!"

रमेश जी टेबल के साथ लगी कुर्सी पर निढाल पसर गए। दिवाकर जी ने एक और गिलास टेबुल पर जमाकर नमकीन का पैकेट खोला। रमेश जी की ओर रहस्यमय मुस्कुराहट के साथ देखते हुए बोले, "ऐसी न्यूज़ है न कि सुनके उछल पड़िएगा। हम तो जब से सुने हैं, स्साला पैर ज़मीन पर न टिक रहा है।"

"अरे ऐसा क्या है, दिवाकर जी! खोलकर बताइए न!" दिवाकर जी की यह पैंतरेबाजी खल गई। अनायास ही रमेश जी की आवाज़ में आजिजी थी।

दिवाकर जी ने दोनों गिलासों में ह्विस्की तैयार कर एक गिलास रमेश जी की ओर बढ़ाया, 'पहले चीयर्स बोलिए!"

रमेश जी ने गिलास लिया और दिवाकर जी के गिलास से टकराकर 'चीयर्स' कहा। एक लम्बा घूँट खींचकर गिलास टेबल पर रखा। दिवाकर जी की ओर जिज्ञासा से देखा। दिवाकर जी के होंठो पर रहस्यमय मुस्कान कुछ और गाढ़ी हो आई थी।

"देखिए, आप बड़े भाई हैं। आपसे कुछ नहीं छिपा सकता। प्रॉमिस कीजिए कि बात हम दोनों के बीचे रहेगी!"

रमेश जी सजग हुए। इतनी भूमिका काहे बाँध रहा है दिवाकर? इतना ढरका काहे जा रहा है? विधायक जी के यहाँ से कोई नया 'गेम प्लान' करके आया है क्या? जो हो, है तो ज़रूर कुछ खास बात, तभी इतना भाव खा रहा है। देखते हैं, कौन रहस्य उजागर करता है।

"आप बड़ा भाई बोले हैं, तो विश्वास भी तो हम पर करना ही होगा न!" रमेश जी ने भी पांसा फेंका, "आज तक कब्बो हमको अपने से अलग पाए हैं?"

"इसी से तो सोचे कि ई बात सबसे पहले आप ही से शेयर करना है।" दिवाकर जी ने ह्विस्की का घूँट अन्दर उतारते हुए एक-एक शब्द पर जोर देकर कहा, "हमको तो अपने से ज़्यादा आप पर भरोसा है। हम और आप दू थोड़े हैं!"

रमेश जी की सारी इन्द्रियाँ सक्रिय हो गईं। किसी तगड़े झटके के लिए स्वयं को तैयार कर उन्होंने खाली हो चुके अपने गिलास में एक पैग और बनाया और एक ही साँस में आधा खींच गए। दिमाग की नसों में तरंग-सी उठी। गिलास धम्म से टेबल पर रखकर उतावले स्वर में बोले, "ए दिवाकर जी, जो कहना है, जल्दी कहिए, भाई। अब और देरी करिएगा तो, स्साला हार्टे फेल हो जाएगा।"

"ए महराज, राजनीतियों कीजिएगा और हार्टो मज़बूत न रखिएगा, तो कैसे काम चलेगा?" सुरूर में आ चुके दिवाकर जी ने चुटकी ली, "ऐसे तो कभियो गच्चा खा जाइएगा!"

रमेश जी को सचमुच कुछ अजगुत महसूस हुआ। आधी बची ह्विस्की गले से उतारने के बहाने ख़ुद को सँभालने की कोशिश की। इस कोशिश में दिल और बेकाबू हो गया, "ए दिवाकर जी, हमू कच्चा खिलाड़ी न हैं। अब जो कहना हो कहिए। एही घड़ी से दिल मज़बूत कर लिया।"

"हम नहीं जानते हैं क्या कि आप राजनीति का मरम ख़ूब बूझते हैं। हम आपके ऐसे ही फैन थोड़े न हैं?" दिवाकर जी ने दिल खोलकर तारीफ़ की।

रमेश जी अपनी मुस्कराहट नहीं रोक पाए। उन पर दारू का नशा चढ़ने लगा था। उन्होंने पूरे मौज में नहले पर दहला जड़ा, "ईहे इस्टाइल तो आपका जानमारू है। हम ऐसे ही थोड़े न आपका लोहा मानते हैं।"

"लोहा मानते हैं न, तो सुनिए असल बात!" दिवाकर जी की आवाज़ लड़खड़ाने लगी थी, "ई बात भाई-भाई के बीच की है।"

"रमेश-दिवाकर भाई-भाई।" रमेश जी भी सुरूर में आ गए थे।

दिवाकर जी की चढ़ी हुई आँखें रमेश जी की आँखों से टकराईं। रमेश जी सावधान मुद्रा में अपनी पूरी चेतना समेटने के उपक्रम में दिवाकर जी की ओर ताके जा रहे थे।

"विधायक जी उपचुनाव लड़ने के लिए तैयार रहे को बोले हैं!"

लगा कि रूम में भूडोल आया हो और समूची देह उड़ियायी जा रही हो। कुर्सी का हत्था कसकर थामे रमेश जी ने पाँव से ज़मीन टटोलने की कोशिश की। इस कोशिश में टेबल हिली। ह्विस्की की बोतल लुढ़कते-लुढ़कते बची। गिलास आपस में टकराकर अपने-आप थिर हो गए। इतनी उथल-पुथल के बीच रमेश जी हकला पड़े, "क...क...क्या कह रहे हैं, दिवाकर भाई! हमको तो विश्वासे नहीं हो रहा!"

"विश्वास तो हमको भी न हुआ था। लगा था कि विधायक जी मज़ाक़ कर रहे हैं। लेकिन ऊ साफ़-साफ़ बोले कि सीएम यूथ लीडर को टिकट देना चाह रहे

हैं और वह हम दोनों के नाम की सिफारिश करेंगे। तब जाके विश्वास करना पड़ा।'' एक ही साँस में बोलते जा रहे दिवाकर जी की आवाज़ में ह्विस्की टिटकारी मार रही थी, ''रमेश भाई, एकदम तैयार रहना है।''

रमेश जी की देह कहीं और भाग रही थी, तो दिल कहीं और भाग रहा था। दोनों को काबू करने की कोशिश में उन्होंने सिर को झटका दिया, तो उसमें भरभरा कर सवालों का हुजूम उमड़ आया–कहीं मेरा मन रखने के लिए तो दिवाकरा झूठ नहीं बोल रहा? एक ठो सीट के लिए दू ठो नाम की सिफारिश करे का क्या मतलब है? स्साला, ई राजनीतियों में कौनो राजनीति है क्या? आशंका–कुशंका के बीच, बेचैनी इस क़दर बढ़ी कि रमेश जी ख़ुद को रोक नहीं पाए, ''दिवाकर भाई, टिकट तो कोई एक्के को न मिलेगा?''

''हाँ, मिलेगा तो एक्के को। लेकिन मिलेगा किसको, ई तो सीएमे फाइनल करेंगे।'' दिवाकर जी ने उलझन सुलझाई, ''ऊ अपने लेबल से सब पता करेंगे। सब ओर से रिपोर्ट लेंगे। फिर तय करेंगे कि किसको टिकट देना है, किसको नहीं।''

''तब तो आपका टिकट पक्का है।'' रमेश जी के भीतर उदासी घर कर गई।

''रमेश जी, एक बात जान लीजिए, जिसको टिकट नहीं मिलेगा, उसका भी कौनो नुक़सान न है।'' दिवाकर जी ने राजनीति की गुत्थी खोलने के अन्दाज़ में रमेश जी को गणित समझाया, ''विधानसभा चुनाव में क्लेम मज़बूत रहेगा। बूझ जाइए, उस टाइम टिकट मिलना तो पक्के है।''

रमेश जी प्रशंसा भाव से दिवाकर जी को देखते हुए लहालोट हो गए, ''मान गए भयवा, तुम काफ़ी दूर तक का हिसाब लगाए हो।''

''रमेश जी, अपनी सरकार है। अपना लोग है। ई बहती गंगा में हाथ धो लेना है।'' दिवाकर जी का मन बेकाबू हुआ जा रहा था, ''कहिए ग़लत कह रहे हैं क्या?''

रमेश जी का दिमाग हिचकोले खाए जा रहा था। वह बिना कोई उत्तर दिए खड़ा हुए तो देह लहरा गई। होंठों पर आवारा हँसी उभरी। यह हँसी जैसे ख़ुद का उपहास उड़ा रही थी।

दिवाकर जी भी हड़बड़ाकर खड़े हो गए और रमेश जी को दोनों कन्धों से थामकर बोले, ''लगता है कुछ ज़्यादा चढ़ गई है। कहिए तो आपके रूम में पहुँचा दें?''

रमेश जी इस बार खुलकर हँसे। दिवाकर जी के हाथों को झटका देकर एकदम से तन गए, ''ए दिवाकर जी, हमको अंडरइस्टीमेट मत कीजिए। एतना नशा न चढ़ा है कि हम रूम में न जा सकें। हम जा रहे हैं। गुड नाइट! आप भी सो जाइए। गुडनाइट!''

रमेश जी लड़खड़ाती आवाज़ और क़दमों के साथ बाहर निकले और 'गुडनाइट...गुडनाइट' की रट लगाते अपने रूम की ओर बढ़ गए। दिवाकर जी

अपने रूम के दरवाज़े के पास खड़े-खड़े रमेश जी को ताला खोलने का उपक्रम करते देखते रहे।

रमेश जी ने किसी तरह ताला खोला। लेकिन ताला और चाभी फ़र्श पर जा गिरे। रमेश जी ने फर्श की ओर घूर कर देखा और अपने-आप में ही बड़बड़ाए, ''जा रे ज़माना!''

''रमेश जी, गुडनाइट!'' दिवाकर जी ने जानबूझकर जोर से आवाज़ लगाई।

डगमगाते रमेश जी सँभले। दरवाज़े की कुंडी खोलने के साथ ही दुगुने जोर से जवाब दिया, ''गुडनाइट दिवाकर भाई, गुडनाइट।''

रमेश जी दरवाज़ा खोलकर रूम में घुसे। बाहर ताला-चाभी फर्श पर लावारिस पड़े रहे।

उनतालिस

रात भर नींद आती-जाती रही, फिर भी जीवकान्त की आँख सुबह जल्दी ही खुल गई। बिस्तर पर लेटे-लेटे छत को निहारता और गुज़रे तमाम घटनाक्रम को सोचता रहा।

पिछली रात दस बजे तक वह राजकिशोर और सुरेन्द्र यादव के साथ प्रो. मनोरंजन प्रसाद के डेरे पर बैठा उनसे मिलने की प्रतीक्षा करता रहा था। प्रो. मनोरंजन प्रसाद सीएम हाउस गए थे। वहाँ हड़ताली शिक्षकों के साथ बैठक चल रही थी। बैठक कब तक चलेगी, पता नहीं था। दस बजे के क़रीब बेचू जी ने ही आकर सूचना दी थी, ''साहब का फ़ोन आया है। उनको आने में देरी होगी।''

''चलिए जीवकान्त भाई, अब बैठे से कौनो फ़ायदा नहीं है। कल भेंट किया जाएगा!'' सुरेन्द्र यादव उठ खड़ हुआ था। उसके चेहरे पर प्रतीक्षा की ऊब हावी थी। जीवकान्त के उठते ही राजकिशोर भी खड़ा हो गया था।

प्रो. मनोरंजन प्रसाद के डेरा से निकलने के बाद राजकिशोर ने जीवकान्त से आग्रह किया था, ''चलिए, खाना खा के जाइएगा।''

'' 'चलो 'झिलमिल होटल' वहीं कुछ खाते हैं।'' जीवकान्त ने सहमति जताई थी।

राजकिशोर की मोटरसाइकिल पर सुरेन्द्र बैठा। जीवकान्त के पीछे राजकिशोर ने अपनी मोटरसाइकिल लगा दी थी।

'झिलमिल होटल' से खाना खाकर लौटते-लौटते जीवकान्त को रात ग्यारह बज गए थे। 'गोप आवास' में सन्नाटा छाया हुआ था। ज़्यादातर रूम के दरवाज़े बन्द थे। वह सीढ़ियाँ चढ़ता अपने रूम में जाकर चौकी पर पसर गया था।

नींद आती और उचट जाती। कमलेश का चेहरा नाचता और सीने में रुलाई-सी उठती। आँखें खोलकर छत को घूरने लगता। सोने की कोशिश में आँखे बन्द करता, तो रीता अधिकारी का चेहरा सामने आ जाता। जब तक वह रीता अधिकारी के चेहरे को महसूस कर पाता, दिवाकर जी की कुटिलता बौखला देती और नींद उचट जाती। यह नींद और जाग के बीच गुजरी रात थी।

अचानक दरवाज़े पर दस्तक हुई। लेटे-लेटे ही पूछा, ''कौन है रे?''

''हम हैं रमेश!'' बाहर से आई रमेश जी की आवाज़ सुनकर हड़बड़ा कर उठा। पायजामे का नाड़ा कसते हुए दरवाज़े तक आया।

सवेरे-सवेरे रमेश जी को दरवाज़े पर हाजिर देख, जीवकान्त को हैरानी तो हो रही थी। लेकिन उनके चेहरे पर उड़ रही हवाइयों ने उसे कहीं ज़्यादा उलझन में डाल दिया।

''अन्दर आने दोगे कि खम्भा जैसा दरवाज़े पर खड़ा रहोगे?''

स्वर में व्याप्त झिड़की, रमेश जी की मनोदशा से मेल नहीं खा रही थी। जीवकान्त दरवाज़े से हटा और रूम के अन्दर बन्द खिड़की खोलने लगा। खिड़की गली की तरफ़ खुलती थी, जिससे पर्याप्त रोशनी अन्दर आती थी। सूरज का रुख इधर नहीं था, लेकिन सुबह की उजास के साथ ताज़ा हवा के झोंके से रूम में ताज़गी भर गई।

रमेश जी चौकी पर बैठकर अपने साथ लेकर आए अख़बार को दिखाते हुए बोले, ''देखो, क्या समाचार छपा है?''

अख़बार का फ्रंट पेज सामने था। बड़ी-सी हेडलाइन साफ़-साफ़ पढ़ी जा रही थी-यूनिवर्सिटी टीचर्स यूनियन की हड़ताल समाप्त।

जीवकान्त ने अख़बार लिया और खड़े-खड़े एक ही साँस में पूरी ख़बर पढ़ गया—मुख्यमंत्री के साथ देर रात तक चली वार्ता के बाद यूनिवर्सिटी टीचर्स यूनियन ने अपनी हड़ताल समाप्त करने की घोषणा की है। सरकार और टीचर्स यूनियन को एक टेबल पर वार्ता के लिए लाने में विधान पार्षद व उच्च शिक्षा नियमन समिति के अध्यक्ष प्रो. मनोरंजन प्रसाद ने बड़ी भूमिका निभाई। टीचर्स यूनियन अध्यक्ष डॉ. आर.के. सिन्हा ने बताया कि सरकार ने प्राइवेट कोचिंग के मुद्दे पर सम्यक् कानून बनाने के लिए कमेटी गठन का वायदा किया है। सीएम ने शिक्षकों की सुरक्षा और प्रो. डी. प्रसाद को अपमानित करने वाले छात्रों को चिन्हित कर दंडित करने का आश्वासन दिया है। महासचिव प्रो. प्रसाद ने बताया कि सरकार के सकारात्मक रवैये से सन्तुष्ट टीचर्स यूनियन हड़ताल समाप्त करने की घोषणा करती है। कल से पठन-पाठन का काम सुचारु रूप से चलेगा।

कल देर रात तक प्रो. मनोरंजन प्रसाद के सीएम हाउस में होने का वजह यह थी! जीवकान्त मन नही मन उनकी अहमियत को दाद देता रोमांच से भर गया।

जाहिरन, इस ख़बर पर रमेश जी की प्रतिक्रिया जाननी चाही, ''रमेश जी, क्या कहते हैं अब ?''

''माथा काम न कर रहा है, जीवकान्त!'' अपने सिर को सचमुच झटकते रमेश जी बोले, ''सरकार कोचिंग बन्द करे वाली नहीं लगती।''

''काहे आपको ऐसा क्यों लगता है ?'' जीवकान्त भी चौकी पर बैठ गया।

''देखते न हो सरकार कमेटी बनाने की बात कर रही है। इसका मतलब कि मामला गया गतालखाता में!'' रमेश जी के स्वर में निराशा थी।

''दिवाकर जी से पूछिए कि अब विधायक जी क्या कहते हैं ?'' जीवकान्त ने जानबूझकर छेड़ा।

''ए जीवकान्त, हमको लगता है मामला इतना आसान न है।'' रमेश जी अपने दोनों पैर ऊपरकर इत्मीनान से बैठे और जीवकान्त के चेहरे पर नज़र जमाकर बोले, ''पोलटिक्स में पोलटिक्स हो रहा है। बूझ जाओ, कहीं पर निगाहें, कहीं पर निशाना।''

जीवकान्त ने ग़ौर किया कि रमेश जी ने जानबूझकर दिवाकर जी के जिक्र को नज़रअन्दाज़ किया है। लेकिन यह समझना मुश्किल नहीं था कि इस पोलटिक्स ने रमेश जी को विचलित कर रखा है। गर्म लोहे पर चोट कर बैठा, ''आप तो अपनी सिधाई में रह गए। कभी बूझे ही नहीं कि दिवाकर जी भीतरे-भीतर पोलटिक्स खेल रहे हैं।''

रमेश जी ने इस बार जीवकान्त को प्रशंसा भाव से देखा। भावुकता आँखों में उमड़ आयी। बोले, ''जीवकान्त, पोलटिक्स में मज़बूत खूँटा होना ज़रूरी है। दिवाकर जी विधायक जी से सटल हैं। तुम मनोरंजन बाबू से। हम तो स्साला हवा-हवाई होके रह गए!''

जीवकान्त को लगा कि रमेश जी ख़ुद से लड़ रहे हैं। उनके मन के भाव चेहरे पर उभर रहे थे। माथे पर लकीरें। आँखों में जजबात। इस वक़्त जैसे रमेश जी ख़ुद को असहाय पा रहे थे। सहसा, उसे वह रमेश जी याद आ गए, जब शुरू-शुरू में मिले थे।

उस दिन वह फीस काउंटर पर एक किरानी से उलझ पड़ा था। किरानी रसीद बाद में ले जाने को कह रहा था। उसने उसी वक़्त लेने की ज़िद कर दी थी। बात-बात में बात इतनी बढ़ गई थी कि वह किरानी पर बिफर पड़ा था। तभी पता नहीं किधर से रमेश जी आ पहुँचे थे। बीच-बचाव करते रमेश जी ने उसका नाम पूछा था।

''जीवकान्त!'' वह पूरे तैश में बोला था।

''पूरा नाम बताओ न रे। कौन जात ?'' रमेश जी भड़क उठे थे।

''जीवकान्त राय!''

“गोप जी, आपन जात भाई न चीन्हते हैं क्या?” रमेश जी ने किरानी की ओर पलटकर झिड़की लगाई थी, “अपने लड़का लोग से पंगा लीजिएगा, तो हो चुका। चलिए, उसकी रसीद बनाइए!”

किरानी ने चुपचाप रसीद बनाकर जीवकान्त की ओर बढ़ा दी थी। जब तक जीवकान्त रसीद पकड़ता बीच में ही रमेश जी ने लपक ली। उसे एक एकान्त की ओर खींचकर ले जाते हुए बोले थे, “आओ मेरे साथ!”

वह चुपचाप रमेश जी के साथ चल पड़ा था। लम्बे गलियरे के कोने में रुककर रमेश जी बोले थे, “हम हैं रमेश प्रसाद यादव। कौनो मदद की ज़रूरत हो तो बोलना!”

उसने तुर्की-ब-तुर्की पूछा था, “आप हमरा मदद काहे करना चाहते हैं?”

“काहे से कि तुम अपना जात के हो।” रमेश जी ने साफ़-साफ़ कहा था, “अपने लोग में एकजुटता ज़रूरी है, न तो अगड़ा सब जिये न देगा!”

जीवकान्त ने कोई जवाब नहीं दिया था। लेकिन रमेश जी की बात जँची थी। वह मुस्करा पड़ा था।

“कहाँ रहते हो?” रमेश जी ने अगला सवाल किया था।

“एकठो रिश्तेदार के घर रुके हैं। अभी डेरा न लिए हैं।”

“डेरा लेवे की ज़रूरत न है। हम ‘गोप आवास’ में रहते हैं। जब मन करे चले आओ!” रमेश जी ने चुटकी बजाते ही समस्या हल कर दी थी।

यह सब इतनी जल्दी और इतना अप्रत्याशित हुआ था कि जीवकान्त अनचाहे ही रमेश जी का मुरीद हो गया था।

उन्हीं रमेश जी को उसने इस क़दर हताश पहले कभी नहीं देखा था। उनकी यह मनोदशा उससे देखी नहीं गई। ढाढ़स बँधाने की गरज से बोल पड़ा, “रमेश जी, ऐसा काहे बोलते हैं। कोई खूँटा-खम्भा काम न आता है। आपका काम ही आपके काम आएगा।”

रमेश जी की आँखों में चमक-सी जागी। बेहद स्नेह से जीवकान्त का हाथ थामकर बोले, “जीवकान्त, हम कुछ दिन से एक बात नोट किए हैं। तुम काफ़ी बदल गए हो। पहले की तरह हड़बोंगई नहीं करते। अब बड़ा बुद्धी-विवेक की बात करे लगे हो। ई माजरा क्या है, बाबू?”

“हम बदल गए हैं, ऐसा तो हमको नहीं लगता, रमेश जी। लेकिन एक बात है, सोचने-समझने लगे हैं। बस, ईहे बात है। और कुछ खास न है।”

रमेश जी ने मन्द-मन्द मुस्कराते जीवकान्त की पीठ पर धौल जमाकर पूछा, “बताओ, अब आगे क्या करना ठीक रहेगा?”

“रमेश जी, कमलेश के साथ जो हुआ, उसका मतलब बूझते हैं?” जीवकान्त ने जवाब के बजाय सवाल किया।

रमेश जी के चेहरे पर गहरी उलझन दिखी।

"हमको तो लगता है, लड़ाई ख़तरनाक मोड़ पर पहुँच गई है। अगड़ा सब हमला शुरू का दिया है।" जीवकान्त ने रमेश जी की चुप्पी के बीच आशंका व्यक्त की, "प्रो. डी. सिंह कौनो मामूली आदमी न है। पैसा, पावर, पोलटिक्स में तो मज़बूत है ही, अपना जातो का बड़का नेता है।"

"कहते तो तुम ठीके हो!" रमेश जी ने सहमति में सिर हिलाया, "ज़रूर ई सब बदला लेवे खातिर हुआ है।"

जीवकान्त को अच्छा लगा कि रमेश जी उसकी बात का मर्म समझ रहे हैं। बग़ैर देरी उसने मन की कसक रख दी, "प्राइवेट कोचिंग बन्द कराने का आन्दोलन ठीक था। लेकिन पर्सनली प्रो. डी. सिंह के मुँह पर सियाही पोतना ठीक नहीं था। इसी बात पर टीचर सब एकजुट हो गया। उन लोगों की माँग भी सरकार मान ली। हम लोग को क्या मिला? उलटे हमरा एक साथी मारा गया?"

"सब दिवाकरा का किया-धरा है।" रमेश जी पहली बार दिवाकर जी के विरुद्ध खुलकर बोले, "सारा आन्दोलन चौपट करके रख दिया।"

"अभियो देरी न हुआ है। सोचिए कि आगे क्या करना है?" जीवकान्त ने गम्भीरता से रमेश जी को घेरा।

"जीवकान्त, तुम बोलो! तुम क्या कहते हो?" रमेश जी जैसे निर्णायक मूड में आ गए थे, "तुम जो कहोगे, वही होगा!"

जीवकान्त को सहसा विश्वास नहीं हुआ कि रमेश जी अचानक उसके प्रति इतने उदार कैसे हो गए? रातोंरात ऐसा क्या हुआ कि रमेश जी उस पर ढरके जा रहे हैं? जो भी हो, यह समझते देर नहीं लगी कि रमेश जी का दिवाकर जी से मोहभंग ज़रूर हुआ है। तभी वह भोरे-भोरे उसकी राय लेने आए हैं। वह कोई सलाह देने के बजाय उठ खड़ा हुआ।

"रमेश जी, अभी तो हम मनोरंजन बाबू से मिलने जा रहे हैं। लौटकर आते हैं, तो डिटेल में बात होगी!"

रमेश जी के लिए यह एक और झटका था। जीवकान्त प्रो. मनोरंजन प्रसाद के यहाँ जा रहा। उधर, दिवाकर जी विधायक जी के यहाँ चले जाएँगे। वह क्या करें? ख़ुद को ऐसा लाचार उन्होंने कभी नहीं पाया था। ठंडी साँस भरते वह भी उठे और रूम के दरवाज़े पर ठहरकर बड़ी मासूमियत से बोले, "हमको भी मनोरंजन बाबू से मिलवाओ न रे! बोल, तो चलें तुमरे साथ?"

रमेश जी इस वक़्त बेहद असहाय-से नज़र से आ रहे थे जैसे भँवर में गोता खा रहे हों। उनकी आँखों में झाँकती आस को टाल पाना पता नहीं क्यों मुश्किल लग रहा था। इसके साथ ही यह ख़याल भी कौंधा कि अपने खेमे में रमेश जी को आया देखकर प्रो. मनोरंजन प्रसाद का उस पर विश्वास बढ़ेगा। यह एक ऐसी वजह थी कि वह झट से तैयार हो गया।

"ठीक है, जल्दी तैयार होके आइए! हम आपका वेट करते हैं।"

रमेश जी की आँखें चमक उठीं। उनकी उदासी ऐसी काफ़ूर हुई कि उन्होंने उसे बेसाख्ता अंकवारी में भर लिया, "जीवकान्त, भयवा, तू असल भाई है। तोरा ई एहसान हम कबो न भुलाएँगे!"

जीवकान्त को यह सोचकर अच्छा लगा कि कम से कम रमेश जी को उसकी औकात का अन्दाज़ा तो हुआ कि आज वह उसके पीछे चलने को विवश हैं। उसने मन ही मन ख़ुद को शाबाशी दी, चलो, रमेश यादव, तू हू क्या याद करोगे?

चालीस

"क्या कहते हैं, कैसा लगा मनोरंजन बाबू से मिलके?" प्रो. मनोरंजन प्रसाद के घर से बाहर आते ही जीवकान्त ने रमेश जी से पूछा।

"जीवकान्त, मनोरंजन बाबू की बातचीत से ईहे लगा कि ऊ सन्तू यादव से गजबे चिढ़ल हैं। दूनो में एकदमे न पटती है।" रमेश जी ने संजीदगी से अपनी राय जाहिर की, "एतना तो ज़रूर लगता है कि मनोरंजन बाबू का पलड़ा ज़्यादा भारी है।"

रमेश जी पर प्रभाव ज़माने के लिए जीवकान्त एक-एक शब्द पर जोर देकर बोला, "मनोरंजन बाबू सीएम के राजनीतिक गुरु हैं। उनके आगे सन्तू यादव का कौनो औकात न है। बउआ हैं, बउआ!"

रमेश जी जीवकान्त से सहमत दिखे। उसके प्रति कृतज्ञ भाव से बोले, "तुमरा चलते आज हमरी आँख खुल गई। मनोरंजन बाबू मुँहफट ज़रूर हैं। लेकिन हमको तो मन के साफ़ बुझाए। देखे न, उनकी बात में कितना दम था। खुल के बोले कि पोलटिक्स में सांप ऐसे मारो कि लाठियो न टूटे। कुच्छो कहो जीवकान्त, सीएम मनोरंजन बाबू को ऐसे ही गुरु न मानते हैं।"

"तब क्या सोचे आप?" जीवकान्त ने रमेश जी का मन टोहा।

"हड़बड़ाने से कुछ न होगा, जीवकान्त। मिल-बैठकर विचार किया जाएगा।"

मनोरंजन बाबू से हुई मुलाकात के दौरान रमेश जी के सामने जीवकान्त का जो जलवा बना था, उससे उसका सीना चौड़ा हो आया था। वह अपनी इस कामयाबी को रमेश जी के साथ सेलिब्रेट करने के मूड में था। इस खुशी में उसने ज़ेब से तिरंगा की एक पुड़िया निकाली और फंकी की तरह फाँककर पीक अन्दर घोट गया।

ऐन तभी, सड़क पार करती रीता अधिकारी को देखकर उसके होश उड़ गए। यूँ अप्रत्याशित उसका नमूदार हो जाना किसी चमत्कार से कम न था। जीवकान्त को

लगा जैसे कोई सपना देख रहा हो। ख़ुद को यक़ीन दिलाने के लिए आँखें झपकाता रीता अधिकारी को अपनी ओर आता देखता रहा।

रीता अधिकारी ठीक उसके पास आकर रुकी। जीवकान्त का दिल धक्क कर गया। वह अभी भी पलकें झपकाए जा रहा था।

''हैलो!'' रीता अधिकारी ने जीवकान्त को टोका, ''कैसे हैं आप?''

''जी...जी!'' हकला पड़ा जीवकान्त।

''यहाँ क्या कर रहे हैं? किसी का इन्तज़ार?''

जी...जी। नहीं। बस ऐसे ही!'' जैसे-तैसे पूछ पाया, ''आप कहीं जा रही हैं क्या?''

''पार्टी ऑफिस से लौट रही थी। आपको यहाँ खड़ा देख चली आई।''

रीता अधिकारी को एकटक देखता वह समझ नहीं पा रहा था कि अपना भाव कैसे व्यक्त करे। हड़बड़ाया-सा बोल पड़ा, ''आपसे मिलकर अच्छा लगा।''

''फुरसत हो तो आइए, चाय पीते हैं!''

रीता अधिकारी के इस प्रस्ताव से जीवकान्त चकरा गया। यह पहला मौका था, जब किसी लड़की ने इतनी बेतकल्लुफी से उससे चाय पीने का आग्रह किया था। वह निहाल हो गया था। रमेश जी की ओर देखा। अब तक निरपेक्ष खड़े रमेश जी हड़बड़ा गए। पीछा छुड़ाने वाले अन्दाज़ में बोले, ''तुम पियो। हमको ज़रूरी काम से कहीं जाना है।''

रमेश जी के इस इंकार से जीवकान्त का मन छोटा हो गया। लेकिन न तो इतना वक़्त था और न ही ऐसी स्थिति कि कोई तर्क-वितर्क किया जा सके। उसने देखा, रीता अधिकारी थेड़ा आगे जा कर उसकी प्रतीक्षा में ठहरी हुई थी। वह रमेश जी को वहीं छोड़कर यंत्रवत् रीता अधिकारी के साथ हो लियाा।

''इधर कहाँ आए थे, मनोरंजन बाबू के यहाँ?'' रीता अधिकारी ने पूछा।

''जी!'' जीवकान्त ने हामी भरी। बात के लिए बात बढ़ाई, ''अंशुमन कहाँ है?''

''कल सेमिनार है। उसी की तैयारी में व्यस्तता चल रही है। फ़ुरसत हो तो आप भी आइए कल!''

रीता अधिकारी के इस आमंत्रण में कोई तीव्र आग्रह जैसा था। कुछ-कुछ भावप्राण-सा। मन ही मन कहा—ज़रूर आऊँगा। प्रत्यक्षत: चुप रहा।

रीता अधिकारी अपनी बात जारी रखे हुए थी, ''सेमिनार में एडुकेशनिस्ट, एक्टिविस्ट, स्टूडेंट लीडर्स आ रहे हैं। जबर्दस्त डिबेट होगा।''

रीता अधिकारी को सुनना अच्छा लग रहा था। उसे अजीब खुशी महसूस हो रही थी।

'कमल रेस्टोरेंट' के सामने रीता अधिकारी रुकी, ''आइए, यहीं बैठते हैं।''

किसी लड़की के साथ, किसी लड़की के आमंत्रण पर, किसी रेस्टोरेंट में जीवकान्त पहली बार जा रहा था। बेहद रोमांचक था सब कुछ।

रेस्टोरेंट' के एक कोने की टेबल पर बैठने के साथ ही रीता अधिकारी ने पूछा, "कुछ खाएँगे?"

"न...न। सिर्फ़ चाय!" जीवकान्त संकोच से बाहर नहीं निकल पाया था।

एक लड़का आकर दो चाय का ऑर्डर ले गया। वह रीता अधिकारी के सामने बैठे होने के बावजूद उसको सीधे देखने का साहस नहीं जुटा पा रहा था।

"क्या सोच रहे हैं?" रीता अधिकारी ने टोका, "आपके बारे में तो सुना है, आप बहुत अच्छे वक्ता हैं।"

"नहीं तो। कौन बोला?" वह आश्चर्य में पड़ गया। रीता अधिकारी उसके बारे कैसे में जानती है?

"अंशुमन बता रहा था।" रीता अधिकारी जवाब में मुस्कराई, "छात्र एकता मंच के फायर ब्रांड नेता हैं आप?"

रीता अधिकारी के मुँह से अपने बारे में सुनकर वह गुदगुदी से भर गया। पहली बार रीता अधिकारी की तरफ़ देखकर शालीनता से मुस्कराया, "अंशुमन दोस्त है। झुट्ठे बोल दिया होगा!"

"झूठ काहे बोलेगा? अंशुमन किसी की झूठी तारीफ़ नहीं करता।" रीता अधिकारी ने प्रतिवाद किया, "उसका एप्रोच बहुत क्रिटिकल है।"

कोई जवाब देते नहीं बना जीवकान्त को। इस बीच रेस्टोरेंट का लड़का दो कप चाय टेबल पर रख गया। कप से भाप के साथ खुशबू उठ रही थी। जीवकान्त के मन में उठा, आज से पहले चाय से उठती खुशबू क्यों नहीं महसूस हुई थी?

अचानक रीता अधिकारी ने बात बदल दी, "टीचर्स यूनियन की स्ट्राइक तो खत्म हो गई न?"

"जी!" कप उठाते जीवकान्त ने संक्षिप्त-सा जवाब दिया।

"सुना है, एक करोड़ में मामला पटा है।" रीता अधिकारी व्यंग्य से मुस्कराई, "आपको तो सब पता ही होगा?"

क्या जवाब दे वह? उसे तो रीता अधिकारी के इस खुलासे पर ही विश्वास नहीं हुआ। सोचा, ऐसे ही हवा-हवाई बोल रही है। लेकिन रीता अधिकारी के हाव-भाव से लग रहा था कि वह गम्भीर है। वह सतर्क हो आया। बोला, "न हमको कुछ पता नहीं है।"

रीता अधिकारी की आँखें फैलीं।

"सच्चे आपको पता नहीं है?"

"जी सच्चे नहीं पता।" जीवकान्त विश्वास दिलाने के लिए जोर देकर बोला, "हमको कुछ पता न है।"

"ओह। छोड़िए फिर!" रीता अधिकारी ने बात टालनी चाही।

"नहीं। बताइए न, क्या बात है? कैसे पता चला आपको?" जीवकान्त के स्वर में आग्रह, जजबात, अधिकार सब कुछ शामिल था।

रीता अधिकारी धीरे-धीरे घूँट भर रही थी जैसे चाय का भरपूर लुत्फ़ ले रही हो। फिर कप टेबल पर रखकर बोली, "प्रोफेसर चौधरी बता रहे थे कि एक करोड़ में मामला पटा है। सब कोचिंगवाला मिलकर दिया है। प्रो. मनोरंजन प्रसाद बिचौलिया का काम किए हैं।"

जीवकान्त के अन्दर कच्च से कुछ दरका। रीता अधिकारी की बात पर विश्वास न करने का कोई कारण नहीं था। प्रोफेसर चौधरी की ईमानदारी पर किसी को शक नहीं। वह कोचिंग नहीं करते। उल्टे स्टूडेंट की मदद करने के लिए हर वक़्त तैयार रहते हैं। नाजायज़ के ख़िलाफ़ तो किसी से भी लड़ जाते हैं। अपने इसी स्वभाव के चलते वह 'पगला' तक कहे जाते हैं। लेकिन, जो हो, उनकी विद्वता का सभी सम्मान करते हैं। अगर यह सब उन्होंने बताया हैं, तो कुछ न कुछ तो सच्चाई ज़रूर है।

"क्या हुआ?" जीवकान्त को चुप देख रीता अधिकारी ने टोका।

"कुछ नहीं!"अपनी सोच से उबरता जीवकान्त मुस्कराया, "पोलटिक्स में भी पोलटिक्स है।"

"यह पोलटिक्स नहीं। दलाली है। शुद्ध दलाली।" तनिक तुर्शी में बोली रीता अधिकारी, "यह सरकार भी दूसरी सरकारों से अलग नहीं है।"

चाय की अंतिम घूँट हलक में उतारकर जीवकान्त ने कप टेबल पर रखा और चुपचाप रीता अधिकारी को देखने लगा। यह लड़की, कैसी पोलटिक्स की बात कर रही है? क्या कम्युनिस्ट पोलटिक्स दूसरों से अलग है?

जीवकान्त की चुप्पी को भाँपकर रीता अधिकारी जैसे अपनी बात का आशय समझाने लगी, "देखिए, सामाजिक न्याय का आन्दोलन एक ऐतिहासिक घटना है। इसने पिछड़ों, वंचितों, ग़रीब-गुरबों में आस जगाई है। लेकिन पावर पोलिटिक्स के खेल में सामाजिक न्याय का एजेंडा हाशिए पर चला गया है।"

रीता अधिकारी की बातें उसकी समझ से परे थीं। लेकिन उसे सुनना अच्छा लग रहा था। वह विद्या और अनीता से बिल्कुल अलग थी। उसके सोचने के तरीके में, बोलने के अन्दाज़ में ऐसा आकर्षण था कि वह उसमें बँध-सा गया था।

रेस्टोरेंट का लड़का खाली कप उठाने के लिए आया तो रीता अधिकारी ने घड़ी देखी। बैठे हुए आधा घंटा से ज़्यादा हो गया था। रीता अधिकारी ने उठते हुए पूछा, "कहाँ जाएँगे आप?"

"एक दोस्त के यहाँ जाना है। आप? आप किधर जाएँगी?"

"मैं तो हॉस्टल जाऊँगी!" रीता अधिकारी ने कुर्ते की ज़ेब से दस का नोट निकालकर काउंटर की ओर बढ़ाया।

"अरे, मैं देता हूँ न।" जीवकान्त ने बरजा।

"फिर कभी दे दीजिएगा।" हल्के से मुस्कराई रीता अधिकारी।

जीवकान्त ज़िद नहीं कर सका। जो कुछ भी घट रहा था, उस पर जैसे उसका कोई वश नहीं था। रीता अधिकारी एक आश्चर्य की तरह उसके अन्दर हलचल मचाए हुए थी। वह इस आश्चर्यलोक से बाहर नहीं आना चाहता था।

रेस्टोरेंट से बाहर आ कर रीता अधिकारी रिक्शा से हॉस्टल के लिए रवाना हो गई। जीवकान्त उसे एकटक जाते देखता रहा। उसके साथ जैसे समय ठिठक गया था।

इकतालिस

रमेश जी के रूम में ताला लगा देखकर दिवाकर जी भौंचक रह गए। केसर के रूम के सामने जाकर दरयाफ़्त किया तो पता चला कि रमेश जी जीवकान्त के साथ कहीं निकले हैं।

भोरे-भोरे रमेश जी, जीवकान्त के साथ कहां गए होंगे? मन में आशंका जनमी, "दोनों मिलके कौनो पोलटिक्स तो न खेल रहा?"

"भइया, पता चला कि नहीं, यूनिवर्सिटी टीचर सबकी हडताल खतम हो गई?"

दिवाकर जी चिंहुँके, "आँय! क्या कहते हो? हड़ताल खतम हो गयी?"

"हाँ भइया। अख़बार में समाचार छपल है।" केशर ने अपनी सूचना की पुष्टि के लिए अख़बार का हवाला दिया।

"अच्छा! देखते हैं अख़बार!" झटके से पलटे दिवाकर जी अपने रूम में लौट गए।

रात की दारू का असर था कि आज नींद देर से खुली थी। सिर भारी था। लेकिन रमेश जी और जीवकान्त के एक साथ कहीं जाने की सूचना और टीचर हड़ताल के खत्म होने की ख़बर से मन और ज़्यादा उद्वेलित हो गया। लगा, देह में घुमरी उठ रही है। खड़ा रहना सम्भव नहीं हुआ तो धम्म से चौकी पर बैठ गए।

तभी दरवाज़े पर 'आसरा एसटीडी' बूथ से आए जगनवा ने सूचना दी, "भइया, आपका फ़ोन आया था। विद्या दीदी आपको तुरन्ते हॉस्टल बोलाई हैं।"

"कब आया फ़ोन रे?" दिवाकर जी व्यग्र हो उठे।

"अभिये आया था। तुरन्ते आने को बोली हैं।"

जगनवा उल्टे पाँव लौट गया। दिवाकर जी खाली दरवाज़े को घूरते रहे।

जिस वक़्त दिवाकर जी विद्या के साथ कृष्णाघाट पर पहुँचे, वहाँ ज़्यादा चहल-पहल नहीं थी। सीढ़ियों की मुंडेर पर बैठते ही विद्या बोली, "अरजेंट था, इसीलिए आपको फ़ोन करके बुलाए।"

“हमू ख़बर मिलते भागे-भागे आए! बताओ न क्या बात है?” दिवाकर जी उतावले थे।

“धीर धरिए न जी! ऐसे काहे हड़बड़ाए हैं?” शोखी से मुस्की छाँटती विद्या ने अधीरता और बढ़ा दी।

दिवाकर जी गंगा के पाट को निहारने लगे। तट पर छपाक-छपाक टकराती लहरों को अपने भीतर बजता पाया। व्यग्रता से विद्या की दाईं हथेली पकड़कर मनुहार पर उतर आए, “बताओ न विद्या, तुमको हमरी कसम!”

विद्या फ़िदा ही हो गई। दिवाकर जी की आँखों में आँखें डालकर मुस्कराई, “आपका टिकट पक्का है।”

“पक्का है?” उछल पड़े दिवाकर जी, “क्या कहती हो तुम?”

“सच्चे कहते हैं।” विद्या ने अपनी हथेली पर रखी दिवाकर जी की हथेली को कसकर दबाया, “विधायक जी का फ़ोन आया था। बोले, दिवाकर का टिकट पक्का है। बस...।”

जानबूझकर विद्या ने बात अधूरी छोड़ दी।

“बस...बस क्या, विद्या?” दिवाकर जी की धुकधुकी बढ़ी।

“बस, पन्द्रह लाख लगेगा।” विद्या ने बग़ैर कोई रहस्य बनाए साफ़-साफ़ बताया, “विधायक जी बोले कि टिकट की बोली लगी है। वह किसी तरह पन्द्रह लाख पर 'डन' कराए हैं।”

दिवाकर जी खुशी और उदासी के बीच अंटक-से गए। कुछ कहते नहीं बना। टिकट पक्का है, यह ख़बर जितनी आह्लादकारी थी, पन्द्रह लाख जुटाने की बात उतनी ही परेशान करनेवाली। वह न एकदम से उछल पड़े, न गहरे अवसाद में डूबे। इस वक़्त वह सिर्फ़ मौन में मुखर थे।

“क्या हुआ? क्या सोचने लगे?” विद्या दिवाकर जी को चुप देख परेशान लगी।

“कुछ नहीं, विद्या। सोच रहे थे, सब खेल पैसे का है।” दिवाकर जी के स्वर में एक आह-सी थी, “पोलटिक्सो बिना पैसावाला के लिए न है।”

“क्या कीजिएगा। एक से एक लोग बोली लगावे में लगा है। सब जानता है, एक लगावेगा तो चार कमावेगा!” सांत्वना देती विद्या ने दिवाकर जी का हौसला बढ़ाया, “ईहे मौका है। हाथ से जाने नहीं देना है।”

“ठीक कहती हो तुम!” दिवाकर जी भी लम्बी साँस खींचते दृढ़ स्वर में बोले, “मौका छोड़ना नहीं है, चाहे जो हो जाए!”

विद्या ने दिवाकर जी की हथेली को फिर कसकर भींचा। उसकी आत्मीयता की उष्मा को महसूसते हुए वह उसकी ओर झुके कि उसने झटका दे दिया, “कोई देख लेगा तो!”

दिवाकर जी को वाकई झटका लगा। तमाम नेह-छोह के बावजूद विद्या कभी सटने नहीं देती है। मन मसोसकर बोले, “तो चलो कहीं चलते हैं।”

"कहाँ?" विद्या शोखी से मुस्कराई।

"तुम जहाँ कहो!"

"सीधे विधायक निवास में।" शोखी में घुली आश्वस्ति भी कम मादक न थी, "विधायक तो बनिए रहे हैं।"

दिवाकर जी के अन्दर अनार फूटने लगे।

प्रो. मनोरंजन प्रसाद के घर से रमेश जी और जीवकान्त साथ निकले। लेकिन जीवकान्त जब रीता अधिकारी के साथ चाय पीने जाने को तैयार हो गया, तो वह बहाना बना कर खिसक लिए। रास्ते में ही उन्होंने टेलीफ़ोन बूथ से अनीता के हॉस्टल फ़ोन किया तो अनीता ने बताया कि उसके अंकल आए हैं और वह उन्हीं से मिलने जाने वाली है।

"कुछ ज़रूरी बात है। मिल सकती हो?" रमेश जी ने आग्रह किया।

"दस मिनट में आते हैं। आप इलाहाबाद बैंक के पास मिलिए।" लरजती आवाज़ में आश्वस्त कर अनीता ने फ़ोन रख दिया।

रमेश जी के कान में अनीता की आवाज़ झनझना रही थी। जिस्म का एक-एक तार बज रहा था। दस मिनट की प्रतीक्षा भारी गुजर रही थी। वह इलाहाबाद बैंक के मोड़ पर मोटरसाइकिल खड़ी कर गर्ल्स हॉस्टल की ओर जाती सड़क को बड़ी हसरत से निहारने लगे।

जैसे ही दूर से आती अनीता की झलक दिखी, उनका दिल जोर-जोर से धड़कने लगा। आँखें धीरे-धीरे चली आ रही अनीता पर जम गईं। खुले लहराते बाल, हरे रंग के सूट में अनीता ग़ज़ब ढा रही थी। वह बेसब्री से उसकी ओर लपके। पास पहुँचकर अनीता ठिठकी और उनसे आँखें मिलते ही मुस्कराई। सूनी सड़क पर सनसनी फैल गई। वह अपलक अनीता को देखते रहे।

"ऐसे क्या देख रहे हैं?" बड़ी-बड़ी आँखे नचाती अनीता और क़रीब आई।

"तुमको कितनो देखें मने न भरता है।" रमेश जी मचले।

"क्या बात है, बड़ा खुश लग रहे हैं?" मन ही मन खुश होती अनीता आगे बढ़ी।

रमेश जी उसकी बग़ल में चलते हुए बोले, "तुमको देखकर खुशी डबल हो गई है।"

"अच्छा!" अनीता मोटरसाइकिल के पास आकर ठिठकी, "हमू तो सुनें क्या बात है?"

"चलो, मोटरसाइकिल पर बैठो, फिर बताते हैं।"

अनीता उचककर मोटरसाइकिल पर बैठी और रमेश जी के कान के पास मुँह लगाकर फुसफुसाई, "कहाँ चल रहे हैं?"

रमेश जी के भीतर अनीता की साँसों की गरमी और जिस्म की खुशबू की खुमारी तारी हो गयी। मोटरसाइकिल अशोक राजपथ पर बढ़ाते हुए बोले, "तुम्हारे अंकल से मिलने।"

बयालिस

गोनू लॉज के सामने मोटरसाइकिल खड़ी कर दिवाकर जी ने नीचे से ही राजकमल को आवाज़ लगाई।

राजकमल अपने रूम से बाहर निकला। दिवाकर जी को देखते ही दौड़कर नीचे आया। पास आकर बोला, "भइया, यहाँ काहे खड़ा हैं? आइए न रूम में।"

"आजकल तोरा कुछ पता न चल रहा है? कहाँ बिजी है?" दिवाकर जी ने मोटरसाइकिल की चाभी दाहिने हाथ की तर्जनी में घुमाते हुए दरयाफ़्त किया।

"भइया, आने ही वाले थे आज। सोचे, सब वसूली हो जाए तो एक्के बेर हिसाब-किताब लेके चलेंगे!" राजकमल सफ़ाई देने के साथ ही बोला, "चलिए न रूम में!"

दिवाकर जी राजकमल के साथ सीढ़ियाँ चढ़कर ऊपर बरामदे में पहुँचे कि सामने आशीष हाथ जोड़े खड़ा मिला, "प्रणाम, भइया!"

"क्या छपरा ज़िला, तुमरो भाव न मिल रहा है! कहाँ रहता है आजकल?" आशीष को झिड़की लगाते दिवाकर जी ने उसका हाल पूछा, "कैसा चल रहा है तोरा, आईएएस की तैयारी?"

"इसकी तैयारी का मत पूछिए, भइया। स्साला कोचिंग में इसको लवेरिया हो गया है।" आशीष से पहले ही राजकमल ने राज खोल दिया।

"जियो ज्वान, जियो!" दिवाकर जी ने आशीष की पीठ ठोंकी, "मामला कहाँ तक पहुँचा है, ज्वान?"

"भइया!" शर्माता आशीष दबे स्वर में बोला, 'गाँठे न खुला है।"

"स्साला, नाम हँसाएगा क्या?" दिवाकर जी ने बनावटी गुस्से के साथ भौंहें चढ़ाईं, "प्रॉब्लम क्या है रे?"

"जगहे न मिल रहा है।" राजकमल ने फिर रहस्योद्‌घाटन किया, "ऊ तो तैयारे है।"

एक कुर्सी पर पसरते हुए दिवाकर जी ने आशीष को फटकारा, "हमसे बोलना न चाहिए था! हम कौना दिन काम आएँगे?"

"भइया की बात!" आशीष दिवाकर जी का दाहिना हाथ थामकर गिड़गिड़ाया, "भइया, आपका ई एहसान कब्बो न भुलाएँगे!"

"भइया कर दीजिए जुगाड़, न तो स्साला भूखले मर जाएगा!" राजकमल ने मुस्की काटते पैरवी की, "स्वादिष्ट भोजन के लिए आशीषवा कुच्छो खर्चा-पानी को तैयार है।"

"ठीक है ज्वान, तू हू क्या याद करेगा?" दिवाकर जी ने पूरी संजीदगी से आशीष को आश्वस्त किया, "राजगीर लेके चल जा। ऊहाँ हमरा चीन्ह-परिचित का एक ठो होटल है। सेफ एंड सुरक्षित। हम फ़ोन कर देंगे। जितना दिन रहना है, रहो। लेकिन एक शर्त है।'

शर्त के नाम पर आशीष की आँखें सिकुड़ीं। लेकिन राजकमल ने बात लपक ली, ''नो प्रॉब्लम, भइया। आशीषवा सब शर्त मानेगा!''

''तो ठीक है।'' दिवाकर जी ने शरारती अन्दाज़ में शर्त का खुलासा किया, ''झंडा फहराने के बाद, लौटके राष्ट्रीय गान हम सबको सुनाना पड़ेगा!''

राजकमल उछल पड़ा। आशीष भी शर्माने की अदा छोड़कर खुलकर हँसा, ''भइया, जश्ने आज़ादी का पार्टी हमरा ओर से पक्का।''

''आशीष बाबू ज़िन्दाबाद!'' राजकमल ने उछलकर नारा लगाया और उसी उत्साह में दिवाकर जी से इसरार किया, ''भइया थोड़ा बचल माल है। एही बात पर कहिए तो दो-दो घूँट हो जाए!''

''ना रहे दे। अभी विधायक जी के यहाँ जाना है!'' सख़्ती से मना करते दिवाकर जी मक़सद पर आ गए, ''चल पहिले हिसाब-किताब साफ़ कर!''

राजकमल अपने सिराहने रखी एक डायरी उठाकर दिवाकर जी से मुखातिब हुआ, ''भइया, इस महीना का किराया पचासे हज़ार आया है।''

''सत्तर के बदले पचासे काहे?'' दिवाकर जी की त्योरी चढ़ी।

''भइया, ऊ क्या है कि एक-दू लड़का सबके घर में कुछ प्रॉब्लम आ गया है। ऊ सबका पैसा अभी नहीं आया है।'' राजकमल ने स्थिति स्पष्ट की, ''बोला है, जल्दिये जमा करा देगा!''

''सुनो बट्टा, राजकमल!'' डायरी पलटते दिवाकर जी ने बेरुखी से कहा, ''खाओ-पियो एक में हिसाब करो अलग! कह दो सबसे उधारी न चलेगा! ई पैसवा हमको अपने पास न रखना है। 'छात्र एकता मंच' का है। रमेश जी, जयकन्ता हिसाब माँगेगा, तो हम क्या जवाब देंगे?''

''भइया, अपना ही लड़का है सब! अपने से बाहर न जाएगा!'' राजकमल ने दिवाकर जी की नाराजगी दूर करने की कोशिश की।

''ठीक है। लाओ पैसा!'' झटके से उठ खड़े हुए दिवाकर जी।

पीठ पीछे की आलमारी खोलकर राजकमल ने काले रंग का एक बैग बाहर निकाला। जिप खोलकर रुपये निकाले और चौकी पर बैठकर गिनने लगा। राजकमल जब तक रुपये गिनता रहा, दिवाकर जी एकटक उसे देखते रहे। आशीष की नज़र भी रुपये गिनते राजकमल पर ही टिकी हुई थी। राजकमल ने गिने रुपये दिवाकर जी की ओर बढ़ाकर आग्रह किया, ''गिन लीजिए! पूरे पचास है।''

रुपये कुर्ते की ज़ेब में रखकर दिवाकर जी मुस्कराए, ''तुम गिन लिया, तो अब हम क्या गिनें? तू हमसे अलग थोड़े है?''

मन ही मन आशीष मुस्कराया-ग़ज़ब नटकिया हैं दिवाकर जी! लेकिन राजकमल के चेहरे पर पहले-सी रौनक नहीं लौटी। दिवाकर जी ने उसकी तरफ़ ध्यान दिए बग़ैर आशीष की पीठ ठोंकी, ''राजगीर जाए का प्रोग्राम बता दिहो। सब इन्तजाम हो जाएगा!''

"भइया!" आशीष दोहरा हो गया। चेहरे पर खुशी लेकिन संकोच ऐसा कि कुछ कहते नहीं बना।

"ठीक है, हम चलते हैं।" दिवाकर जी राजकमल के रूम से बाहर निकले।

गोनू लॉज के बाहर खड़ी मोटरसाइकिल पर बैठने के साथ ही दिवाकर जी ने राजकमल को पास बुलाकर हिदायत दी, "छपरा ज़िला का ख़याल-बात रखते रहना।" फिर आशीष की ओर देखकर गर्दन हिलाई, "क्या ज्वान ठीक न?"

आशीष लपककर नजदीक आया और दिवाकर जी का पैर छूने का अभिनय करते हुए बोला, "भइया, बस किरपा बनाए रखिए!"

दिवाकर जी आशीष की पीठ थपथपा कर चल दिए। राजकमल दूर जाती मोटरसाइकिल को देखता रहा तो आशीष ने टोका, "च लोगे कि यहीं खड़ा रहना है?"

राजकमल के होंठों पर फीकी मुस्कराहट उभरी। आशीष ने राजकमल का हाथ खींचते हुए चुटकी ली, "कुछ बूझे राजकमल बाबू, खाओ-पिओ एक में हिसाब करो अलग?"

"हाँ, भयवा, ख़ूब बूझे। स्साला नेतागीरी चमकाने के लिए जात चाहिए। अपना आदमी चाहिए। स्वारथ लाग करे सब प्रीति!" राजकमल के अन्दाज़ से यह समझना मुश्किल था कि वह व्यंग्य कर रहा है या दर्शन बघार रहा है।

आशीष हँसा, "क्या बात है बाबू, बड़का फिलॉसफी छाँट रहे हो?"

"तोरा लवेरिया पकड़ले है। ई फिलॉसफी तोरा न बुझाएगा।" राजकमल झुँझलाया।

मन ही मन मज़ा लेता आशीष मुस्कुराया तो राजकमल पैर पटककर अपने रूम की ओर बढ़ गया।

तैंतालिस

देर शाम जब जीवकान्त प्रो. मनोरंजन प्रसाद के आवास पर पहुँचा तो ड्राइंगरूम में जबर्दस्त गहमागहमी थी। बेचू जी से ख़बर भिजवाने पर प्रो. मनोरंजन प्रसाद ने तुरन्त अन्दर बुला लिया। सामने सिंगल सोफ़ा पर प्रो. मनोरंजन प्रसाद रिलैक्स मूड में टाँगें फैलाए बैठे थे। उनके दाहिने सोफ़े पर प्रो. प्रसाद और प्रो. एजाज थे। सेंट्रल टेबल पर प्लेट में मिठाई रखी थी। दो गिलासों में पानी भरा था। उसने सबसे पहले झुककर प्रो. मनोरंजन प्रसाद को प्रणाम किया, फिर एक-एक कर प्रो. प्रसाद और प्रो. एजाज़ का भी अभिवादन किया।

प्रो. मनोरंजन प्रसाद ने बैठने का इशारा करते हुए कहा, "लो जीवकान्त, मिठाई खाओ!"

जीवकान्त संकोच के साथ बाईं ओर के सोफ़े पर बैठ गया। फिर भी मिठाई की ओर हाथ बढ़ाने की हिम्मत न हुई। उसे संकोच में देख प्रो. मनोरंजन प्रसाद ने स्वयं मिठाई की प्लेट उठाकर उसकी ओर बढ़ायी, "लो मिठाई खाओ। प्रो. प्रसाद 'स्वीट होम' की मिठाई लाए हैं। एक नम्बर है।"

जीवकान्त ने बर्फी का टुकड़ा उठाया।

"जानते हैं सर, मिठाइयों में अब दू नम्बर का धन्धा बहुत बढ़ गया है। किस पर भरोसा करे कोई, किस पर नहीं!" प्रो. प्रसाद के स्वर में क्षोभ था।

जीवकान्त की इच्छा हुई कि वह पूछे, शिक्षा के क्षेत्र में भी दू नम्बर का धन्धा बढ़ गया है, उसके बारे में काहे नहीं कुछ कहते हैं? लेकिन बर्फी कुतरते हुए बस मन की तिक्तता घुलाता रहा।

"भरोसा का क्या कहते हैं, प्रसाद जी! भरोसा का तो ज़माने न रहा। अब यही देखिए, जिस सन्तू यादव पर सीएम इतना भरोसा किए, वही उनके ख़िलाफ़ स्टूडेंट को भड़का रहा है। कोचिंग बैन करे वाला सारा मामला उसी का किया धरा है।" प्रो. मनोरंजन प्रसाद एकदम से फॉर्म में आ गए थे, "वो तो कहिए कि हमरा समझाए से सीएम को सब समझ में आ गया!"

"टीचर लोग को तो आप ही पर भरोसा था।" प्रो. एजाज हुलसकर प्रो. मनोरंजन प्रसाद की तारीफ़ पर उतर आए, 'आप ही के चलते साँपों मर गया और लाठियो न टूटा!"

'अरे एजाज़ बाबू, आप लोग के चक्कर में हमको केतना पापड़ बेलना पड़ा, हमी जानते हैं। लेकिन हम आदत से मज़बूर हैं। टीचर लोग का अहित न हो, यही कोशिश रहती है मेरी!" प्रो. मनोरंजन प्रसाद जैसे नेकी कर दरिया में डाल वाली दरियादिली से बोलकर सोफ़े पर कुछ ज़्यादा ही फैल गए।

प्रो. मनोरंजन प्रसाद को मूड में देखकर प्रो. प्रसाद मन में उठ रही आशंका दबा नहीं पाए, 'लेकिन सर, छात्र लोग तो अड़ा ही हुआ है। ऊ लोग तो कोचिंग बैन कराने के लिए आन्दोलन कर ही रहा है?'

प्रो. मनोरंजन प्रसाद के होंठों पर अर्थपूर्ण मुस्कान तैरी। वह अपनी दाईं टाँग बाईं पर चढ़ाकर सोफ़े पर ऊपर की ओर खिसके। फिर बड़े इत्मीनान से बोले, "छात्र लोग भी जल्दिये समझ जाएगा। सन्तू के शंट होते सारा आन्दोलन शंट हो जाएगा!"

प्रो. मनोरंजन प्रसाद के अन्दाज़ में बेरुखी के साथ ज़माने भर की हिकारत थी। वह अवाक् प्रो. मनोरंजन प्रसाद को देखता रह गया जैसे कोई चटखा हुआ शीशा सामने हो।

"सर, सन्तू यादव स्टूडेंट पोलटिक्स में काहे इतना इंटरेस्टेडे हैं?" प्रो. एजाज़ अपने सवाल के साथ ही जिज्ञासु भाव से प्रो. मनोरंजन प्रसाद को ताकने लगे थे।

"देखिए, उसके पास जनाधार तो है नहीं, इसलिए स्टूडेंट पोलटिक्स से शक्ति प्रदर्शन की कोशिश करता है।" सन्तू यादव का उपहास उड़ाने के लहजे में प्रो. मनोरंजन प्रसाद बोले, 'युवाओं का मसीहा बनने की कोशिश कर रहा है।'

प्रो. एजाज़ ने यूँ सिर हिलाया गोया वह अपने सवाल के जवाब से सन्तुष्ट हो गए हों। अलबत्ता प्रो. प्रसाद सन्तुष्ट नहीं दिखे। उन्होंने लगे हाथ आशंका खड़ी कर दी, ' 'सन्तू यादव चुप बैठे वाला न हैं। स्टूडैंट लोग को भड़काने से बाज न आएँगे।"

प्रो. मनोरंजन प्रसाद ने जीवकान्त को देखा। जीवकान्त अपने आप में सिकुड़ गया। प्रो. मनोरंजन प्रसाद पूछ बैठे, "क्या जीवकान्त, तुम क्या कहते हो?"

'सर, उनका महिमा वही जानें!' अचकचाया-सा जीवकान्त थूक निगलकर बोला।

प्रो. मनोरंजन प्रसाद हँस पड़े, "तुम बहुत सिधवा हो, जीवकान्त। तुम्हीं लोगो के बूते उसकी महिमा बनी है। ऊ सबको बर्बाद करके रख देगा!"

प्रो. मनोरंजन प्रसाद की हँसी के बीच, चेतावनी भी थी। वह सिर झुकाकर चुप लगाए रहा। प्रो. प्रसाद ने लगे हाथ आग में घी डालने का काम कर दिया, "सर, कमलेश के मर्डर के बाद भी स्टूडैंट लोग न चेता तो यह दुर्भाग्ये न कहा जाएगा!"

"सही कह रहे हैं, प्रसाद जी!" प्रो. मनोरंजन प्रसाद ने इस बार खुली चेतावनी दी, "जो न चेतेगा, वो अपने भुगतेगा!"

प्रो. मनोरंजन प्रसाद के इस रुख से ड्राइंगरूम में सन्नाटा छा गया। सन्नाटे को तोड़ा रूम में दरवाज़े से झाँकते बेचू जी ने, "सर, भागलपुर के भीसी आए हैं।"

प्रो. मनोरंजन प्रसाद ने उड़ती नज़र बेचू जी पर डालते हुए आदेश दिया, "बोलिए बैठने के लिए!"

प्रो. एजाज़ ने स्थिति भाँपकर इजाज़त माँगी, "अब आज्ञा दिया जाए, सर!"

प्रो. मनोरंजन प्रसाद की अनुमति से पहले ही प्रो. प्रसाद खड़े हो गए। दोनों ने हाथ जोड़कर अभिवादन किया। प्रो. मनोरंजन प्रसाद ने बैठे-बैठे ही ताकीद की, "हमारी बात पर ग़ौर कीजिएगा। जैसा भी हो तुरन्ते ख़बर करिएगा!"

क्या बात थी, किस बात की ख़बर देने को प्रो. मनोरंजन प्रसाद कह रहे थे, जीवकान्त नहीं समझ पाया। ज़रूर उसके आने से पहले उन लोगों की कोई बात हुई होगी, यह सोचता हुआ वह भी खड़ा हो गया। प्रो. मनोरंजन प्रसाद ने उसे टोका, "रुको!"

जीवकान्त खड़ा ही रहा। प्रो. प्रसाद और प्रो. एजाज़ के बाहर निकलते ही प्रो. मनोरंजन प्रसाद उससे मुखातिब हुए, "बैठो!"

जीवकान्त बैठ गया। दिल की धड़कन तेज़ हो गई। प्रो. मनोरंजन प्रसाद ने उसकी ओर ग़ौर से देखते हुए पूछा, "ई रमेश यादव कैसा लड़का है जी?"

''सर, कहे को 'छात्र एकता मंच' के अध्यक्ष हैं।'' जीवकान्त सतर्क हो आया। पूरी सावधानी से नाप-तौल कर बोला, ''लेकिन उनका अपना कोई स्टैंड न है। बस, दिवाकर जी के आगे-पीछे करते रहते हैं।''

''हूँ!'' प्रो. मनोरंजन प्रसाद ने लम्बी हुंकार भरी, ''दिवाकरा तो सन्तू यादव का चेला है। सुने हैं, बड़का खुराफाती है?''

दिवाकर जी के बारे में प्रो. मनोरंजन प्रसाद की राय जानकर उसे ताज्जुब हुआ। उनकी इस सटीक जानकारी पर बलिहारी हो आया।

''सुनो, 'छात्र एकता मंच' को अपने हाथ में लो!'' प्रो. मनोरंजन प्रसाद ने अपनी आँखें सीधे जीवकान्त के चेहरे पर टिका दीं, ''नहीं तो ई सब बर्बाद करके रख देगा।''

''जी!'' जीवकान्त ने हामी में सिर हिलाया।

''हमको पता है कि लड़का सब तुमको हीरो मानता है। इसीलिए कहते हैं, यही मौका है कि तुम सबको सन्तू यादव की असलीयत समझाओ।'' प्रो. मनोरंजन प्रसाद पहली बार जीवकान्त पर खुलकर मेहरबान दिख रहे थे, ''तुमको कौनो फिकर करे की ज़रूरत न है। हम तुम्हारे पीठ पर हैं।''

जीवकान्त को जैसे मन माँगी मुराद मिल गई हो। अपनी खुशी दबाए रखना कठिन हो रहा था। समझ नहीं पा रहा था कि अपनी भावना कैसे व्यक्त करे। भावातिरेक में शब्द अन्दर ही घुमड़कर रह गए।

प्रो. मनोरंजन प्रसाद उठे। वह भी खड़ा हो गया।

प्रो. मनोरंजन प्रसाद ने उसके कन्धे पर हाथ रखकर हिदायत दी, ''हमरी बात पर ध्यान देना!''

अभिभूत जीवकान्त ने आज्ञा शिरोधार्य करने की मुद्रा में झुक कर प्रो. मनोरंजन प्रसाद के पाँव छुए। प्रो. मनोरंजन प्रसाद उसकी पीठ थपथपकर बोले, ''भागलपुर का भीसी आया है। उसे निबटा देते हैं।''

जीवकान्त ने चलते-चलते एक बार फिर प्रो. मनोरंजन प्रसाद को हाथ जोड़कर अभिवादन किया।

चौवालिस

रीता अधिकारी हॉस्टल में नहीं थी।

गर्ल्स हॉस्टल के गेट पर खड़े गार्ड ने जैसे ही यह सूचना दी, जीवकान्त का चेहरा लटक गया। हॉस्टल की दरो-दीवार पर एक उचाट नज़र डालकर उसने मोटरसाइकिल स्टार्ट की। बैक करते हुए जी में आया कि गार्ड को कहे, रीता

अधिकारी को उसके आने की ख़बर दे देना। लेकिन यह सोचकर कि पता नहीं रीता अधिकारी उसके बारे में क्या सोचे, अपनी इच्छा दबा गया।

मोटरसाइकिल अभी अशोक राजपथ के मुहाने पर पहुँची ही थी कि उसकी नज़र ऑटो से उतरती विद्या पर पड़ गई। बचकर निकल जाना चाहा कि विद्या ने उसे देख लिया। उसकी तरफ़ लपककर आई और आश्चर्य से पूछा, "जीवकान्त, एन्ने कहाँ से आ रहे हो?"

चोरी पकड़ी जा चुकी थी। मोटरसाइकिल रोककर साफ़ झूठ बोल गया, "तुमरे हॉस्टल गए थे। अच्छा हुआ तुम मिल गई।"

"हमसे मिलने आए थे कि कौनो चक्कर-वक्कर चलाए हो?" विद्या ने मोटरसाइकिल का हैंडिल पकड़कर छेड़ा।

"हम ई सब फेरा में न पड़ते हैं।" झट से नकारता जीवकान्त अशोक राजपथ से मुहाने पर मुड़ती दो लड़कियों की ओर देखने लगा।

"तुमरा जैसा अधकपारी के फेरा में कौनो पड़बो न करेगी।" जीवकान्त की खिल्ली उड़ाती विद्या फिस्स से हँस पड़ी।

जीवकान्त ने बात टालने की गरज से पूछा, "हम तो दिवाकर जी को खोज रहे हैं। सोचे तुमको पता होगा कि ऊ कहाँ हैं?"

दिवाकर जी के जिक्र से ही विद्या की आँखों में चमक जागी। स्निग्ध मुस्कराहट के साथ उसने अप्रत्याशित सूचना दी, "दिवाकर जी तो अपना गाँव गए हैं। कुछ ज़रूरी काम से जाना पड़ा है। एक-दो दिन में लौटेंगे।"

दिवाकर जी अचानक गाँव चले गए? क्या हुआ? कोई इमरजेंसी आ गई क्या? जीवकान्त अपनी हैरानी छुपा नहीं पाया, 'अरे! अचानक? सब ठीक तो है?'

विद्या ने आँखें झपकाईं। जीवकान्त ने ग़ौर किया कि विद्या कुछ बताने, कुछ छिपाने के अन्दाज़ में मुस्कराए जा रही थी। उसकी इस अदा को उसने जानबूझ कर झटका दिया, "नहीं बताओगी तो हम चले!"

विद्या हड़बड़ाई। मोटरसाइकिल की हैंडिल को कसकर पकड़ लिया मानो ऊहापोह से उबरने की कोशिश कर रही हो। फिर जीवकान्त के क़रीब सटते हुए फुसफुसाई, 'प्रॉमिस करो, किसी को नहीं बताओगे?'

अपनी उत्सुकता दबाकर जीवकान्त ने संजीदगी से चोट की, "हम सबके लिए जान देने को तैयार रहते हैं, तब्बो हम पर भरोसा न है, तो जाने दो!"

जीवकान्त के इस भावुक उलाहने का विद्या पर जबर्दस्त असर हुआ। वह भी भावुक हो आई, "हम तुमको जानते न हैं क्या? भरोसा न होता तो इतना गहिर बात तुमसे बतियाते?" फिर अगल-बग़ल गर्दन घुमाकर देखने के बाद धीमे स्वर में बोली, "दिवाकर जी कुछ डॉक्यूमेंट लावे गए हैं। सिरसा उपचुनाव लड़े की तैयारी है।"

इतनी बड़ी बात और दिवाकर जी ने भनक तक नहीं लगने दी! जीवकान्त के एड़ी से कपार तक लहर दौड़ गई। किसी तरह अपने आपको ज़ब्त कर बोला, "दिवाकर जी तो बड़का छुपा रुस्तम निकले, जी।"

"सरप्राइज देवे के फेरा में थे।" विद्या की आँखों में ग़ज़ब की चमक दिखी। जीवकान्त का हाथ थाम कर इसरार किया, "तुमको हमरी कसम कोई से कहियो मत!"

जीवकान्त जबरन मुस्कराया। विद्या उसकी मन:स्थिति न भाँप पाए, इसलिए मोटरसाइकिल में किक मारने लगा।

अचानक सामने से आई एक मोटरसाइकिल ठीक उनके बग़ल में आकर रुक गई। यह अंशुमन था। उसके पीछे रीता अधिकारी बैठी थी। कन्धे से नीचे तक झूलते बालों के बीच रीता अधिकारी का चेहरा स्ट्रीट लाइट की रोशनी में कहीं ज़्यादा रोमानी लग रहा था। जीवकान्त अपने आश्चर्य और इस सुखद संयोग के बीच नि:शब्द था। रीता अधिकारी मोटरसाइकिल से उतरी। अंशुमन ने जीवकान्त को छेड़ा, "सड़के पर 'छात्र एकता मंच' की मीटिंग हो रही है क्या?"

जीवकान्त रीता अधिकारी को चोर नजरों से निहारता, मन की उछाह बाँधने में बेहाल था।

"ग़रीब-गुरबा की मीटिंग तो सड़के पर होती है, अंशुमन!" विद्या तमककर बोली, "तुम लोग की तरह सेमिनार हॉल की ज़रूरत न पड़ती है।"

"विद्या, कम्युनिस्ट लोग भी ग़रीबे की बात करता है!" जीवकान्त को विद्या की तुर्शी नागवार गुजरी।

"उँह! कम्युनिस्ट!" विद्या ने हिकारत से मुँह बिचकाया, "तीन में न तेरह में!"

रीता अधिकारी हँस पड़ी। जीवकान्त को लगा, इस हँसी में साँझ गुनगुनी हो गई हो।

"इतना गुस्सा में काहे हो?" रीता अधिकारी विद्या के ताने को नज़रअन्दाज़ कर मुस्कराई, "हॉस्टल चल रही हो, तो चलो। हम भी तुम्हारे साथ चलते हैं।"

"हम जल्दी में हैं।" पैर पटकती विद्या तेज़ी से आगे बढ़ गई।

रीता अधिकारी अंशुमन की ओर पलटी, "तुम जाओ, हम पैदल चले जाएँगे!"

अंशुमन ने मोटरसाइकिल स्टार्ट कर बैक किया और जीवकान्त की ओर हाथ हिलाकर विदा लिया, "चलते हैं, जीवकान्त भाई।"

गर्ल्स हॉस्टल और अशोक राजपथ के इस मुहाने पर आश्चर्य अपलक था। एक-दूसरे के सामने, एक-दूसरे से आँखें चुराते, इस अबोले सिरे को थामने की कोशिश में जीवकान्त जैसे किसी सम्मोहन की गिरफ्त में हो। हलचल भीतर थी, सन्नाटा बाहर था। ऐन इसी वक़्त रीता अधिकारी जाने के लिए मुड़ी। जीवकान्त की आवाज़ तक नहीं निकली। रीता अधिकारी आगे बढ़ गई।

जीवकान्त जहाँ खड़ा था, वहीं मोटरसाइकिल स्टैंड पर खड़ी कर तेज़ी से लपका। चुपके से उसके बग़ल में चलता हुआ बोला, "कल सेमिनार में आ रहा हूँ।"

रीता अधिकारी के पाँव थमे। जीवकान्त की ओर नज़र उठाकर देखा। जीवकान्त तेज़ी से मुड़ा और वापस अपनी मोटरसाइकिल के पास लौट गया। वहीं खड़े-खड़े चारों ओर नज़र दौड़ाई। शाम कुछ ज़्यादा ही सुहानी लगी। रोशनियाँ कहीं ज़्यादा चमकीली दिखीं। उसके लिए यह अनुभव एक अबूझ पहेली की तरह था।

रात जब वह 'गोप आवास' पहुँचा, तो पहले फ्लोर पर बरामदे से गली में झाँकते भानू को देखकर चुपचाप उसके पीछे खड़ा हो गया। भानू गली में खुलती खिड़की पर खड़ी लड़की से इशारेबाजी कर रहा था। लड़की भी जवाब में मुस्करा रही थी। इस दिलचस्प नजारे को देखते हुए उसने चुपके से भानू के कन्धे पर हाथ रखा, "क्या भानू, कब से चल रहा है ई सब?"

चिहुँककर पलटे भानू के चेहरे पर रंगे हाथ पकड़ लिए जाने की झेंप नहीं, ढीठ मुस्कान थी, "अभी तो पटाइए रहे हैं, भइया!"

जीवकान्त ने गर्दन निकालकर गली की ओर देखा। खिड़की बन्द हो गई थी। मुस्कराकर पूछा, "उसको भी तुमसे प्यार है?"

"प्यार-व्यार के चक्कर में हम न पड़ते हैं, भइया!" भानू बेशर्मी से हँसा, "ईहाँ तो नाड़ा खोल, हल्ला बोल से मतलब है।"

"स्साला!" हिकारती हँसी हँसता जीवकान्त अपने रूम की ओर बढ़ गया।

पैंतालिस

गोनू लॉज के सामने मुँहअँधेरे आशीष के बाऊजी श्रीनिवास यादव बोलेरो से उतरे। उनके पीछे-पीछे बोलेरो का ड्राइवर भी उतरा। श्रीनिवास यादव गेट खोलकर बदहवासी में अन्दर घुसे और जोर-जोर से आवाज़ लगाने लगे, "आशीष...आशीष हो! ए आशीष!"

आवाज़ इतनी अधीर थी कि गोनू लॉज सिहर गया। एक-एक कर कई कमरों के दरवाज़े खुले। आँखें मलते कमरों से बाहर निकल रहे लड़के इस चीख-पुकार से अचकचाए एक-दूसरे का मुँह ताकने लगे। राजकमल की नज़र आशीष के बाऊजी पर पड़ी, तो वह भागा-भागा नीचे आया।

राजकमल के पास आते ही आशीष के बाऊजी का जैसे सब्र टूट गया, "राजकमल, आशीष...आशीष कहाँ है, बउआ?"

किसी अनहोनी की आशंका में राजकमल का दिल जोर से धड़का, 'क्या हुआ, चाचा? क्या बात है?'

"अरे पहले बताओ, ऊ है कहाँ?"

"ऊ...ऊ...तो...!" राजकमल हकलाया।

"देखो राजकमल, साँच-साँच बताओ। आशीष कहाँ है? तोरा हाथ जोड़ते हैं, बउआ!" आशीष के बाऊजी ने सचमुच हाथ जोड़ लिए थे।

"चाचा, आशीष तो कल्हे राजगीर घूमने गया है।" राजकमल के लिए अब छुपा पाना सम्भव नही था। साफ़-साफ़ बोल गया, "आज लौट आएगा!"

आशीष के बाऊजी का चेहरा बुझ गया। वह गेट की सीढ़ी पर ही धम्म से बैठ गए। राजकमल बुरी तरह घबरा गया। आस-पास खड़े लड़कों के चेहरे पर भी हवाइयाँ उड़ने लगी थीं।

"आशीष बाबू का कोई अपहरण कर लिया है। छपरा में फ़ोन आया था।" पास ही खड़ा ड्राइवर चिंतित स्वर में बोला, "बीस लाख फिरौती माँगा है।"

राजकमल का कलेजा काँप गया। पाँव ज़मीन पर जमाकर बड़ी कठिनाई से बोल पाया, "ई...ई...क्या कह रहे हैं? उसका कोई अपहरण काहे करेगा?"

"ईहे तो हमू न समझ पा रहे हैं। सोचे कौनो दोस्त-महिम मज़ाक़ किया होगा। लेकिन अब तो लग रहा है, सच्चो आशीष का अपहरण हो गया है।" आशीष के बाऊजी का गला रुँध गया था। उन्होंने पास खड़े लड़कों को मायूसी से निहारा और डबडबा आई आँखें पोंछते हुए उठ खड़े हुए।

राजकमल को समझ में नहीं आया कि वह कहे तो क्या कहे? करे तो क्या करे? एक अनजाने भय में जकड़ा वह किंकर्तव्यविमूढ़-सा आशीष के बाऊजी को देख रहा था। आशीष के बाऊजी भारी क़दमों से बोलेरो की ओर बढ़े। फिर जैसे दिल कड़ाकर पलटे, "राजकमल, आओ बउआ, थाना चलते हैं। एफआईआर लिखाना होगा।"

तरह-तरह की आशंका में डूबता-उतराता राजकमल रुआँसा-सा आशीष के बाऊजी के साथ बोलेरो में बैठ गया। बोलेरो स्टार्ट होते ही उसने खिड़की से सिर निकालकर बाहर खड़े एक लड़के को आवाज़ लगाई, "सुनो रे दिलीप, हम क़दमकुआँ थाना जा रहे हैं। 'गोप आवास' जाके ख़बर कर देना।"

बोलेरो के आगे बढ़ते ही गोनू लॉज के लड़कों में हरकत हुई। आशीष के अपहरण की ख़बर पर जितने मुँह, उतनी बातें।

—आशीषवा एक नम्बर का छौंड़ीबाज़ है।

—हाँ, सुने हैं, कौनो लड़की को लेके राजगीर घूमे गया था।

—बड़का बाप का बेटा है, जो करे सो कम।

—लेकिन हो, उसका अपहरण कौन किया होगा?

सवाल गम्भीर था। राजकमल के क़रीबी संजीव ने अनुमान लगाया, "छौंड़िया का घरबाला कराया होगा!"

अनुमान ही सही, दावे में दम था। दिलीप ने उत्सुकता जताई, "छौंड़िया कौन जात है हो?"

"एमे जात की क्या बात है, रे?" संजीव ने झिड़की दी।

मुस्की छाँटते दिलीप ने जानना चाहा, "मने बैकवर्ड है कि फॉरवर्ड?"

तुर्की-बतुर्की बातें सुन रहे लड़कों के बीच से मनोज की आवाज़ आई, "क्या बूझते हैं, बैकवर्ड की लड़की घुमाइएगा तो कोई छोड़ देगा?"

सभी एक-दूसरे का मुँह ताकते रह गए। अपनी झेंप छुपाने के बहाने दिलीप ने बात बदल दी, "ए संजीव, राजकमल बोला है, 'गोप आवास' ख़बर करने के लिए!"

"आते हैं तैयार होके!" संजीव अपने रूम की ओर बढ़ गया।

आशीष के अपहरण की ख़बर सुनते ही 'गोप आवास' में हड़कम्प मच गया। बरामदे में जमा लड़कों के चेहरों पर गुस्सा, आक्रोश, उत्तेजना और उत्सुकता के इतने भाव थे कि बरामदा आवाज़ों से भर गया। हर कोई पूरी बात जानने के लिए संजीव और दिलीप से तरह-तरह के सवाल किए जा रहा था। इन्हीं सवालों के बीच जीवकान्त ने दरयाफ़्त किया, "आशीष किसके साथ राजगीर गया था जी?"

"सुने हैं, एकठो लड़की के साथ गया था।"

"स्साला, लड़की के फेरा में फँस गया!" केशर ने खिल्ली उड़ाई, "था भी एक नम्बर का आशिक़ मिज़ाज!"

पीछे से कोई फिस्स से हँसा। माहौल थोड़ा नरम हुआ। चुटरी झुंड से निकलकर आगे आया और संजीव से सवाल किया, 'ए हो, लड़किया कौन जात है?'

"ए चुटरी, लड़किया कौनो जात हो, आशीष तो अपने जात है।" केशर ने झिड़की लगाई, "सोचो, कि अब करना क्या है?"

"करना क्या है? न रमेश जी हैं, न दिवाकर जी!" पसोपेश में चुटरी ने कन्धा उचकाया, "अब हम क्या बताएँ कि क्या करना है?"

"तो क्या हुआ! जीवकान्त भाई तो हइए हैं।" भानू जीवकान्त की ओर मुड़ा, "क्या जीवकान्त भाई, आप क्या कहते हैं?"

जीवकान्त रीता अधिकारी के सेमिनार में जाने की तैयारी में था। ऐसे में अप्रत्याशित आई इस स्थिति से बचने के लिए उसने वस्तुस्थिति की गम्भीरता को समझाने की कोशिश की, "ई अपहरण का मामला है। सीधे-सीधे पुलिस केस। हम तो यही कहेंगे कि हम लोगों को इस मामला में नहीं पड़ना चाहिए।"

पुलिस-केस का ज़िक्र सुनते ही ज़्यादातर लड़के बग़लें झाँकने लगे। दाँव सही पड़ते देख जीवकान्त अपनी बात पर थोड़ा और जोर देकर बोला, "वैसे भी रमेश

जी, दिवाकर जी कोई न है। उन लोगों के पीछे कोई क़दम उठाना हमको तो ठीक नहीं बुझाता है।''

जीवकान्त की बात असर कर गई।। केशर ने सहमति में सिर हिलाया, ''जीवकान्त भाई का कहनाम सही है। नेताजी लोग के बिना कौनो फ़ैसला लेना ठीक न होगा।''

गोनू लॉज के संजीव और दिलीप के चेहरे पर निराशा के भाव आए। दिलीप ने असमंजस भरे स्वर में कहा, ''ठीक है, तो हम लोग चलते हैं!''

''अभी तुम लोग जाओ!'' चुटरी ने उनका मन रखने के लिए आश्वस्त किया, ''हम लोग तो साथ हइए हैं। जो होगा देख लेंगे।''

संजीव और दिलीप के चेहरे पर कोई आश्वस्ति भाव नहीं उभरा। उनके जाने के बाद 'गोप आवास' आशीष के अपहरण की चर्चा में तरह-तरह के एंगिल निकालने में मशगूल हो गया।

छियालिस

पटना कॉलेज सेमिनार हॉल के बाहर अच्छी-खासी गहमागहमी थी। चारों ओर बैनर-पोस्टर लगे थे। कुछ लड़के-लड़कियाँ जो ज़्यादातर जींस और कुर्ते में थे, बतौर वालंटियर आगुंतकों का स्वागत कर रहे थे। कोई पंफलेट थमा रहा था तो कोई बुकलेट। कोई किसी की जिज्ञासा का समाधान कर रहा था, तो कोई लोगों को सेमिनार हॉल तक जाने में मदद कर रहा था। इन लड़के-लड़कियों में न अंशुमन था, न ही रीता अधिकारी थी। इस सधे अनुशासन और शालीन माहौल में, ख़ुद को असहज महसूस करता जीवकान्त दीवारों पर लगे पोस्टर-बैनर पढ़ने लगा।

—शिक्षा का व्यवसायीकरण बन्द करो।

—प्रवेश परीक्षाओं में शुल्क लेना बन्द करो।

—आधुनिक और वैज्ञानिक सिलेबस तैयार करो।

—शैक्षणिक कैलेंडर लागू करो।

—छात्रसंघों का चुनाव शीघ्र कराओ।

—सभी बेरोज़गारों को भत्ता दो।

एक से एक स्लोगन। जीवकान्त हर स्लोगन पर ख़ुद को सहमत पा रहा था। लेकिन इन सबमें उसे एक ही कमी महसूस हो रही थी कि कहीं भी प्राइवेट कोचिंग बन्द करने की बात नहीं थी। क्या यह इनके लिए कोई मुद्दा नहीं? अगर नहीं तो वह इस बाबत रीता अधिकारी से पूछेगा ज़रूर। अचानक अपने कन्धे पर किसी का हाथ पाकर वह पलटा। सामने सचिन शर्मा खड़ा मुस्करा रहा था।

"क्या साथी, यहाँ ?"

"काहे हम यहाँ नहीं आ सकते क्या ?" जीवकान्त के स्वर में तल्खी थी, "कौनो मनाही है ?"

"अरे न साथी, ऐसी बात न है।" सचिन शर्मा रक्षात्मक हो गया, "क्या है कि तुमरी धारा अलग है। ई धारा अलग। इसी से बोले!"

"सोचे तनी तोरो धारा में डुबकी लगा लें। क्या पता कुछ पुण्य मिल जाए!" जीवकान्त ने चुटकी ली, "कहो तो लौट जाएँ ?"

"अरे नहीं... !" सचिन शर्मा ने झट से जीवकान्त का हाथ थाम लिया, "चलो, अन्दर चलकर बैठो। कार्यक्रम शुरू होने वाला है।"

जीवकान्त की इच्छा हुई कि पूछे, 'रीता अधिकारी कहाँ है ?' लेकिन पूछ बैठा, 'अशुंमन कहाँ है, भाय ?'

"अन्दर है। तुम चलो। हम भी आते हैं।" सचिन शर्मा आगे बढ़ गया।

सचिन शर्मा से उसकी पहली मुठभेड़ इसी पटना कॉलेज में हुई थी। वह एक मोटरसाइकिल की टेक लेकर खड़ा, किसी लड़के से बतिया रहा था, जब सचिन शर्मा आया था और बड़ी बेरुखी से मोटरसाइकिल से उतरने को बोला था। उसके बोलने के अन्दाज़ से जीवकान्त भड़क गया था, "ना उतरेंगे तो क्या कर लोगे ?"

"उठाकर फेंक देंगे!" सचिन शर्मा ने उसका हाथ पकड़कर धक्का दे दिया था।

जीवकान्त की ऐड़ी की लहर कपार पर चढ़ गई थी। वह भी सचिन शर्मा को झटका देकर अकड़ा था, "लगता है चीन्हते न हो ?"

"लाट साहब हो क्या ?" सचिन शर्मा ने खिल्ली उड़ाई थी।

इससे पहले कि बात बढ़ती, पता नहीं किधर से अंशुमन आ पहुँचा था। बीच बचाव करते हुए उसने दोनों को शान्त कराया था। सचिन शर्मा भुलभुनाता हुआ मोटरसाइकिल स्टार्ट कर चला गया था, तो जीवकान्त ने हिकारत से पूछा था, "ई जात का भूमिहार है न ?"

"हाँ। है तो ?" अंशुमन की आँखें जीवकान्त के चहरे पर टंक गई थीं।

"तुमरी पार्टी में भूमिहार बहुत है।"

"लेकिन हम लोग जात-पांत नहीं मानते हैं।"

"तुमरे न माने से जात-पांत खतम हो जाएगी क्या ?"

"काहे न खतम होगी ? आज न तो कल इसका नाश होना ही है।"

"कब्बो न खतम होगी ?" जीवकान्त आजिजी सें बोला था।

"हाँ, जब तक तुम लोग जात की राजनीति करोगे, तब तक तो नहीं ही खतम होगी!" अंशुमन के स्वर में व्यंग्य था।

"कल तक तो फारवर्डो जात की राजनीति करता था। अब बैकवर्ड कर रहा है तो क्या ग़लत है ?" जीवकान्त आक्रामक हो आया था।

"जो फारवर्ड कर रहा था, वही तुम लोग कर रहे हो। दोनों में फ़रक़ क्या रहा?" अंशुमन ने तर्क किया था।

"टिट फार टैट, बाबू। टिट फार टैट!" चिढ़ाने के-से अन्दाज़ में जीवकान्त ने जवाब दिया था।

"छोड़ो। तुम्हारी समझ में यह बात नहीं आएगी!" अंशुमन ने बात बदल दी थी, "चलो चाय पीते हैं।"

"एक बात सुन लो, अंशुमन! तुम ई भूमिहार को बचा के ठीक न किए हो!" अंशुमन के साथ चलते-चलते जीवकान्त ने अपना रोष प्रकट किया था।

"और वो कहेगा कि हम तुमको बचा के ठीक न किए हैं तो?"

"जात भाई हो, इतना तो करना ही पड़ता है।" जीवकान्त शैतानी से मुस्कराया था।

अंशुमन भी मुस्कराकर रह गया था।

उस दिन के बाद गाहे-बगाहे अंशुमन के साथ ही सचिन शर्मा से मुलाक़ात होती रही थी, फिर भी दोनों के बीच दूरी बनी रही। लेकिन आज आश्चर्यजनक रूप से दोनों एक-दूसरे से तपाक से मिले थे, तो शायद इसलिए कि दोनों के बीच परिचय का वह एक सूत्र था। जीवकान्त को हैरत ज़रूर हुई कि इस वक़्त उसके मन में सचिन शर्मा को लेकर कोई तल्खी नहीं थी।

मन ही मन मुस्कराता वह माहौल की गिरफ़्त में जकड़ा जैसे ही सेमिनार हॉल के गेट पर पहुँचा, रीता अधिकारी प्रो. चौधरी से बतियाती नज़र आई। उसका दिल अनायास ही तेज-तेज धड़कने लगा। वह इसी बेखुदी में सीधे रीता अधिकारी के सामने जा खड़ा हुआ। प्रो. चौधरी अन्दर जा चुके थे। अचानक अपने सामने जीवकान्त को देखकर रीता अधिकारी चहक उठी। उसने बग़ैर झिझक अपना दाहिना हाथ जीवकान्त की तरफ़ बढ़ाकर कहा, "वेलकम, वेलकम!"

रीता अधिकारी का हाथ अपने हाथ में लेते हुए जीवकान्त के अन्दर झिझक तो हुई। लेकिन जैसे मन की कोई गाँठ खुलती-सी महसूस हुई। कोई जकड़न टूटती-सी जान पड़ी। रीता अधिकारी उसका हाथ पकड़े-पकड़े हॉल में दाखिल हुई और एक कुर्सी पर रखे बैग को उठाकर बोली, "हम आपके लिए सीट रिजर्व रखे थे। बैठिए!"

जीवकान्त चकित-सा रीता अधिकारी को देख रह था। लेकिन रीता अधिकारी रुकी नहीं। अपना बैग लेकर वह वापस हॉल से बाहर चली गई। उसने सीट पर बैठने से पहले हॉल में नज़र दौड़ाई। हॉल लगभग भर चुका था। सामने डायस पर चार लोग बैठे थे। अंशुमन बीच में बैठे शख्स के कन्धे के पास झुका कुछ बतिया रहा था।

हॉल में ग़ज़ब का अनुशासन था। ज़्यादातर लोग एक-दूसरे से बतियाने के बजाय उत्सुकता से मंच की ओर देख रहे थे। अनुशासित धैर्य। यह सब जीवकान्त

के लिए अजूबा था और वह ख़ुद को इस माहौल में मिसफिट पा रहा था। उसकी निगाहें बेचैनी से रीता अधिकारी को तलाशने लगीं। लेकिन रीता अधिकारी कहीं नहीं नज़र आ रही थी।

''साथियों! आप सभी का क्रान्तिकारी अभिवादन!'' माइक से अंशुमन की आवाज़ गूँजी।

जीवकान्त की आँखें अंशुमन पर जा टिकीं। अंशुमन बोल रहा था, ''मौजूदा शिक्षा व्यवस्था और हमारी रणनीति' विषय पर आयोजित इस सेमिनार में आप सभी का स्वागत है। विषय पर बातचीत के लिए आज हमारे साथ हैं संगठन की उत्तर प्रदेश इकाई के महासचिव शिवेन्द्र सिंह, दिल्ली विश्वविद्यालय के शोध छात्र राजन अग्निहोत्री और प्रगतिशील शिक्षाविद् श्यामसुन्दर आचार्य! हम अपने इन अतिथियों का पुष्प गुच्छ से स्वागत करेंगे।''

अंशुमन की इस घोषणा के साथ ही अगली पंक्ति में बैठी तीन लड़कियाँ उठीं और एक-एक कर तीनों ने मंच पर बैठे लोगों को पुष्पगुच्छ देकर हाथ मिलाया। तीनों अतिथियों ने अपने पुष्पगुच्छ अपने सामने टेबल पर रखकर हाथ उठाया और हॉल में उपस्थित लोगों का अभिवादन किया।

''साथियों, जैसा कि आप जानते हैं, मौजूदा शिक्षा व्यवस्था को लेकर पूरे मुल्क में जबर्दस्त आक्रोश है। आर्थिक उदारवाद के नाम पर सरकार जिस तरह शिक्षा को व्यवसाय में बदलने को तत्पर दिख रही है, वह बेहद ख़तरनाक है। ऐसे में इस सेमिनार का मक़सद है कि हम उन ख़तरों को पहचानें और उनसे लड़ने के लिए हमारी रणनीति क्या हो, यह जानें। आपका ज़्यादा समय न लेते हुए, इस विषय पर बातचीत की शुरुआत करने के लिए मैं क्रान्तिकारी साथी व संगठन के उत्तर प्रदेश इकाई के महासचिव कॉमरेड शिवेन्द्र सिंह को आमंत्रित करता हूँ। वह आएँ और इस विषय पर अपना आधार वक्तव्य रखें।''

अंशुमन की घोषणा के साथ ही शिवेन्द्र सिंह माइक पर आए। कुर्ता-जींस में दरमियाने क़द के शिवेन्द्र सिंह के चेहरे पर घनी दाढ़ी थी। दाढ़ी के पीछे फँसी मुस्कराहट। दाहिने हाथ में काग़ज़ की कुछ पर्चियाँ। माइक को अपने मुँह के क़रीब लाते हुए उन्होंने हॉल में एक सरसरी निगाह दौड़ाई फिर बेहद सधे स्वर में बोलना शुरू किया, ''साथियों, क्रान्तिकारी अभिवादन! आप सबके बीच आकर मुझे बेहद प्रसन्नता हो रही है। बिहार तो क्रान्ति-भूमि है और मुझे पूरा यक़ीन है कि आज हम जिस विषय पर बातचीत के लिए यहाँ इकत्रा हुए हैं, उस क्रान्ति का आग़ाज भी इसी भूमि से होगा। यह मैं नहीं कह रहा। यह इतिहास और परम्परा से हासिल हमरा अनुभव कह रहा है।''

शिवेन्द्र सिंह ने जिस जोशो-खरोश से यह बात कही, उस पर बेतहाशा तालियों की गड़गड़ाहट से हॉल गूँज उठा। शिवेन्द्र सिंह ने फिर बोलना शुरू किया, ''आर्थिक

उदारवाद के नाम पर सरकार ने अमरीकी साम्राज्यवाद के सामने घुटने टेक दिए हैं। डब्लूटीओ और वर्ल्ड बैंक की शर्तों पर देश की अर्थव्यस्था को बन्धक रख दिया है। इस सरकार ने मल्टीनेशनल कम्पनियों के लिए देश के सारे दरवाज़े खोल दिए हैं। जाहिर है, यह पूँजीवाद को प्रश्रय देने का षड्‌यंत्र ही नहीं है, देश को साम्राज्यवादी ताकतों के हाथों सौंप देने की सोची-समझी तैयारी भी है। साथियों, इसका नतीजा यह होगा कि अमीर और ग़रीब के बीच आर्थिक विषमता की खाई और भी चौड़ी होगी। उद्योग, निर्माण, खेती, स्वास्थ्य, शिक्षा, आधारभूत संरचना से लेकर रोज़मर्रा के उपयोग के ज़रूरी उत्पादनों आदि तमाम क्षेत्रों का निजीकरण होगा। इस निजीकरण से किसका फ़ायदा होगा? निश्चित ही मुनाफ़ाखोर पूँजीपतियों का, मल्टीनेशनल कम्पनियों का और उनके दलालों का। साथियों, ऐसे में शिक्षा के निजीकरण का मतलब है शिक्षा को आम आदमी की पहुँच से दूर करना। शिक्षा को व्यवसायियों और मुनाफ़ाखोरों के हाथों में सौंपना। एक ऐसी शिक्षा व्यवस्था का निर्माण करना जो पूँजीपतियों और मल्टीनेशनल कम्पनियों के लिए सस्ते लेबर मुहैया करा सके। साथियों, आर्थिक उदारीकरण के बहाने मेहनतकश, ग़रीब, मज़दूर, खेतिहर किसानों को उनके मौलिक अधिकारों से वंचित करने के षड्‌यंत्र के ख़िलाफ़ हमें दीर्घकालिक संघर्ष के लिए तैयार रहना होगा। आज का यह सेमिनार इसी दिशा में उठाया गया एक क़दम है। मुझे उम्मीद है, आने वाले वक्ता इस विषय के अन्य पहलुओं पर विस्तार से अपनी बात रखेंगे, इसलिए मैं आप सबका ज़्यादा समय न लेते हुए अपनी बात समाप्त करता हूँ। लाल सलाम।''

शिवेन्द्र सिंह का भाषण समाप्त होने के साथ ही हॉल एक बार फिर गूँज उठा। जीवकान्त उकताने लगा था। इतने भारी भरकम शब्द और उतने ही अबूझ इस भाषण का कोई ओर-छोर उसकी समझ में नहीं आया था। वह जम्हाई लेता इधर-उधर देखने लगा। शिवेन्द्र सिंह अपनी सीट पर बैठ गए थे। अंशुमन फिर माइक पर आ गया था। वह घोषणा कर रहा था, ''साथियों, जैसा कि कॉमरेड शिवेन्द्र सिंह ने बताया कि उदारीकरण के नाम पर जिस तरह इस देश की अर्थव्यवस्था पूँजीपतियों के हाथों में सौंपने की साजिश की जा रही है, वह न सिर्फ़ ग़रीब विरोधी है, बल्कि देश के युवाओं के भविष्य के साथ भी साजिश है। इन तमाम पहलुओं पर विस्तार से रोशनी डालने के लिए अब मैं आमंत्रित कर रहा हूँ दिल्ली यूनिवर्सिटी में मौजूदा शिक्षा प्रणाली और जनवादी शिक्षा पर शोध कर रहे प्रतिबद्ध युवा वाम चिन्तक राजन अग्निहोत्री को।''

अंशुमन की घोषणा के साथ ही राजन अग्निहोत्री माइक की ओर बढ़े। इस बीच कुछ लोग उठकर हॉल से बाहर जाने लगे थे। इस मौके का फ़ायदा उठाकर वह भी तेज़ी से बाहर निकल गया। गेट के बाहर वालेंटियर लड़के-लड़कियों का एक जत्था खड़ा आपस में गप्पें मार रहा था। वह चारों ओर नज़र दौड़ाता रीता

अधिकारी को तलाशने लगा। उसे कोफ़्त हुई कि रीता अधिकारी उसे बुलाकर ख़ुद कहाँ गायब हो गई? वह बग़ैर रुके सीढ़ियाँ उतरकर नीचे आ गया। नीचे पोर्टिको में रीता अधिकारी खड़ी दिखी जैसे किसी की प्रतीक्षा कर रही हो।

रीता अधिकारी उस पर नज़र पड़ते ही पूछ बैठी, "क्या हुआ?"

जीवकान्त ने कोई जवाब नहीं दिया। रीता अधिकारी जीवकान्त के पास आई। जीवकान्त का चेहरा तना हुआ था।

"बोर हो गए क्या?" रीता अधिकारी हँसी।

जीवकान्त ने रीता अधिकारी की तरफ़ देखे बग़ैर, शिकायती लहजे में कहा, "मैं भाषण सुनने नहीं, आपके लिए आया था।"

रीता अधिकारी अवाक् रह गई। उसे समझ नहीं आया, जीवकान्त की इस प्रतिक्रिया का क्या जवाब दे। जीवकान्त ने भी रीता अधिकारी के किसी जवाब की प्रतीक्षा नहीं की। तन्नाया-सा वह अपनी मोटरसाइकिल स्टार्ट कर पटना कॉलेज गेट की ओर बढ़ गया।

रीता अधिकारी जीवकान्त को ओझल होने तक देखती रही।

सैंतालिस

अशोक राजपथ पर ट्रैफिक सामान्य था।

सेमिनार हॉल के भाषण से भन्नाया जीवकान्त अभी 'गोप आवास' नहीं लौटना चाह रहा था। उसे आशंका थी कि वहाँ आशीष के अपहरण का मामला गरमाया हो सकता है। ऐसे में वहाँ जाने का मतलब है खामख़्वाह इस झमेले में उलझना। इसी मन:स्थिति में उसने डाकबँगला चौराहा जाने का इरादा किया और मोटरसाइकिल गाँधी मैदान की ओर मोड़ दी।

कारगिल चौक पर मोटरसाइकिल धीमी की। घड़ी देखी, तीन बज रहे थे। कारगिल गोलम्बर के बायें सिरे पर गाँधी मैदान की बाउंड्री के बाहर टेंट-कनात लगाकर कुछ लोग धरने पर बैठे थे। दाईं ओर कलेक्ट्रिएट जानेवाली सड़क के फुटपाथ पर बैठे दलाल एफिडेविट बनवाने से लेकर रजिस्ट्री करवाने तक के लिए आने-जाने वालों को रोक-रोककर काम कराने की गारंटी दे रहे थे। सीधी सड़क जेपी गोलम्बर से होते हुए डाकबँगला चौराहे तक जाती थी। हालाँकि बाईं ओर जाती सड़क भी गाँधी मैदान का चक्कर लगाते हुए जेपी गोलम्बर में ही मिलती थी। लेकिन पता नहीं क्यों उसे यह सड़क कभी मुफ़ीद नहीं लगी। इस वक़्त भी उसने सीधी सड़क से ही डाकबँगला जाने का निर्णय लिया।

डाकबँगला चौराहा उसे हमेशा अपनी ओर खींचता रहा है। आज पटना-दिल्ली में जो नेता पक्ष-विपक्ष में छाए हुए हैं, सभी इसी चौराहे पर अड्डा जमाते रहे हैं। शुरू-शुरू में रमेश जी ने ही इस चौराहे की महिमा से उसका परिचय कराया था। पान की गुमटी पर खड़े रमेश जी ने मुँह में पान दबाकर बात छेड़ी थी, ''जानते हो कि न, ईहे चौराहा राजनीति की दिशा तय करता है?''

''ऊ कैसे?'' जीवकान्त ने उत्सुकता जताई थी।

''देखो सामने वाली सड़क स्टेशन जाती है और बायें वाली बेलीरोड। इसका मतलब है कि ईहे चौराहा पर तय होता है कि किसको बेली रोड जाना है और किसको स्टेशन!''

''ए महराज, आप तो बुझौव्वल बुझा रहे हैं।'' जीवकान्त के माथे पर बल पड़ गए थे।

''इसमें बुझौव्वल क्या है? ई तो डाकबँगला का चरित्तर है। जो राजनीति का खेल में माहिर, ऊ बेलीरोड पकड़ के विधानसभा जाता है और नहीं तो बोरिया-बिस्तर बाँध के स्टेशन से गाड़ी पकड़ के घर।'' रमेश जी ने दार्शनिक अन्दाज़ में डाकबँगला चौराहा की प्रतीक-कथा समझाई थी, तो जीवकान्त के मन में दूसरी जिज्ञासा जागी थी, ''रमेश जी, तो अशोक राजपथ को क्या कहेंगे?''

''बेट्टा, अशोक राजपथ तो राजनीति का रिहर्सल ग्राउंड है। सभे नेता ऊहें राजनीति का रिहर्सल करता है। ऊहें से अपनी राजनीति का श्रीगणेश करता है। ऊहें से खाद-पानी लेता है।'' रमेश जी पूरे मूड में थे।

''फिर कौनो नेता लौट के अशोक राजपथ न जाता है। कौनो पीछे मुड़के न देखता है।''

''राजनीति में पीछे मुड़के न देखा जाता है।'' रमेश जी ने चूना चाटते हुए कहा था, ''भविष्य आगे होता है, पीछे ना।''

जीवकान्त तब हँस पड़ा था और बात आई-गई हो गई थी। लेकिन वह कथा मुतवातिर जारी थी।

जेपी गोलम्बर के पास पहुँचते ही जीवकान्त की नज़र जेपी की आदमक़द मूर्ति पर अटक गई। लगा, अपना दाहिना हाथ उठाए जेपी उसे ही ललकार रहे हों।

उसने मोटरसाइकिल रोक दी। याद आया, जेपी तो उस दिन भी इसी मुद्रा में थे, जिस दिन इसी जगह पर 'सामाजिक न्याय' की सरकार ने शपथ ली थी। उस दिन की उनकी मुद्रा और आज की मुद्रा में फ़र्क़ काहे बुझा रहा है? उसने ग़ौर किया, जेपी की मूर्ति जैसे बुदबुदा रही थी-'भ्रष्टाचार मिटाना, बेरोज़गारी दूर करना, शिक्षा में क्रान्ति लाना आदि ऐसी चीज़ें हैं, जो आज की व्यवस्था से पूरी नहीं हो सकतीं, क्योंकि वे इस व्यवस्था की उपज हैं। वे तभी पूरी हो सकती हैं, जब सम्पूर्ण व्यवस्था बदल दी जाए। और सम्पूर्ण व्यवस्था के परिवर्तन के लिए क्रान्ति 'सम्पूर्ण क्रान्ति' आवश्यक है।''

जीवकान्त का सिर घूम गया। क्रान्ति। कैसी क्रान्ति? प्रो. मनोरंजन प्रसाद कहते हैं कि हम लोग जेपी के शिष्य हैं। 'सम्पूर्ण क्रान्ति' के वाहक। तो क्या सम्पूर्ण क्रान्ति हो गई? और...और, अभी रीता अधिकारी के सेमिनार में भी क्रान्ति की बात हो रही थी, तो क्या अभी क्रान्ति बाक़ी है? जीवकान्त के पास अपने ही सवालों का जवाब नहीं था। मन बेतरह उद्विग्न था। किसी भी बात पर टिक कर रह पाना सम्भव नहीं हो रहा था। जेपी गोलम्बर की परिक्रमा करते हुए उसने यक़बयक़ डाकबँगला जाने का इरादा स्थगित कर दिया।

कारगिल गोलम्बर जहाँ अभी थोड़ी देर पहले तक यातायात सामान्य था, अब जाम में फँसा कराह रहा था। यह नज़ारा देखकर उसकी रूह काँप गई।

"कौन बात का जाम है, भाई?" मन में उठी जिज्ञासा के साथ ही उसने इधर-उधर नज़र दौड़ाई।

"स्टूडेंट लोग का जाम है।" टेम्पो बैक करते एक टेम्पोवाला दूसरे टेम्पोवाले को जानकारी दे रहा था, "जल्दी छूटेवाला न है।"

"स्टूडेंट लोग का जाम है!" जीवकान्त के दिमाग में 'ठक' से बजा, "कौन स्टूडेंट लोग जाम लगा दिया? कहीं रीता अधिकारी का संगठन तो अशोक राजपथ पर नहीं उतर आया? ऊ लोग भी तो बड़ी-बड़ी बात कर रहा था। हो सकता है ऊ लोग अपनी माँग को लेकर जुलूस निकाला हो। लेकिन ऊ लोग का भाषण तो इतनी जल्दी समाप्त नहीं होना चाहिए! फिर?" इस ख़याल के साथ ही उसके माथे पर बल पड़ गए। आगा-पीछा सोचे बग़ैर किसी तरह मोटरसाइकिल बैक कर बाकरगंज वाली सड़क से निकल लेने का इरादा बनाया। लेकिन बाकरगंज वाली सड़क भी जाम थी। टेम्पो, मोटरसाइकिल, रिक्शा, ठेला, साइकिल, बस, पैदल सबके सब जहाँ के तहाँ ठहरे थे। उसने बिना देरी किए मोटरसाइकिल एक्जीबिशन रोड की ओर बढ़ा दी।

एक्जीबिशन रोड में जाम नहीं था। लेकिन भीड़ भी कम नहीं थी। इस भीड़ से बच-बचाकर निकलते हुए माथे पर पसीना चुहचुहा आया। पसीना पोंछने के दौरान ही उसने तय किया कि क़दमकुआँ, नालारोड होते हुए सुरेन्द्र यादव के पास जाए और उसी के रूम में रुककर जाम खत्म होने तक इन्तज़ार करे। इस निर्णय के साथ ही उसने मोटरसाइकिल की गति तेज कर दी।

सुरेन्द्र यादव रूम में ही था। संयोग से राजकिशोर भी वहीं मिल गया। दोनों उसे देखकर चौंके, तो दोनों को एक साथ देखकर उसके चेहरे पर भी रौनक आ गई।

"जीवकान्त भाई, आप यहाँ?" सुरेन्द्र यादव की आँखें अविश्वास के मारे कुछ ज़्यादा ही फैल गई थीं।

"काहे, हम यहाँ काहे नहीं? कौनो अजगुत है क्या?" उसने सुरेन्द्र यादव की पीठ पर धौल जमाई।

''अरे भाई, हम तो सोचे कि आप विरोध-प्रदर्शन में लगे होंगे!'' आश्चर्य जताते राजकिशोर उठकर खड़ा हो गया।

''कौन बात का प्रदर्शन रे? हम कुछ न समझे?'' खाली कुर्सी पर बैठता जीवकान्त अचकचाया।

''काहे, आपको पता न है क्या कि आशीष के अपहरण के ख़िलाफ़ प्रदर्शन हो रहा है? 'गोप आवास' और गोनू लॉज का लड़का सब अशोक राजपथ जाम किया है।'' हैरानी अब राजकिशोर के चेहरे पर थी।

''सुने हैं, दिवाकर जी ग़ज़बे गरमायल हैं। क्या तो, जब तक आशीष का पुलिस पता न लगाती है, लड़का लोग चैन से न बैठेगा।'' सुरेन्द्र यादव के स्वर में उतावलापन था।

जीवकान्त भौंचक दोनों की बातें सुनता रहा। समझते देर नहीं लगी कि दिवाकर जी लौट आए हैं और उन्होंने ही यह सब कुछ किया है। लेकिन रमेश जी? रमेश जी इस प्रदर्शन में थे या नहीं?

''दिवाकर जी अकेले मोर्चा सँभाले हैं। रमेशो जी का कौनो अता-पता न था।'' सुरेन्द्र यादव को जैसे अपनी जानकारी पूरी करने की जल्दबाजी थी।

जीवकान्त के लिए यह सारी सूचना इतनी अप्रत्याशित थी कि वह प्रश्नाकुल हो उठा। दिवाकर जी अकेले ही इतना बड़ा फ़ैसला कैसे ले लिए? आखिर उनको इतनी जल्दी क्या थी? क्या वह अकेले ही अपनी नेतागिरी चमकाना चाहते हैं? सवाल-दर-सवाल। लगा कि दिमाग की नसें तड़तड़ा रही हैं। घबराकर राजकिशोर और सुरेन्द्र यादव की ओर देखा। दोनों चुप थे। उनकी चुप्पी में भी जैसे कोई सवाल था। क्या जानना चाहते हैं ये कि मैं वहाँ क्यों नहीं हूँ? ख़ुद की तसल्ली के लिए या कि मन का चोर छुपाने के लिए ठंडी आह भरी, ''दिवाकर जी को ऐसा नहीं करना चाहिए था।''

''काहे नहीं करना चाहिए था? अपने साथी के अपहरण का मामला है। पुलिस पर दबाव तो बनाना ही पड़ता है!'' राजकिशोर ने आपत्ति की।

जीवकान्त को राजकिशोर से ऐसी आपत्ति की उम्मीद नहीं थी। लेकिन राजकिशोर ग़लत क्या कह रहा है? होना तो यही चाहिए था। फिर सुबह यह फ़ैसला वह क्यों नहीं ले पाया? क्यों हिचक गया था? पुलिस-क़ानून के बीच न पड़ने का तर्क देकर क्यों पलायन कर गया था? क्या रीता अधिकारी की वजह से? लेकिन क्यों? रीता अधिकारी से उसका क्या लेना-देना? कहीं ऐसा तो नहीं कि वह रमेश जी और दिवाकर जी को मात देने के चक्कर में ख़ुद ही मात खा रहा? यह सोचना कष्टकर था। लेकिन इस कष्ट से निजात क्या है? सहसा प्रो. मनोरंजन प्रसाद की याद आई। सायास द्वंद से बाहर निकलने की कोशिश में बोला, ''चलो रे, मनोरंजन बाबू के यहाँ चलते हैं।''

अड़तालिस

प्रो. मनोरंजन प्रसाद के घर के बाहर पसरा निचाट सन्नाटा जाहिरन, उनके घर में न होने की तस्दीक कर रहा था। फिर भी सुनिश्चित होने के लिए राजकिशोर मोटरसाइकिल खड़ी कर गेट पर पहुँचा। बेचू जी बरामदे में खड़े दिख गए। उसने गेट पर खड़े-खड़े ही आवाज़ लगाई, "बेचू जी, सर हैं क्या ?"

"ना सर, साहेब तो न हैं।" बेचू जी तेज़ी से गेट तक आए।

"कहाँ गए, आपको तो मालूमे होगा ?"

बेचू जी की आँखें चमकीं। क़रीब आकर 'सब पता है' वाले अन्दाज़ में मुस्कराए। फिर गेट के एक पल्ले पर ठोढ़ी टिकाकर बोले, "रमेश जी आए थे। साहेब उन्हीं को लेकर सीएम के यहाँ गए हैं।"

इस सूचना से जीवकान्त को कसकर झटका लगा। हक्का-बक्का-सा वह राजकिशोर और सुरेन्द्र यादव को ताकने लगा। राजकिशोर और सुरेन्द्र यादव के चेहरे पर भी चकित भाव था। हताश जीवकान्त मोटरसाइकिल बैक करते हुए थके स्वर में बोला, "चलो, फिर चलते हैं।"

कोई कुछ नहीं बोला। राजकिशोर के रूम तक चुप्पी छाई रही। इस मनहूसियत से सायास उबरने की कोशिश में आख़िरकार जीवकान्त ने ही पहल की, "चाय पिलाओ न रे!"

चाय का ऑर्डर देने के लिए सुरेन्द्र यादव चुपचाप रूम से बाहर निकला।

राजकिशोर ने टोका, "क्या सोच रहे हैं, जीवकान्त भाई ?"

"सोच रहे हैं राजकिशोर, रमेश जी इतनी जल्दी मनोरंजन बाबू से कैसे सट गए ?" जीवकान्त बेचैन-सा लगा।

"आप ही तो रमेश जी को सटाए थे।"

"सटाए तो ई सोचकर कि दिवाकर जी से इनको फोड़ा जाए। ई थोड़े सोचे थे कि रमेश जी मनोरंजन बाबू के खासुल खास हो जाएँगे।" जीवकान्त के स्वर में गहरा अफ़सोस था।

राजकिशोर ने ग़ौर किया कि जीवकान्त की आँखों में खालीपन भाँय-भाँय कर रहा है। चेहरा इस क़दर निचाट मानो कुछ खो-सा गया हो। यह सब कुछ इतना भयावह था कि उसे लगा, जीवकान्त को सँभालना ज़रूरी है। तत्काल ढाँढस बँधाने के लिहाज से बोला, "सुनिए, मनोरंजन बाबू पोलटिशियन हैं। कुछ सोचिए के रमेश जी को सटाए होंगे। लेकिन इसका मतलब ई न है कि ऊ आपको भाव देना छोड़ देंगे।"

राजकिशोर के तर्क से जीवकान्त ने ख़ुद को समझाना चाहा। हो सकता यह उसके मन का भ्रम ही हो। मनोरंजन बाबू नेता हैं। अपने आगे-पीछे लगुआ-

भगुआ लेकर चलने की आदत है। वैसे भी इससे ज़्यादा रमेश जी की औकाते क्या है? लेकिन मन था कि थिरा ही नहीं रहा था। भीतर उठ रही क़सक कम होने का नाम ही नहीं ले रही थी। वह द्वंद्व–दुविधा से दो–चार होता चुपचाप छत को घूरने लगा।

सुरेन्द्र यादव के पीछे–पीछे चाय लेकर एक लड़का आया। गिलासें टेबल पर रखकर वह गया तो सुरेन्द्र यादव ने एक और ख़बर दी, ''पता है, अशोक राजपथ पर बड़ा बवाल हुआ है। लड़का लोग दुकान में घुस–घुस कर तोड़–फोड़ किया है। पुलिसो ख़ूब लाठी भाँजी है।''

जीवकान्त ने बेकली से सुरेन्द्र यादव की ओर देखा, ''तोरा कैसे पता चला?''

''चाय की दुकान पर सब यही बतिया रहा है।'' सुरेन्द्र यादव ने गिलास बढ़ाते हुए बात पूरी की।

चाय का एक घूँट भरकर जीवकान्त ने गर्म गिलास को भींचा मानो ख़ुद पर काबू पाने की कोशिश कर रहा हो, ''हमरा तो बुझा रहा कि प्राइवेट कोचिंग के नाम पर शुरू हुआ आन्दोलन गया गतालखाता में!''

''एक बात बताइए, प्राइवेट कोचिंग बन्द कराने के नामो पर तो वसूलिए न हो रहा है?'' राजकिशोर ने जैसे दुखती रग पर उँगली रख दी, ''वसूली और आन्दोलन दोनों एक साथ। इसका क्या मतलब हुआ?''

जीवकान्त को ऐसे सवाल की कतई उम्मीद नहीं थी। कोई वाजिब जवाब भी नहीं सूझा। उसे चुप देखकर सुरेन्द्र यादव का हौसला बढ़ा, ''हम तो शुरूए से जानते थे, ई सब खेल हो रहा है।''

''इस खेल को हम समझने लगे हैं, सुरेन्दर!'' ठंडी साँस भर जीवकान्त ने अफ़सोस जाहिर किया, 'लेकिन और रास्ता क्या है?''

''रास्ता तो सामाजिके न्याय है, जीवकान्त भाई। समाज से सत्ता तक समानता के लिए संघर्ष।'' राजकिशोर पहली बार इतना गम्भीर नज़र आया कि जीवकान्त दंग रह गया।

लेकिन सुरेन्द्र यादव ने ताली बजाकर सारी संजीदगी की हवा निकाल दी, ''वाह राजकिशोर, वाह! बुझाता है, आज तुमरा पोलिटिकल साइंस जोर मार रहा है।''

''स्साला, जिसको देखो आज वही ज्ञान झाड़े जा रहा है।'' जीवकान्त भी इस अप्रिय प्रकरण को सायास झटकता अपने आप में लौटा, ''दिन में वामपंथिया सबका प्रवचन झेले, अब ई लगा सामाजिक न्याय समझावे।''

''वामपंथिया सबके फेरा में कैसे फँस गए?'' सुरेन्द्र यादव चकराया।

''अंशुमनवा के चक्कर में पड़े होंगे। क्या जीवकान्त भाई?'' राजकिशोर हँसा।

''अंशुमनवा एक ठो बंगालिन छौंड़ी के संगे बड़ा घूमे है हो!'' सुरेन्द्र यादव ने चटखारा लिया, ''बुझाता है दोनों में टांका भिड़ल है।''

सुरेन्द्र यादव का इशारा रीता अधिकारी की तरफ़ था, यह समझना कोई मुश्किल नहीं था। लेकिन सुरेन्द्र यादव ने जिस तरह चटखारा लिया था, वह जीवकान्त को अच्छा नहीं लगा, ''तोरा कैसे पता कि टांका भिड़ल है?''

''पता करे वाली बात क्या है? दोनों में टांका न भिड़ल है तो रात-दिन संगे काहे घूमता है?'' जवाब के बजाय उल्टा सवाल किया सुरेन्द्र यादव ने।

इस दावे को उनकी नादानी साबित करने के लिए जीवकान्त ने दलील दी, ''दोनों कॉडर है। पार्टी के काम से संगे घूमता है।''

''काहे, कॉमरेड लोग में टांका न भिड़ता है क्या?'' बाईं आँख दबाकर सुरेन्द्र यादव ने फिर मज़ा लिया, ''कौन किताब में लिखा है?''

''कम्युनिस्ट पार्टी का घोषणा-पत्र में लिखा है।'' राजकिशोर ने मसखरेपन के साथ तपाक से जड़ा।

दोनों की हँसी के बीच अपनी हँसी दबाते हुए जीवकान्त ने झिड़की लगाई, ''तू लोग न, सब धान बाइसे पसेरी समझता है।''

''ई मामला में सब धान का भाव एक्के होता है, जीवकान्त भाई। कौनो भरम में मत रहिएगा।'' राजकिशोर ने चुटकी ली।

जीवकान्त को यह चर्चा अप्रिय लगने लगी। सायास बात बदल दी, ''आज मिज़ाज बहुत थकल है। कुछ लिए बिना काम न चलेगा।''

''भइया की बात!'' सुरेन्द्र यादव उछल पड़ा, ''बोलिए, क्या लीजिएगा?''

''तोर जो श्रद्धा!'' जीवकान्त दोनों टाँगें फैलाते हुए मन्द-मन्द मुस्कराया।

उनचास

पीते-खाते कब रात के ग्यारह बज गए किसी को पता ही नहीं चला और जब पता चला तो जीवकान्त हड़बड़ा गया। राजकिशोर और सुरेन्द्र यादव से विदा लेते हुए बोला, ''कल भेंट होती है, पार्टनर।''

''ठीक है, सँभलकर जाइएगा!'' सुरेन्द्र यादव ने आगाह किया।

''ए सुरेन्दर, कैसनो नशा हो हम होश न खोते हैं।'' गहरे आत्मविश्वास के साथ जीवकान्त ने मोटरसाइकिल बढ़ा दी।

सड़क खाली थी। ठंडी हवा साँसों में भरते जीवकान्त ने महसूस किया कि शरीर झनझना रहा है। दिमाग उड़ा जा रहा है। आँखों में रोशनी चौंधिया रही है। सिर को बार-बार झटका देकर चेतना को काबू में रखने की कोशिश करता वह जैसे ही रानीघाट मोड़ पर पहुँचा, गली में हलचल देखकर नशा काफ़ूर हो गया। दूर से ही

पता चल गया कि पुलिस 'गोप आवास' को घेरे हुए है। लेकिन काहे? सवाल ने फन काढ़ा और जवाब सोचने में वक़्त गँवाने के बजाय उसने तेज़ी से मोटरसाइकिल वापस मोड़ ली। गोलकपुर में सन्नाटा था। इंजीनियरिंग कॉलेज मोड़ पर भी कोई हलचल नहीं थी। अशोक राजपथ पर इक्का-दुक्का आती-जाती सवारियों के अलावा दूर-दूर तक सन्नाटा पसरा था। लेकिन उसके अन्दर शोर ही शोर था। वह अपने आप से जूझता सीधे सुरेन्द्र यादव के रूम पर आकर रुका। राजकिशोर जा चुका था। सुरेन्द्र यादव सोने की तैयारी कर रहा था।

सारा माजरा जानने के बाद सुरेन्द्र यादव ने जम्हाई लेते हुए सलाह दी, "अभी सोइए। जो होगा सबेरे देखा जाएगा।"

जीवकान्त को नींद नहीं आई। एक तो नई जगह, दूसरे दिन भर की घटनाएँ। रीता अधिकारी, रमेश जी और दिवाकर जी के चेहरे आँख-मिचौली करते रहे। वह कभी आँखें खोलता, कभी बन्द करता और इस क्रम में करवट पर करवट बदलता रहा। लेकिन किसी कल चैन नहीं मिला। रात आँखों में ही कट गई।

सुबह उजास फूटते ही रूम का दरवाज़ा खोलकर, बाहर निकल आया। साफ़-धुली-सी सुबह में सिहरन भरी ताज़गी थी। देह में थकान के बावजूद मन का भारीपन छँटा। एक लम्बी साँस खींचते हुए दूर-दूर तक नज़र दौड़ाई। सामने से साइकिल पर अख़बार लिए एक हॉकर आता दिखा। तेज़ी से आगे बढ़कर हॉकर को आवाज़ लगाई। हॉकर क़रीब आकर रुका, तो उससे एक अख़बार लेकर सीधे कमरे में लौटा।

सुरेन्द्र यादव जाग चुका था। उसके हाथ में अख़बार देखकर पूछा, "जीवकान्त भाई, क्या समाचार है?"

"पहले चाय मँगाओ, फिर बताते हैं समाचार।" चौकी पर बैठते जीवकान्त ने फ़रमाइश की, "एकदम कड़क चाय।"

सुरेन्द्र यादव चाय का ऑर्डर देने बाहर निकला। जीवकान्त ने पालथीमार कर अख़बार देखना शुरू किया। पहले पन्ने पर ही बड़ी-सी ख़बर थी-कोचिंग छात्र आशीष के अपहरण के ख़िलाफ़ छात्र उतरे सड़क पर, किया बवाल, कहर टूटा दुकानदारों पर, अशोक राजपथ आज बन्द।

उत्सुकता-आकुलता से भरा जीवकान्त समाचार पढ़ने लगा।

कोचिंग छात्र आशीष के अपहरण से गुस्साए छात्र सड़क पर उतर आए और अशोक राजपथ पर जमकर उपद्रव किया। 'छात्र एकता मंच' के उपाध्यक्ष दिवाकर के नेतृत्व में ये छात्र आशीष की सकुशल रिहाई और अपहर्ताओं की गिरफ़्तारी की माँग कर रहे थे।

बताया जाता है कि छपरा का आशीष पटना में एक कोचिंग का छात्र था। उसके पिता छपरा में ठेकेदारी करते हैं। सूत्रों के मुताबिक आशीष एक लड़की के साथ

कल राजगीर घूमने गया था, तब उसका अपहरण कर लिया गया। अपहर्ताओं ने उसके पिता से फ़ोन पर बीस लाख की फिरौती माँगी है।

आशीष के पिता ने मुसल्लहपुर थाने में अपहरण की एफआईआर दर्ज करानी चाही तो पुलिस ने एफआईआर दर्ज करने से इनकार कर दिया। इससे छात्रों का गुस्सा और भड़क गया। 'छात्र एकता मंच' के उपाध्यक्ष दिवाकर के नेतृत्व में छात्रों ने अशोक राजपथ की दुकानों को जबरन बन्द करा दिया। इस बीच दुकानों में तोड़-फोड़ और लूटपाट की भी घटनाएँ हुईं। आला अधिकारियों के निर्देश पर आशीष के अपहरण का मामला दर्ज कर लिया गया है। पुलिस ने दावा किया है कि आशीष को जल्द ही रिहा करा लिया जाएगा और अपहर्ताओं को गिरफ़्तार कर लिया जाएगा।

इस बीच 'छात्र एकता मंच' के अध्यक्ष रमेश यादव ने एक बयान में छात्रों से शान्त रहने की अपील की है और कहा है कि आशीष अपहरण मामले में पुलिस को अपना काम करने देना चाहिए। उधर, अशोक राजपथ के दुकानदारों ने छात्रों की गुंडागर्दी के ख़िलाफ़ कल अशोक राजपथ बन्द करने का एलान किया है। इस बन्द का कोचिंग संस्थानों समेत विभिन्न व्यावसायिक संगठनों ने भी समर्थन किया है।

समाचार पढ़ते-पढ़ते जीवकान्त के अन्दर जबर्दस्त उथल-पुथल होने लगी। रमेश जी कब आए? दिवाकर जी के साथ प्रदर्शन में क्यों नहीं शामिल हुए? उनकी इस अपील का क्या मतलब है? क्या रमेश जी भी वही सोच रहे, जो वह सोच रहा था? तो दिवाकर जी ने वाकई ग़लत क़दम उठाया?

दरवाज़े पर आहट हुई। सुरेन्द्र यादव चाय के दो गिलास लिए दरवाज़े पर यूँ ठिठका जैसे अचानक ब्रेक लग गया हो। जीवकान्त का माथा ठनका। उतावलेपन से पूछा, "क्या हुआ सुरेन्दर, ऐसे काहे भकुआया है?"

सुरेन्द्र यादव चाय का गिलास जीवकान्त को थमाकर बोला, "जो समाचार हम लेके आए हैं, सुनिएगा तो आपका भी होश उड़ जाएगा।"

"समाचार? चाय की दुकानों पर कौनो अख़बार छपल है क्या?" अपने-आप में डूबता-उतराता जीवकान्त चिहुँका।

"जीवकान्त भाई, चाय की दुकान पर जितना समाचार मिलता है, उतना कौनो अख़बार में न होता है।" सुरेन्द्र यादव ने चौकी पर बैठकर रहस्योद्घाटन किया, "ताज़ा समाचार ई है कि आशीषवा मिल गया है।"

"क्या? आशीषवा मिल गया!" जीवकान्त एकदम से उछल पड़ा। भावावेग में उसकी आवाज़ थरथरा गई, "कैसे पता चला तोरा? कौन बताया?"

"सगरे बाज़ार में चर्चा हैं! रानीघाट गंगा किनारे से पुलिस आशीषवा को बरामद की है। उसको हाथ, पैर, मुँह बाँध के एकठो नाव में छुपा के रखल था।"

जीवकान्त आँखें फाड़े सुरेन्द्र यादव को देखने लगा। स्साला, भोरे-भोरे कहानी पर कहानी सुनाए जा रहा है! ख़ुद को विश्वास दिलाने के लिए सुरेन्द्र यादव को कसकर झिंझोड़ा, ''रानीघाट में किसकी हिम्मत है रे, आशीषवा का अपहरण करे की?''

बगैर विचलित हुए सुरेन्द्र यादव ने फिर धमाका किया, ''पुलिस दिवाकर जी को गिरफ़्तार की है।''

जीवकान्त सनाके में डूब गया। सहज ही इस ख़बर पर विश्वास नहीं हुआ। लेकिन राजकिशोर झूठ काहे बोलेगा? कुछ न कुछ सच्चाई तो ज़रूर होगी। उसका दिल बैठ गया। वह दिवाकर जी की चालबाजी से चिढ़ता था। उनकी पोलटिक्स से वह ख़ुद को उपेक्षित महसूस करता था। लेकिन दिवाकर जी ऐसा कर्म कर सकते हैं, वह सोच भी नहीं सकता था। इसी ऊहापोह में बोला, ''हमको तो विश्वास नहीं होता कि दिवाकर जी ऐसा कर सकते हैं।''

''क्या कहा जाए भाय!'' सुरेन्द्र यादव ने बेचारगी में अपनी दाहिनी हथेली हवा में उठाकर कहा, ''किसी का कोई भरोसा न है!''

सच कहता है सुरेन्दर, दिवाकर जी तो, दिवाकर जी, रमेश जी ही कहाँ भरोसे के काबिल हैं? मनोरंजन बाबू से सट के पता न कौन गुल खिला रहे हैं? और मनोरंजन बाबू उनको अचानक इतना काहे सटाए हैं? ज़रूर कोई न कोई पोलटिक्स तो है! मनोरंजन बाबू बिना मतलब किसी को भाव देवे वाले नहीं हैं।

''ठीक कहते हो सुरेन्दर, किसी का कोई भरोसा नहीं!'' जीवकान्त अपना द्वंद छुपा नहीं पाया, ''अब रमेश जी को देखो, कैसे मनोरंजन बाबू से सट गए हैं। अपना स्वारथ के लिए तो वह किसी का भी पैर पकड़ सकते हैं।''

''मनोरंजन बाबू को कच्चा खिलाड़ी समझते हैं क्या? ऊ कुछ दूर का सोचे होंगे, तभिए रमेश जी को सटाए हैं।''

जीवकान्त आश्वस्त नहीं हुआ। एक पर एक अप्रत्याशित घटनाओं से वह इस क़दर हिला हुआ था कि कुछ भी दो टूक कहने की स्थिति में नहीं था। आँखें छत पर जा टिकीं।

''क्या सोच रहे हैं?''

''कुछ न! सोचे के लिए कुछ बचा ही न है।'' जीवकान्त ने सुरेन्द्र यादव को उचटी नज़र से देखा।

''ऐसा काहे कहते हैं! पोलटिक्स का रास्ता आसान न होता है।''

''लेकिन सब आसान रास्ता ही खोजता है।'' व्यंग्य से मुस्कराया जीवकान्त, ''रमेश जी, दिवाकर जी सबका एक्के हाल है।''

सुरेन्द्र यादव के मन में आया, कहे, ''आप भी तो ईहे रास्ता पकड़े थे।'' लेकिन जीवकान्त को बुरा लगेगा, सोचकर चुप रह गया।

दोनों के बीच अख़बार के पन्ने फड़फड़ा रहे थे। दोनों में से किसी ने अख़बार समेटने की कोशिश नहीं की। अचानक जीवकान्त उठकर खड़ा हो गया।

''क्या हुआ ?'' सुरेन्द्र यादव चौंका।

''हम 'गोप आवास' जा रहे हैं।''

''वहाँ कुछ गड़बड़ हुआ तो ?''

''हम क्या किए हैं, जो गड़बड़ होगा ?'' तमक पड़ा जीवकान्त, ''और जो होगा देखा जाएगा। वहाँ और भी तो लड़का सब है!''

''हम भी चलें क्या ?'' सुरेन्द्र यादव दरवाज़े पर आ खड़ा हुआ।

''ना!'' मोटरसाइकिल स्टार्ट करते जीवकान्त के मन की फांस उभरी, ''तू मनोरंजन बाबू के यहाँ जाके टोह ले न जरा! देख तो क्या चल रहा है वहाँ ?''

जीवकान्त के ओझल होते ही सुरेन्द्र यादव ने ठंडी आह भरी, ''जीवकान्त भाई, पोलटिक्स तोरा बस की बात न है।''

पचास

'गोप आवास' के फर्स्ट फ्लोर पर लड़कों का हुजूम जमा था। आश्चर्यजनक रूप में वहाँ रात की घटना का कोई असर था। इसके विपरीत माहौल हँसी-ठिठोली से गुलज़ार था। बरामदे की रेलिंग से टेक लगाए रमेश जी झक्क कुर्ता-पायजामा में कुछ ज़्यादा ही प्रसन्न दिख रहे थे। जीवकान्त को अचानक सामने देखकर वह हहास बाँधकर चीख पड़े, ''अरे जीवकान्त, आओ भइयवा आओ! बस तुमरे कमी थी।''

जीवकान्त समझ नहीं पाया कि दिवाकर जी की गिरफ़्तारी के बावजूद रमेश जी इतने बेफ़िक्र कैसे दिख रहे हैं ? यह ड्रामेबाजी क्यों कर रहे हैं ? आखिर यहाँ चल क्या रहा है ? स्साला, इसमें भी कोई पोलटिक्स है क्या ? मन की घुमड़न दबाए वह चुपचाप रमेश जी के बग़ल में आकर खड़ा हो गया।

''कहाँ लुकाए हैं, जीवकान्त भाई ? कुछ पता है कि कल्हे से यहाँ क्या-क्या कांड हो गया ?'' केशर ने टप से उलाहना दिया।

''तो हम क्या करें ? हमी कहे थे सब कांड करे के लिए ?'' जीवकान्त चिढ़कर बोला।

जीवकान्त का उत्तर और तेवर इतना अप्रत्याशित था कि सभी अवाक् रह गए। अलबत्ता रमेश जी ने उसके कन्धे पर हाथ रखकर स्थिति सँभालने की गरज से छेड़ा, ''गुस्सा तो हमेशा इसके नाके पर रहता है! एकदम बेचैन आत्मा है।''

कई लड़कों की हँसी छूट गई। आँखें तरेरकर जीवकान्त ने फटाकार लगाई, "क्या रे चुटरिया, तोरो बड़ा हँसी छूट रहा है!"

"जीवकान्त भाई, कल्हे से एतना न टेंशन है कि पूछिए मत! ऊ तो रमेश भइया के आने के बाद मिज़ाज थोड़ा हलुक हुआ है।" चुटरी बोला।

लगे हाथ रमेश जी ने भी वस्तुस्थिति साफ़ की, "हमू भोरे-भोरे आवास पहुँचे हैं। देखा कि लड़का सब टेंशन में है। सबको जुटा के माइंडवाश कर रहे थे कि डरे की ज़रूरत न है। किसी का बाल-बाँका न होगा।"

रमेश जी का यह अन्दाज़ देखकर जीवकान्त की आशंका बलवती हो उठी। यह सब कहीं मनोरंजन बाबू से सटे होने का नतीजा तो नहीं? इस ख़याल के साथ ही वह तड़प उठा, "दिवाकर जी को पुलिस पकड़ी उसका क्या?"

"पुलिस उनको आशीष के अपहरण केस में पकड़ी है। ई क्राइम का मामला है।" कन्धे उचकाकर लाचारी जताते रमेश जी उसी से पूछ बैठे, "तुम्ही बताओ, इसमें हम लोग क्या कर सकते हैं?"

"हमको तो लगता है दिवाकर जी को फँसाया गया है।" जीवकान्त ने बेधड़क अपनी आशंका व्यक्त कर दी।

रमेश जी का चेहरा तन गया था। वह जिरह पर उतर आए, "उनको कौन फँसाएगा? पुलिस तो आशीषवे के बयान पर उनको पकड़ी है।"

हमेशा दिवाकर जी की हाँ में हाँ मिलानेवाले रमेश जी का यह रूप अप्रत्याशित था। सामने खड़े लड़कों के पास न कोई सवाल था, न कोई जिज्ञासा थी। जाहिरन, वे रमेश जी की दलील से सहमत थे। यानी रमेश जी ने पहले ही कोई घुट्टी पिला दी है। उसके भीतर एक विद्रूप हँसी पसर गई। उसने कोई जवाब देने के बजाय चुप रह जाना ही बेहतर समझा।

तभी इस खामोशी को भंग करती कोई नामालूम-सी घंटी बजने लगी। सभी आश्चर्य से अगल-बग़ल देखने लगे। घंटी की यह आवाज़ रमेश जी की ज़ेब से आ रही थी। रमेश जी दाहिना हाथ ज़ेब में डालते हुए हड़बड़ाए, "मोबाइल है। ऊहे बज रहा है।"

मोबाइल पटना में आने वाला है, ऐसे होर्डिंग कई जगह दिखे थे। लेकिन वह रमेश जी की ज़ेब में आ गया है, यह किसी अजगुत से कम नहीं था। सबको हैरानी में डालकर रमेश जी मोबाइल कान से सटाए किसी से बात करने लगे थे, "हैलो!"

दूसरी ओर कौन था, क्या बोल रहा था, इससे ज़्यादा सभी के लिए मोबाइल पर रमेश जी को बतियाते देखना दिलचस्प था। रमेश जी बोल रहे थे, "हाँ...हाँ...आ रहे हैं। बस, थोड़ी देर में आते हैं।"

दूसरी ओर से शायद फ़ोन कट गया था। रमेश जी ने एक क्षण को मोबाइल सेट को घूरा। फिर मुस्कराकर लड़कों को बताया, "बड़ी काम की चीज़ है हो!"

"कहाँ से लिए, भइया?" चमत्कृत केशर ऊबडूब हुआ जा रहा था।

"लिए न हैं हो। एकठो जान-पहचान का आदमी गिफ्ट किया है।" इतराते हुए रमेश जी ने लगे हाथ मोबाइल के नुक़्श की जानकारी भी दे दी, "बस एक्के दिक्कत है। स्साला दोनों ओर से पैसा कटता है।"

"दोनों ओर से माने?" भानू की जिज्ञासा देखने लायक थी।

"जो डायल करता है, उसका भी पैसा कटता है और जो रिसीभ करता है, उसका भी कटता है।"

रमेश जी ने मोबाइल का रहस्य उद्घाटित किया।

कइयों ने गहरी साँस ली। टिंकुआ ने अफ़सोस जताया, "तब तो बेकारे है।"

इस पूरे प्रकरण में जीवकान्त ख़ुद को असहज महसूस कर रहा था। लड़के रमेश जी के प्रति जहाँ मोहाविष्ट दिख रहे थे, वहीं रमेश जी स्वयं भी आत्ममुग्ध थे। उन्होंने जीवकान्त के कन्धे पर हाथ रखकर कहा, "जीवकान्त, तुमसे कुछ ज़रूरी बात डिसकस करना है।"

"कहिए!"

"चलो, तुम्हारे रूम में बैठते हैं!" जीवकान्त को लगभग खींचते हुए उन्होंने मुड़कर लड़कों को आश्वस्त किया, "निफ़िकिर रहो तुम लोग। जो होगा देख लेंगे।"

"रमेश भइया!" पीछे से किसी लड़के ने नारा उछाला।

"ज़िन्दाबाद! ज़िन्दाबाद!!"

'गोप आवास' का बरामदा रमेश जी के जयकारे से गूँज गया।

जीवकान्त बेमन से खिंचता हुआ रमेश जी के साथ अपने रूम में दाखिल हुआ। नीचे लड़कों का शोर जारी था। ऊपर वह गहरे सन्नाटे में डूबा था। रूम की खिड़की खोलकर पलटा, तो रमेश जी ने सन्नाटा तोड़ा, "जीवकान्त, काहे एतना टेंशन में है? देख रहे हैं, जब से आया है, मुँह फुलाए है।"

जीवकान्त का मौन नहीं टूटा। चौकी पर बैठकर रमेश जी को घूरने लगा। रमेश जी टेबल से लगी कुर्सी पर बैठकर झिड़के, "बोलता काहे न है?"

"क्या बोलें? हमको तो बुझाइए नहीं रहा है कि ई सब क्या हो रहा है?" खदबदाता जीवकान्त फट पड़ा, "ई सबके चक्कर में तो प्राइवेट कोचिंग का आन्दोलन गया तेल लेने?"

"वेट एंड वाच।" रमेश जी ने गम्भीरता से एक-एक शब्द पर जोर देकर समझाने की कोशिश की, "अभी के हालत में वेट एंड वाच बहुते ज़रूरी है। मनोरंजन बाबू का कहनाम है कि सरकार प्राइवेट कोचिंग इंस्टीच्यूट और यूनिवर्सिटी टीचर्स एसोसिशन की डिमांड सब सलटाने में लगी है। इसलिए अभी हम लोगों को वेट एंड वाच करना चाहिए।"

ओह, तो ई पोलटिक्स है! मनोरंजन बाबू अब रमेश जी के कन्धे पर रखकर बन्दूक चला रहे हैं। अपनी आशंका की पुष्टि के लिए जीवकान्त ने कुरेदा, "मनोरंजन बाबू कब बोले आप से?"

रमेश जी मुस्करा रहे थे। मन ही मन मुदित पहलू बदलकर बोले, "कल ही भेंट हुई थी उनसे। बड़ी देर तक बात हुई। तुमको भी पूछ रहे थे।"

"और क्या बोले मनोरंजन बाबू?" जीवकान्त की उत्सुकता बढ़ गई थी।

"यही कि दिवाकर जी वाले मामले में हम लोगों को नहीं पड़ना चाहिए।" रमेश जी ने मनोरंजन बाबू के हवाले से चेताया, "इससे छात्र एकता मंच बदनाम होगा।"

असहाय-सा वह चुपचाप रमेश जी को देखता रहा। रमेश जी एकदम से असहज हो गए। उसका सामना करने से बचने के लिए उद्धत हुए कि उनकी ज़ेब में रखा मोबाइल फिर बज उठा। उनकी आँखें चमकीं। फुर्ती से ज़ेब में हाथ डालकर मोबाइल बाहर निकाला और कॉल रिसीव किया, "हैलो!"

थोड़ी देर तक दूसरी ओर की बात सुनने के बाद उन्होंने जवाब दिया, "बस निकालिए रहे हैं। वहीं वेट करो, पहुँचते हैं हम!"

बात खत्म करने के साथ ही रमेश जी अचानक चिंतित दिखे। चिंतित मुद्रा में ही जीवकान्त से सम्बोधित हुए, "बाबू, धीर धरो। बिना सोचे-समझे कौनो क़दम उठाए से लेने का देना पड़ सकता है।"

यह चेतावनी है या नसीहत? रमेश जी के इस व्यवहार से वह जितना आहत था, उतना ही क्षुब्ध। विश्वास नहीं हो रहा था कि यह वही रमेश जी हैं, जो जीवकान्त और दिवाकर जी का दम भरते नहीं अघाते थे?

रमेश जी बग़ैर उसकी परवाह किए रूम से बाहर निकले और सीढ़ियाँ उतरने लगे। उनकी चाल में ग़ज़ब की तेज़ी थी। वह रमेश जी की चाल और चलन देखकर अवाक् था।

इक्यावन

अनीता के अंकल रंजीत साव स्टेशन रोड के पास होटल वाली गली के 'सूर्या लॉज' में टिके थे। यह छुटभैया नेताओं और ठेकेदारों का पसन्दीदा इलाक़ा है। वह जब भी पटना आते हैं, इसी होटल में ठहरते हैं।

अनीता ने बताया था कि इंजीनियरिंग करने के बाद, जब नौकरी नहीं मिली, तो अंकल ठेकेदारी करने लगे। पहले की सरकार में उनकी ठेकेदारी अच्छी चल रही थी। इधर जब से नई सरकार आई है, काम में मुश्किल आने लगी है। एक तो कोई

नेता-अफ़सर भाव न दे रहा है कि कोई बड़ा प्रोजेक्ट हाथ लगे और जो छोटा-मोटा काम मिल रहा है, उसमें भी क्रिमिनल सब रंगदारी माँग-माँग के तबाह किए हुए है। इस सबसे आजिज़ अंकल कोई बड़ा सेटिंग के जुगाड़ में पटना का चक्कर लगाते रहते हैं।

सारी बात सुनकर रमेश जी ने अनीता को समझाया था, "पावर अपने हाथ में न है, तो समझो कोई साथ न है। इसलिए पावर होना ज़रूरी है। ई बात अब अंकलो समझते होंगे।"

पहली मुलाकात में अंकल रंजीत साव वाकई परेशानहाल दिखे थे। उस दिन उन्होंने अंकल की मदद का भरोसा दिलाया था। लेकिन वह एक झूठा आश्वासन था, जो उन्होंने अनीता को प्रभावित करने के लिए दिया था। अनीता खुश हुई थी। पर अंकल बहुत आश्वस्त नहीं दिखे थे।

आज अंकल से फिर मिलने का प्रस्ताव रखते हुए रमेश जी बेहद उत्साहित थे, "अनीता, चलो आज अंकल से कुछ ज़रूरी बात करनी है।"

अनीता कुछ समझी नहीं थी। आँखें नचाकर पूछा था, "क्या बात है?"

"उनके फ़ायदे की बात है।" रमेश जी के होठों पर मुस्कान गाढ़ी हो गई थी, 'चलो वहीं सब बताएँगे।'

रमेश जी का उतावलापन देखकर अनीता बिना कोई सवाल किए मोटरसाइकिल पर बैठ गई थी। मोटरसाइकिल के गति पकड़ते ही वह रमेश जी से सट गई थी। उसकी साँसें रमेश जी के कानों से होकर जिस्म तक सनसनाने लगीं।

रमेश जी ने साँसें संयत कर दरवाज़े पर दस्तक देने के लिए अनीता को इशारा किया। दो-तीन दस्तक के बाद दरवाज़ा खुला। दरवाज़े के बीचोबीच अनीता के अंकल रंजीत साव खड़े थे। साँवले रंग के अंकल रंजीत साव की उम्र पचपन के आस-पास होगी। इस वक़्त सफ़ेद कुर्ता-पायजामा में उनका रंग कुछ ज़्यादा ही बाहर निकल रहा था। अनीता ने अंकल से सामना होते हीरमेश जी के आने का मक़सद बताया, "अंकल, रमेश जी आप से कुछ ज़रूरी बात करना चाहते हैं।"

रमेश जी के प्रणाम करने से पहले ही अंकल के दोनों हाथ जुड़ गए। वह रमेश जी को रूम में आमंत्रित करते हुए बोले, "आइए रमेश जी, आइए। कहिए कैसे-कैसे आना हुआ?"

रमेश जी अनीता के अंकल की शालीनता के कायल हो चुके हैं। विनम्रता से जवाब दिया, "बस, आपका आशीर्वाद चाहिए!"

"हम छोटा-मोटा आदमी हैं, रमेश जी। हमरा आशीर्वाद से क्या होने वाला है!" रंजीत साव हँसते हुए रूम में वापस मुड़े।

रमेश जी ने अपने जवाब से रंजीत साव को लाजवाब कर दिया, "आशीर्वाद में आदमी का औकात ना, भाव का महत्त्व होता है, सर!"

रंजीत साव ने एक कुर्सी पर बैठते हुए रमेश जी को बैठने का इशारा किया। उनके होंठों पर नर्म मुस्कराहट थी। रमेश जी के बैठते ही अनीता भी खाली बेड के एक किनारे बैठ गई।

रंजीत साव रमेश जी से मुखातिब हुए, ''नाश्ता करेंगे?''

''नहीं सर, नाश्ता कर के आ रहे हैं।'' रमेश जी कुछ उत्तेजित, कुछ उतावल-से थे जैसे ख़ुद को बड़ी मुश्किल से ज़ब्त किए हुए हों।

''बताइए, क्या सेवा कर सकते हैं आपकी?'' रंजीत साव ने सीधा सवाल किया।

रमेश जी ने रूम में सरसरी नज़र दौड़ाई। यह एक तरह से ख़ुद को तैयार करने की कोशिश थी। इस कोशिश में उन्होंने भूमिका बनाई, ''अनीता बता रही थी, कुछ ठेका-टेंडर का काम है आपको?''

''ठेकेदारी के अलावा तो कुछ आता नहीं हैं। लेकिन क्या करें, इधर बहुते तंगी चल रहा है। कुछ मदद मिल जाती तो हम भी जी-खा लेते।'' रंजीत साव ने खीसें निपोरीं।

''देखिए, पावर हाथ में होता है, तो कौनो काम मुश्किल न होता है। हम तो कहेंगे कि एन्ने-ओन्ने हाथ-पैर मारे से अच्छा होगा कि आप भी पावर-पोलटिक्स के साथ चलिए!''

''हम कुछ समझे नहीं।'' रंजीत साव के चेहरे पर उलझन के भाव उभरे।

''अंकल!'' रमेश जी ने आत्मीयता जताने के लिए रंजीत साव को इस बार जानबूझकर 'अंकल' कहकर सम्बोधित किया, ''हमरा कहनाम ई है कि अगर एकठो विधायक आपका अपना आदमी रहे, तो कौनो काम रुके वाला है? बूझिए कि विधायक कोटा का काम तो आपको मिलबे करेगा, दूसरो ठेका-परमिट गिले में कौनो दिक्कत न होगी!''

रंजीत साव ने पहलू बदला। रमेश जी ने बात आगे बढ़ाई, ''आपके सामने एकठो बात का खुलासा कर रहे हैं। ई बात अनीतो को न पता है। बस, बूझ लीजिए कि ई बात हमी लोग के बीच है।''

''कहिए...कहिए न!'' रंजीत साव ने रमेश जी को विश्वास दिलाया, ''हम आपसे अलग न हैं।''

रमेश जी का निशाना सही लगा था। रंजीत साव उनके ऊपर ही नज़र गड़ाए हुए थे। आश्चर्यचकित-सी अनीता भी उन्हीं की ओर एकटक ताके जा रही थी। यही वक़्त था, जब लोहा पूरी तरह गर्म था। उन्होंने बग़ैर देरी किए अपने मन की बात रख दी, ''सिरसा उपचुनाव होने वाला है। अगर आप मदद करें तो हमको टिकट मिल सकता है।''

रंजीत साव की आँखें फैल गईं-वह क्या मदद कर सकते हैं? जिसे ख़ुद किसी की मदद की दरकार हो, वह भला क्या मदद कर सकता है? रमेश जी कहीं मज़ाक़ तो नहीं कर रहे? वह ख़ुद में डूबते-उतराते अवाक् थे।

अनीता अकबकाई-सी उछल पड़ी, ''एतनी बड़ी बात और आप हमको हवो न लगने दिए!''

रमेश जी मुस्कराकर रह गए। वह रंजीत साव के उत्तर की प्रतीक्षा में थे।

रंजीत साव ने ख़ुद को सँभाला। उनकी आवाज़ कहीं दूर से आती जान पड़ी, ''टिकट पक्का है?''

रंजीत साव की भाव-मुद्रा से साफ़ था कि उन्हें तत्कल शीशे में उतारना ज़रूरी है। रमेश जी ने एक पल भी गंवाए बग़ैर उन्हें विश्वास दिलाने के लिए अपनी बात पर जोर देकर कहा, ''टिकट तो समझिए कि पक्के है।''

''फिर?''

''बस एक्के दिक्कत है।''

''दिक्कत? क्या दिक्कत है?'' रंजीत साव सतर्क दिखे।

यह बेहद नाजुक क्षण था। इसे सावधानी से बरतना ज़रूरी था। रमेश जी अपनी उत्तेजना पर काबू रखते हुए एक-एक शब्द तौलकर बोले, ''आप तो जानबे करते हैं कि टिकट का बोली लगता है। बड़ा मुश्किल से तो मामला पटा है।''

''कितना में पटा है?'' रंजीत साव की सारी इन्द्रियाँ सजग हो गई थीं।

रमेश जी जैसे कश्मकश में थे। कोई बेबसी थी, जो रोक रही थी। लेकिन इस नाटक से काम नहीं चलने वाला, वह यह भी जानते थे। तुरन्त उन्होंने सारा संकोच झटक कर साफ़-साफ़ कह देना ज़रूरी समझा, ''बस, बीस लाख का खर्चा है। समझिए टिकट हाथ में आ गया।''

रंजीत साव की गर्दन छत पर जा टिकी। वह मन में जारी उथल-पुथल थामने का जतन कर रहे थे।

''क्या सोच रहे हैं, अंकल!'' अनीता की खनकती आवाज़ गूँजी, ''रमेश जी, ठीके कह रहे हैं।''

रंजीत साव अभी असमंजस में थे। उचटती नज़र से अनीता की ओर देखा। रमेश जी की निगाहें उन्हीं पर टिकी थीं। उन्होंने अटकते हुए पूछा, ''हमसे क्या चाहते हैं आप?''

''आपसे आर्थिक मदद चाहते हैं।'' रमेश जी संकोच छोड़कर दो टूक बोले, ''बहुत विश्वास से आपके पास आए हैं।''

रंजीत साव चुप रहे। निर्णय-अनिर्यण की स्थिति में ख़ुद से जूझ रहे थे। उनकी ओर से कोई उत्तर मिलता न देख अनीता बेसब्री से बोल पड़ी, ''अंकल, रमेश जी आप ही से मदद माँगे आए हैं, काहे से कि इनको हम लोग पर भरोसा है। नहीं तो ई दूसरो के पास भी जा सकते थे।''

अनीता ने रमेश जी का काम आसान कर दिया था। उन्होंने उसकी ओर प्रशंसा भाव से देखा।

''थोड़ा सोचने का मौका दीजिए।'' रंजीत साव की चुप्पी टूटी।

रमेश जी के चेहरे से मायूसी छँटी नहीं थी। फिर भी उन्होंने उम्मीद नहीं छोड़ी थी, ''टिकट के लिए बहुते मारामारी मचल है। जानबे करते हैं, पोलटिक्स में कुछो हो सकता है।''

''दू-चार दिन का टाइम दीजिए न!'' रंजीत साव अब असमंजस से उबरने की कोशिश करते लगे, ''हम कुछ इन्तजाम करते हैं!''

अनीता रमेश जी की ओर देखकर मुस्कराई मानो उन्हें आश्वस्त कर रही हो। लेकिन रमेश जी आश्वस्त नहीं हुए। सपाट स्वर में अंतिम अस्त्रा छोड़ा, ''देख लीजिए! न होगा तो हम किसी और से बात करेंगे!''

रंजीत साव हड़बड़ा गए। मौका हाथ से निकलता देख तुरन्त बात सँभाली, ''ऐसी बात न है, रमेश जी। आप हम पर भरोसा किए हैं तो हमू पीछे हटेवाला न हैं। निश्‍चिंत रहिए। काम हो जाएगा।''

रमेश जी खुशी के मारे रंजीत साव के दोनों हाथ थामकर निहाल हो आए। भरे हृदय से आभार जताया, ''अंकल, हमरा ई पहिला इलेक्शन है, इसी से आपको कष्ट दिए। लेकिन हम आपका एहसान न भूलेंगे। आपसे अलग कभी न जाएँगे।''

रमेश जी के दोनों हाथ अपने हाथों में भींच कर रंजीत साव मुस्कराए मानो उनमें अपना भरोसा जता रहे हों। उसी उछाह में मन खोलकर रख दिया, ''देखिए, हम तो बनिया आदमी हैं। दू लगाए, चार कमाए ईहे उसूल है। बाकी आप जानिए!''

दोनों की हँसी फूट पड़ी। माहौल सहज ही आत्मीय हो गया था।

अनीता ख़ुद को रोक नहीं पाई। अपनी खुशी जाहिर करते हुए रंजीत साव से आग्रह किया, ''अंकल, एही बात पर मुँह मीठा कराइए। अभिये मिठाई मँगाइए तो।''

रंजीत साव इस बार खुलकर हँसे। उनकी इस हँसी में मेहरबान होने का भाव था। रमेश जी ने रंजीत साव की नज़र बचाकर देखा, अनीता उनकी ओर कनखियों से देख रही थी। अंकल सामने न होते, तो वह इस शुभ अवसर पर अनीता को चूम ही लेते। लेकिन यह मुमकिन नहीं था। फ़िलहाल तो उनके लिए अनीता की दिलकश मुस्कान से ज़्यादा उत्तेजक था अंकल रंजीत साव का उनके शीशे में उतर जाना।

बावन

जीवकान्त राजेन्द्रनगर रोड नम्बर दो के नुक्कड़ पर पान गुमटी के पास तिरंगा खाने के लिए रुका ही था कि सामने से सुरेन्द्र यदव आता दिखा। वह प्रो. मनोरंजन प्रसाद के घर की ओर से आ रहा था। क़रीब आकर उसने मोटरसाइकिल रोकी। उसकी जिज्ञासा भाँप कर सुरेन्द्र यादव उसके कुछ पूछने के पहले ही बोल पड़ा, ''मनोरंजन

बाबू तो पार्टी ऑफिस निकल गए हैं। कार्य समिति की अरजेंट मीटिंग है, इसी से उनको भोरे-भोरे जाना पड़ा है।''

दिवाकर जी की गिरफ़्तारी और रमेश जी के बदले व्यवहार से वह पहले ही हलकान था, अब मनोरंजन बाबू से भेंट न हो पाने की कसक ने जैसे उसे निस्सहाय-सा कर दिया। मुँह में भरा तिरंगा लिए वह निःशब्द राजकिशोर को ताकने लगा मानो मन का मलाल अन्दर ही अन्दर घोट रहा हो।

जीवकान्त को इस तरह चुप देख सुरेन्द्र यादव विचलित हो गया, ''क्या हुआ जीवकान्त भाई, ऐसे काहे गुम्मी साध लिए ?''

''हमरा तो दिमागे न काम कर रहा है, सुरेन्दर।'' तिरंगा की पीक अन्दर जाते ही जीवकान्त की बेबसी बाहर आ गई, ''दिवाकर जी को पुलिस पकड़कर ले गई। रमेश जी पतली गली थाम लिए। बाकी लड़का सब तीन में न तेरह में। अब तू ही बता, हम क्या करें ?''

''धुत्त महराज, माथा खराब करे से क्या फ़ायदा ?'' खिल्ली उड़ाता सुरेन्द्र यादव थोड़ा क़रीब सट आया, 'मनोरंजन बाबू ज़िन्दाबाद। उनके पर भरोसा रखिए न!'

जीवकान्त के होंठों पर उदास मुस्कराहट रेंग गई। कोई प्रतिक्रिया दिए बिना वह मोटरसाइकिल में किक मारने लगा, तो सुरेन्द्र यादव ने व्यग्रता से पूछा, ''कहाँ चले ?''

''पता ना।''

निपट अकेला हो जाने की ऐसी मनःस्थिति कि ख़ुद को थिर रख पाना सम्भव नहीं हो पा रहा था। सड़क पर शोर, लोगों की आमदरफ्त के बावजूद सब कुछ बेमानी लग रहा था। ऐसी निस्सहायता कि क्या ग़लत, क्या सही, कुछ समझ नहीं आ रहा था।

''जीवकान्त! जीवकान्त!!''

किसी की पुकारती आवाज़ कानों से टकराई। लगा कि उसके कान ही बज रहे हैं। लेकिन अचकचाकर अपनी दाहिनी तरफ़ देखा, तो सड़क के उस पार खड़ा अंशुमन हाथ हिलाकर उसे आवाज़ दे रहा था। उसके साथ, उसके बग़ल में रीता अधिकारी खड़ी थी। टालकर निकल जाने की इच्छा के बावजूद पता नहीं किस प्रेरणा के वशीभूत मोटरसाइकिल उनकी ओर घुमा दी। उनके क़रीब पहुँचकर कोई नामालूम-सी खुशी महसूस हुई। उनकी निकटता एकबारगी सुकूनदेह लगी।

''जीवकान्त भाई, उस दिन आप सेमिनार के बीच से उठकर चले गए ?'' अंशुमन ने शिकायती लहजे में कहा, ''रीता कह रही थी, आप नाराज़ थे।''

रीता अधिकारी उसी की ओर देख रही थी, लेकिन निहायत तटस्थ जैसी। उसका यह रुख जीवकान्त को कचोट गया। उस दिन का अपना व्यवहार याद आते ही शर्मिन्दगी महसूस हुई, ''अरे न, नाराज़ काहे होंगे ? बस, मन न लगा तो उठकर चले आए।''

''जीवकान्त भाई, आइए डोसा खाते हैं।'' अंशुमन जीवकान्त को आमंत्रित करते हुए बोला, ''रीता को कमल रेस्टोरेंट का डोसा बहुत पसन्द है।''

जीवकान्त ने रीता अधिकारी की ओर देखा मानो उसकी अनुमति चाहता हो। रीता अधिकारी उसकी मन:स्थिति भाँप गई या महज औपचारिकता में बोली, ''चलिए, वहीं बैठकर बात करेंगे।''

मन का बोझ उतरता महसूस हुआ। राहत की साँस ले मोटरसाइकिल से उतरा और उन दोनों के साथ ही मोटरसाइकिल खींचते हुए चल पड़ा। कमल रेस्टोरेंट के बाहर मोटरसाइकिल खड़ी करने के दौरान याद आया कि पहली बार वह यहाँ रीता अधिकारी के साथ ही आया था। तब उसे नहीं पता था कि रीता अधिकारी को डोसा पसन्द है। आज अंशुमन से यह जानकर कोई अफ़सोस-सा हुआ और वह भीतर ही भीतर मसोस कर रह गया।

अंशुमन और रीता अधिकारी को रेस्टोरेंट के काउंटर के पास खड़ा देखकर उसने आश्चर्य से पूछा, ''अरे, खड़े काहे हो। टेबल तो खालिए है?''

''रीता को ऊ कोना वाली टेबल पसन्द है। उसी के खाली होने का इन्तज़ार कर रहे है।'' अंशुमन ने एक कोने की तरफ़ इशारा किया।

जीवकान्त ने ग़ौर किया, यह वही टेबल थी, जिस पर बैठकर उस दिन उसने रीता अधिकारी के साथ चाय पी थी। एक बार फिर अफ़सोस हुआ कि वह रीता अधिकारी को कितना कम जानता है।

''पसन्द-वसन्द की बात नहीं, बस आदत की बात है।'' रीता अधिकारी अंशुमन की बात काटकर बोली, ''जस्ट अ कम्फर्ट जोन!''

प्रतीक्षा ज़्यादा नहीं करनी पड़ी। उस टेबल पर बैठे लोग जैसे ही उठे कि रीता अधिकारी लपककर टेबल के पास जा खड़ी हुई। रेस्टोरेंट का एक लड़का आया और प्लेटें उठाकर टेबल साफ़ करने लगा।

अंशुमन ने बैठने के साथ ही लड़के को ऑर्डर दिया, ''तीन ठो मसाल डोसा!''

रीता अधिकारी के बैठने के साथ ही उसके सामने की कुर्सी पर अंशुमन और जीवकान्त अगल-बग़ल बैठे।

''सुना है, दिवाकर को पुलिस गिरफ़्तार कर ली है?'' रीता अधिकारी बग़ैर किसी भूमिका के सीधे जीवकान्त से मुखतिब हो गई।

रीता अधिकारी के इस अप्रत्याशित सवाल से क्षण भर को वह घबरा गया जैसे यह महज सवाल नहीं, ख़ुद उसे ही कठघरे में खड़ा कर दिया गया हो। एकदम से बचाव की मुद्रा में आ गया, ''हमको लगता है, उनको फँसाया गया है।''

''कौन फँसाएगा उसको? थाना-पुलिस, सरकार सब तो तुम्ही लोग की है।'' अंशुमन ने तीखे स्वर में जीवकान्त को निरस्त किया।

क्या ग़लत कह रहा अंशुमन ? आम धारण तो यही है। रमेश जी, दिवाकर जी और ख़ुद वह भी तो यही दम भरते रहे हैं। जवाब देते नहीं बना, उल्टे यह सवाल मन में घर कर गया। कौन फँसाएगा उन्हें ?

"अब आप लोगों के आन्दोलन का क्या होगा ?" उसे चुप देख रीता अधिकारी ने कुरेदा।

"पता नहीं।" अनिर्णय की स्थिति में जीवकान्त की आवाज़ कहीं दूर से आती लगी।

"जीवकान्त भाई, बुरा नहीं मानिएगा। हमको तो शुरू से ही आप लोग का आन्दोलन अराजक लग रहा था। न कोई दिशा, न कोई दृष्टि।"

अंशुमन ने जिस उपहास भाव से यह बात कही, वैसा किसी और ने कहा होता तो जीवकान्त उसकी गत बना देता। लेकिन इस वक़्त वह संयमित था। बेहद संजीदगी से अपना पक्ष रखा, "अंशुमन, प्राइवेट कोचिंग के ख़िलाफ़ हम लोगों के आन्दोलन को ग़लत कैसे कह सकते हो ? यूनिवर्सिटी टीचर कोचिंग चलाए, यह कहाँ का न्याय है ?"

"ठीक कहते हैं आप, यह न्याय नहीं हैं।" रीता अधिकारी ने हस्तक्षेप किया, "लेकिन प्राइवेट कोचिंग पर तो सरकार को बैन लगाना चाहिए न। वह तो कर नहीं रही।"

"हम लोग भी तो बैन लगाने की ही माँग कर रहे हैं।" जीवकान्त को रीता अधिकारी की बात से बल मिला।

रेस्टोरेंट का लड़का डोसा की प्लेटें रखने लगा तो रीता अधिकारी ने पानी के गिलास एक ओर करते हुए टेबल पर जगह बनाई। अंशुमन ने डोसा की एक प्लेट अपनी ओर खींचा और सांभर की कटोरी में चम्मच हिलाते हुए कहा, "सरकार बैन क्या लगाएगी। वह तो उलटे शिक्षा को प्राइवेट सेक्टर में देने की तैयारी कर रही है। इससे तो सबसे ज़्यादा ग़रीब मरेगा।"

"अंशुमन, सामाजिक न्याय की सरकार है। ऐसा कभियो न होगा।" जीवकान्त ने भावुक उत्तेजना में जोरदार प्रतिवाद किया।

अंशुमन मुस्कराया। रीता अधिकारी ने कांटा-चम्मच किनारे रख दिया था। डोसा हाथ से ही तोड़कर सांभर में डुबोकर खाने लगी। जीवकान्त को अपने संकोच से उबरने का सम्बल मिला। उसने भी कांटा-चम्मच टेबल पर रख दिया। अलबत्ता अंशुमन कांटे-चम्मच से खा रहा था।

"सामाजिक न्याय की सरकार से बहुत उम्मीद थी। लेकिन यह भी 'पावर गेम' में फँसकर रह गई है।" रीता अधिकारी ने क़ौर चबाते हुए बात जारी रखी, "इसका सामाजिक परिवर्तन का एजेंडा पीछे छूट गया है।"

"पावर तो ज़रूरी है न! पावर में आने से ही तो ग़रीबों-पिछड़ों की आवाज़ बुलन्द हो रही है। उनके अधिकारों की बात हो रही है।" जीवकान्त को यह तर्क

देते हुए उसे स्वयं पर आश्चर्य हुआ कि वह यह सब और इतने तरतीब से कैसे बोल गया। उसे पहली बार अपने अन्दर आत्मविश्वास जागता महसूस हुआ।

''साथी, तुम ठीक कह रहे हो। लेकिन इस पावर के 'पॉलिटिकल कैरेक्टर' को समझना ज़रूरी है। सवाल यह है कि यह सरकार किसके हितों की रक्षा कर रही है?'' अंशुमन भी जैसे फॉर्म में आ गया था, ''कास्ट, क्राइम और कैश, पॉलिटिकल मॉडल हो सकता है क्या?''

जीवकान्त को अंशुमन की यह लनतरानी नहीं रुची। झुँझलाकर पूछा, ''अंशुमन, तुम लोग इतनी गोल-गोल बात काहे करते हो कि कुछ समझे में नहीं आए?''

''हमारी बात तुम्हारी समझ में इसीलिए नहीं आती है कि तुम दो गुना दो बराबर, बस, चार समझते हो।'' अंशुमन सचमुच जीवकान्त को समझाने के मूड में दिखा, ''साथी, सिस्टम को समझना इतना आसान नहीं होता है। ज़मीनी सच्चाई ज़मीनी लड़ाई के बिना नहीं समझी जा सकती।''

''वो तो हम देख रहे हैं, तुमरी ज़मीनी लड़ाई!'' जीवकान्त व्यंग्य में बोला, ''तुम लोगों की ज़मीन खिसक रही है। जनता तुम लोगों को नकार रही है। किस ज़मीनी सच्चाई की बात कर रहे हो?''

''जनता नकार नहीं रही, विकल्प की तलाश कर रही है। सामाजिक न्याय बस उसी विकल्प की तलाश थी।'' अंशुमन ने जीवकान्त को निरुत्तर करने की कोशिश की, ''ऐसे प्रयोगों से मोहभंग होते ही जनता वामपंथ की ओर मुड़ेगी, क्योंकि अंतिम विकल्प यही है।''

रीता अधिकारी ने बीच-बचाव के लिए बात का रुख मोड़ा, ''सरकार प्राइवेट कोचिंग बैन नहीं करेगी तो आप लोग क्या करिएगा?''

जीवकान्त को तत्काल कोई उत्तर नहीं सूझा। बल्कि जो हालात थे, जिससे वह जूझ रहा था, उसमें चुप ही रहना बेहतर लगा। उसकी चुप्पी पर अंशुमन ने ताना कसा, ''करेगा क्या? कोचिंग वालों को डराएगा, धमकाएगा और वसूली करेगा।''

जीवकान्त को लगा कि अंशुमन ने सरेआम नंगा कर दिया है। उसके अन्दर के शर्म ने उसे पहली बार नैतिक रूप से कमजोर कर दिया था। न सफ़ाई, न प्रतिवाद। एक निरुत्तर चुप्पी।

''अंशुमन प्लीज!'' रीता अधिकारी ने गहरी नाराजगी से अंशुमन को आड़े हाथों लिया, 'डोंट कमेंट पर्सनल!'

''इट्स नॉट पर्सनल!'' अंशुमन थोड़ा नरम पड़ा, ''मैं इस मूवमेंट के कैरेक्टर की बात कर रहा था।''

जीवकान्त बिना किसी प्रतिक्रिया के कटोरी उठाकर सांभर सुड़कने लगा। इस क्रम में वह रीता अधिकारी की ओर कनखियों से देखता हुआ, उसके मनोभाव जानने की कोशिश करता रहा।

रीता अधिकारी नैपकिन से मुँह पोंछकर मुस्कराई, "अंशुमन की बात का बुरा मत मानिएगा। आपके पीछे, आपकी बहुत तारीफ़ करता है।"

रीता अधिकारी की यह मुस्कराहट जीवकान्त को गुदगुदा गई। इस अहसास को छुपाने की कोशिश में अंशुमन की तरफ़ देखने लगा। अंशुमन होंठों में मुस्कराहट दबाए हुए चहका, "देख रहे हो, रीता कितनी चालाकी से अपनी बात मेरे मुँह में डाल रही है!"

रीता अधिकारी ने आँखें तरेरकर मुक्का ताना, "यू नॉटी!"

जीवकान्त ने दोनों की इस चुहल का मज़ा लेते हुए महसूस किया कि उसके अन्दर व्याप्त अकेलेपन की कचोट तिरोहित हो चली है।

तिरपन

विद्या का सन्देश लेकर केशर आया।

"जीवकान्त भाई, विद्या दीदी आपको बुलाई हैं।"

"विद्या हमको बुलाई है?" आश्चर्य से जीवकान्त ने पूछा, "क्या बात है, कुछ बताई?"

"दिवाकर जी वाला मामला बुझाता है। कह रही थी उनको झूठा केस में फँसाया गया है।" खुलकर कुछ बताने के बजाय केशर ने सूत्र वाक्य में इशारा किया, "बहुत परेशान लग रही थी।"

विद्या दिवाकर जी के लिए परेशान तो होगी ही। दोनों दूध-पानी की तरह मिले हुए हैं। विधायक सन्तू यादव के खासुलखास। लेकिन वह उससे क्यों मिलना चाहती है? अचानक विद्या को उसकी ज़रूरत क्यों आ पड़ी? कल तक तो न दिवाकर जी उसे भाव दे रहे थे, न वह उसे पूछ रही थी, फिर आज ऐसा क्या हुआ? इस सवाल के साथ ही, उसके मन में यह जानने की इच्छा प्रबल हो आई कि आख़िर देखे तो सही कि विद्या की उसमें दिलचस्पी की वजह क्या है?

तीन-पाँच करते मन के बावजूद विद्या से मिलने के लिए वह जिस वक़्त गर्ल्स हॉस्टल के गेट पर पहुँचा, खिलखिलाती हुई लड़कियों का एक झुंड बाहर निकला और उस पर सरसरी निगाह डालकर आगे बढ़ गया। इन लड़कियों के जाने और विद्या के आने के बीच उसे रीता अधिकारी की याद आई। अगर रीता अधिकारी मिल गई तो? इस 'तो' का तो उसके पास कोई जवाब नहीं था, लेकिन रीता की एक झलक पाने की हसरत ज़रूर लुकाछिपी करने लगी।

इस क्षणिक रोमान के बीच ही विद्या आती दिखी। विद्या का चेहरा उतरा हुआ

था। लेकिन चाल में तेज़ी थी। उसे देखकर लग रहा थी कि भीतर से बहुत भरी हुई है और छूटते ही फट पड़ेगी। ऐसी किसी भी स्थिति का सामना करने के लिए वह ख़ुद को तैयार करता कुछ ज़्यादा ही सजग हो गया।

"जीवकान्त हम तुमरे इन्तज़ार कर रहे थे।" अनुमान के विपरीत विद्या पूरी तरह संयत थी। गेट के बाईं ओर इशारा करके बोली, "आओ वहाँ बैठते हैं।"

विद्या का इशारा उस पुलिया कर तरफ़ था, जो हॉस्टल के गेट से बाईं ओर जाती पतली-सी सड़क को खंडहर हो चुके टीचर्स क्वार्टर से जोड़ती थी। उधर आवागमन नहीं था। लिहाजा वहाँ बैठकर इत्मीनान से बात हो सकती थी। पुलिया के पास पहुँचकर विद्या पुलिया की मुंडेर पर बैठ गई। जीवकान्त भी उसके बग़ल में बैठ गया। विद्या जैसे बात शुरू करने के लिए सिरा तलाश रही थी। जीवकान्त उसके बोलने की प्रतीक्षा करता रहा। आख़िरकार लम्बी साँस खींचकर विद्या ने बोलना शुरू किया, "जीवकान्त, हमको पता है कि तुमरी दिवाकर जी से किसी-किसी बात पर न पटती थी। लेकिन दिवाकर जी कभी तुमरा बुरा न सोचे। कभी तुमको अपना से अलग न समझे। ऊ तो पीठ पीछे ईहे कहते थे कि जीवकान्त में जोश बहुत है, बस तनी होश से काम न लेता है।"

जीवकान्त अतिरिक्त सर्तकता से अपने मनोभाव छिपाए चुपचाप उसे सुनता रहा।

विद्या के होंठों पर हल्की-सी स्मिति उभरी गोया आत्मीयता जताने की कोशिश कर रही हो, "हम तुमको यही बात समझाने के लिए बुलाए हैं, कि बाबू, अब जोश से ना, होश से काम लेने का उदग आ गया है। हम लोग की लड़ाई के साथ बडका षड्यंत्र हो रहा है। अभी न चेते तो आज दिवाकर जी के साथ हुआ है, कल तुमरे साथ भी हो सकता है।"

अंतिम वाक्य बोलकर विद्या उसको देखने लगी जैसे उसकी मन:स्थिति भाँपना चाह रही हो। उसके माथे पर बल पड़ गए थे।

"विद्या, हम कुछ समझे नहीं?"

"जीवकान्त, तुम बहुत सिधवा हो। एतना कुछ हो रहा है और तुम कुछ समझते ही नहीं हो।" विद्या की आवाज़ इस बार थोड़ी तेज हो आई थी, "दिवाकर जी को अपहरण के केस में जानबूझकर फँसाया गया है, ई तुम काहे नहीं समझते?"

"ले...लेकिन आशीष तो दिवाकरे जी का नाम लिया है।" हिचकते हुए जीवकान्त बोला।

विद्या के चेहरे का भाव बदला। लगा कि उसके भीतर कुछ उफन रहा हो। वह एकबारगी तड़प उठी, "ईहे तो षड्यंत्र है, जीवकान्त। आशीष बोला नहीं है, उससे बोलवाया गया है। उसको जान से मारे की धमकी देकर झूठ बोलवाया है सब!"

जीवकान्त एकदम से हकला पड़ा, "ई...ई...क्या कह रही हो तुम?"

"हम सही कह रहे हैं!" अपनी बात पर जोर देती विद्या बोली, "विधायक जी सब पता लगा लिए हैं। ई सब मनोरंजन बाबू का खेला है। ऊ एक तीर से दो निशाना साधे हैं।"

मनोरंजन बाबू का खेला है? वो काहे यह खेल खेलेंगे? ऐसे खेल के माहिर तो विधायक सन्तू यादव ही हैं! मन में उठी इस आशंका के साथ ही उसने विद्या से पूछा, "दिवाकर जी से मनोरंजन बाबू को कौनो दुश्मनी है कि ऊ ऐसा करेंगे?"

"दुश्मनी दिवाकर जी से ना, विधायक जी से है।" विद्या जो अब तक ख़ुद को सायास ज़ब्त किए हुए थी, बिफर पड़ी, "विधायक जी हम लोग के आन्दोलन को सपोर्ट कर रहे हैं। इससे मनोरंजन बाबू को बुझाया कि यूनिवर्सिटी का पोलटिक्स उनके हाथ से निकल जाएगा। बस, फारवर्ड टीचर और प्राइवेट कोचिंग वाला सबसे मिलके पीठ में छोरा भोंक दिए। मनोरंजन बाबू, बैकवर्ड के नाम पर कलंक हैं।"

जीवकान्त को इसमें कोई शक नहीं कि मनोरंजन बाबू विधायक सन्तू यादव से खार खाए रहते हैं। वह किसी कीमत पर नहीं चाहते कि 'छात्र एकता मंच' का आन्दोलन सन्तू यादव के इशारे पर चले। लेकिन वह, इस सबके लिए दिवाकर जी को अपहरण के केस में फँसा देंगे, यह बात गले नहीं उतरी।

"विद्या, विधायक जी से दुश्मनी साधे के लिए मनोरंजन बाबू दिवाकर जी को काहे फँसाएगे?" जीवकान्त व्यग्र दिखा।

विद्या उसके प्रश्न से कहीं ज़्यादा तुर्शी में आ गई, "जीवकान्त, पोलटिक्स जो न कराए सो कम। विधायक जी दिवाकर जी को उपचुनाव में पार्टी का टिकट दिलाने के लिए सीएम से पैरवी कर रहे थे। सीएम मन भी बना लिये थे। लेकिन बीचे में मनोरंजन बाबू अड़ंगा लगा दिए। आरोप मढ़ दिए कि दिवाकरे जी प्रो. डी. सिंह के मुँह पर स्याही फेंके थे। जब इससे भी मन न भरा तो अब अपहरण का केस में फँसा दिए। इससे क्या होगा? एक तो 'छात्र एकता मंच' का आन्दोलन टूटेगा और दूसरे विधायक जी को सीएम की नज़र में गिराके वह अपनी गोटी लाल करेंगे।"

विद्या ने जिस तर्क और विश्वास के साथ अपनी बात रखी थी, उससे सचमुच जीवकान्त का अपना विश्वास हिल-सा गया। तमाम घटनाक्रम के मद्‌देनज़र विद्या की बात काफ़ी हद तक सही लग रही थी। लेकिन यह सब बताकर विद्या उसे क्या समझाना चाहती है?

उसकी चुप्पी को विद्या ने झिंझोड़ा, "कुछ बूझे?"

"हम बूझ के भी क्या करेंगे, विद्या?" गहरी हताशा में जीवकान्त ने ठंडी आह भरी, "ई पोलटिक्स के फेरा में तो 'सामाजिक न्याय' का बंटाढार हो गया।"

विद्या थोड़ी नरम पड़ी। ख़ुद को संयतकर वस्तुस्थिति समझाने की कोशिश की, "चुप रहे से क्या मैसेज जाएगा? ईहे न कि हम लोग हार गए? फारवर्ड सब तो खुशे होगा कि बैकवर्ड औकात में आ गया।"

विद्या के लिए 'सामाजिक न्याय' का मतलब सिर्फ़ बैकवर्ड-फारवर्ड पोलटिक्स है। ऐसे में उससे बहस बेकार थी। उसे चुप देखकर विद्या का सब्र जवाब दे गया, "जीवकान्त, दिवाकर जी प्राइवेट कोंचिंग के ख़िलाफ़ लड़ाई लड़े। ग़रीब-पिछड़ा छात्र को न्याय दिलाने के लिए आवाज़ उठाए। आज जब उनको सबके साथ की ज़रूरत है, तो 'छात्र एकता मंच' चुप काहे है?"

विद्या के इस सीधे सवाल से वह असहज हो आया। जवाब देने के बजाय पलटकर उल्टा सवाल किया, "ई बात तुम रमेश जी से काहे न पूछी?"

"तुमको न पता है क्या कि रमेश जी तो दिवाकर जी और तुमरे बल पर कूदते हैं?" चिढ़ी-सी विद्या तन्नाकर खड़ी हो गई, "उनका अपना कौनो औकात है क्या?"

साफ़ था कि विद्या हर हाल में उससे दिवाकर जी के पक्ष में खड़ा होने की अपेक्षा कर रही थी। और उसकी मुश्किल यह थी कि इस वक़्त उसके लिए कोई दो टूक निर्णय ले पाना सम्भव नहीं था। लेकिन जवाब तो देना ही था। उसने चतुराई से बीच का रास्ता अपनाया, " 'गोप आवास' के लड़का लोग से बात करते हैं।"

"केशर बता रहा था कि लड़का लोग डरा हुआ है।" विद्या ने आशंका जताई और फिर अपनी ही इस आशंका को दरकिनार कर आश्वस्त करना चाहा, "लेकिन बाबू, डरे से काम न चलेगा। वैसे भी विधायक जी तो पीठ पर हइए हैं।"

"विधायक जी क्या कहते हैं?" टोह लेने के लिए जीवकान्त ने खुलकर पूछा।

"विधायक जी चेताए हैं कि जो लोग दिवाकर जी को फँसाया है, ऊ लोग किसी को भी भी फँसा सकता है। तुमको भी सावधान रहने को बोले हैं।" विद्या की ठहरी हुई आवाज़ में चिन्ता व्याप्त थी।

विद्या की चिन्ता और चेतावनी के बावजूद जीवकान्त को यह खैरख्वाही खल गई। विद्या भाँप पाए इससे पहले ही उसने ख़ुद को सँभाला। अपना आत्मश्विास समेटकर तन्नाया, "जीवकान्त क्या दाल-भात का कौर है, जो कोई गड़प जाएगा?"

"एकजुट न रहे तो कौनो गड़प जाएगा!" जीवकान्त को असहाय भाव से देखती विद्या चिन्तातुर स्वर में बोली, "अभिये अपना ताकत दिखावे की ज़रूरत है।"

विद्या की भावना को समझते हुए उसने ख़ामख़्वाह बात बढ़ाना उचित नहीं समझा। दोनों चुपचाप चलते हुए गर्ल्स हॉस्टल के मेन गेट पर पहुँचकर रुके। ऐन झपाक से वेपर लाइटें जल उठीं। अचानक हुई रोशनी से आँखें चुंधिया गईं। इतनी ताज़ा और चमकीली रोशनी कि जर्रा-जर्रा ने कोई जादुई लिबास पहन लिया हो। अजीब था कि दिन के उजाले में जो चीज़ें ठोस दिखती हैं, वे ही इस रोशनी में तरल दिख रही थीं। आँखें झपकाता वह विदा लेने के लिए विद्या की ओर मुड़ा कि

विद्या का कांतिहीन चेहरा देखकर सकते में आ गया। तत्काल समझ नहीं पाया कि किस तरह अपनी प्रतिक्रिया व्यक्त करे। लेकिन कुछ तो कहना था। विद्या का मन रखने के लिए मन मारकर बोला, ''चलो, कल विधायक जी से भेंट करते हैं।''

विद्या की आँखों में हल्की चमक उभरी। उस चमक में क्या था, यह देखने के लिए जीवकान्त नहीं रुका।

चौवन

प्रो. मनोरंजन प्रसाद के ड्राइंगरूम में गूँज रहे समवेत् ठहाके से जीवकान्त के क़दम जहाँ के तहाँ थम गए। सुरेन्द्र यादव और राजकिशोर भी ठिठके। सामने सिंगल सोफ़े पर बैठे मनोरंजन बाबू की हँसती मुद्रा आश्चर्यजनक रूप से दुर्लभ थी और उनके बारे में कुख्यात उनकी बदमिज़ाज छवि से नितांत विपरीत। जाहिरन, वह इस वक़्त बेहद खुश थे और उनकी खुशी ड्राइंगरूम के माहौल को जीवन्त बनाए हुए थी। इस हँसी की गूँज के बीच ही मनोरंजन बाबू की नज़र उस पर पड़ी और उन्होंने अन्दर आने के लिए हाथ का इशारा करते हुए आवाज़ लगाई, ''आओ जीवकान्त, आओ!''

जीवकान्त ने दोनों हाथ जोड़कर मनोरंजन बाबू को प्रणाम किया। ड्राइंगरूम में उपस्थित सभी की निगाहें उसकी ओर उठीं। मनोरंजन बाबू के बाईं ओर लम्बे सोफ़े पर डॉ. प्रसाद और डॉ. एजाज़ बैठे थे, जब कि दाईं ओर के लम्बे सोफ़े पर अकेले रमेश जी। रमेश जी हहास बाँधकर अपनी जगह से उठे और उसके पास आकर सीधे अंकवार में भर लिया।

''जीवकान्त, आओ भयवा! सर से अभी तुमरे बारे में बात हो रही थी।''

रमेश जी जीवकान्त का हाथ पकड़कर लगभग खींचते हुए सोफ़े तक ले आए। उनकी उपस्थिति और अन्दाज़ से जीवकान्त का यह शक पुख्ता हो गया कि रमेश जी मनोरंजन बाबू से कसकर सट गए हैं। कमतरी का अहसास अन्दर ही अन्दर कसकने लगा। इस स्थिति से उबरने के लिए उसने गर्दन घुमाकर राजकिशोर और सुरेन्द्र यादव की ओर देखा। वे दोनों दरवाज़े के पास ही पड़ी बेंत की कुर्सियों पर बैठ गए थे। उपेक्षा-अपेक्षा की किसी भी भावना से परे वे अपने-आप में ख़ुश थे। उसने घबराकर गर्दन सामने की। रमेश जी ने सोफ़े पर बैठकर उसका हाथ खींचा और अधिकारपूर्वक अपने बग़ल में बैठा लिया। यह सब कुछ इतना यंत्रवत् हुआ कि वह ख़ुद को ही हास्यास्पद लगने लगा।

प्रो. मनोरंजन प्रसाद ने गला फाड़कर बेचू जी को आवाज़ लगाई, ''ए बेचू जी, नाश्ता लगाइए। बहुत देरी हो गई।''

इस नाश्ते का निमंत्रण जीवकान्त को अप्रत्याशित ही मिला था। वह विधायक सन्तू यादव के यहाँ जाने की तैयारी में था, जब सुरेन्द्र यादव और राजकिशोर ने रूम में घुसते ही प्रो. मनोरंजन प्रसाद का आदेश दनदना दिया था, "जीवकान्त भाई, मनोरंजन बाबू का नेवता है। आपको नाश्ता पर बुलाए हैं।"

सुबह-सुबह मनोरंजन बाबू का यह निमंत्रण पाकर वह धर्मसंकट में फँस गया था। न मना करने का साहस हुआ था, न ही चल पड़ने का उत्साह उमगा था। टोह लेने की गरज से पूछा था, "क्या रे, कौनो खास बात?"

"मनोरंजन बाबू की माया मनोरंजन बाबू जाने!" राजकिशोर ने बाईं आँख दबाकर चुहल की थी, "हम लोग को तो बस नाश्ता से मतलब है।"

नाश्ता लग चुका था। अपनी प्लेट उठाकर प्रो. मनोरंजन प्रसाद ने सभी को नाश्ता शुरू करने का इशारा किया, "जीवकान्त, तुमरे चक्कर में लेट हो गया।"

"सर, हम तो ख़बर मिलते चले आए।" जीवकान्त ने सहज होने की कोशिश की।

"रमेश बता रहा था कि तुम दिवाकर की गिरफ़्तारी से बहुत डिस्टर्ब हो।" मनोरंजन बाबू की आँखें उसके चेहरे पर गड़ गईं।

वह हक्का-बक्का रमेश जी की ओर देखने लगा। रमेश जी निर्विकार बैठे थे मानो उन्होंने कुछ सुना ही न हो। मनोरंजन बाबू उसके जवाब की प्रतीक्षा किए बग़ैर बोले, "दिवाकर की गिरफ़्तारी से हमू दुखी हैं। तुमको तो पते है कि हम तुम लोगों की मदद करे से पीछे न हटते हैं। लेकिन एक बात जान लो, हम स्टूडेंट की तो मदद कर सकते हैं, पर कौनो क्रिमिनल की मदद नहीं कर सकते। इससे सरकार की बदनामी होगी। वैसे भी अभी उपचुनाव का टाइम है। मदद करना भी चाहें तो विपक्ष वाला सब बखेड़ा खड़ा कर देगा। क्या प्रसाद जी, ग़लत कह रहे हैं?"

अपनी बात की तस्दीक के लिए प्रो. मनोरंजन प्रसाद डॉ. प्रसाद की ओर घूमे। डॉ. प्रसाद ने मुँह का कौर चबाना छोड़कर हामी भरी, "सही कह रहे हैं, सर! विपक्ष वाला सब तो पहले ही से 'जंगलराज-जंगलराज' कह के सरकार को बदनाम किए हुए है। दिवाकर का साथ देने से तो विपक्ष को एक और मुद्दा मिल जाएगा!"

"सुन रहे हो न!" प्रो. मनोरंजन प्रसाद फिर जीवकान्त की ओर मुड़े, "सरकार है, तभी पावर है। पावर न रहेगा तो न दिवाकर काम आएगा, न सन्तू यादव! सरकार के कॉस्ट पर कोई रिस्क नहीं लिया जा सकता।"

यह सब उसे सुनाने का मनोरंजन बाबू का उद्देश्य क्या है? विद्या तो कह रही थी कि दिवाकर जी को मनोरंजन बाबू ही फँसाए हैं, तो वह उनकी मदद क्यों करेंगे? कहीं ऐसा तो नहीं कि रात 'गोप आवास' में लड़कों की हुई मीटिंग की उन्हें भनक लग गई है और अब वह उसकी थाह लेना चाह रहे हैं? इस ख़याल के आते ही वह चौकन्ना हो गया। भीतर ही भीतर धुकधुकी भी बढ़ गई। अच्छा-खासा नाश्ता बेस्वाद लगने लगा।

"सुने हैं, दिवाकरा के पक्ष में तुम लड़का लोग को जुटा रहे हो?" जीवकान्त का अनुमान सही निकला। प्रो. मनोरंजन प्रसाद की भौंहें तनी हुई थीं, "सोचे हो इसका अंजाम क्या होगा?"

ड्राइंगरूम में व्याप्त खामोशी में उसकी घिग्घी बँध गई। प्रो. मनोरंजन प्रसाद ने उसके जवाब की प्रतीक्षा किए बिना अपनी बात जारी रखी, "सीधे इलेक्शन पर असर पड़ेगा। इलेक्शन पर असर का मतलब है सीएम की प्रतिष्ठा पर असर। और यह तो बाबू, कोई अफोर्ड न करेगा।"

दिवाकर जी का साथ देने का परिणाम इतना दूरगामी होगा कि इलेक्शन, सरकार और सीएम की प्रतिष्ठा का प्रश्न बन जाएगा, यह तो उसकी कल्पना तक में नहीं था। उसे तो बस यही लगा था कि दिवाकर जी को फँसाया गया है और उनके पक्ष में आवाज़ उठानी चाहिए। इसीलिए देर रात यादव आवास के लड़कों के साथ राय-मश्विरा किया था। लेकिन प्रो. मनोरंजन प्रसाद की बेचैनी बता रही थी कि उसकी पहलक़दमी उन्हें नागवार गुज़री है और अब वह सीधे उनके टारगेट पर है। इस स्थिति से उबरने के लिए साहस बटोरकर पूछा, "लेकिन सर, दिवाकर जी का क्या होगा?"

रमेश जी ने आँखें टेढ़ी कीं जैसे उसने कोई हिमाकत की हो। लेकिन प्रो. मनोरंजन प्रसाद मुस्करा रहे थे गोया उसने सवाल पूछकर हिमाकत नहीं, अपनी नादानी का परिचय दिया हो। हलवे का चम्मच चाटते हुए बोले, "हम जानते थे कि तुम सन्तू यादव का पोलटिक्स नहीं बूझ रहे हो, इसीलिए अलबला रहे हो। लेकिन नहीं जान रहे हो, तो अब जान लो। सन्तू यादव तुमरे दिवाकर को उपचुनाव में खड़ा कर रहा है। इसीलिए यह सारा माया रचा है।"

जीवकान्त को अपने कानों पर यक़ीन नहीं हुआ। अकबकाया-सा कभी मनोरंजन बाबू को तो कभी रमेश जी को देखने लगा। रमेश जी के होंठों पर रहस्यमय मुस्कराहट थी। मतलब साफ़ था, रमेश जी को पहले से पता है कि दिवाकर जी चुनाव लड़ रहे हैं। वह ख़ुद को ठगा महसूस करने लगा। मनोरंजन बाबू और सन्तू यादव की शह-मात के बीच वह कहाँ है?

अब तक चुप, नाश्ते और बातों का आनन्द ले रहे डॉ. एजाज़ ने बेहद कोफ़्त भरे लहजे में हस्तक्षेप किया, "सर, यंग जेनरेशन का 'रोल मॉडल' अब जेपी, लोहिया नहीं, सन्तू यादव जैसा लोग हो गया है। ऐसे ही लोग से पोलटिक्स का क्रिमिनलाइजेशन हुआ है।"

जीवकान्त को याद आया। सन्तू यादव कभी उसके भी रोल मॉडल थे। बाबू जी की नाराजगी के बाबजूद उसे सन्तू यादव के कारनामे से रोमांच होता था। लेकिन वह कभी सन्तू यादव के क़रीब नहीं हो पाया था, तो क्यों? क्या इसलिए कि दिवाकर जी की वजह से उसने दूरी बना ली थी? या उसके अन्दर पिता की बरजना

थी, जो उसे रोकती रही? रोल मॉडल तो उसने मनोरंजन बाबू में भी तलाशने की कोशिश की थी। लेकिन यह तलाश भी कहाँ पूरी हो पाई?

''एजाज़ साहेब, सन्तू यादव क्या 'रोल मॉडल' बनेगा? उसकी तो सीएम हाउस में एंट्री बन्द हो गई है। सीएम को भी समझ में आ गया है कि ऐसे ही लोगों से सरकार की छवि खराब हो रही है। 'सामाजिक न्याय' के नाम पर घुसे फर्जी लोगों का सफाया शुरू हो गया है।'' प्रो. मनोरंजन प्रसाद की गरजती आवाज़ ड्राइंगरूम में गूँजी।

''हाँ सर, समय रहते कार्रवाई ज़रूरी है। नहीं तो यही लोग भस्मासुर हो जाएगा।'' प्रो. प्रसाद की यह चिन्ता 'हाँ' में 'हाँ' मिलाने की लिजलिजाहट से भरी थी।

''प्रसाद बाबू, इसीलिए पार्टी ऐसे लोगों का सफाया कर रही है और नये लोगों को प्रोत्साहित करने की नीति पर काम कर रही है।'' प्रो. मनोरंजन प्रसाद ने उत्साह से भरकर रमेश जी की ओर इशारा किया, ''इसी नीति के कारण पार्टी रमेश को उप चुनाव लड़ाने पर विचार कर रही है।''

अचानक कोई विस्फोट हुआ हो। जीवकान्त भीतर तक हिल गया। अन्दर उठे हाहाकार को थामना मुश्किल हो गया–तो सारी पैंतरेबाजी इसलिए हो रही है? रमेश जी की चुप्पी के पीछे यह खेल चल रहा है? वाह, रमेश जी वाह! सचमुच छुपा रुस्तम निकले आप! वह ख़ुद को ठगा पा रहा था।

''जीवकान्त, हम तुमको पहले ही बताते। लेकिन सर ही मना कर दिए थे कि ई शुभ समाचार तुमको वह ख़ुद सुनाएँगे।''

रमेश जी ने गर्मजोशी से जीवकान्त का हाथ कस लिया।

अजीब विडंबना थी। मुस्कराने की कोशिश के बावजूद जीवकान्त मुस्करा नहीं पाया। क़ायदे से उसे रमेश जी को बधाई देनी चाहिए थी। लेकिन न शब्दों ने साथ दिया न भावना ने। पता नहीं मनोरंजन बाबू उसकी मन:स्थिति भाँप गए या कि वक़्त का तक़ाज़ा देख उन्होंने अपना मायाजाल ताना, ''सुनो जीवकान्त, उपचुनाव में रमेश की जीत का मतलब है, अगले चुनाव में तुमरी दावेदारी पक्की।''

प्रो. मनोरंजन प्रसाद के इस आप्त वचन से भी उसके अन्दर कोई जुंबिश नहीं हुई। वह इतने आश्चर्यों से घिरा था कि फ़िलवक़्त उसकी चेतना कुन्द पड़ गई थी। बमुश्किल आवाज़ निकली, ''जी!''

रमेश जी अभी भी उसका हाथ थामे हुए थे। उसने हाथ छुड़ाना चाहा तो वह अपने दोनों हाथों में उसकी हथेलियों को जकड़कर भाव विह्वल हो आए, ''जीवकान्त, ई चुनाव हमरा नहीं, छात्र एकता मंच का है। सबको मिलकर अपना ताकत दिखाना होगा।'' अपना हाथ छुड़ाकर उसने प्रो. मनोरंजन प्रसाद की ओर इशारा किया, ''सर का आशीर्वाद आपके साथ है, इससे बड़ी बात और क्या होगी!''

''हमरा आशीर्वाद तो हइए है।'' प्रो. मनोरंजन प्रसाद किसी को भी अर्श से फ़र्श पर बिठा देने की आत्ममुग्धता में ठठाकर हँसे और तुरन्त ही नाटकीय ढंग से

डॉ. प्रसाद और डॉ. एजाज़ से मुखातिब हो गए, "रमेश के नॉमिनेशन में शक्ति प्रदर्शन ज़रूरी है। आप लोगों का सपोर्ट भी दिखना चाहिए।"

"सर, हम लोग आप से अलग थोड़े हैं।" डॉ. प्रसाद ने दोनों हाथ जोड़कर विश्वास दिलाया, "रमेश अपने स्टूडेट हैं। यह तो हम लोगों के लिए भी गर्व की बात है।"

नाश्ता खत्म हो चुका था। बातचीत भी खत्म हो चुकी थी। चलते-चलते मनोरंजन बाबू ने जीवकान्त का कन्धा थपथपाकर हिदायत दी, "जीवकान्त बाबू, यह उपचुनाव हमरी प्रतिष्ठा का प्रश्न है। रमेश के नॉमिनेशन में फुल स्ट्रेंथ के साथ चलना है।"

जीवकान्त ने जवाब देने के बजाय झुककर मनोरंजन बाबू के पाँव छुए!

पचपन

जीवकान्त 'कमल रेस्टोरेंट' में चाय पीने की इच्छा से घुसा था। लेकिन नज़र अनायास ही उस कोने की टेबल पर चली गई, जिस पर बैठना रीता अधिकारी को पसन्द है। उसकी आँखें यह देखकर फैल गईं कि उसी टेबल पर अकेला बैठा अंशुमन डोसा खाने में व्यस्त था। उसने दबे पाँव टेबल के पास पहुँचकर अंशुमन को चौंका दिया, "क्या अंशुमन, आज अकेले-अकेले? रीता कहाँ है?"

जीवकान्त को सामने देखकर अंशुमन चौंका। उसके चेहरे पर अन्यमनस्कता हावी थी फिर भी मुस्कराने की कोशिश करते हुए पूछा, "डोसा खाओगे?"

"नहीं यार, मनोरंजन बाबू के यहाँ पुरकश नाश्त हुआा है। बस चाय पिएँगे।" जीवकान्त सामने की कुर्सी पर बैठ गया।

अंशुमन ने आवाज़ लगाकर रेस्टोरेंट के लड़के को दो चाय का ऑर्डर दिया। जीवकान्त ने ग़ौर किया कि अंशुमन रीता के बाबत जवाब टाल गया है। एक इच्छा हुई कि फिर से पूछे, लेकिन यह देखकर कि अंशुमन का मूड ठीक नहीं है, शाइस्तगी से कुरेदने की कोशिश की, "क्या बात है, अपसेट लग रहा है?"

जवाब देने के बजाय एक फीकी मुस्कराहट देकर अंशुमन फिर डोसा खाने में व्यस्त हो गया। इस बार जीवकान्त ने आज़िजी से पूछा, "बोलता काहे नहीं? हमसे बतावे वाली बात न है क्या?"

"क्या बताएँ, यार!" अंशुमन ने सिर उठाया। वह जैसे किसी गहन द्वंद्व से दो-चार हो रहा था, "हमको तो लेफ्ट का स्टैंड ही समझ में नहीं आ रहा है। बात-बात पर समझौता। पता नहीं कौन-सा रास्ता पकड़ लिया है इन लोगों ने?"

जीवकान्त के पल्ले कुछ नहीं पड़ा, लिहाजा बात के खुलासे के लिए अतिरिक्त उत्सुकता से पूछा, ''अरे हुआ क्या? साफ़-साफ़ बताओ न?''

''छोड़ो, तुमको कुछ समझ नहीं आएगा। ये सब पार्टी-पॉलिटिक्स की बात है।'' अंशुमन उपेक्षापूर्ण तरीके से टाल गया।

वह पहले से ही बुरी तरह आहत था, उस पर से अंशुमन के इस रवैये ने ऐसी ठेस पहुँचाई कि उसका धैर्य जवाब दे गया, ''पता है कि तुम हमको अंडर इस्टीमेट करते हो। मानते हैं कि तुमरी लाइन अलग है, हमरी लाइन अलग है। लेकिन कोई भी अपने अनुभवे से सब सीखता है। आज तुमको जैसे लेफ्ट का स्टैंड समझ में नहीं आ रहा है, वैसे ही हमको भी मनोरंजन बाबू और सन्तू यादव का स्टैंड समझ में नहीं आ रहा है। तो क्या करें, समझना छोड़ दें? इस सबके बीच ही तो हमें अपना स्टैंड भी तय करना होगा।''

अंशुमन के लिए जीवकान्त का यह परिस्कार अकल्पनीय था। वह पहली बार उसे इतना गम्भीर और इतना मर्माहत देख रहा था। उसके प्रति बनी उसकी धारणा को कसकर झटका लगा। वह अपराधबोध से भरा जीवकान्त का हाथ थामकर बोला, ''सॉरी यार, मेरा मतलब यह नहीं था। मैं डिस्टर्ब था, इसीलिए कुछ का कुछ बोल गया। रियली सॉरी।''

जीवकान्त ने भी उसी अफ़सोस से अंशुमन का हाथ थपथपाया, ''हमू कम डिस्टर्ब न हैं, भयवा, इसीसे एतना भाँज गए। बुरा मत मानना।''

दो छोरों पर होते हुए भी उनकी एक-दूसरे के प्रति विश्वास का यह अनकहा साझापन था।

रेस्टोरेंट का लड़का चाय के दो कप टेबल पर रख गया। दोनों चुपचाप चाय सुड़कने लगे जैसे कहने को कुछ हो ही नहीं, जबकि दोनों ही बात का सिरा तलाश रहे थे। आख़िरकार अंशुमन ने ही अपना कप टेबल पर रखकर पहल की, ''तुम जानना चाहते थे न कि हम काहे डिस्टर्ब हैं?''

जीवकान्त ने सिर उठाकर देखा, शायद अंशुमन उसका मन रखना चाह रहा था। वह बस मुस्कराकर रह गया। अंशुमन भी मुस्कराया। फिर बोला, ''तुम को जानकर खुशी होगी कि लेफ्ट सिरसा उप चुनाव में कैंडीडेट नहीं उतार रहा है।''

''काहे?''

''काहे कि लेफ्ट का तुमरी पार्टी से समझौता हो रहा है।''

''तो इससे तुम काहे डिस्टर्ब हो?''

''साथी, ऐसे ही समझौता होता रहा तो लेफ्ट का अस्तित्व खत्म हो जाएगा। मिडियॉकर पार्टियाँ एक दिन इसे हड़प जाएँगी। और सारा सिद्धान्त धरा रह जाएगा।'' बोलते-बोलते अंशुमन का स्वर तिक्त हो गया, ''अपना आधार वोट दूसरी पार्टी को ट्रांसफर कराने से नुकसान तो लेफ्ट का ही होगा न!''

जीवकान्त को अंशुमन की चिन्ता जायज़ लगी। सहज जिज्ञासा हुई, "लेफ्ट समझौता काहे कर रहा है?"

"क्या तो वोट का बंटवारा रोकने के लिए ऐसा करना ज़रूरी है।" अंशुमन उद्वेलित था। उसकी नाराजगी साफ़ जाहिर हो रही थी, "लेफ्ट को लगता है कि फिरकापरस्त ताकतों को शिकस्त देने के लिए समझौता वक़्त की ज़रूरत है। लेकिन यह एक तरह से अपने आदर्शों से विचलन है। ऐसे समझौते से तो लेफ्ट पिछलग्गू ही बनकर रह जाएगा।"

अंशुमन कह तो ठीक रहा है। लेकिन जो बात अंशुमन की समझ में आ रही है, वह उसकी पार्टी क्यों नहीं समझ रही? सहज जिज्ञासावश पूछ बैठा, "अच्छा अंशुमन, एक बात बताओ, जब लेफ्ट क्रान्ति की बात करता है, तो फिर चुनाव काहे लड़ता है?"

अंशुमन के लिए इस मासूम सवाल का जवाब आसान नहीं था। ऐसे में तो और भी नहीं जब सामनेवाले की कोई वैचारिक पृष्ठभूमि न हो। लेकिन टालने से जीवकान्त कहीं फिर न दुखी हो जाए यह सोचकर उसने उसका मन रखने की कोशिश की, "साथी, बहुत लम्बी कहानी है। बस, यही समझ लो कि लेफ्ट का आदर्श है वर्गविहीन समाज की स्थापना। इसके लिए ज़रूरी है सत्ता पर क़ब्ज़ा। यह बुलेट से हासिल हो या बैलेट से इस पर बहुत विवाद है। लेकिन इससे कोई फ़र्क़ नहीं पड़ता। बुनियादी सिद्धान्त है अपने उद्देश्य के लिए जनता के साथ मिलकर संघर्ष करना।" अंशुमन अपनी बात का असर देखने के लिए ठहरा। जीवकान्त उसे ग़ौर से सुन रहा था। उसने बात समाप्त करते हुए अपनी राय जोड़ी, "इसीलिए मेरा मानना है कि लेफ्ट को समझौता की राजनीति के बजाय संघर्ष की राजनीति करनी चहिए।"

अपनी पार्टी के फैसले के साथ सामंजस्य न बिठा पाने के कारण संयत रहने की अंशुमन की कोशिश नाकाम हो रही थी। वह जिस अन्तर्द्वन्द्व से गुज़र रहा था, उससे उसके अन्दर बहुत कुछ टूट-फूट हो रही थी और शायद वह ख़ुद को ठगा हुआ महसूस कर रहा था। जीवकान्त को लगा कि इस मुद्दे पर अंशुमन को और छेड़ना ठीक नहीं। माहौल बदलने के लिए सायास बात का रुख मोड़ दिया, "अंशुमन, हम तो एतना दिन में एक्के बात सीखे हैं बाबू, कि पोलटिक्स में दिल का कौनो काम न है। तुम भी इसको दिल पर मत लो!"

"सही बोले!" अंशुमन ने मुस्कराकर ठंडी आह भरी, "दिल न लेफ्ट में है, न राइट में। बस ढूँढ़ते रह जाओगे!"

माहौल कुछ हल्का हुआ। अंशुमन चाय पीते हुए मुस्कराए जा रहा था। उसकी भेदती मुस्कराहट की कशिश जीवकान्त ने गहरे तक महसूस की। एक बार फिर इच्छा हुई कि रीता अधिकारी के बाबत पूछे। लेकिन अंशुमन चाय खत्मकर उठ गया। जीवकान्त के मन की बात मन में ही रह गई।

'झिलमिल होटल' से खाना खाकर लौटते-लौटते जीवकान्त को काफ़ी देर हो गई। 'गोप आवास' की सीढ़ियाँ चढ़कर जैसे ही फर्स्ट फ्लोर पर पहुँचा, अपने रूम के बाहर खड़े केशर ने उसे आवाज़ दी, "आय जीवकान्त भाई, बड़ी देर लगा दिए? विधायक जी आपका रस्ता देखके चले गए।"

विधायक जी? सन्तू यादव यहाँ आए थे? धक्क रह गया जीवकान्त। मनोभाव दबाए गहरी उत्सुकता से पूछा, "क्या कह रहे थे?"

"सब लड़का लोग की मीटिंग किए। बोले कि दिवाकर जी सिरसा से उपचुनाव लड़ेंगे। सबको सपोर्ट करना है।" केशर क़रीब आकर गर्व से बोला, "हम तो विधायक जी से कह दिए कि जीवकान्त भाई पहले ही लड़का लोग के साथ मीटिंग किए हैं। सब लड़का दिवाकर जी के साथे है।"

"और क्या बोले?" कुछ और जानने की जिज्ञासा में जीवकान्त ने केशर को कुरेदा, "कौनो खास बात?"

"बोले को तो बहुते कुछ बोले हैं। सुनिएगा तो माथा खराब हो जाएगा।" भूमिका बाँधते केशर ने जैसे जीवकान्त को चौंकाना चाहा। एक-एक शब्द थाह-थाह कर बोला, "विधायक जी का कहनाम है कि ऊ अपना सोर्स से सब पता लगा लिए हैं और उनको पक्का ख़बर है कि कमलेश की हत्या पोरफेसर डी. सिंह का गुंडा पिंटू शर्मा किया है। ऊहे आशीषवा को भी किडनैप किया था और उसको डरा-धमकाकर उससे दिवाकर जी का नाम लिवाया है। इसमें नेता-पुलिस सबका मिली भगत है।" केशर यह सब बताते हुए घृणा से भर गया था, "जीवकान्त भाई, देख रहे हैं न, फारवर्ड सब केतना महीन चाल चल रहा है? स्साला सब आगी में मूतने लगा है।"

जीवकान्त ने उसे छेड़ना उचित नहीं समझा। उसके कन्धे पर हाथ रखकर थपथपाया, "मिज़ाज बहुत थकल है, यार। चल, सबेरे बात करते हैं।"

"विधायक जी आपको बुलाए हैं। कल जाकर मिल लीजिएगा।" जीवकान्त को अपने रूम की ओर जाने वाली सीढ़ियों की ओर बढ़ते देख केशर ने पीछे से सन्तू यादव का फ़रमान सुनाया।

जीवकान्त कोई जवाब दिए बिना सीढ़ियाँ चढ़ गया।

छप्पन

रमेश जी का नाम पार्टी उम्मीदवार के रूप में घोषित हो गया था। दिवाकर जी जेल से ही निर्दलीय चुनाव लड़ेंगे, यह भी तय हो गया था। इसे महज संयोग कहें या रणनीति का हिस्सा कि रमेश जी और दिवाकर जी एक ही दिन नॉमिनेशन करनेवाले थे। इसके लिए दोनों ओर से जबर्दस्त शक्ति-प्रदर्शन की तैयारी जोरों पर थी।

रमेश जी ने अपना ठिकाना होटल 'सूर्या' में बना लिया था। तर्क यह था कि राजनीतिक कारणों से उनका 'गोप आवास' में रहना उचित नहीं है। वह बीच-बीच में 'गोप आवास' के चक्कर लगा जाते। उनके साथ अक़सर राजकमल भी होता और खुलेआम एलान करता कि सत्ता-सरकार, पार्टी सब रमेश जी के साथ है और उनकी जीत पक्की है। वह दिवाकर जी पर भी निशाना साधता कि यूथ को क्रिमिनल लीडर नहीं चाहिए। ऐसे लोगों से ही 'सामाजिक न्याय' को खतरा है। दूसरी ओर केशर इन आरोपों का खुलकर प्रतिकार करता और दिवाकर जी को छात्र हितों के लिए संघर्ष करने वाला ऐसा नेता बताता, जिससे शिक्षा माफिया डरे हुए हैं।

ऐसी ही एक मीटिंग में भानू ने रमेश जी से पूछ दिया, ''प्राइवेट कोचिंग के ख़िलाफ़ शुरू हुए हमारे आन्दोलन का क्या होगा?''

रमेश जी को शायद ऐसे किसी सवाल की उम्मीद नहीं थी, इसीलिए थोड़े खिन्न, थोड़े असहज दिखे। सवाल खुलेआम प्रश्नवाचक की तरह खड़ा था और जवाब की प्रतीक्षा में सभी उन्हीं को ताक रहे थे, इसलिए उन्होंने ख़ुद को सँभाला और जबरन मुस्कराने की कोशिश के साथ बोले, ''भाई लोग, आन्दोलन सड़क पर होता है। लेकिन उसका फ़ैसला टेबल पर होता है। बातेचीत से कौनो हल निकलता है। हम लोग के आन्दोलन का भी हल बातेचीत से निकलेगा। सड़क पर लड़ के देख लिए। कोई भाव न देता है। इसके लिए अपना पावर दिखाना ज़रूरी है। ई तभिए सम्भव होगा, जब सरकार में स्टूडेंट लोग की आवाज़ बुलन्द करेवाला अपना प्रतिनिधि होगा। हमरा ई चुनाव लड़े का ईहे मक़सद है। हम तो कसम खाए हैं कि प्राइवेट कोचिंग एक्ट के लिए जान लड़ा देंगे। ऐसा न हुआ तो हम तुरन्ते विधायकी से इस्तीफा दे देंगे।''

रमेश जी का यह वक्तव्य जितना प्रभावशाली था, उतना ही भावुकता से भरा था। भानू समेत सभी लड़कों ने तालियाँ बजाकर उनके इस वक्तव्य का स्वागत किया।

इसी सवाल के जवाब में दिवाकर जी ने जेल से जो सन्देश भिजवाया, उसे एक-एक कमरे में जाकर केशर ने सबको सुनाया, ''दिवाकर जी का कहना है कि वह छात्र हित के लिए संघर्ष जारी रखेंगे। सदन से सड़क तक आवाज़ बुलन्द करेंगे। वह शिक्षा माफिया और सत्ता के गठजोड़ को खत्म करने के लिए हर कुर्बानी देने को तैयार हैं।''

दिवाकरजी का यह सन्देश भी उत्साहवर्धक था। व्यक्तिगत तौर पर लड़के उनसे भी सहमत नज़र आए। जाहिरा तौर पर वे किसी के विरुद्ध नहीं थे। लेकिन किसके पक्ष में थे यह अनुमान लगाना किसी के वश की बात नहीं थी। यहाँ भी पोलटिक्स में पोलटिक्स था और जीवकान्त पोलटिक्स के इस अभेद्य दुर्ग के कपाट खोलने की बेचैनी में तमाम घटनाक्रमों के बीच कई असुविधाजनक सवालों से जूझ रहा था। क्या वह भी इसी राजनीति का हिस्सा नहीं होना चाहता था? छात्र एकता

मंच में होते हुए भी वह बार-बार बैकफुट पर क्यों जाता रहा? क्या इसलिए कि रमेश जी और दिवाकर जी के नेतृत्व से वह स्वयं में कमतरी महसूस करने लगा था? कहीं ऐसा तो नहीं कि इस दौड़ में पीछे छूट जाने की पीड़ा ने उसे हताश कर दिया है? और अब, जब निर्णय लेने की बारी सामने आई है, वह हिचक क्यों रहा है? यह हिचक क्या है? नैतिकता? आदर्श? सत्य? न्याय? मूल्य? या मोहभंग? ये भारी-भरकम शब्द थे। लेकिन फिर भी ये उसे मथ रहे थे।

अपनी यह उलझन साझा करने के लिए उसने 'गोप आवास' के लड़कों के सामने अपना मन खोलकर रखा, "हम लोग 'सामाजिक न्याय' के समर्थक हैं। 'सामाजिक न्याय' की लड़ाई लड़ी जाए, यह हम भी चाहते हैं। लेकिन भाई-भाई आपस में क्यों लड़े? रमेश जी और दिवाकर जी दोनों अपना ही भाई है। लेकिन दोनों एक-दूसरे के ख़िलाफ़ लड़ रहा है। अब तुम लोग बताओ कि हमें किसे सपोर्ट करना चाहिए? किसका साथ देना चाहिए?"

बहुत दिनो बाद लड़कों ने जीवकान्त को पूरे फॉर्म में देखा। लेकिन चकित वे इस बात पर थे कि इस बार जीवकान्त जितना उद्वेलित था, उतना ही गम्भीर भी था। यह पहली बार था कि लड़के उसके इस अवतार से चमत्कृत दिख रहे थे। भानू, चुटरी, केशर को तो लग रहा था जैसे जीवकान्त का कायाकल्प हो गया हो। चुटरी ने महसूस किया कि यही प्रश्न तो उसके मन में भी था। यही द्विविधा उसके सामने भी थी। इसी आवेग में उसने बेसाख्ता तर्क किया, "जीवकान्त भाई, जब दोनों भाई साथ था, तो हम लोग दोनों का साथ दिए। जो कहा किए। अब दोनों भाई आपसे में लड़ रहा है, तो हम लोग आपस में काहे लड़ें?"

"ई कौन बात हुई?" केशर तमक पड़ा, "चुनाव में तो ई सब होबे करता है। किसी न किसी का साथ तो देने पड़ता है।"

"सही कह रहे हो तुम!" जीवकान्त ने सिर हिलाकर सीधे केशर को सम्बोधित किया, "दोनों चुनाव लड़ रहा है। हम उनका साथ दें चाहे न दें, दोनों में से एक जीतेगा भी। लेकिन सवाल ई है कि हम लोग उनको सपोर्ट काहे करें?"

"काहे से कि ऊ लोग स्टूडेंट नेता है। आज तक ऊ लोग स्टूडेंटे की लड़ाई लड़ा है। इसलिए हम लोग को उनका साथ देना चाहिए।" यह भानू था।

"कमलेश मारा गया। आशीष का किडनैप हुआ। प्राइवेट कोचिंग चलिए रहा है। ई कौन लड़ाई है स्टूडेंट का?" अचानक उठे इस तीखे सवाल से सन्नाटा छा गया। सवाल सबसे पीछे कोने में खड़े तेजप्रकाश ने किया था। आम तौर पर ख़ुद में सिमटे रहनेवाले तेजप्रकाश के बारे में दब्बू होने का भ्रम रहा है। 'गोप आवास' के ज़्यादातर लड़के उसके इस दब्बूपन का अक़्सर मज़ाक़ भी उड़ाया करते हैं। लेकिन आश्चर्यजनक रूप से इस वक़्त किसी को उसका मज़ाक़ उड़ाने का साहस नहीं हुआ। उसके इस सवाल से सबको साँप सूँघ गया था। ख़ुद जीवकान्त सनाके

में था। इस लड़ाई का हासिल-जमा तो यही है! क्या यही है सामाजिक न्याय का प्राप्य? फिर वही यक्ष प्रश्न।

जीवकान्त ने ग़ौर किया कि दिवाकर जी की हिमायत करने वाला केशर भी होंठ भींचे हुए है। तो क्या काई जमी है, पानी नहीं? हिलोर लेती तरंगें सतह पर आने को आतुर। मौन मुखर है, मन चुप। इस चुप्पी में पलायन है या कंफ्यूजन?

मीटिंग अनिर्णित ही खत्म हो गई।

सत्तावन

अशोक राजपथ खाली था। दूर-दूर तक जाम की कोई संभावना नहीं दिख रही थी। जीवकान्त को उम्मीद थी कि अगर अभी पूर्णियाँ की बस मिल जाएगी तो वह देर शाम-शाम तक घर पहुँच जाएगा। घर जाने का फ़ैसला हालाँकि उसने अचानक ही लिया था। अचानक लिए इस फ़ैसले की कोई वजह स्पष्ट नहीं थी। घर को लेकर आई भावुकता शायद मन पर पड़े दबावों और नितांत अकेले पड़ जाने के घनीभूत अहसास से उपजा था। अदेखी दिशाओं में भटकते रहने की थकन, तन से ज़्यादा मन पर तारी थी। वह सचमुच सब कुछ छोड़कर भाग जाना चाहता था। उसे पता था कि यह उसका पलायन माना जाएगा। लेकिन वह एक ऐसी लड़ाई में क्यों शामिल हो, जिसमें उसके विश्वास की हार निश्चित है? इसी क्षण उसने निर्णय लिया था कि कुछ दिनों के लिए घर हो आना चाहिए।

घर में माँ थी। पिता थे। एक निजता थी। एक नामालूम-सी उम्मीद कौंधी थी और पता नहीं कैसे पिता किसी मस्तूल की तरह नज़र आने लगे थे। उसे यह मस्तूल आख़िरी उम्मीद लग रहा था तो, इसलिए कि वह जानना चाह रहा था कि तमाम झंझावातों के बीच पिता अपने आदर्शों पर टिके कैसे रह सके हैं? पिता के पास उसके इस सवाल का जवाब होगा ही, यह भी तय नहीं था। बस, एक आवेग था, जिसके वशीभूत वह घर जाने को आतुर हो आया था।

जिस वक़्त वह गाँधी मैदान बस स्टैंड पहुँचा, खलासी 'पूर्णियाँ... पूर्णियाँ... पूर्णियाँ' की आवाज़ लगा रहा था। भागा-भागा टिकट खिड़की तक गया और टिकट लेकर उल्टे पाँव बस की ओर दौड़ा। इस दौड़ में बस छूटने की आशंका कम, अपने भीतर व्याप्त किसी डर को मात देने की कोशिश ज़्यादा थी। लेकिन बस के पास पहुँचकर यह इत्मीनान ज़रूर हुआ कि उसका घर पहुँचना सुनिश्चित हो गया है। थोड़ी देर ठहकर अपने-आप को व्यवस्थित किया और फिर सिर घुमाकर चारों ओर का मुआयना किया। इस देखने में यह आशंका भी थी कि कहीं कोई देख तो नहीं रहा?

यह चोर प्रश्न था और 'गोप आवास' से ही उसके पीछे पड़ा था। लेकिन शुक्र था कि किसी परिचित ने उसे नहीं देखा था और वह एक कठिन प्रश्न से बच गया था।

खलासी मुतवातिर आवाज़ लगाए जा रहा था। उसे लगा जैसे खलासी उसे ही बुला रहा हो। यह दिलचस्प ख़याल था। वह मुस्कराता हुआ अगले दरवाज़े से बस में सवार हो गया। लेकिन बस के पहले पायदान पर पैर रखते ही ठिठक गया। पाँव जैसे जड़ होकर रह गए। सामने की सीट पर रीता अधिकारी बैठी थी। उसका बैग उसके बग़लवाली सीट पर रखा था और वह कोई मैगज़ीन पढ़ने में इस क़दर व्यस्त थी कि अपने इर्द-गिर्द तक का उसे कोई भान नहीं था। रीता अधिकारी से यूँ सामना हो जाएगा वह सोच भी नहीं सकता था। लेकिन अकल्पनीय सामने था और उसका सामना कर पाने का साहस उसमें नहीं था। अगर रीता अधिकारी ने पूछ लिया कि वह भाग क्यों रहा है, तो क्या जवाब देगा? जी में आया कि उल्टे पाँव लौट जाए। लेकिन मन की अजीब गति कि वह बेसाख़्ता पूछ बैठा, "कहाँ जा रही हैं आप?"

रीता अधिकारी ने चौंककर सिर उठाया। सामने जीवकान्त को देखकर पहले तो सकपकाई। लेकिन तुरन्त ही सँभलकर मुस्करा पड़ी। मैगजीन बैग के ऊपर रखकर बोली, "पापा से मिलने पूर्णियाँ जा रही हूँ। और आप?"

"मैं भी पापा से मिलने जा रहा हूँ।" इस सुखद संयोग पर वह मन ही मन मुदित हुआ।

"कहाँ बैठे हैं आप? सीट मिली?"

जीवकान्त ने सोचा था कि रीता अधिकारी अपने बग़ल की सीट पर, जिस पर उसने बैग रखा है, बैठने के लिए कहेगी। लेकिन उसके ऐसा नहीं कहने पर उसे मायूसी हुई। हिचक के साथ पूछा, "आपके साथ कोई है क्या?"

"हाँ!" रीता अधिकारी की यह मुस्कराहट थोड़ी शर्मीली-सी थी।

"कौन?" जीवकान्त का दिल धड़का-कहीं अंशुमन तो नहीं?

"सचिन। सचिन शर्मा।"

रीता अधिकारी के इस अनपेक्षित जवाब से जीवकान्त को कसकर झटका लगा। सहसा उसे अपने कानों पर विश्वास नहीं हुआ। सोचा, रीता मज़ाक़ कर रही है। लेकिन नहीं। वह संजीदा थी। उसकी इस संजीदगी में कोई गहरा अर्थ छुपा था। अंशुमन के बजाय सचिन शर्मा के साथ पूर्णिया जाने का क्या आशय है, यह जानने की उत्सुकता चरम हो आई, "सचिन के साथ? कोई खास बात?"

रीता अधिकारी के चेहरे पर झिझक के साथ एक हल्की स्मित उभरी। थोड़ी असहजता के बावजूद साफ़गोई से बोली, "शादी से पहले पापा सचिन से मिलना चाहते हैं।"

झन्न से कुछ टूटा। कितनी ही छवियाँ काँच-काँच हो गईं। जीवकान्त को यक़ीन नहीं हुआ कि, यह वही रीता अधिकारी है, जो अंशुमन के साथ होते हुए

बौद्धिक तेज से भरी होती थी। एक स्निग्ध आभा से दीप्त नज़र आती थी। उसकी उपस्थिति में एक ऐसा राग होता था, जिसकी अनुगूँज देर तक महसूस होती थी। उसके मुँह से एक आह-सी निकल पड़ी, "मुझे लगा, अंशुमन और आप एक-दूसरे से प्यार करते हैं।"

"अरे, नहीं। ऐसा नहीं है। आपको ग़लतफ़हमी हुई होगी।" कन्धे उचकाकर बेपरवाह अन्दाज़ में रीता अधिकारी ने सफ़ाई दी, "अंशुमन तो सिर्फ़ दोस्त... ।"

जीवकान्त के लिए ख़ुद को विश्वास दिलाना कठिन हो रहा था। अपनी ज़िद पर कायम रीता अधिकारी से पूछ बैठा, "अंशुमन रात-दिन आपके साथ परछाईं की तरह लगा रहता था। आपकी चिन्ता करता था। आपकी पसन्द-नापसन्द का ख़याल रखता था। ई सब खाली दोस्तिये भर था?"

जीवकान्त के इस आक्रमण से रीता अधिकारी घबरा गई। बचाव की मुद्रा में जवाब दिया, "अंशुमन अनप्रैक्टिकल है। वह हमेशा आदर्श में जीता है। प्यार हो या पोलिटिक्स सबमें आदर्श... ।"

इस बार रीता अधिकारी ने अपनी बात जान-बूझकर अधूरी छोड़ दी थी। कुछ अनचाहा बोल जाने की झेंप से होंठ भींच लिए थे।

जीवकान्त इस क़दर हारा-हताश था कि न चाहते हुए भी उसका गला रुँध गया, "प्यार-पोलिटिक्स सब में छल! इहे आदर्श है?"

रीता अधिकारी असहज हो गई। आसपास की सवारियाँ उनकी बातें सुन रही थीं। उसे लगा, खामख़्वाह जीवकान्त से बहस करके उसे तरजीह दे रही है। और छूट दी तो तमाशा खड़ा कर सकता है। बस, अगले ही क्षण उसका चेहरा तन गया। हिकारती लहजे में बोली, "आदर्श-वादर्श कुछ नहीं होता। एक इल्यूजेन। नैतिक अवधारणा है बस!"

अपनी बात खत्म कर रीता अधिकारी खिड़की से बाहर झाँकने लगी थी। उसने जानबूझ कर मुँह फेर लिया था। यह रुख जीवकान्त की कल्पना से परे था। उसका यह रवैया सांघातिक था। गहरे अफ़सोस के साथ रीता अधिकारी को देखा। जाहिरन, वह सचिन शर्मा के लिए परेशान थी। बाहर 'पूर्णियाँ...पूर्णियाँ...पूर्णियाँ' की आवाज़ लगाता खलासी चुप हो गया था। ड्राइवर अपनी सीट पर बैठ चुका था। उसने इस पूरे दृश्य से ख़ुद को अलग किया। भरे मन, भारी क़दमों चुपचाप बस से नीचे उतर आया।

बस स्टैंड के लम्बे-चौड़े परिसर में लोग कहीं न कहीं जाने की जल्दबाजी में थे। लेकिन वह कहाँ जाए? उसने मन ही मन पिता को प्रणाम निवेदित किया और फेफड़ों में ढेर सारी हवा भरकर ख़ुद को ताज़ा दम किया।

पूर्णियाँ की बस उसके देखते-देखते सामने से निकल गई। दूर जाती रीता अधिकारी के ख़याल के साथ ही उसकी आँखों में अंशुमन का चेहरा घूम

गया। अनायास उसकी बात याद आ गई—दिल न लेफ्ट में है, न राइट में। बस ढूँढते रह जाओगे!

उस दिन उसने अंशुमन की जिस बात को महज मज़ाक़ समझा था, उसका अर्थ इतना गहरा और दूरगामी है, यह आज समझ में आया। अंशुमन की उदास आँखें और उनमें अपने आदर्श के लिए झाँकती बेचैनी उसे गहरे तक झकझोर गई। तो क्या यही बेचैनी अपने आदर्श को बचाए रखती है? क्या पिता ने भी अपने आदर्श को इसी तरह बचाए रखा है? क्या उसकी बेचैनी भी किसी आदर्श को बचाने की है? उसने महसूस किया कि उसके अन्दर कुछ गुंजलका-सा छँट रहा है। लेकिन क्या, ठीक-ठीक व्यक्त कर पाना सम्भव नहीं था। सायास उसने अपने होशो-हवास समेटे और बस स्टैंड से बाहर निकल आया।

बाहर कारगिल गोलम्बर का चक्कर लगाती सड़कें जीवन की हलचलों से भरी थीं। कोई कलेक्टेरिएट जा रहा था, तो कोई सेक्रेटेरिएट, कोई रेलवे स्टेशन, तो कोई विधानसभा। सबको जल्दी थी। सभी सरपट भाग रहे थे। मानो वे किसी नई दुनिया की खोज पर जा रहे हों। सभी अशोक राजपथ से पीछा छुड़ाने की हड़बड़ी में थे। वे लोग कभी भी, किसी भी क्षण जाम में फँस जाने की आशंका से ग्रस्त थे।

वह मुस्कराया। उसने ख़ुद से सवाल किया-जीवकान्त तुम्हें किधर जाना है?

✿✿✿